NEVERMOOR
Tome 2
Le WUNDEREUR
La MISSION de MORRIGANE CROW

L'auteur

Après avoir longtemps habité Londres et gardé en mémoire tous les recoins les plus cinématographiques de la ville pour son futur roman, **Jessica Townsend** est retournée vivre en Australie, sur la Sunshine Coast. Rédactrice, elle a notamment travaillé pour le magazine de nature *Australie Zoo*, où elle a développé une immense passion pour le monde sauvage, les animaux et plus particulièrement les gros chats – qui hantent d'ailleurs ses histoires. Véritable phénomène éditorial vendu dans trente-six pays, *Nevermoor* est sa première série.

Dans la même série :

Nevermoor. Les défis de Morrigane Crow
Le Wundereur. La mission de Morrigane Crow

JESSICA TOWNSEND

Nevermoor
Tome 2

Le Wundereur

La MISSION de MORRIGANE CROW

Traduit de l'anglais
par Juliette Lê

POCKET JEUNESSE
PKJ·

Titre original :
Wundersmith. The Calling of Morrigane Crow

Publié pour la première fois en 2018 par Hachette Book Group, Inc.,
Hachette Children's Group UK et Hachette Australie

Loi n° 49-956 du 16 juillet 1949 sur les publications destinées
à la jeunesse : octobre 2019.

© 2018 by Ship and Bird Pty Limited
Texte © Jessica Townsend, 2018.
Illustrations intérieures © Beatriz Castro, 2018
Couverture © Jim Madsen, 2018
Copyright couverture © 2018 by Hachette Group, Inc.
Design couverture : Sasha Illingworth et Angela Taldone

© 2019, éditions Pocket Jeunesse, département d'Univers Poche,
pour la traduction française et la présente édition.

ISBN : 978-2-266-28078-5
Dépôt légal : octobre 2019

Ce livre est dédié, avec amour et un grand merci, à toutes celles qui m'ont aidée à traverser cette épreuve : Gemma et Helen, mais aussi les pom-pom girls de Fumie Takino.

1

L'ANGE ISRAFEL

Aube du Printemps, Hiver Premier

Morrigane Crow sauta du Pébroc Express en claquant des dents, les doigts gelés autour de la poignée de son parapluie. Faisant de son mieux pour lisser sa longue chevelure emmêlée par le vent, elle se dépêcha de rattraper son mécène qui, ayant déjà plusieurs mètres d'avance sur elle, fendait la foule tapageuse sur la grande artère du district de Bohème.

— Attends-moi ! lui hurla-t-elle.

Elle se faufila entre des femmes en robe de satin et cape de velours.

— Jupiter ! Ralentis !

Jupiter se retourna sans pour autant s'arrêter.

— Je peux pas, Mog. Ralentir n'est pas inscrit à mon répertoire. Rattrape-moi.

Et il se remit à foncer tête baissée dans la cohue de piétons, pousse-pousse, calèches et automobiles.

Morrigane se précipita à sa suite et traversa un épais nuage de fumée saphir que lui soufflait au visage une femme qui tenait un fin cigarillo doré entre ses doigts tachés de bleu.

— Berk ! dit Morrigane en toussant et en chassant la fumée du revers de la main.

Pendant quelques instants, elle perdit Jupiter de vue dans toute cette brume, puis elle repéra le haut de sa tête d'un roux éclatant qui oscillait de haut en bas dans la houle humaine, et elle reprit sa course.

— Une enfant ! entendit-elle la femme aux doigts bleus s'exclamer dans son dos. Chéri, regarde ! Une enfant, ici, en Bohème. C'est affreux !

— Sûrement un nouveau numéro, ma chérie.

— Oh, certainement ! Du jamais vu !

Morrigane aurait voulu s'accorder une pause pour observer les alentours. Elle n'avait encore jamais visité ce quartier de Nevermoor. Si elle n'avait pas tant craint de perdre Jupiter, elle aurait été heureuse d'admirer ces larges boulevards bordés de théâtres et de salles de concert, éclatants de lumières et d'enseignes au néon. À tous les coins de rue, des gens en tenue de soirée descendaient de leurs attelages, puis entraient par les grandes portes des théâtres. Des bonimenteurs braillaient et s'égosillaient, appâtant les passants dans des pubs bruyants. Les restaurants étaient si pleins que les tables débordaient sur la chaussée. Toutes semblaient occupées, même en cette soirée glacée d'Aube de Printemps, le dernier jour de l'hiver.

Morrigane arriva enfin là où Jupiter l'attendait, devant l'entrée du plus encombré, et du plus magnifique, des bâtiments. Étincelant de marbre et de dorures, tout à la fois cathédrale et gâteau de mariage, pensa Morrigane. Une enseigne vivement éclairée au-dessus de la porte indiquait :

LE MUSIC-HALL NEW DELPHIAN PRÉSENTE
GIGI LA GRANDE
et les
CINQ VAURIENS

— Est-ce que... c'est là qu'on va ? haleta Morrigane. Un point de côté lui vrillait les côtes.

— Quoi... ici ? s'exclama Jupiter en jetant un coup d'œil méprisant au New Delphian. Mon Dieu, non ! Je n'y mettrais les pieds pour rien au monde.

Il regarda furtivement derrière lui, puis l'entraîna dans une ruelle derrière le New Delphian. Le passage était si étroit qu'il fallait marcher en file indienne, tout en enjambant des tas d'ordures et des morceaux de brique qui tombaient des murs. Il y faisait très sombre. Ça sentait un truc affreux, et la puanteur était de plus en plus forte à mesure qu'ils avançaient. Des œufs pourris, ou des animaux morts peut-être. Ou les deux.

Morrigane se couvrit la bouche et le nez. L'odeur était si nauséabonde qu'elle crut qu'elle allait vomir.

Tout ce qu'elle voulait, c'était faire demi-tour, mais Jupiter continuait d'avancer en la poussant devant lui.

— Stop, dit-il alors qu'ils atteignaient le bout de la ruelle. Est-ce que c'est... ? Non. Attends, ce ne serait pas... ?

Elle se retourna. Il inspectait un pan de mur qui ressemblait à tout le reste. Du bout des doigts, il exerça une légère pression sur le mortier entre les briques, il s'avança un peu pour le renifler, puis il donna un coup de langue au mur.

Morrigane le regardait faire avec horreur et stupéfaction.

— Berk ! Mais arrête, enfin ! Qu'est-ce que tu fais ?

D'abord, Jupiter ne dit rien. Il fixa le mur un moment, fronça les sourcils, puis leva les yeux vers la toute petite portion de ciel étoilé qu'on distinguait entre les deux immeubles.

— Ah ! C'est bien ce que je pensais. Tu le sens ?

— Quoi ?

Il lui prit la main pour l'appuyer à plat contre le mur.

— Ferme les yeux.

Morrigane s'exécuta. Elle se sentait un peu bête. Parfois, il était difficile de savoir quand Jupiter blaguait et quand il était sérieux, et en cet instant, elle le soupçonnait de lui jouer un tour. Après tout, c'était son anniversaire, et bien qu'il lui ait promis de ne lui réserver aucune surprise, elle n'aurait pas été étonnée d'atterrir dans une pièce pleine de gens criant : « Joyeux

L'ange Israfel

anniversaire ! » Elle allait lui faire part de ses soupçons lorsque...

— Oh !

Elle perçut un chatouillement tout doux au bout de ses doigts. Puis un bourdonnement ténu dans ses oreilles.

— *Oh...*

Jupiter lui prit le poignet et détacha doucement sa main du mur. Morrigane sentit une légère résistance, comme si la brique voulait la retenir.

— Qu'est-ce que c'est ?

— Une petite espièglerie, chuchota Jupiter. Suis-moi !

Il se pencha en arrière, posa un pied sur le mur de brique, puis un autre, et, défiant le plus naturellement du monde les lois de la pesanteur, il se mit à marcher sur le mur en direction des étoiles, courbé en avant afin d'éviter de se cogner le crâne sur le mur opposé de l'étroite ruelle.

Morrigane l'observa un moment sans rien dire, puis elle secoua la tête. Après tout, elle était nevermoorienne maintenant. L'hôtel Deucalion était sa résidence principale, et elle était membre de la Société Wundrous. Il fallait qu'elle arrête de tomber des nues chaque fois qu'elle assistait à un phénomène sortant de l'ordinaire.

Elle prit une grande inspiration (manquant de dégobiller à cause de l'affreuse odeur) et fit exactement comme Jupiter. Une fois que ses deux pieds furent bien ancrés à la brique, le monde pivota avant de se redresser, et elle se sentit tout à fait à l'aise. L'odeur abominable disparut instantanément, remplacée par le délicieux air pur et frais de la nuit. Soudain, marcher sur le mur d'une ruelle en direction du ciel étoilé lui parut la chose la plus naturelle qui soit. Elle éclata d'un rire joyeux.

Lorsqu'ils émergèrent de la ruelle verticale, le monde se remit tout à coup à l'endroit.

Ils n'étaient pas, comme Morrigane l'aurait cru, sur un toit, mais dans une autre ruelle, bruyante et pleine de monde, baignée d'une lumière verte un peu glauque. Jupiter et elle se retrouvèrent dans une longue file d'attente de gens qui piétinaient d'excitation derrière un cordon de velours. Leur bonne humeur étant contagieuse, Morrigane se dressa sur la pointe des pieds, curieuse de voir ce qui motivait tant d'allégresse. Sur la porte bleu pâle, rédigée maladroitement à la main, une affiche annonçait :

MUSIC-HALL OLD DEPLHIAN
ENTRÉE DES ARTISTES
CE SOIR : L'ANGE ISRAFEL

— C'est qui, l'ange Israfel ?

Jupiter ne répondit pas. D'un signe de tête, il invita Morrigane à le suivre, puis passa devant tout le monde. Devant la porte, une employée vérifiait des noms sur une liste avec un air de profond ennui. Elle était entièrement vêtue de noir, depuis ses grosses bottes à la paire de cache-oreilles qu'elle portait autour du cou. (Morrigane approuvait cette tenue.)

L'ange Israfel

— La queue, c'est par là, dit-elle sans lever la tête. Les photos sont interdites. Et il ne signera rien du tout avant la fin du spectacle.

— J'ai bien peur de ne pas pouvoir attendre aussi longtemps, déclara Jupiter. Vous permettez que j'entre discrètement?

Avec un soupir, elle lui lança un coup d'œil indifférent. Elle mâchait un chewing-gum la bouche ouverte.

— Votre nom ?

— Jupiter Nord.

— Vous n'êtes pas sur la liste.

— Non, enfin, oui, je sais. J'espérais qu'on pourrait peut-être remédier à ça, dit-il en souriant à travers sa barbe rousse.

Il tapota le W doré épinglé au revers de sa veste.

Morrigane était gênée. Elle savait que les membres de l'élitiste Société Wundrous étaient admirés à Nevermoor : ils bénéficiaient souvent de traitements de faveur dont les citoyens ordinaires pouvaient toujours rêver. Mais jusque-là, elle n'avait jamais vu Jupiter invoquer « le privilège de la broche dorée » aussi ostensiblement. Était-ce dans ses habitudes ? se demanda-t-elle.

La femme aux grosses bottes n'eut pas l'air impressionnée, ce que Morrigane trouva tout à fait normal. En voyant le W doré, l'employée fronça les sourcils et battit de ses paupières scintillantes de paillettes comme pour faire un pied de nez à Jupiter.

— Mais vous n'êtes pas sur la liste.

— Il voudra me voir, répliqua Jupiter, tenace.

Le Wundereur

La lèvre supérieure de l'employée se retroussa, révélant des dents incrustées de diamants.

— Prouvez-le.

Jupiter pencha légèrement la tête de côté et haussa un sourcil. La femme imita sa mimique avec impatience. Enfin, lâchant un gros soupir, Jupiter glissa la main dans la poche de son manteau et en sortit une plume noire aux reflets dorés. Il la fit tournoyer une fois, deux fois entre ses doigts.

Les yeux de la femme s'écarquillèrent. Sa bouche s'arrondit de stupeur, laissant apparaître un morceau de chewing-gum bleu fluo coincé entre ses dents étincelantes. Enfin, jetant un coup d'œil inquiet vers la file d'attente qui s'allongeait de plus en plus derrière Jupiter, l'employée consentit à ouvrir la porte et, d'un geste du menton, les invita à entrer.

— Dépêchez-vous. Vous n'avez que cinq minutes avant le lever de rideau.

Il faisait sombre dans les coulisses du Old Delphian. Un silence plein d'appréhension flottait dans l'air alors que le personnel du théâtre, entièrement vêtu de noir, s'affairait sans bruit.

— Qu'est-ce que c'était que cette plume ? chuchota Morrigane.

L'ange Israfel

— Apparemment, un élément plus persuasif que ma broche en W, murmura Jupiter, agacé.

Il tendit à Morrigane un des deux cache-oreilles qu'il venait de piocher dans une boîte marquée PERSONNEL DU OLD DELPHIAN.

— Tiens, mets ça. Il va bientôt chanter.

— Qui ça ? Tu veux parler de l'ange Is... machin ? demanda-t-elle.

— Israfel, oui.

Il passa la main dans sa chevelure cuivrée, signe qu'il était mal à l'aise.

— Mais je veux l'entendre.

— Non, pas du tout. Crois-moi.

Jupiter entrouvrit le rideau pour observer le public. Morrigane en profita pour glisser elle aussi un regard.

— Tu n'as pas envie d'entendre chanter ceux de son espèce, Mog.

— Pourquoi ?

— Parce que ce serait le son le plus doux que tu aies jamais entendu. Ce son activerait une partie de ton cerveau qui t'apporterait la paix absolue, une sensation qui dépasserait en félicité toutes les autres. Un son qui te rappellerait que tu es un être humain complet et sans défaut, et que tu possèdes déjà tout ce que tu veux et ce dont tu pourrais avoir besoin. La solitude et la tristesse ne seraient plus qu'un lointain souvenir. Ton cœur serait comblé, le monde ne pourrait plus jamais te décevoir.

— Quelle horreur ! s'exclama Morrigane, ironique.

Le Wundereur

— Oui, *c'est* horrible, insista Jupiter, la mine sombre. Parce que ce n'est que passager. Parce que Israfel ne peut pas chanter éternellement. Et lorsqu'il se tait, ce bonheur parfait s'évapore. Et on est alors précipité dans la réalité *vraie*, dans toute sa dureté, avec toutes ses imperfections et sa laideur. C'est insupportable, on se sent vide, on a la sensation que la vie s'est arrêtée. Comme si on était pris au piège dans une bulle, alors que le reste du monde continue de vivre dans l'imperfection autour de soi. Tu vois, tous ces gens… là ?

Il écarta encore légèrement le rideau et ils regardèrent la salle.

Un océan de visages éclairés par la lumière tamisée de la fosse d'orchestre. Ils avaient tous la même expression, fervente mais vide, ou plutôt avide, très, très avide !

— Ce ne sont pas des mélomanes, dit Jupiter. Ils ne sont pas venus par amour de la grande musique. Ce sont des drogués, Mog, ajouta-t-il en chuchotant. Tous. Ils sont là pour leur dose.

Morrigane observa les mines affamées des spectateurs et fut parcourue d'un frisson.

Une voix féminine s'éleva soudain et, d'un seul coup, les murmures se turent.

— Mesdames et messieurs ! Je vous présente, pour sa centième représentation triomphante et transcendante, ici au Old Delph… le seul et l'unique, le céleste, le *divin*…

La voix amplifiée se mua en un chuchotement :

L'ange Israfel

— Je vous prie de lui manifester votre amour... Voici l'ange Israfel.

Aussitôt, le silence vola en éclats. Les applaudissements enflèrent, ponctués d'acclamations, de sifflements, de hurlements. Jupiter donna un grand coup de coude dans les côtes de Morrigane, qui enfila son cache-oreilles bien serré sur sa tête. Il bloquait complètement le son, elle n'entendait plus que son sang battre dans ses oreilles. Elle savait qu'ils n'étaient pas là pour le spectacle. Ils avaient quelque chose de bien plus important à faire, mais quand même... tout ça était un peu agaçant.

L'obscurité qui régnait dans la salle céda la place à une douce lumière dorée. Morrigane cligna des yeux, éblouie. Au-dessus de la foule, vers le plafond, au centre de l'immense espace, venait d'apparaître dans le faisceau d'un projecteur un homme d'une beauté tellement étrange, surnaturelle, que Morrigane ne put retenir une exclamation de surprise et de ravissement.

L'ange Israfel était suspendu dans les airs grâce à une puissante paire d'ailes musclées aux plumes noires comme la nuit, irisées d'or scintillant. Elles sortaient d'entre ses omoplates et battaient doucement à un rythme régulier. Des ailes démesurées d'au moins trois mètres d'envergure. L'ange avait un corps athlétique et agile, et sa peau noire était veinée de petits ruisseaux d'or, comme un vase qui aurait été brisé et qu'on aurait réparé à l'aide de métaux précieux.

L'ange baissa la tête vers son public et lui adressa un regard bienveillant et attentif. Tous avaient les yeux levés vers lui. Ils pleuraient, tremblaient et se serraient dans leurs propres bras. Certains s'étaient évanouis et gisaient à même le sol du music-hall. Morrigane ne put s'empêcher de penser qu'ils exagéraient un peu. L'ange Israfel n'avait même pas encore commencé à chanter !

Puis il ouvrit la bouche.

Et plus rien ne bougea dans la salle : les gens étaient comme pétrifiés.

Figés pour l'éternité.

Une paix immense descendit sur eux, aussi douce que la neige.

Morrigane aurait pu rester là toute la soirée à observer cet étrange spectacle silencieux, mais au bout de quelques minutes, Jupiter s'ennuya. (*Typique*, pensa Morrigane.)

Dans les entrailles sombres et enfumées des coulisses, Jupiter dénicha la loge d'Israfel. Morrigane et lui s'y engouffrèrent. Ce n'est qu'après avoir refermé la lourde porte d'acier que Jupiter indiqua qu'ils pouvaient sans danger retirer leurs cache-oreilles.

Morrigane promena un regard intéressé autour de la loge et fronça le nez : la pièce était pleine de détritus. Des bouteilles et des canettes vides recouvraient la moindre surface, entassées pêle-mêle parmi des boîtes de chocolats entamées et des dizaines de bouquets à différents stades de décomposition. Des vêtements sales s'empilaient par terre, sur le canapé, sur la table et la chaise, dégageant une odeur fade de moisi. En un mot, l'ange Israfel était un vrai souillon.

Morrigane émit un petit rire nerveux :

— T'es sûr qu'on est dans la bonne loge ?

— Heu... Malheureusement.

Pour faire de la place à Morrigane, Jupiter dégagea un bout de canapé, retirant délicatement les détritus pour les jeter dans la poubelle... puis il se laissa emporter et passa les quarante minutes suivantes à ranger et à nettoyer, s'employant à rendre la pièce aussi présentable que possible. Il ne demanda pas à Morrigane de l'aider, et celle-ci ne lui offrit pas son assistance. Pas question, même du bout d'une perche, de toucher à ces machins grouillants de microbes.

— Alors, Mog, dit-il. Ça va, toi ? En forme ? Contente ? Tu te sens... calme ?

Morrigane n'apprécia pas tellement ces questions. Jusqu'ici, elle s'était sentie tout à fait calme. Personne ne demandait jamais si on se sentait calme lorsqu'il n'y avait aucune raison de paniquer.

— Pourquoi ? dit-elle en plissant ses yeux qui devinrent deux fentes. Qu'est-ce qui ne va pas ?

— Rien, rien du tout ! répliqua-t-il d'une voix qui montait dans les aigus, ce qui signifiait qu'il était sur la défensive. C'est juste que... quand on rencontre quelqu'un comme Israfel, on a intérêt à être de bonne humeur.

— Et pourquoi donc ?

Le Wundereur

— Parce que... les gens comme Israfel... absorbent les émotions des autres. C'est heu... c'est pas poli de leur rendre visite quand on se sent triste ou en colère, parce que ça les mettrait à leur tour de mauvaise humeur et ça pourrirait leur journée. Et franchement, je ne peux pas me permettre de rencontrer un Israfel mécontent. C'est beaucoup trop important. Alors, comment tu te sens ?

Morrigane se fendit d'un immense sourire et leva les pouces.

— Bien, dit-il, un peu déconcerté. OK. C'est mieux que rien.

Une voix résonna dans un haut-parleur pour annoncer un entracte de vingt minutes et, quelques instants plus tard, la porte de la loge s'ouvrit en coup de vent.

La star du spectacle fit son entrée. L'ange était couvert de sueur, les ailes repliées dans le dos. Il fonça tout droit vers un chariot rempli de bouteilles d'alcool de diverses nuances de brun et fit tinter le tout en se versant un petit verre d'un liquide ambré. Puis un deuxième. Il en avait bu la moitié lorsqu'il sembla s'apercevoir qu'il avait de la compagnie.

Il fixa Jupiter en vidant son verre.

— T'as ramassé un chiot perdu, on dirait, mon cher, dit-il en penchant la tête vers Morrigane.

Même sa voix parlée était profonde et mélodieuse. Morrigane sentit monter en elle un sentiment étrange de nostalgie et de regret qui lui resta coincé au fond de la gorge. Elle déglutit bruyamment.

Jupiter sourit.

L'ange Israfel

— Morrigane Crow, je te présente l'ange Israfel. Personne ne chante aussi bien.

— Enchant... commença Morrigane.

— Le plaisir est pour moi, dit Israfel en brandissant la main d'un geste théâtral pour montrer sa loge. Mais je ne m'attendais pas à recevoir des invités ce soir. J'ai bien peur de ne pas avoir grand-chose à vous offrir, ajouta-t-il en indiquant le chariot de boissons... cependant faites comme chez vous. Buvez ce que vous voulez.

— Nous ne sommes pas venus nous rafraîchir, mon vieil ami, dit Jupiter. J'ai une faveur à te demander. C'est assez urgent.

Israfel se laissa tomber dans un fauteuil, balança ses jambes par-dessus l'accoudoir et contempla son verre d'un air boudeur. Ses ailes tressautèrent, puis se drapèrent tout naturellement sur le dossier comme une grosse cape pleine de plumes. Elles étaient propres et lisses, avec un duvet en dessous. Morrigane se retint juste à temps de les caresser. *Ce serait peut-être un peu bizarre*, pensa-t-elle.

— J'aurais dû me douter que ce n'était pas une visite amicale, dit Israfel. Tu ne me rends plus guère visite d'ailleurs, *mon vieil ami*. Je ne t'ai pas vu depuis l'Été du Onze. Tu te rends compte que tu as manqué ma Première ? J'ai fait un triomphe.

— Pardonne-moi. Tu as bien reçu mes fleurs ?

— Non, je ne sais pas, peut-être, dit l'ange en haussant les épaules avec agacement. J'en reçois beaucoup.

Morrigane voyait bien qu'Israfel essayait de culpabiliser Jupiter, mais elle ne pouvait s'empêcher de se sentir elle-même mélancolique. Elle n'avait jamais vu Israfel de sa vie, et pourtant elle ne pouvait pas supporter de le voir triste. Elle eut soudain envie de lui offrir un biscuit. Ou un chiot. N'importe quoi.

De la poche de son manteau, Jupiter sortit un rouleau de papier effiloché et un stylo qu'il tendit sans un mot à son ami. Israfel fit mine de ne rien voir.

— Je sais que tu as reçu ma lettre, dit Jupiter.

Israfel fit tourner le liquide dans son verre.

— Est-ce que tu veux bien ? insista Jupiter, la main toujours tendue. S'il te plaît ?

Israfel fit tourner les épaules.

— Pourquoi je le ferais ?

— Je n'ai aucun argument à te donner, admit Jupiter. Mais j'espère que tu le feras quand même.

Le visage fermé, l'ange considérait maintenant Morrigane avec méfiance.

— Je ne peux penser qu'à une chose capable de pousser Jupiter Nord à devenir mécène, dit-il en sirotant son verre, les yeux sur Jupiter. Dis-moi si j'ai tort.

Morrigane regarda à son tour Jupiter, son mécène. Un silence inconfortable plana autour du trio, et Israfel le prit comme une confirmation de ses doutes.

— Wundereur, chuchota-t-il dans un souffle.

Il passa une main lasse sur son visage et prit le papier de la main de Jupiter, ignorant le stylo.

— Tu es mon plus cher ami, et le plus grand imbécile que j'aie jamais connu. Alors oui, bien sûr que je vais signer ton certificat de sécurité à la noix. Mais c'est inutile. Un *Wundereur*, vraiment ? Ridicule !

L'ange Israfel

Morrigane se trémoussa sur son siège, gênée, et un peu en colère. C'était très agaçant d'être qualifiée de *ridicule* par un individu dont la loge ressemblait à une décharge. Elle essaya de prendre une expression hautaine.

Jupiter fronça les sourcils.

— Izzy. Tu n'imagines pas à quel point je t'en suis reconnaissant. Mais tu te rends bien compte que tout cela est confidentiel. Ça doit rester entre…

— Je sais garder un secret, s'énerva Israfel.

Il s'étira et, en faisant la grimace, tourna la tête vers une de ses ailes et en arracha une grande plume noire. Il la trempa dans l'encrier sur sa table et apposa une signature grossière au bas de la page, avant de rendre le papier à Jupiter en le gratifiant d'un regard sombre. Puis il jeta la plume qui descendit gracieusement en voletant jusqu'au sol, ses filaments dorés scintillant à la lumière. Morrigane aurait voulu la ramasser et ramener ce trésor chez elle, mais elle estima que cela aurait été un peu comme lui voler ses habits.

— Je pensais que tu viendrais plus tôt. Je suppose que t'as entendu, pour Cassiel ?

Jupiter, qui était en train de souffler sur l'encre pour la faire sécher plus rapidement, ne releva pas la tête.

— Qu'est-ce qu'il a, Cassiel ?

— Il n'est plus là.

Jupiter s'arrêta de souffler. Ses yeux croisèrent ceux d'Israfel.

— Plus là ?

— Il a disparu.

Jupiter secoua la tête.
— C'est pas possible.
— Et pourtant...
— Mais... dit Jupiter. Il ne peut pas avoir juste...
La mine d'Israfel s'allongea. Morrigane trouvait qu'il avait l'air effrayé. Il répéta :
— Et pourtant...
Après un silence, Jupiter se leva et attrapa son manteau. Il fit signe à Morrigane de faire de même.
— Je vais enquêter là-dessus.
— Vraiment ? dit Israfel, sceptique.
— Promis.

———•———

Ils redescendirent dans la ruelle, puis débouchèrent sur la grande rue de la Bohème et ses lumières criardes. On se serait cru en plein jour. Ils se faufilèrent dans la foule vers la station du Pébroc Express, à une allure bien plus civilisée qu'à l'aller. Jupiter tenait d'une main ferme Morrigane par l'épaule, comme s'il venait juste de se souvenir qu'ils étaient dans une partie inconnue et populeuse de la ville et qu'il devait veiller sur elle.
— C'est qui, Cassiel ? demanda-t-elle alors qu'ils attendaient le Pébroc Express.
— Il est comme Israfel.
— Notre cuisinière me racontait des histoires sur les anges, dit Morrigane en se souvenant de sa maison

natale, le manoir des Crow. L'ange de la mort, l'ange de la miséricorde, l'ange des dîners ratés…

— Ce n'est pas la même chose…

— Ce ne sont pas vraiment des anges ? s'enquit Morrigane, perplexe.

— C'est sans doute un peu dur à imaginer, mais ce sont des êtres célestes, en quelque sorte.

— Des êtres célestes… Qu'est-ce que ça veut dire ?

— Oh… tu sais… Des êtres volants, venus des cieux. Ceux qui ont des ailes et qui s'en servent. Cassiel est un personnage important dans les cercles célestes. S'il a vraiment disparu, alors… Enfin, je pense qu'Israfel doit se tromper… ou alors il exagère… Ce vieil Izzy, il aime faire des histoires. Ah, le voilà ! Prête ?

Morrigane et Jupiter accrochèrent leurs parapluies aux anneaux du Pébroc Express et s'y agrippèrent de toutes leurs forces tandis qu'ils virevoltaient au-dessus du labyrinthe des quartiers de Nevermoor. Les câbles du Pébroc Express décrivaient des courbes impossibles, filant au ras des grandes artères et des ruelles, avant de s'élever très haut par-dessus les toits et les cimes des arbres. Morrigane trouvait inutilement dangereux de se déplacer ainsi à toute allure dans tous les sens avec rien d'autre pour vous retenir de tomber que la force de vos biceps. Pourtant, si terrifiant cela fût-il, c'était exaltant de survoler à toute vitesse la population et les immeubles avec le vent qui vous fouettait le visage. C'était une des choses qu'elle aimait le plus à Nevermoor.

— Écoute, il faut que je te dise un truc, lui lança Jupiter quand ils eurent enfin libéré leurs parapluies pour sauter en marche du Pébroc Express à la station de leur quartier. Je n'ai pas été tout à fait franc avec toi concernant... ton anniversaire.

Morrigane lui coula un regard méfiant

— Ah ?

— Ne sois pas fâchée, dit-il en se mordillant la joue, un geste qui trahissait chez lui un brin de mauvaise conscience. C'est juste que... eh bien... Frank a eu vent que c'était aujourd'hui, et tu sais comment il est. Tout prétexte est bon pour faire la fête.

— Jupiter...

— Et... au Deucalion tout le monde t'adore !

Sa voix était encore plus aiguë que d'habitude, ce qui était déjà très louche. Et puis il en rajoutait côté compliments.

— Je ne peux pas les priver du plaisir de célébrer la naissance de leur Morrigane Crow *préférée*, n'est-ce pas ?

— *Jupiter !*

— Je sais, je sais, déclara-t-il en levant les bras comme pour se rendre. Tu m'as dit que tu ne voulais pas qu'on en fasse toute une histoire. Mais ne t'inquiète pas, Frank m'a promis que ce ne serait qu'une toute petite fête. Rien que le personnel, Jack et moi. Tu souffleras tes bougies et ils te chanteront « Joyeux anniversaire »...

Morrigane poussa un grognement ; rien qu'à la pensée d'une pareille démonstration, elle se sentit rougir jusqu'aux oreilles.

L'ange Israfel

— On mangera une part de gâteau, et ce sera une affaire réglée... pour cette année.

Morrigane lui jeta un regard noir.

— Une *toute petite* fête ? Promis ?

— Promis, jura Jupiter, la main sur le cœur. J'ai dit à Frank de se restreindre, puis de se restreindre encore un peu, et de continuer à se restreindre jusqu'à ce qu'il aboutisse à une toute petite fête très modeste.

— Et il t'a écouté ?

Son mécène parut profondément offensé.

— Écoute, je sais que je suis M. Cool-je-laisse-tout-filer-on-se-détend et tout ça...

Morrigane haussa un sourcil poli : elle n'en croyait pas ses oreilles.

— ... mais tu verras que mes employés me respectent. Frank sait qui est le patron, Mog. Il sait qui paie son salaire tous les mois. Crois-moi. Si je lui dis d'organiser une *toute petite* fête, alors il va...

Jupiter se tut brusquement en tournant le coin de l'avenue Humdinger, que dominait la majestueuse façade de l'hôtel Deucalion où habitaient Morrigane et son mécène... Frank, le vampire nain, grand organisateur de soirées, avait visiblement oublié de suivre les recommandations de son patron...

Le Deucalion était drapé de millions de guirlandes lumineuses couleur flamant rose qui illuminaient la nuit et qu'on devait sans doute voir de l'Espace.

— ... en faire des tonnes ? termina-t-elle à la place de Jupiter, bouche bée.

Attroupés sur les marches du perron, il n'y avait pas que le personnel, mais aussi tous les clients de l'hôtel et quelques invités de dernière minute. Leurs visages brillaient d'excitation. Ils se tenaient autour d'un immense gâteau d'anniversaire à neuf étages glacé de rose, plus approprié, pensa Morrigane, à un mariage royal qu'au douzième anniversaire d'une fillette. Un peu plus loin, près de la fontaine, un orchestre de cuivres attendait le signal de Frank. Alors que Morrigane et Jupiter s'avançaient, les musiciens attaquèrent une marche joyeuse... Accrochée au toit, en lettres énormes et clignotantes, une banderole proclamait :

MORRIGANE A DOUZE ANS

— JOYEUX ANNIVERSAIRE ! hurla la foule.

Frank fit un signe à Jack, le neveu de Jupiter. L'adolescent alluma un bouquet de feux d'artifice qui s'élevèrent dans les airs en sifflant, inondant la scène d'une traînée de poussière d'étoiles.

Dame Chanda Kali, célèbre soprano et Dame Commandeur de l'Ordre des chuchoteurs des bois, entonna une version très lyrique de la chanson d'anniversaire (attirant immédiatement trois rouges-gorges, un blaireau et une famille d'écureuils qui se prosternèrent d'admiration à ses pieds).

Charlie, le responsable des écuries du Deucalion et chauffeur, avait brossé et harnaché un de ses poneys, qui était prêt à emporter à l'intérieur celle dont c'était l'anniversaire.

L'ange Israfel

Les bras chargés de cadeaux, Kedgeree, le concierge, et Martha, la femme de chambre, souriaient de toutes leurs dents.

Et Fenestra, la Magnifichatte géante, à la tête du service de chambre, profita de cette distraction pour arracher d'un coup de patte discret un morceau du glaçage rose.

Jupiter, du coin de l'œil, glissa un regard inquiet à Morrigane.

— Est-ce que... il faut que j'aille toucher un mot à notre Fou-des-grandeurs-en-chef ?

Morrigane secoua la tête, tentant sans succès de retenir le sourire qui naissait au coin de ses lèvres. Elle sentit la chaleur monter dans sa poitrine, comme une douce lueur, comme si un chat s'y était lové et s'était mis à ronronner de bonheur. C'était sa première fête d'anniversaire.

Frank était un chic type, vraiment.

Plus tard cette même nuit, enivrée par le sucre du gâteau et épuisée par les interminables vœux de bonheur de la centaine d'invités, Morrigane grimpa au creux du nid de couvertures en polaire aux allures de cocon qui avait pris la place de son lit (visiblement, la chambre savait quelle longue journée elle venait de passer). Elle s'endormit à peine la tête posée sur l'oreiller.

Puis, une seconde plus tard, lui sembla-t-il, elle fut de nouveau réveillée.

Elle était réveillée et elle n'était plus dans son lit.

Elle était réveillée, elle n'était plus dans son lit et elle n'était pas seule.

2

FRÈRES ET SŒURS

Printemps Second

Épaule contre épaule sous un ciel étoilé sans nuages, les neuf nouveaux membres de la Société Wundrous se tenaient devant les grilles de celle-ci, encore à moitié endormis et grelottant de froid.

Morrigane aurait pu être affolée de se retrouver en pyjama, au milieu de la nuit, dans les rues froides de Nevermoor. Deux détails, cependant, la rassurèrent :

D'abord, les portes du Sowun avaient été transformées en un immense tableau de bienvenue complètement hors saison : une tapisserie florale arc-en-ciel tissée de roses, de pivoines, de marguerites, d'hortensias, avec du lierre vert qui formait ces mots : *Venez nous rejoindre.*

Ensuite, le garçon debout à côté d'elle, jambes dégingandées, cheveux bouclés et chocolat du soir au coin des lèvres, était son meilleur ami au monde. Hawthorne Swift se frotta les yeux et lui fit un immense sourire ensommeillé.

— Oh ! soupira-t-il sans manifester la moindre surprise.

Il se tordit le cou pour regarder les sept autres enfants alignés de part et d'autre d'eux. Frissonnant dans leurs pyjamas, ils semblaient de mauvaise humeur et paniqués à des degrés divers. Hawthorne se tourna vers Morrigane.

— C'est un de ces trucs bizarres de la Société, tu crois ?

— Sûrement.

— J'étais en train de faire un super rêve, dit-il d'une voix rauque. Je volais au-dessus de la jungle sur le dos d'un dragon et je suis tombé dans les arbres... et là une bande de singes m'a adopté. Ils m'ont élu roi.

Morrigane éclata de rire.

— Ça, ça ne m'étonne pas !

Mon ami est là, pensa-t-elle, toute contente. *Tout ira bien.*

— Qu'est-ce qu'on attend de nous ? demanda la fille à sa gauche.

Baraquée, les épaules larges, le visage rose, mesurant au moins une tête de plus que Morrigane, elle avait un accent des montagnes prononcé et une tignasse de cheveux roux en bataille qui lui descendait jusqu'au milieu du dos. Morrigane se rappela son nom : Thaddea Macleod. La fille qui avait vaincu un troll adulte au combat lors de l'épreuve Spectaculaire.

Morrigane ne pouvait pas répondre à sa question. D'abord, elle n'en savait rien, mais surtout, elle était en train de revivre dans sa tête le moment où Thaddea avait retiré sa chaise de sous Wong l'Ancien afin de s'en servir pour frapper le troll au genou dans un craquement sinistre. C'était terrifiant, avait pensé Morrigane, et aussi, pour être honnête, vraiment très malin.

— Juste une idée comme ça, intervint Hawthorne en bâillant sans mettre sa main devant sa bouche, mais je crois qu'on est censés entrer pour aller les rejoindre.

À cet instant, les portes s'ouvrirent lentement avec un grincement strident. Derrière la tapisserie de bienvenue et le haut mur de brique, le terrain du Sowun montait tout en douceur vers la Maison des Initiés, dont chaque fenêtre était chaudement éclairée, comme autant d'invitations à entrer.

La qualité de l'air s'altéra alors que les neuf lauréats franchissaient les portes. Ils avaient été sélectionnés parmi des centaines d'enfants pleins d'espoir pour devenir les nouveaux étudiants de l'unité 919 de la Société Wundrous.

Pour la première fois, l'étrange phénomène météorologique qui sévissait ici ne surprit pas Morrigane. En deçà des portes, dans les rues de la Vieille Ville, il faisait un froid vivifiant. À l'intérieur de la bulle climatique du Sowun, où tout était un peu *plus*, la pelouse était recouverte d'une fine couche de glace. L'air sentait comme la neige, craquant, propre et glacial. Le souffle des enfants créait de petits nuages. Morrigane frissonna, à l'image de ses camarades qui se frottaient les bras et sautillaient sur place pour se réchauffer. Les portes claquèrent derrière eux et un grand silence se fit.

Le Wundereur

Bien sûr, ils avaient tous visité le Sowun l'année précédente. Leur première épreuve, l'épreuve du Livret, s'était déroulée au sein même de la Maison des Initiés. Morrigane se rappela s'être assise avec des centaines d'autres enfants dans une salle immense où s'alignaient des rangées de tables. Un petit livret vierge lui avait posé un tas de questions, auxquelles elle avait dû répondre honnêtement, sous peine de le voir s'embraser et être réduit en cendres. Près de la moitié des enfants présents avaient vu leurs réponses partir en fumée et s'étaient retrouvés immédiatement disqualifiés.

Le Sowun n'avait pas le même aspect aujourd'hui, et pas seulement parce qu'il faisait nuit. L'allée était toujours bordée d'arbres nus aux troncs noirs, vestiges fossilisés d'arbres à feu disparus. Mais ce soir, perchés sur les branches tels de gigantesques oiseaux muets, des centaines de membres de la Société Wundrous, jeunes et vieux, plus vieux encore, voire, immensément vieux, suivaient les nouveaux venus du regard. Tout comme lors de la Parade des Ténèbres d'Hallowmas, ils étaient habillés de capes de soirée, leurs visages éclairés uniquement par les bougies qu'ils tenaient.

Ils offraient un spectacle effrayant, et pourtant Morrigane n'avait pas peur. Après tout, elle faisait déjà partie de la Société. Le plus dur était derrière elle.

En fait, il y avait quelque chose de réconfortant dans la présence de ces inconnus en cape noire qui l'observaient du haut des arbres. Ils n'étaient pas hostiles, simplement… immobiles.

Frères et sœurs

Alors que l'unité 919 montait instinctivement l'allée en direction de la Maison des Initiés, les membres de la Société en cape noire entonnèrent à voix basse une mélopée que Morrigane reconnut. Les paroles lui avaient été remises quelques jours plus tôt à l'hôtel Deucalion, retranscrites dans une jolie écriture manuscrite et scellées dans une enveloppe couleur ivoire avec l'instruction de les mémoriser puis de les brûler.

Frères et sœurs, loyaux pour la vie,
Ensemble pour toujours, loyaux amis,
Neuf au-dessus des autres, neuf au-dessus du sang,
Par feu et par eau pour toujours se protégeant,
Frères et sœurs, fidèles et honnêtes,
Spéciaux et uniques, pour toujours ensemble vous êtes.

C'était un serment. Une promesse que tous les nouveaux membres de la Société devaient faire à leur unité, leurs huit nouveaux frères et sœurs. En se joignant à la Société, Morrigane savait qu'elle bénéficierait d'une éducation d'élite et d'extraordinaires avantages, et surtout qu'elle verrait exaucé son vœu le plus cher : trouver une véritable famille.

La litanie suivit l'unité 919 le long de l'allée, et bientôt les membres dans les arbres sautèrent à terre et se massèrent derrière les nouvelles recrues en une sorte de garde d'honneur, répétant inlassablement les paroles du serment de la Société.

Le Wundereur

Leur accueil au Sowun se fit de plus en plus solennel à mesure que l'unité 919 s'approchait du bâtiment.

Un groupe de musiciens dégringola d'un arbre à leur droite et entonna une marche triomphale. Deux adolescents, de part et d'autre du chemin, firent apparaître entre eux un arc-en-ciel pour que l'unité passe au-dessous de cette arche de brume impalpable. Quand les enfants arrivèrent enfin à la Maison des Initiés, un énorme éléphant, qui se tenait au bas de l'escalier, salua leur arrivée à grand renfort de barrissements, à la manière d'un crieur public.

Et un peu plus haut, debout sur les larges marches de marbre, neuf personnes, dont l'une avait une chevelure d'un roux flamboyant, regardaient leurs candidats monter vers elles avec une joie emplie de fierté.

Morrigane gravit en courant les marches vers Jupiter qui était aussi radieux que le soleil. Il était tellement ému qu'il n'arrivait pas à parler, et des larmes embuaient ses yeux bleus. Devant cette démonstration d'affection inattendue, Morrigane se sentit elle-même gagnée par l'émotion, qu'elle manifesta en lui donnant un coup de poing dans le bras.

— T'es pathétique, lui chuchota-t-elle.

Jupiter rit en s'essuyant les yeux.

À son côté, la mécène de Hawthorne, la jeune Nancy Dawson, admirait son candidat avec un large sourire qui creusait de petites fossettes dans ses joues.

— Tu vas bien, petit diable ?

— Ça va, Nanne, répondit Hawthorne en lui rendant son sourire.

D'un froncement de sourcils désapprobateur, une mécène âgée qui se tenait de l'autre côté de Nanne leur fit signe de se taire.

— Oh, chut toi-même, Hester ! dit Nanne d'un ton bon enfant en se tournant pour faire des grimaces comiques à Hawthorne et à Morrigane.

Un peu plus loin, Morrigane repéra un mécène qu'elle se serait bien passée de revoir. Baz Charlton n'avait pas, l'an dernier, ménagé ses efforts pour saboter ses chances aux épreuves et la faire expulser de Nevermoor, tout en aidant ses propres candidats à tricher.

La candidate de Baz, Cadence Blackburn l'hypnotiseuse, avait les bras croisés sur la poitrine. Elle rejeta d'un coup de tête sa longue natte par-dessus son épaule, apparemment tellement à l'aise dans cette situation bizarre qu'elle avait presque l'air de s'ennuyer. Ce qui impressionna Morrigane autant que cela l'énerva.

Jupiter se pencha pour lui chuchoter à l'oreille :

— Regarde autour de toi, Mog. C'est pour ça qu'on a travaillé si dur. Profites-en.

Derrière eux, la foule des membres de la Société devenait plus compacte. Ils avaient cessé leur litanie et discutaient joyeusement entre eux, tout en souriant aux nouvelles recrues et en profitant des festivités.

Soudain, un cri surnaturel transperça l'atmosphère et tout le monde leva la tête. Deux dragons et leurs cavaliers survolèrent la Maison des Initiés, traçant dans le ciel neuf noms en lettres de feu et de fumée :

Le Wundereur

**ANAH
ARCHAN
CADENCE
FRANCIS
HAWTHORNE
LAMBETH
MAHIR
MORRIGANE
THADDEA**

Depuis que, un an auparavant jour pour jour, Morrigane avait réchappé de sa prétendue malédiction et s'était enfuie vers la ville secrète de Nevermoor, elle avait vécu bien des choses étranges. Voir son nom écrit en lettres de feu de dragon n'était que la dernière de cette longue liste de nouvelles expériences, mais elle devait bien avouer que c'était une des plus merveilleuses. Des cris de ravissement jaillirent des gorges des autres membres de l'unité 919, et elle sut alors qu'elle n'était pas seule à être ébahie, même si Hawthorne (après tout, il avait su chevaucher des dragons avant de marcher) affichait une indifférence polie.

Lorsque le dernier nom se fut envolé en fumée dans le ciel, les cavaliers menèrent leurs dragons loin de la Maison des Initiés, et les mécènes invitèrent leurs protégés à l'intérieur. Une salve de vivats et d'applaudissements retentirent derrière eux, poussés par la foule des membres de la Société qui les pressaient par de grands gestes d'entrer, comme s'ils étaient des célébrités. Morrigane ne put s'empêcher de se moquer de Hawthorne qui les saluait de la main avec un tel enthousiasme que Nanne fut obligée de le tirer à l'intérieur, juste au moment où les immenses portes se refermaient, coupant net le bruit extérieur.

Dans le brusque silence du vaste hall d'entrée ruisselant de lumière, une voix frêle s'éleva au fond de la salle.

— Unité 919, bienvenue au premier jour du reste de votre vie.

Morrigane reconnut les trois membres très estimés du Conseil des Anciens de la Société : Gregoria Quinn l'Ancienne, dont l'apparence fragile était trompeuse ; Helix Wong l'Ancien, à la barbe grise, à l'air sérieux et au corps couvert de tatouages ; Alioth Saga l'Ancien, qui, en fait, n'était autre qu'un gros taureau doué de parole.

Comparé à l'accueil qu'ils avaient reçu à l'extérieur de la Maison des Initiés, la cérémonie d'intronisation elle-même fut brève et sans chichis. Les Anciens prononcèrent quelques mots de bienvenue. Chaque mécène drapa d'une cape noire les épaules de son candidat et accrocha au col une petite broche dorée en W.

Les disciples de l'unité 919 récitèrent le serment qu'ils avaient mémorisé, jurant de toujours rester loyaux les uns envers les autres. Ils s'exprimèrent tous d'une voix claire et forte. Personne ne chercha ses mots. C'était, comme le savait Morrigane, le moment fort de la cérémonie.

Puis tout fut terminé.

Enfin presque.

— Mécènes, dit Quinn l'Ancienne, j'aimerais que vous restiez quelques minutes de plus, s'il vous plaît. Il y a un sujet dont nous devons discuter. Les élèves, veuillez attendre vos mécènes dehors, sur les marches de la Maison des Initiés.

Morrigane se demanda si cela faisait partie du rituel ; quelques regards perplexes échangés entre mécènes lui indiquèrent que non, probablement pas. Alors qu'elle suivait son unité dehors, elle essaya de capter discrètement l'attention de Jupiter, mais, la mâchoire serrée, il ne se tourna même pas vers elle.

Il faisait frais dans le jardin vide et silencieux. Comme si le chaleureux accueil qu'ils avaient reçu quelques minutes seulement auparavant avait été une hallucination collective.

Personne ne parlait à personne. À l'exception de Morrigane et de Hawthorne, ces enfants ne se connaissaient pas entre eux. Ils échangèrent quelques coups d'œil gênés, et un petit rire embarrassé échappa à Anah Kahlo, une jolie blonde rondelette aux cheveux bouclés, qui avait, durant l'épreuve Spectaculaire, ouvert l'abdomen de sa mécène, lui avait retiré l'appendice, avant de lui faire des points de suture... le tout les yeux bandés.

Hawthorne, comme il fallait s'y attendre, fut le premier à briser la glace.

— Tu sais, ce truc que t'as fait durant l'épreuve Spectaculaire, commença-t-il en scrutant Archan Tate, quand t'es passé dans le public et que t'as piqué des trucs à tout le monde alors qu'on pensait tous que t'étais juste en train de jouer du violon ?

— Heu... ouais ?

Archan était un garçon au visage si doux, presque angélique, qu'on ne pouvait pas l'imaginer en redoutable pickpocket.

— Désolé, reprit-il de son air innocent. Est-ce que je t'ai volé quelque chose ? Tu ne l'as pas récupéré après ? J'ai essayé de tout rendre aux propriétaires légitimes. C'est juste que... mon mécène pensait que ce serait...

— C'était super génial, le coupa Hawthorne. Fantastique ! Ça nous a bluffés, hein, Morrigane ?

Morrigane sourit jusqu'aux oreilles en se souvenant de la mine ravie de Hawthorne lorsqu'il s'était rendu compte qu'Archan lui avait subtilisé ses gants de cavalier de dragon dans ses poches. Si elle avait trouvé ça impressionnant, Hawthorne en avait littéralement eu le souffle coupé.

— C'était étonnant, acquiesça-t-elle. Comment t'as appris à faire ça ?

Archan rougit jusqu'à la racine des cheveux et lui coula un sourire timide.

— Heu... merci... je suppose que j'ai... j'ai appris sur le tas.

Il haussa les épaules avec modestie.

— Génial, répéta Hawthorne. Tu pourras peut-être m'apprendre. Archan, c'est bien ça ?

— Arch tout court, dit-il en serrant la main que Hawthorne lui tendait. Il n'y a que ma grand-mère qui m'appelle comme...

Le Wundereur

À ce moment-là, les portes de la Maison des Initiés s'ouvrirent avec fracas et Baz Charlton descendit les marches de façon théâtrale en faisant signe à sa candidate de le suivre.

— Toi… c'est quoi ton nom… Barquebrune. Allons-y. On se casse.

Cadence Blackburn parut horrifiée.

— Quuuuoi ? Mais pourquoi ?

— Est-ce que j'ai dit que t'avais le droit de poser des questions ? J'ai dit, on *se casse*.

Cadence ne bougeait pas. Les autres mécènes sortirent rapidement à la suite de Baz, l'expression alternativement craintive et furieuse. Tous regardaient fixement Morrigane.

L'effroi se propagea en elle en ondes successives, comme si son corps était un étang dans lequel on venait de lancer un énorme caillou. Elle comprit alors pourquoi les Anciens avaient retenu les mécènes. Elle sut de quoi, ou plutôt de *qui*, ils venaient de discuter.

Hester, la vieille femme qui avait ordonné à Nanne de se taire, marcha droit sur elle. Un visage au teint pâle et aux traits acérés de rapace. Des cheveux auburn grisonnants tirés en arrière sur son crâne. Elle considéra Morrigane de haut quelques secondes, colère et perplexité mêlées.

— Comment tu le sais ? Qui te l'a dit ? aboya-t-elle à l'intention de Jupiter derrière elle.

— Personne ne m'a rien dit, rétorqua Jupiter, appuyé nonchalamment contre un pilier. Je le vois. Aussi clair que le jour.

Frères et sœurs

— Comment ça, tu le vois ? Moi, je ne vois rien du tout ! s'exclama Hester en empoignant le menton de Morrigane et en faisant pivoter son visage de droite à gauche.

Jupiter ne fit ni une ni deux ; il dévala l'escalier en criant :

— Holà !

Mais Morrigane n'avait pas besoin de lui. Sans réfléchir, elle écarta la main de Hester d'une tape. La mécène poussa un cri et fit un bond en arrière comme si elle s'était brûlée. Morrigane lança un coup d'œil à Jupiter, se demandant si elle n'avait pas dépassé les bornes... Il acquiesça d'un signe de tête farouchement approbateur.

Sumatri Mishra, la mécène d'Anah, poussa un soupir à fendre l'âme.

— Tu connais pertinemment le talent de Nord, Hester. C'est un Témoin. Il *voit* les choses.

— Il pourrait mentir, répliqua Hester.

Bien que Jupiter n'ait pas l'air offensé, Morrigane se hérissa pour lui.

Nanne Dawson fit part elle aussi de son indignation :

— Ne sois pas sotte, Hester. Le Capitaine Nord n'est pas un menteur. S'il dit que Morrigane est un Wundereur...

Dès que Nanne eut prononcé le mot, l'oxygène sembla s'évaporer de l'atmosphère autour d'eux. *Wundereur*. Comme si on venait de frapper un gong, il se réverbéra contre la façade de brique rouge.

— ... alors, c'est un Wundereur, termina Nanne.

Le Wundereur

Wundereur. Wundereur. Wundereur.

Les mécènes tressaillirent à l'unisson. Les autres enfants se tournèrent d'un coup vers Morrigane, les yeux écarquillés et l'air stupéfié. Cadence la considérait, les paupières plissées. Morrigane retrouvait une sensation familière et dévastatrice : debout au bord de la mer, elle voyait ses rêves les plus chers flotter vers le large, sans espoir de pouvoir les rattraper.

Les nouveaux venus étaient censés être ses *frères et sœurs, loyaux pour la vie.* Mais un seul mot, et les voilà qui la regardaient comme si elle était leur pire ennemi.

— Je... bégaya Morrigane, la gorge serrée.

Elle aurait voulu dire quelque chose, leur offrir des explications, des garanties, mais la vérité... c'était qu'elle n'en avait aucune. Elle savait depuis des semaines ce qu'elle était. Le seul autre Wundereur en vie, Ezra Squall, l'homme le plus maléfique que la terre ait jamais porté, lui avait annoncé la nouvelle comme s'il avait lâché une bombe. Et bien que Jupiter ait fait de son mieux pour nettoyer les dégâts après cela, pour lui expliquer ce que cela signifiait, Morrigane n'avait toujours aucune idée de ce qu'être un Wundereur voulait dire, et cela lui faisait une peur bleue.

Jupiter avait insisté : « Wundereur » n'était pas un terme injurieux. Il n'avait pas toujours désigné quelque chose de mauvais. Il lui avait dit que les Wundereurs étaient autrefois honorés et célébrés, qu'ils utilisaient leurs pouvoirs mystérieux pour protéger les gens, et même pour exaucer leurs souhaits.

Frères et sœurs

Toutefois Morrigane ne connaissait pas une seule personne à Nevermoor qui fût d'accord avec lui. Et, ayant rencontré le terrifiant Ezra Squall en chair et en os, elle avait du mal à croire que les Wundereurs aient jamais possédé de la bonté.

Squall commandait la Cavalerie d'ombre et de fumée, sa propre armée macabre de chasseurs aux yeux rouges, de chevaux et de loups, qu'il avait lancée sans merci sur Morrigane afin que ses gardes la lui amènent. Elle avait vu le Wundereur tordre de l'acier d'un mouvement du poignet, allumer un feu d'un simple chuchotement, détruire sa maison à elle d'un claquement de doigts et la reconstruire en un instant. Elle avait vu au-delà de sa figure banale la noirceur de son vrai visage : ses sombres yeux creux, sa bouche noircie, ses dents acérées.

Et le pire dans tout ça, c'est qu'Ezra Squall, le plus grand ennemi de Nevermoor, avait voulu Morrigane pour apprentie. Squall, qui avait levé une armée de monstres et tenté de conquérir Nevermoor. Cet être, qui avait massacré les gens courageux qui s'étaient opposés à lui et qui, depuis, étaient bannis de l'État Libre. Les paroles rassurantes de Jupiter n'effaçaient pas le fait que le Wundereur s'était reconnu en Morrigane.

Que pouvait-elle dire pour dissiper les craintes de son unité, alors qu'elle-même avait du mal à réprimer les siennes ?

Comme d'habitude, Hawthorne fut le seul à ne pas s'en soucier. Il savait déjà que Morrigane était un Wundereur. Lorsqu'elle le lui avait appris, il s'était uniquement préoccupé de savoir si elle serait bannie de l'État

Libre, comme Ezra Squall. Il n'avait pas pensé *une seconde* que sa meilleure amie était une personne dangereuse. Morrigane aurait bien voulu posséder ne serait-ce qu'une once de sa belle assurance. Au plus profond de l'inquiétude qui la minait, elle éprouva une fois de plus une bouffée de soulagement à l'idée que ce drôle de garçon flegmatique ait choisi d'être son ami.

— Et si Jupiter dit qu'elle n'est pas dangereuse, elle n'est pas dangereuse, déclara Nanne, brisant le lourd silence.

Elle adressa un sourire encourageant à Morrigane. Bien qu'elle en fût un peu réconfortée, celle-ci fut incapable de le lui rendre.

Quinn l'Ancienne était sortie de la Maison des Initiés, flanquée de Wong l'Ancien et de Saga l'Ancien, et observait la scène dans un mutisme résigné.

Une très jeune mécène arborant de grosses lunettes et des nœuds bleus dans les cheveux se tenait près de Mahir Ibrahim. Plaçant ses mains tremblantes sur les épaules de son candidat, elle l'attira contre elle comme si elle voulait le protéger... alors qu'elle ne paraissait guère à même de le protéger, ni lui ni qui que ce soit.

— Excusez-moi, Quinn l'Ancienne, dit-elle après s'être éclairci la gorge, mais comment cette petite fille pourrait-elle être un Wundereur ? Il n'y a plus de Wundereurs. Ou du moins, il n'y en a qu'un : Ezra Squall l'Exilé. Tout le monde sait ça.

— Rectification, mademoiselle Mulryan, rétorqua Quinn l'Ancienne. Il n'y en *avait* qu'un. Maintenant, semble-t-il, il y en a deux.

— Et nul ne s'inquiète de ce que cela pourrait *signifier* ? intervint Hester. Nord, nous savons de quoi les Wundereurs sont capables. Ezra Squall nous l'a assez prouvé.

Jupiter serra les lèvres et se pinça l'arête du nez. Morrigane comprit qu'il s'exhortait à la patience.

— Squall n'a pas fait ce qu'il a fait *parce* qu'il était un Wundereur, Hester. Il s'est juste trouvé qu'il était un Wundereur *doublé* d'un psychopathe. Un mélange malheureux... on n'y peut rien.

— Et comment il sait ça, hein ? s'exclama Baz Charlton en s'adressant aux Anciens. On sait tous ce que font les Wundereurs : ils contrôlent le Wunder. Contemplez-moi cette petite bête aux yeux noirs... tout le monde voit bien que c'est une mauvaise. Qu'est-ce qui l'empêche d'utiliser le Wunder pour *nous* contrôler ?

Il lança à Morrigane un pur regard de haine. Elle serra les dents : la haine était mutuelle.

— Ou pire, enchérit Hester, dans le but de nous détruire ?

— Pour l'amour du Ciel, s'écria Jupiter, exaspéré, en ébouriffant sa crinière rousse. C'est une *enfant* !

Hester eut un rire moqueur.

— Pour l'instant.

— Mais pourquoi doit-elle faire partie de la Société ? demanda Mlle Mulryan d'une voix timide et tremblante.

Son visage était devenu plus blanc que du lait et ses petits doigts fins s'enfonçaient dans les épaules de

Mahir, comme si elle craignait que Morrigane n'emporte son candidat de la façon ignoble propre aux Wundereurs. Mahir, pour sa part, le visage de marbre, plissait tant le front que ses sourcils n'en faisaient plus qu'un. Il était presque aussi grand que sa mécène, et, en les voyant, Morrigane songea à une souris essayant de protéger un loup.

— Pourquoi prendre le risque de la mettre... en contact avec d'autres enfants ? ajouta Mlle Mulryan.

Morrigane sentit le feu lui monter aux joues. Ils étaient en train de parler d'elle comme d'une maladie contagieuse. Tout cela commençait à lui sembler un peu trop familier.

Pendant les onze premières années de sa vie, Morrigane s'était crue maudite. On lui avait seriné que toutes les mauvaises choses qui arrivaient – au sein de sa famille, dans sa ville et quasiment dans toute la République de la Mer d'Hiver, où elle avait grandi – étaient sa faute.

Elle avait appris, à la fin de l'année précédente, que ce n'était pas vrai. Néanmoins le sentiment d'être maudite, elle s'en souvenait comme si c'était hier, et elle n'avait aucune envie de revivre ça. Elle se serait sauvée en courant et aurait foncé droit vers le portail drapé de fleurs, si la main rassurante de Jupiter ne s'était posée sur son épaule.

— Ah, vous préférez qu'elle soit quelque part *ailleurs*, alors ? argua Saga l'Ancien en frappant le sol de ses sabots. Livrée à elle-même ? À faire on ne sait quoi ?

Frères et sœurs

— Oui, s'obstina Hester. Et, j'en suis certaine, c'est l'avis de tous les mécènes et candidats ici présents.

— Dans ce cas, libre à eux de partir, déclara Quinn l'Ancienne d'une voix calme et mesurée.

Hester et les autres mécènes parurent surpris. Quinn l'Ancienne inclina la tête :

— S'ils le souhaitent. Après tout, ce sont là des circonstances qui sortent de l'ordinaire. Je comprends la gravité de la situation, et vos inquiétudes. Cependant, mes confrères les Anciens et moi avons discuté longuement de ce sujet, et nous ne retirerons pas Mlle Crow de l'unité 919. Cette décision est sans appel.

Baz Charlton émit un petit sifflement étouffé.

— Incroyable.

— Mais vrai, rétorqua sèchement Quinn l'Ancienne.

Baz renfonça la tête dans le col de sa cape.

Hester pensait sans doute que Quinn l'Ancienne bluffait.

— Avec tout le respect que je vous dois, dit-elle entre ses dents, je doute fort que la Société soit prête à perdre *huit* nouveaux membres talentueux pour en gagner *un* dangereux. Je suis convaincue que vous changerez d'avis en voyant ces huit enfants géniaux sortir par ces portes. Allons-y, Francis.

Elle se mit à descendre les marches vers l'allée d'arbres.

— Tante Hester, plaida Francis, je veux rester. S'il te plaît. Mon père aimerait que je…

— Mon frère ne voudrait *jamais* te voir risquer ta vie ! l'interrompit Hester en se tournant brutalement pour leur faire face. Il ne voudrait pas te voir approcher un… un *Wundereur.*

Quinn l'Ancienne s'éclaircit la gorge.

— Mécènes, vous ne pouvez prendre cette décision pour vos disciples. Les enfants, si vous désirez quitter l'unité 919 – c'est-à-dire quitter la Société Wundrous – avancez-vous et rendez vos broches. On ne vous jugera pas, il n'y aura aucune conséquence. Nous vous souhaiterons bon vent.

Elle ouvrit la main. Le silence était si profond qu'on n'entendait plus que le chant matinal des oiseaux au loin. L'air lui-même semblait s'être congelé et le souffle des candidats et de leurs mécènes formait de petits panaches blancs. Tous sauf celui de Morrigane, qui respirait à peine.

Les doigts tremblants d'Anah serrèrent sa broche, et elle se mordit la lèvre. Francis lança un regard coupable à sa tante ; Cadence, elle, n'accorda pas un coup d'œil à Baz, ne cilla même pas.

Personne ne rendit sa broche. L'idée en soi était complètement folle : après tout ce qu'ils avaient traversé lors des épreuves de l'année passée, imaginer qu'un seul d'entre eux se dessaisirait de ce W doré et de tout ce qu'il représentait était inconcevable.

— Très bien, dit Quinn l'Ancienne en laissant retomber sa main. Si vous en êtes sûrs. Mais je vais être claire, chers disciples… *et* mécènes.

Elle lança un regard perçant à Hester et à Baz qui étaient hors d'eux.

— La nature peu commune du…

Elle marqua un temps d'arrêt, s'empêchant in extremis de prononcer le mot « talent ».

— ... de la *situation* de Mlle Crow devra rester absolument confidentielle jusqu'à que ce que le Conseil des Anciens juge opportun d'en faire part au reste de la Société, car nous ne pouvons courir le risque de voir l'information à s'ébruiter à l'extérieur de notre cercle. Révéler la vérité ne ferait que provoquer une panique de masse. Cela signifie qu'à de rares exceptions près – les Maîtresses Initiatrices, par exemple, et la Conductrice de l'unité 919 –, le fait que nous avons un Wundereur parmi nous doit demeurer un secret connu uniquement des personnes ici présentes. Notre personnel éducatif aura pour consigne de ne poser aucune question sur le cas de Mlle Crow ni même d'en discuter, et les Maîtresses auront toute latitude pour aviser à leur guise en ce qui concerne les disciples trop curieux.

Elle se tourna vers les neuf enfants, qui semblaient soudain avoir rétréci, leur soirée de triomphe ternie par la terrible nouvelle.

— Vous êtes une unité maintenant, ajouta-t-elle d'une voix inflexible. Vous êtes responsables les uns des autres. Chacun responsable pour tous. Ainsi, s'il apparaît que l'un d'entre vous a trahi notre confiance...

Quinn l'Ancienne marqua une pause, la mine solennelle, et regarda chacun tour à tour, jusqu'à ce que ses yeux se posent sur Morrigane.

— ... vous serez tous les neuf expulsés de la Société. Pour toujours.

3

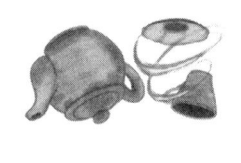

LE NON-TATOUAGE
ET LA NON-PORTE

Lorsqu'elle se réveilla le lendemain matin, Morrigane aurait presque pu se persuader que ce voyage de minuit au Sowun n'avait été qu'un rêve étrange, aussi horrible que merveilleux. Mais le petit tatouage doré lui prouvait le contraire.

— *Ce n'est pas* un tatouage, insista Jupiter en leur servant deux verres de jus de fruits tandis que Morrigane nappait ses muffins de tourbillons de miel avant de les saupoudrer de cannelle.

Après les événements de la nuit, comme ils s'étaient réveillés bien trop tard pour petit-déjeuner dans la salle à manger, Jupiter avait fait monter un plateau dans son cabinet de travail. Ils étaient tous les deux assis d'un côté de son bureau, un assortiment de mets entre eux, allant des plus traditionnels : truite fumée et œufs brouillés, aux plus surprenants : soupe à la tomate et cœurs d'artichauts, dont raffolait Jupiter.

— Tu penses vraiment que je les laisserais te faire un tatouage ?

Pour éviter d'avoir à répondre, Morrigane enfourna une énorme bouchée de muffin. Sincèrement, elle n'avait *aucune* idée de ce que Jupiter permettrait ou non.

Mais son silence en disait long. Jupiter la regarda, consterné.

— Mog ! Ne sois pas ridicule. Les tatouages, ça fait *mal*. Et est-ce que ça te fait mal ?

Morrigane avala sa bouchée tout en secouant la tête.

— Non, dit-elle en léchant le miel qui dégoulinait de son index droit, afin de mieux examiner le nouvel ajout à son empreinte digitale.

Un W doré, identique en beaucoup plus petit à celui de la broche de la Société, légèrement surélevé sur sa peau et luisant doucement à la lumière.

— Ça ne fait pas mal du tout. C'est juste que c'est heu… bah, c'est là, quoi.

Elle ne savait pas comment décrire autrement cette marque qui s'était mystérieusement trouvée au bout de son doigt à son réveil. Elle n'avait aucune sensation de brûlure, de piqûre, ou de chatouillis. Ce n'était pas quelque chose qui avait été infligé par une force extérieure : ce n'était pas une cicatrice ni une plaie. À croire que le W avait poussé de l'intérieur. Avant même de le voir de ses yeux, avant même d'être complètement éveillée, Morrigane avait su qu'il était là.

— C'est bizarre, hein ?

Le non-tatouage et la non-porte

Jupiter examinait son propre index avec une expression vaguement perplexe. Il avait confié, à Morrigane que, tout comme la sienne, sa marque était apparue le lendemain de son intronisation dans la Société, il y avait de cela bien des années. On aurait dit qu'il n'y avait plus vraiment pensé depuis très longtemps.

— Heu… Je suppose. Cela dit, c'est utile.
— Pour quoi faire ?
— Plein de trucs.

Il haussa les épaules et se concentra à nouveau sur l'étalage de nourriture sur la table, choisissant avec soin son prochain mets.

— Comme quoi ?
— Ça te permet d'entrer dans des endroits. Ça aide les autres membres de la Société à te reconnaître.
— Mais pour ça on a nos broches en W.
— Non, c'est différent, dit-il en jetant son dévolu sur un toast à moitié brûlé et en tendant la main vers la confiture.
— En quoi ?

Il était en train de s'adonner à cette manie énervante à la Jupiter, celle de lâcher les informations au compte-gouttes, une forme de torture très spéciale. C'était peut-être parce qu'il ne voulait pas réellement lui dire, ou encore parce que leur conversation était la plus insignifiante des pensées parmi les dizaines qui occupaient son esprit. Avec Jupiter, c'était toujours difficile de percevoir la différence.

— Les broches, c'est pour les Nonwuns.
— Les Nonwuns ?

— Hmmm…

Il mâcha puis avala une bouchée de sa tartine, ôtant les miettes qui pleuvaient sur sa chemise.

— Les autres gens, voyons. Ceux qui ne font pas partie de la Société. C'est grâce à notre broche qu'ils nous identifient. L'empreinte, en revanche, c'est pour *nous*.

Morrigane songea soudain à quelque chose et s'écria, agacée :

— Comment ça se fait que tu ne me l'aies jamais montrée ?

— Ce n'était pas la peine, Mog. On ne peut pas voir l'empreinte de quelqu'un d'autre tant qu'on n'en a pas une soi-même. Comme je te l'ai dit, c'est pour *nous*. C'est comme ça qu'on se reconnaît entre nous. C'est une sorte de… d'emblème familial. Maintenant, tu vas commencer à les remarquer un peu partout, tu verras.

Un « emblème familial ». Ces mots donnèrent à Morrigane un petit coup au cœur. Son W doré représentait pour elle la plus précieuse de ses possessions (à l'exception peut-être de son parapluie), mais ce n'était que ça… une possession. Un objet facile à casser ou à perdre. L'empreinte, c'était différent, car elle faisait partie d'elle. Et elle prouvait qu'elle-même faisait partie de quelque chose d'important, quelque chose de plus grand qu'elle : une famille !

Frères et sœurs, loyaux pour la vie.

Pourtant, était-ce bel et bien ce qu'elle avait ? Elle l'avait cru, jusqu'à ce qu'un mot ait été prononcé : « Wundereur ». Alors l'illusion s'était brisée en mille morceaux.

Le non-tatouage et la non-porte

— Hé, dit Jupiter en tapotant avec son couteau sur le rebord du beurrier.

Elle leva la tête.

— Tu as autant le droit qu'eux d'appartenir à la Société, Mog, déclara-t-il comme s'il avait lu dans ses pensées. Encore plus, d'ailleurs, ajouta-t-il en chuchotant. N'oublie pas qui a terminé la première au classement de l'épreuve Spectaculaire.

Il marqua une pause avant de préciser :

— C'était toi. Au cas où tu aurais besoin que je te rafraîchisse la mémoire.

Morrigane n'avait pas oublié. Mais qu'importaient leurs places aujourd'hui ? Qu'importait l'année dernière, si son unité ne lui faisait pas confiance ? Si elle avait *peur* d'elle ?

— Laisse le temps faire son œuvre.

Une fois de plus, Jupiter avait manifestement deviné à quoi elle pensait. C'était le privilège injuste du Témoin : il voyait le monde d'une manière qu'elle, Morrigane, ne pourrait jamais concevoir. Il déchiffrait ses sentiments intimes et ses vérités secrètes aussi facilement que l'expression de son visage. C'était à la fois réconfortant et très, *très* agaçant.

— Tes camarades changeront d'avis. Il faut qu'ils apprennent à mieux te connaître, voilà tout. Ils finiront par voir la même charmante Morrigane Crow que je connais.

Morrigane était sur le point de lui demander qui était cette charmante Morrigane Crow et si elle pouvait échanger sa place contre elle, quand on frappa à la porte.

Le Wundereur

Le vieux Kedgeree Burns pointa la tête dans l'entrebâillement de la porte.

— Il y a un message pour vous. Des Celes...

— Merci, Kedge, le coupa Jupiter en bondissant sur ses pieds pour lui prendre la lettre.

Le concierge fit un clin d'œil à Morrigane avant de claquer élégamment des talons et de refermer le battant derrière lui.

La lettre était scellée par de la cire argentée. Jupiter traversa la pièce, et, appuyé au manteau de la cheminée, il se pencha pour lire à la lumière des flammes. Après quelques instants de silence, Morrigane fixa le feu qui dansait dans l'âtre.

Il a raison, pensa-t-elle. Elle était désormais membre à part entière de la Société Wundrous. Elle s'était battue aussi farouchement que les autres pendant les épreuves...

Mais pas pour la dernière, non, murmura une petite voix dans sa tête. Lors de l'épreuve Spectaculaire, la quatrième et dernière épreuve où chaque candidat présentait son « talent », Morrigane s'était contentée de rester plantée là, l'air perplexe, au milieu du Trollosseum, tandis que Jupiter faisait part à chacun des Anciens tour à tour de ce qu'il avait su tout au long de l'année et qu'il s'était gardé de leur révéler... ce qu'il leur avait caché, à eux et à Morrigane : qu'elle était un Wundereur. Que cette mystérieuse source d'énergie magique appelée le Wunder, qui faisait fonctionner le monde de tant de façons inimaginables, se concentrait autour d'elle en permanence, tels des papillons de nuit autour d'une

Le non-tatouage et la non-porte

flamme, attendant patiemment qu'elle entre en possession de ses pouvoirs (toujours inexistants).

Sans hésiter une seconde, les Anciens avaient accordé à Morrigane une place au sein de la Société Wundrous, au grand dam d'autres candidats et de leurs mécènes. Chacun des concurrents estimait avoir fait *bien plus* lors de son épreuve Spectaculaire que de rester planté comme une souche au milieu du Trollosseum sous le regard frappé de terreur des Anciens.

Morrigane se redressa sur son siège.

— Alors, dit-elle d'une voix résolue. Quand est-ce que je commence ?

— Hein ?

— À la Société. Quand est-ce que je retourne au Sowun ? Les cours débutent quand ?

— Oh... fit Jupiter, les sourcils toujours froncés tandis qu'il considérait la lettre dans sa main. Je ne sais pas trop. Bientôt sans doute.

La joie de Morrigane retomba. L'ignorait-il vraiment ? Était-ce là un mystère typique de la Société Wundrous, se demanda-t-elle, ou était-ce du Jupiter Nord tout craché ? L'inquiétude montra le bout de son nez.

— Lundi ?

— Heu... Peut-être.

— Tu ne pourrais pas... poser la question ? insista Morrigane bridant son impatience.

— Hein ?

Elle poussa un soupir.

— J'ai dit, tu ne pourrais...

— Il faut que j'y aille, Mog !

Il se détourna de la cheminée et fourra la lettre dans la poche de son pantalon avant d'attraper son manteau qui traînait sur le dos d'un fauteuil.

— Désolé. J'ai une course importante à faire. Finis ton petit déjeuner. À plus tard !

La porte se referma derrière lui. Morrigane lança son toast dans sa direction.

L'empreinte n'était pas la seule chose apparue sous le couvert de la nuit.

— Il n'y a même pas de poignée.

Martha, assise au bout de son lit à côté de Morrigane, avait les yeux fixés sur la porte flambant neuve de bois sculpté d'un noir lustré qui s'était matérialisée sur le mur en face d'elles.

— Ça ne peut pas être une vraie porte, n'est-ce pas ? interrogea la femme de chambre.

— Je suppose que non, répondit Morrigane.

Il n'était pas rare que les dimensions de sa chambre s'agrandissent ou se rétrécissent, pour y accueillir de nouveaux éléments une nuit ou les enlever la suivante. C'était une chambre qui avait du caractère. Cependant, c'était la première fois qu'elle se dotait d'une seconde porte.

Cela n'aurait pas dérangé outre mesure Morrigane, mais deux choses l'inquiétaient : un, la porte était

Le non-tatouage et la non-porte

apparue juste à côté de la cheminée, ce qui chamboulait toute la symétrie de la pièce (un petit détail, mais qu'elle trouvait étonnamment contrariant) ; deux, elle ne pouvait pas l'ouvrir, ce qui la rendait inutile. Morrigane avait trop de sens pratique pour vouloir d'une porte uniquement décorative. Et pourtant... ce n'était pas le genre de la chambre de faire des transformations qui ne plaisaient pas à son occupante.

Lui en voulait-elle pour quelque raison obscure ? Ou était-elle malade ? Aurait-elle attrapé un rhume architectural ? Et cette porte serait l'équivalent pour elle d'un nez bouché ?

— Cela dit, déclara Martha, cette chambre a déjà agi plus bizarrement, hein ?

Pour illustrer sa remarque, elle se tourna vers le coin de la pièce où trônait un énorme fauteuil en forme de pieuvre qui, en guise de réponse, fit bouger ses tentacules.

— J'aimerais bien que tu te débarrasses de ce truc affreux, conclut-elle en frissonnant. C'est l'horreur pour l'épousseter.

Quand Morrigane alla se coucher, Jupiter n'était toujours pas rentré. Une lettre de la Ligue des explorateurs arriva le dimanche matin, informant les employés du Deucalion qu'il était « retardé malgré lui par une tâche inter-royaumes ». Un message typique : trop lapidaire pour éclairer sa lanterne. Morrigane supposa néanmoins que ce contretemps était lié à la disparition de l'ange. Elle était déçue, mais pas étonnée. L'inconvénient d'avoir un mécène célèbre et admiré, c'était qu'il lui fallait le partager avec la Ligue des explorateurs, la Société Wundrous, la Fédération hôtelière de Nevermoor, la Société des transports de Nevermoor, et tous les autres individus ou organismes qui réclamaient de lui un peu de temps et d'attention.

Jupiter avait toutefois joint à la missive un mot personnel pour Morrigane.

Mog,

Je ne serai pas de retour pour ton premier jour. Je suis sincèrement désolé.
J'ai oublié une chose importante : tu ne dois pas voyager seule en dehors du Sowun.
En aucune circonstance. Je ne plaisante pas.
Je te fais confiance sur ce point.

Bonne chance ! Tout va bien se passer.
Souviens-toi, tu as ta place là-bas.

J.N.

Cet après-midi-là, Morrigane se sentait fébrile et de très mauvaise humeur. Elle ignorait quand ses cours allaient commencer et où elle devait se rendre pour les

Le non-tatouage et la non-porte

suivre. Elle ne voulait pas rater le jour de la rentrée et donner à ceux de son unité une raison de plus de la détester. Elle avait même demandé à Kedgeree de faire porter un message à Hawthorne… qui le lui avait renvoyé avec, griffonné au dos : *Chais pas*. Il ne savait pas ! Elle avait poussé un soupir. Pourquoi n'avait-il pas demandé à Nanne ? C'était exaspérant !

Elle se tourna vers la seule autre personne susceptible de l'aider.

— Ma chérie… *la la la LAAA !* Tu te fais bien trop de bile.

Dame Chanda était en train de répéter pour un petit récital qu'elle donnait le soir au salon de musique. Elle s'échauffait la voix en faisant des vocalises tout en cherchant la tenue parfaite. Le sol de son dressing grand comme une salle de bal était jonché de robes de soie et de satin étincelantes de paillettes qu'elle avait essayées puis abandonnées, pauvres victimes de la soprano en mode multitâche.

— Je ne m'inquiéterais pas de ces broutilles, mademoiselle Morrigane. Tu sais bien comment est la Société Wundrous.

Elle leva l'index et l'agita sous le nez de Morrigane d'un air complice ; son W scintilla de mille feux. Hormis Jupiter, Dame Chanda était la seule autre résidente de l'hôtel Deucalion à faire partie de la Société. Même Jack, bien qu'ayant le talent de Témoin comme Jupiter, n'avait pas passé les épreuves. Il étudiait dans une pension très chic, l'École Graysmark pour jeunes hommes brillants, où il jouait du violoncelle dans l'orchestre et se rendait aux cours en haut-de-forme et nœud papillon. Il revenait rarement à l'hôtel, même pendant les week-ends.

— Non, je ne sais pas, dit Morrigane, masquant tant bien que mal sa frustration.

Elle ignorait *complètement* comment fonctionnait la Société. Contrairement aux autres habitants de Nevermoor, elle avait grandi en dehors de l'État Libre. Avant l'année précédente, elle n'avait même jamais entendu parler de la fameuse toute-puissante Société Wundrous.

— Mais bien sûr que *si-la-sol-fa-mi-ré-DO*, chanta Dame Chanda, qui se tournait de côté et d'autre tout en s'examinant dans son miroir en pied à cadre en bois doré.

Le haut plafond répercuta son ample voix et les bras de Morrigane se couvrirent plaisamment de chair de poule. Une souris minuscule pointa le museau entre deux lattes du parquet, l'air enamouré. Dame Chanda la chassa distraitement du pied en disant :

— La Société est très exigeante. Elle se mêle de tout. Elle n'a aucun respect de la vie privée des gens.

Puis elle se tourna pour fixer Morrigane d'un regard entendu :

— En résumé, mon ange : lorsqu'ils te veulent, ils te le font savoir. Ils vont directement à la source. Ils viendront te chercher lorsqu'ils auront besoin de toi. N'aie pas peur, mon chou. Tu seras lancée en plein cœur du labyrinthe du Sowun avant même de t'en rendre compte. Et là tu n'auras plus qu'une envie : en sortir. Crois-moi… j'essaie de limiter mes visites

Le non-tatouage et la non-porte

uniquement aux événements obligatoires et aux occasions spéciales.

— Pourquoi ?

— Oh, tu sais, dit-elle d'un ton jovial en prenant une brassée de robes sur un portant avant de les jeter sans délicatesse sur une méridienne. Si je commence à montrer trop souvent mon nez dans ces lieux vénérables, les gens vont penser qu'ils peuvent m'embarquer dans leurs exploits ridicules. Comme si je n'étais pas déjà assez occupée !

Morrigane lui connaissait sept occupations : ses fameux concerts très prisés du dimanche soir au salon de musique de l'hôtel Deucalion, et les six beaux et charmants prétendants avec lesquels elle passait le reste de ses soirées. « Monseigneur du Vendredi », comme l'avait secrètement surnommé Jupiter, avait assisté à l'anniversaire de Morrigane. Il lui avait offert un magnifique bouquet de roses roses et pourpres (sans aucun doute pour épater la soprano, mais Morrigane avait tout de même été touchée par le geste).

— Et puis, je ne supporterais pas de croiser Meurgatre.

— C'est qui, Meurgatre ? demanda Morrigane.

— Meurgatre, de Biennée et Meurgatre. Les Maîtresses Initiatrices, dit Dame Chanda avec un frisson. Deux horribles têtes dans un corps terrifiant. Enfin, c'est peut-être injuste… la pauvre Biennée n'est pas si méchante. C'est Meurgatre qu'il faut éviter, si tu le peux.

65

Elle lança un regard compatissant à Morrigane dans le miroir.

— Sauf que, je suis navrée de te dire, ma chérie, tu ne pourras sûrement pas.

Dame Chanda avait raison. Quand ils voulurent Morrigane, elle le sut tout de suite.

Tôt le lundi matin – bien trop tôt, à son goût –, elle fut réveillée par trois coups frappés à la porte.

Pas la porte de sa chambre.

La nouvelle porte. La non-porte. La porte *mystérieuse*.

Celle qui ne s'ouvrait pas.

4

LE TRAIN-MAISON

Morrigane se redressa dans son lit et fixa la porte. Son cœur tambourinait dans le silence. Une minute ou deux s'écoulèrent, et elle s'était presque persuadée que ce n'était que le fruit de son imagination, lorsque...

Toc, toc, toc.

Elle retint son souffle. Elle voulait ignorer ces coups, s'enfouir sous les couvertures avec un oreiller sur la tête, jusqu'à ce que cette personne, ou cette chose, déguerpisse.

Mais ce n'est pas ce que ferait un membre de la Société Wundrous, se dit-elle sévèrement.

D'un geste décidé, elle rejeta ses couvertures et marcha à pas lourds vers la porte dans l'espoir que la personne (ou la chose) de l'autre côté du battant la croirait beaucoup plus baraquée et effrayante qu'elle ne l'était en réalité. Elle se pencha, respirant fort, avec l'intention de coller son oreille à la porte... puis elle se ravisa. Elle venait de remarquer un détail qui lui avait échappé : au milieu, incrusté dans le bois noir, il y avait un petit cercle doré de la taille de son empreinte.

Le cercle se mit à luire d'une lumière dorée et diffuse émanant du métal lui-même. D'abord tamisée, puis un peu plus vive, jusqu'à illuminer un minuscule W métallique au centre du cercle.

Ah, pensa Morrigane. Elle plaqua le W de son index droit dessus. Le métal était chaud au toucher.

La porte s'ouvrit si brutalement, si facilement, qu'elle sauta en arrière en étouffant une exclamation, s'attendant que quelqu'un lui tombe dessus.

Mais il n'y avait personne.

Clignant des yeux, elle découvrit une petite pièce fortement éclairée, moitié débarras et moitié penderie. Des tringles pour accrocher des vêtements et des étagères vitrées occupaient les murs revêtus de lambris sombres.

Est-ce que ça a toujours existé ? se demanda Morrigane. Est-ce que cela faisait partie du Deucalion, ou la porte mystérieuse l'avait-elle transportée quelque part ailleurs ?

En face de la porte qu'elle venait de franchir, il y en avait une autre, identique. Morrigane courut presser son doigt sur le cercle, mais rien ne se passa. Déçue, elle constata que le cercle était froid.

Le train-maison

— Et maintenant ? chuchota-t-elle en se retournant pour examiner la pièce vide.

Ses yeux se posèrent sur la réponse. La pièce n'était pas *complètement* vide. Au dos de la première porte était suspendue une tenue : des bottes, des chaussettes, un pantalon, une ceinture, une chemise, un pull et un manteau. Le tout de couleur noire, à l'exception de la chemise, qui était grise. Les vêtements étaient très chics, neufs et bien repassés… et à la taille de Morrigane.

— Oh… OH !

En moins d'une minute, elle était prête – la chemise boutonnée, les bottes lacées, son pyjama abandonné par terre. Alors le W de la deuxième porte se mit à briller. Morrigane, souriant jusqu'aux oreilles, tendit l'index.

La porte s'ouvrit sur une petite station du Wunderground. Les lieux étaient propres, malgré un peu de fumée en suspens et un petit air abandonné. Il n'y avait rien d'autre qu'une horloge en laiton étincelante suspendue au plafond et un banc de bois au bout du quai. Alors qu'elle passait le seuil, Morrigane sentit ses oreilles se déboucher. L'atmosphère n'était tout à coup plus la même : il faisait un peu froid et une odeur subtile d'huile de moteur flottait dans l'air.

Cela répondait donc à sa question : elle n'était plus à l'hôtel Deucalion. Même si le Deucalion pouvait se transformer à l'infini, avec ses fauteuils-pieuvres, ses hamacs et ses baignoires à pieds de griffon, il n'était certainement pas en sous-sol, et il n'existait sûrement pas, juste à côté de la chambre de Morrigane au quatrième étage, de station de métro vide.

Le Wundereur

Enfin... *presque* vide.

Une fille avec une grosse natte était assise au bord du quai, les épaules voûtées, les jambes pendant dans le vide. Au bruit que fit la porte en se refermant, elle se retourna.

— Salut, dit Morrigane, d'un ton un peu guindé.

— Il était temps !

Cadence Blackburn la fixait avec une expression furieuse. Pourtant Morrigane aurait juré avoir vu quelques secondes plus tôt son visage passer de l'inquiétude au soulagement. Peut-être parce qu'elle s'était rendu compte qu'elle n'était plus seule, qu'un autre membre de son unité avait fini par se montrer.

— Ça fait combien de temps que t'es là, Cadence ?

Cadence eut l'air surprise que Morrigane se souvienne d'elle, et ce n'était pas la première fois. Après l'épreuve Spectaculaire, elle avait confié à Morrigane qu'à part elle personne ne se souvenait jamais d'elle ; c'était le prix à payer pour son talent d'hypnotiseuse.

Mais Morrigane n'avait jamais eu du mal à se souvenir de Cadence. D'ailleurs, elle trouvait cette fille difficile à oublier. Car comment oublier qu'elle lui avait volé son ticket tant convoité pour le dîner avec les Anciens durant l'épreuve du Parcours ? Et puis, elle l'avait poussée dans l'étang la nuit d'Hallowmas. Et surtout – c'était incroyable, *renversant* –, elle l'avait sauvée de l'expulsion de Nevermoor. Il n'était pas exagéré de dire que Morrigane avait pour elle des sentiments *très* partagés.

Le train-maison

— Un bail, dit Cadence. La porte s'est verrouillée derrière moi.

Morrigane se retourna et constata que le petit cercle doré sur sa porte s'était éteint. Cela signifiait-il qu'elle ne pouvait plus revenir en arrière ? Une vague angoisse monta en elle. Elle appuya son doigt dessus.

Rien. Le métal était froid et terne.

— C'est celle-là, la mienne, dit Cadence en désignant une porte vert émeraude, trois portes plus loin que la noire.

Il y avait huit portes en plus de celle de Morrigane, toutes de couleur et de style différents, qui, sans doute, menaient à huit maisons.

— Elle est apparue dans le salon pendant la nuit. Maman n'était pas contente. J'ai dû l'empêcher d'appeler les Puants.

— La mienne est apparue dans ma chambre.

Cadence émit un grognement pour marquer qu'elle s'en fichait. Un silence s'installa entre elles.

Le quai était très court – beaucoup trop court pour qu'un train normal du Wunderground puisse s'y arrêter. Pourtant, un panneau suspendu au-dessus d'elles indiquait : « STATION 919 ».

— Est-ce que... Attends. Non ! On a notre propre station ? demanda Morrigane, bouche bée. Notre propre station *privée* du Wunderground ?

— On dirait.

Une pointe de curiosité transparaissait dans la voix d'habitude bourrue de Cadence. Jupiter plaisantait sur le fait que les membres de la Société Wundrous avaient leurs sièges réservés dans le Wunderground. Mais leur propre station, c'était carrément dix fois plus cool. Cadence se leva et épousseta son pantalon noir. Elle dévisagea Morrigane.

— Alors… c'est vrai ? T'es réellement un Wundereur ?

Morrigane confirma d'un signe de tête.

Cadence ne paraissait pas entièrement convaincue.

— Comment tu le sais ?

— Je le sais, c'est tout.

Elle n'avait aucune envie de dévoiler la vérité à Cadence, de lui expliquer qu'Ezra Squall lui-même le lui avait dit. Ni qu'elle avait eu une véritable conversation avec l'homme le plus haï de Nevermoor.

— Jupiter le voit.

Cadence haussa un sourcil et Morrigane la regarda avec méfiance. Elle avait un air suspicieux et agacé, comme si elle était sur le point de faire une remarque cinglante. Mais on ne savait jamais avec Cadence. Il devenait de plus en plus évident que son air « suspicieux et agacé » était peut-être son expression habituelle. Morrigane pouvait comprendre.

— Alors on est toutes les deux des entités dangereuses. Deux dans une unité, ils ont du courage, dit Cadence avec un rire teinté d'amertume. Tu as un pacte de sécurité, toi aussi ?

— Oui, répliqua Morrigane.

Ce pacte de sécurité avait été une condition *sine qua non* pour son admission dans la Société. Neuf citoyens éminents et influents de Nevermoor avaient accepté de

Le train-maison

se porter garants de la loyauté de Morrigane et de... enfin... elle ne savait pas au juste ce qu'ils devaient faire d'autre. C'était une de ces étranges traditions de la Société Wundrous que Morrigane ne comprenait pas totalement, mais l'important, c'était que Jupiter avait réussi à convaincre l'ange Israfel d'être le dernier signataire du pacte de sécurité de Morrigane avant l'inauguration. Sans cela, aujourd'hui, elle ne serait pas membre de l'unité 919.

— Moi aussi, dit Cadence. Il fallait trois signatures. Et toi ?

— Neuf.

Cadence laissa échapper un long sifflement admiratif.

Elles se turent un moment, puis le silence fut soudain brisé par trois des portes qui s'ouvrirent pile en même temps. Anah Kahlo, Francis Fitzwilliam et Mahir Ibrahim apparurent. Encore en train d'ajuster leurs nouveaux uniformes, la mine aussi désorientée qu'intriguée. Quelques instants plus tard, ils furent rejoints par Thaddea, Archan, Lambeth et...

— Nan, mais vous avez vu ces BOTTES ? s'exclama Hawthorne en tapant très fort des pieds sur le quai.

Il adressa un grand sourire à Morrigane, planta ses mains sur ses hanches et bomba le torse.

— Ils sont pas troooop cool ces habits ? Je comprends pourquoi tu aimes porter du noir. Je me sens comme un SUPER-HÉROS. Tu te sens pas comme une super-héroïne ?

— Pas vraiment, admit Morrigane.

— Ils devraient nous filer des capes ! Tu trouves pas ? Et si on leur demandait des capes ?

— Il vaut mieux éviter.

— C'est une station du Wunderground ? Ça m'en a tout l'air.

Il inspecta les lieux, aussi vif qu'un chien repérant des écureuils dans le parc.

— C'est un peu cracra, non ? Bah, ça m'est égal ! Maman dit que la crasse, c'est bon pour le système immunitaire. On est où ? La station 919 ? Je n'ai jamais entendu parler de... oh ! OH ! Non !!??? Morrigane, à mon... il se peut que ce soit...

— Oui, coupa-t-elle. Notre propre...

— Notre propre STATION ?

— Ouaip !

— Incroyable !!!!

Morrigane se fendit d'un immense sourire. Elle se sentait encore plus heureuse que d'habitude de retrouver son ami Hawthorne et son enthousiasme démesuré pour le monde autour de lui. C'était une distraction bienvenue pour oublier les regards silencieux et méfiants des autres membres de leur unité. Anah s'était collée contre le mur, aussi loin que possible de Morrigane compte tenu de l'espace réduit. Considérant que, lors de leur première rencontre, elle l'avait défendue contre une brute épaisse, Morrigane jugea son comportement limite insultant. Elle s'efforça toutefois de garder une expression neutre, au cas où Anah penserait qu'elle était en train de lui jeter un sort ou un truc dans le genre.

Le train-maison

Hawthorne sauta et toucha le panneau suspendu au-dessus du quai. Il se mit à osciller d'avant en arrière avec un grincement qui vous vrillait les tympans.

— Tu crois qu'il va arriver quand, ce train ?

— Maintenant, dit une voix.

Tous pivotèrent vers la même direction. Lambeth était assise par terre, en tailleur, le dos droit, les yeux fixés sur l'ouverture sombre du tunnel. Petite, la mine sérieuse, elle avait le teint mordoré et de longs cheveux noirs soyeux.

Les autres membres de l'unité échangèrent des regards perplexes, attendant des explications.

Morrigane se racla la gorge :

— Heu… quoi ?

Lambeth se tourna vers ses camarades, l'index levé, comme pour leur intimer d'attendre. Quelques secondes plus tard, le sol se mit à vibrer sous leurs pieds. Un sifflement s'échappa du tunnel et la réponse à la question de Hawthorne entra en gare.

— C'est troublant, déclara Hawthorne.

— Tu veux dire *terrifiant*, rectifia Thaddea en lançant un regard en coin à Lambeth.

Quoique assise en tailleur, Lambeth était aussi majestueuse qu'une reine sur son trône.

Ce n'était pas à proprement parler un train, puisqu'il n'y avait qu'une seule voiture ; on aurait dit une tête ayant perdu son corps. Elle était un peu cabossée et semblait avoir connu des jours meilleurs, mais elle était propre et aussi brillante qu'une pièce de monnaie, soufflant de joyeux panaches de fumée blanche alors qu'elle

Le Wundereur

s'arrêtait devant eux. Sur son flanc il y avait un gros W noir, et dessous le numéro « 919 ». La peinture était fraîche.

Le train siffla de nouveau, les portes s'ouvrirent et une jeune femme sauta sur le quai, un bout de papier chiffonné à la main. Grande, avec de longues jambes minces, elle ne se tenait pas courbée comme le font certaines personnes de haute taille par peur d'intimider les autres. Elle avait un port de ballerine, pensa Morrigane : les épaules en arrière, les pieds légèrement tournés vers l'extérieur.

— Lambeth Amara, oracle à courte portée, appela la femme en lisant sa feuille. Cadence Blackburn, hypnotiseuse. Morrigane Crow, Wundereur. Francis Fitzwilliam, gastronome. Mahir Ibrahim, linguiste. Anah Kahlo, guérisseuse. Thaddea Macleod, guerrière. Hawthorne Smith, cavalier de dragon. Archan Tate, pickpocket.

Elle regarda gaiement les neuf visages qui la fixaient. Elle n'avait pas hésité, ni fait de grimace en prononçant le terme « Wundereur ». Elle n'avait même pas battu des paupières. Morrigane l'aimait déjà.

— Quelle belle diversité ! Tout le monde est là ?

Les membres de l'unité 919 se tournèrent les uns vers les autres en hochant vaguement la tête.

— Bien, alors, en voiture !

Elle leur fit signe de la suivre avec un grand sourire et disparut à l'intérieur du wagon. Hawthorne lui emboîta le pas avec empressement ; Morrigane et les autres se mirent à la queue leu leu derrière lui.

Le train-maison

— Ça alors ! s'exclama Hawthorne en entrant.
— Cool, souffla Mahir.
— Splendide, laissa échapper Thaddea.
Pas mal, pensa Morrigane.

On aurait dit que quelqu'un avait récupéré un vieux wagon du Wunderground et l'avait complètement vidé avant de le transformer en un salon douillet. Il y avait plein de coussins moelleux, de fauteuils duveteux, de tables basses et de lampes, un vieux canapé, le tout astucieusement disposé. Un petit poêle à bois avec une bouilloire en cuivre occupait un angle de la pièce ; une caisse de petit bois et une pile de couvertures au crochet multicolores étaient posées à côté. Un bureau, peint en rouge et couvert d'autocollants, se trouvait à l'avant de la voiture. Les murs disparaissaient sous des proclamations stimulantes, telles que : « Soyez le meilleur vous que vous puissiez être », ou encore : « Dans une équipe, il n'y a pas de "je" ». Il y avait aussi un panneau d'affichage où étaient punaisées des annonces colorées et des cartes postales illustrées. L'endroit était encombré, mais confortable. Chaotique, mais propre. C'était magnifique.

— J'ai décoré les lieux moi-même. Qu'est-ce que vous en pensez ?

La jeune femme les regarda en retenant son souffle, comme quelqu'un offrant à un être cher un cadeau de Noël choisi avec soin. Elle sautillait presque.

— Vous auriez vu la déco d'avant ! C'était spartiate. J'en suis désolée pour les membres de l'unité précédente qui l'ont eue. Neuf tables ennuyeuses, neuf

Le Wundereur

chaises dures. Pas de canapé ! Pas de pouf en poire ! Pas de poêle… et on se *gèle* ici en hiver, croyez-moi. Il n'y avait même pas de coupe à biscuits ! Vous vous rendez compte ?

Elle montra du doigt un immense récipient en céramique en forme d'ours polaire qui trônait sur le bureau rouge.

— Je vous fais le serment que cette coupe sera toujours remplie de gâteaux. Et pas n'importe lesquels ! De vrais macarons au chocolat. Des muffins. Des tartelettes au citron, et ainsi de suite. Il y a une chose que vous devez savoir à mon sujet : je suis très pointilleuse question biscuits.

Elle prit la coupe et la fit circuler, souriant alors que les enfants grignotaient tous en silence, visiblement ravis qu'elle ait pensé à satisfaire ce besoin primordial.

— Asseyez-vous, asseyez-vous.

Les nouvelles recrues s'assirent au milieu du méli-mélo de meubles. Morrigane choisit un coussin géant et Hawthorne celui juste à côté du sien. Leur hôtesse s'installa dans un fauteuil de velours. Avec son pull rose trop grand, ses leggings à carreaux verts et ses baskets jaunes, on aurait dit une boîte de pastels. En comparaison, les membres de l'unité 919, tout de noir vêtus, ressemblaient à un cortège funèbre. Un foulard jaune bouton-d'or retenait le nuage vaporeux de ses boucles brunes, dégageant son visage.

— Je suis Mlle Ravy. Marina Ravy. Je suis votre conductrice.

Le train-maison

Morrigane jeta un coup d'œil à ses camarades. Était-elle censée savoir ce qu'était une conductrice ? Hawthorne haussa les épaules en guise de réponse.

— C'est un nom un peu bête, Mlle Ravy, mais je vous promets de faire de mon mieux pour me montrer à la hauteur. Officiellement, vous devriez m'appeler Conductrice Ravy, mais si vous voulez mon avis, ça sonne encore pire. Alors, mettons-nous d'accord sur Mademoiselle Ravy, OK ?

Ils hochèrent tous la tête, la bouche pleine.

Mlle Ravy les enveloppa d'un regard débordant de fierté et d'entrain, comme si elle avait devant elle les neuf personnes les plus importantes du monde. Elle avait des yeux doux et brillants, une peau brun doré, et peut-être le plus beau sourire que Morrigane ait jamais vu.

— Bienvenue au train-maison, déclara-t-elle en ouvrant les bras. Pendant vos cinq prochaines années d'études en tant qu'étudiants junior, ce petit wagon douillet sera votre moyen de transport, votre refuge et votre camp de base. C'est ici que nous débuterons et terminerons chaque journée d'école. Je viendrai vous chercher à la Station 919 tous les matins, du lundi au vendredi, et je vous y redéposerai en fin d'après-midi. C'est pas plus compliqué que ça. On l'appelle le train-maison parce que c'est sa fonction, voyez-vous ? Vous amener à la maison. Mais c'est aussi ainsi que je veux que vous considériez cet endroit.

Elle les observa avec gravité.

Le Wundereur

— Comme votre deuxième maison. Un lieu où vous vous sentez en sécurité, heureux. Où tout le monde assure vos arrières, où aucune question n'est stupide, où personne ne vous juge. Alors, avec ça en tête... vous avez des questions ?

Francis leva la main.

— C'est quoi, votre talent ?

— Excellente question, Francis, dit-elle avec un sourire. Je suis une funambule. J'ai fait mes études à l'École des Arts mineurs, et j'en suis fière.

Bien sûr, pensa Morrigane. Ce n'était pas une danseuse, mais presque. Pas étonnant qu'elle se tienne si droite.

— C'est quoi, l'École des Arts mineurs ? demanda Mahir.

— Ah ! Encore une excellente question.

Mlle Ravy se leva d'un bond de son fauteuil et se dirigea vers une grande affiche en noir et blanc.

On y voyait trois cercles concentriques : un cercle gris entourait un cercle blanc et, au centre, il y avait un cercle noir. On aurait dit une cible.

— La Société Wundrous est divisée en deux secteurs d'expertise : les Arts mineurs et les Arcanes.

Mlle Ravy montra du doigt le cercle gris extérieur.

— Ce cercle représente les Arts mineurs... dont je fais partie. C'est le plus large secteur de la Société Wundrous. Ils interviennent dans la sphère publique, pour l'essentiel dans des domaines en lien avec la médecine, les sports, les arts du spectacle, la création artistique, l'ingénierie et la politique. C'est la première ligne d'attaque qui permet à la Société Wundrous d'obtenir le soutien populaire et financier indispensable pour poursuivre sa tâche essentielle.

Morrigane fronça les sourcils. Qu'était, au juste, la « tâche essentielle » de la Société Wundrous ? Personne ne le lui avait jamais dit... Soudain, elle se rendit compte avec un peu d'embarras qu'elle n'avait jamais songé à poser la question.

Mlle Ravy continua, récitant ses phrases comme si elles les avait apprises par cœur en prévision d'un contrôle :

— De manière générale, nous autres des Arts mineurs, on charme le public et on fait rentrer les fonds. Pensez à votre musicien ou à votre athlète préféré, au meilleur numéro de cirque que vous ayez jamais vu, au politicien le plus malin que vous ayez entendu aux infos, aux architectes et aux ingénieurs les plus talentueux de notre ville... Ils font probablement partie de la Société Wundrous, ce qui signifie qu'ils sont sûrement diplômés de l'École des Arts mineurs. Nous accomplissons des merveilles dans le monde afin que l'opinion publique conserve une image positive de la Société Wundrous.

Un grand sourire se dessina sur son visage.

— Au Sowun, on a un slogan : « Essayez donc de survivre sans nous. »

Elle montra la bande blanche du cercle.

— Cette partie représente les Arcanes. Bien que le nombre de ses membres atteigne à peine le tiers de ceux des Arts mineurs, ils sont aussi importants et, d'après *certains*, deux fois plus puissants. Ils n'apparaissent pas au grand jour, et leurs disciplines sont la magie, le surnaturel et l'ésotérisme. Ce sont vos sorciers, oracles, médiums, magiciens… C'est la première ligne de défense pour assurer la protection de la Société, de la ville et de l'État Libre contre les forces qui chercheraient à leur nuire. Ils ont pour slogan : « Sans nous, vous parleriez tous zombie. »

— Et le cercle noir, c'est pour quoi ? demanda Cadence en montrant le centre du symbole.

— Oh… fit Mlle Ravy qui fixa l'affiche, puis haussa les épaules, comme si elle n'y avait jamais vraiment réfléchi. Il représente simplement la Société dans son ensemble.

— Quand est-ce qu'on saura à quelle école on appartient ? demanda Thaddea, qui se redressa autant que l'y autorisait son pouf.

Elle fit craquer ses phalanges, l'air prête à *protéger l'État Libre contre les forces qui chercheraient à lui nuire.*

— Déboutonnez vos manteaux, ordonna Mlle Ravy, et tirez sur vos manches.

Tout le monde s'exécuta. Morrigane remarqua pour la première fois que sept d'entre eux portaient des chemises grises et les deux autres des chemises blanches.

— Ah, nous y voilà ! s'exclama Mlle Ravy. Alors mes compagnons à manches grises sont Anah, Arch, Mahir, Hawthorne, Morrigane, Thaddea et Francis. Et nos Arcanes à manches blanches sont Lambeth et euh…

Elle baissa le nez sur son bout de papier et fit courir l'index sur la liste des noms.

Le train-maison

— Cadence ! Bien sûr. Ça fait sens. Cadence est une hypnotiseuse, vous voyez, et...

— C'est qui, Cadence ? demanda Francis.

D'un geste du menton, Mlle Ravy indiqua Cadence qui les fusillait tous du regard. L'unité au complet, à l'exception de Morrigane, parut stupéfaite, comme si les autres élèves venaient juste de noter sa présence. (Et c'était le cas.)

— Hum... fit Mlle Ravy en griffonnant une note à son usage. Ah oui ! Il va falloir qu'on fasse quelque chose à ce sujet. Quoi qu'il en soit, Cadence est une hypnotiseuse et Lambeth est Radar – un genre d'oracle très spécifique, plus versé dans les prédictions à court terme que dans les prophéties concernant un futur lointain. Ce sont deux talents très rares, même pour des Arcanes. Nous sommes heureux de vous compter dans notre unité, les filles.

À ces mots, Cadence se radoucit un peu. Lambeth, qui lisait les affiches aux murs en chuchotant pour elle-même, ne paraissait pas s'intéresser le moins du monde à la conversation. Elle eut un bref sourire, comme si quelqu'un avait proféré un truc drôle, fronça les sourcils, puis reprit un air joyeux. Morrigane, qui l'observait, se dit qu'elle devait être réglée sur une fréquence complètement différente.

Quant au reste de l'unité, la moitié coulait des regards à la dérobée dans sa direction et l'autre moitié la dévisageait ouvertement. Morrigane devinait ce qu'ils pensaient, parce qu'elle pensait précisément la même chose : pourquoi faisait-elle partie de l'École des

Arts mineurs, alors que Cadence et Lambeth étaient des Arcanes ? Qu'y avait-il de si mineur à être un *Wundereur* ?

— Vous êtes douée... comme funambule ? demanda tout à coup Thaddea en léchant du chocolat qui avait coulé sur ses doigts.

Ce n'était pas très poli comme question, pensa Morrigane... et pas très futé non plus : Mlle Ravy était à l'évidence assez douée pour appartenir à la Société Wundrous. Peut-être Thaddea avait-elle posé la question parce qu'elle était contrariée de ne pas faire partie elle-même de l'École des Arcanes. Morrigane doutait que la remarque sur ses membres « tout aussi importants et deux fois plus puissants » lui ait plu.

— Oui, pas mauvaise, répondit Mlle Ravy. En revanche, c'est la première fois que je suis Conductrice, je crains donc d'être maladroite, du moins au début. Soyez indulgents pendant que je fais mes classes, d'accord ?

Elle adressa un sourire à Morrigane, qui ne put s'empêcher de le lui rendre. Elle aimait déjà Mlle Ravy. Se sentant un regain de courage, elle leva la main :

— Mademoiselle, c'est quoi, exactement, une Conductrice ?

— Ah oui ! dit Mlle Ravy en se tapant sur le front avant d'éclater de rire. Je n'ai oublié que le principal, n'est-ce pas ? Chaque nouvelle unité à la Société Wundrous a un Conducteur ou une Conductrice, qui la suit pendant toutes ses années de scolarité. Mon rôle est de vous amener là où vous devez être. Et cela au sens concret : je vais physiquement vous transporter chaque jour de cette station au Sowun, à titre de Conductrice du train-maison.

« Mais dans un sens plus large, je suis censée vous amener là où vous devez être à la fin de vos études de juniors, une sorte de… guide, je suppose. Je suis là pour vous faciliter la vie au Sowun. Si vous avez besoin de quoi que ce soit pour vos cours, d'équipements spéciaux, de matériel, ou autres, je veillerai à ce que vous l'ayez. J'ai déjà passé cette semaine une énorme commande au service des fournitures.

Elle mima le geste de cocher les articles d'une liste :

— Des gants de boxe, une armure ignifugée, un jeu de couteaux de cuisine, un caisson de privation sensorielle… Vous êtes un groupe très intéressant, n'est-ce pas ?

Des rires parcoururent l'assistance. Morrigane regarda Hawthorne et sourit. Ce n'était pas un rêve ; tout cela se produisait réellement. Le premier jour du reste de leur vie. Elle était impatiente de commencer.

— Je travaillerai avec chacun d'entre vous, reprit Mlle Ravy, et avec vos mécènes et les Maîtresses Initiatrices, pour m'assurer que votre programme scolaire maximise votre potentiel en tant que membres de la Société Wundrous et pour faire de vous des êtres humains et des citoyens de l'État Libre équilibrés. Pour vous aider à perfectionner vos talents, mais également à développer les nombreux autres dons que vous apportez au monde, notamment… non, *surtout*, votre générosité et votre courage. Et j'espère par-dessus tout que nous pourrons tous être amis. C'est sans doute l'option la plus raisonnable, puisque vous êtes coincés avec moi pour les cinq prochaines années, termina-t-elle avec un sourire rayonnant.

Si qui que ce soit d'autre avait mentionné sa « générosité » et son « courage » avec un air aussi radieux, Morrigane aurait peut-être fait mine d'être écœurée. Mais quelque chose chez Mlle Ravy l'incitait à rester assise tranquillement et à boire ses paroles.

— Bien, alors, dit la Conductrice en tapant deux fois dans ses mains, il est temps de vous emmener vers votre destination. Vous allez avoir droit à une visite VIP avec Paximus Chance, petits veinards !

— NAN ?! s'écria Hawthorne, le visage illuminé comme si c'était soudain le plus beau jour de sa vie. Paximus Chance ? En vrai ?

— En vrai, dit Mlle Ravy, tout sourire.

— Le vrai, *l'unique* Paximus Chance ? Paxchance ? insista Mahir. Le fameux maître illusionniste – escamoteur farceur – artiste de rue de l'autodéfense ?

— Lui-même.

Mahir et Hawthorne échangèrent des sourires ébahis.

Morrigane n'avait aucune idée de qui était ce Paximus Chance. *Ça doit être un truc nevermoorien*, se dit-elle.

— Mais je croyais que son identité était secrète ? s'étonna Cadence.

— Bah, il est beaucoup moins pointilleux sur ce point qu'on l'imagine, dit Mlle Ravy. Du moins, au sein de la Société. Pax fait faire la visite guidée aux nouveaux élèves chaque année, et ce depuis un quart de siècle.

La Conductrice sauta de son fauteuil et se précipita vers le devant du wagon, où elle se mit à activer des leviers et des boutons. Le moteur gronda et se mit à vrombir.

— Attendez de voir ça, ajouta-t-elle. Il prévoit toujours un tour spectaculaire pour la nouvelle unité. L'année dernière, il a fait sortir un troupeau de mammouths de la Maison des Initiés, avant de les faire disparaître dans la forêt, comme des fantômes. Certes, ce n'était qu'une illusion... n'empêche, c'était super cool.

— Incroyable ! souffla Arch.

— Bien. Dépêchons-nous ou vous serez en retard pour le plus beau jour de votre vie, lança Mlle Ravy en se retournant brièvement. Vous avez d'autres questions ?

Hawthorne leva bien haut la main.

— Mademoiselle, est-ce qu'on peut avoir des capes ?

5

BIENNÉE ET MEURGATRE

— Nous voici à la Station des Initiés. La plus ancienne station de Wunderground de Nevermoor, annonça Mlle Ravy. La plupart des gens ignorent qu'elle se trouve ici même, sur le campus du Sowun, au cœur de la Forêt Pleureuse.

Le train-maison 919 émergea du tunnel du Wunderground et entra dans une gare lumineuse et animée, la plus jolie que Morrigane ait jamais vue. Elle compta six quais reliés par de pittoresques passerelles de brique rouge festonnées de lierre grimpant comme sur les murs de la Maison des Initiés. Il y avait des bancs de bois et des salles d'attente fermées par des parois de verre. La bâtisse était entourée par une forêt touffue dont les arbres se recourbaient au-dessus d'elle comme pour la protéger sous un dôme naturel. Il était encore tôt,

Le Wundereur

le ciel avait la couleur bleu pâle de l'aube, mais le peu de lumière qu'il y avait filtrait à travers le feuillage, formant des ronds mouchetés. Les lampes à gaz des quais s'éteignaient l'une après l'autre.

Malgré l'heure matinale, trois autres trains-maisons (avec leurs numéros 918, 917 et 916 peints sur leurs flancs) et une locomotive à vapeur attelée à de petits wagons en cuivre étaient déjà à quai.

Mlle Ravy s'arrêta au quai numéro 1, qui grouillait de Wuns, jeunes et vieux, et ouvrit la porte du wagon pour laisser sortir l'unité 919. Les murs du quai étaient couverts de fiches d'inscription à divers clubs, groupes, équipes et sociétés-au-sein-de-la-Société. Morrigane trouva absolument révoltante l'idée du Club des objectifs et accomplissements pour jeunes très ambitieux, qui se réunissait les lundi, mardi, mercredi et jeudi soir, ainsi que toute la journée du dimanche. Mais elle se dit qu'elle pourrait peut-être adhérer aux Introvertis totalement anonymes, qui promettaient « aucune réunion ou aucun rassemblement d'aucune sorte ».

La gare bourdonnait d'excitation. Réunis en petits groupes, les gens chuchotaient entre eux. Morrigane surprit des bribes de conversations.

— … personne ne sait, les Anciens ne disent rien…
— … c'est peut-être un de ses tours ?
— … il n'a jamais fait ça auparavant…

Mlle Ravy fronça les sourcils, légèrement perplexe.

— Quelque chose ne va pas, mademoiselle ? demanda Morrigane.

— Oui et non, c'est juste que d'habitude, l'ambiance est un peu plus festive le jour de la rentrée. Et en principe, Paximus Chance est là pour nous accueillir...

— Tout va bien, Marina ? s'exclama un jeune homme appuyé à la porte du train-maison 917.

Il sauta sur le quai et courut vers Mlle Ravy.

— J'ai appris que tu avais été nommée Conductrice. Félicitations !

— Salut, Toby, dit-elle distraitement. Qu'est-ce qui se passe ? Où est Paxchance ?

Toby se rembrunit.

— Nul ne le sait. Il s'est comme volatilisé.

Mlle Ravy fit la moue.

— Mais c'est impossible !

Morrigane se remémora soudain Jupiter ayant à peu près la même conversation avec son ami Israfel, la veille du Printemps, au sujet de Cassiel, l'ange qui avait disparu.

— Paxchance ne disparaîtrait pas la veille de la Visite de la rentrée. Il n'en a pas raté une seule depuis vingt-cinq ans.

Une autre disparition.

Une vague terreur indéfinissable se mit à se tortiller comme un serpent dans le ventre de Morrigane. Cette sensation lui était familière. L'impression que quelque chose, quelque part, avait très mal tourné, et peut-être par sa faute.

Arrête, s'ordonna Morrigane farouchement en secouant la tête comme pour chasser cette pensée de son esprit. *Cela n'a rien à voir avec toi. Tu. N'es. Pas. Maudite.*

Elle aurait voulu pouvoir envoyer un message à Jupiter.

Mlle Ravy se ratatina et elle regarda autour d'elle avec désespoir.

— Qui est-ce qui se charge de la visite guidée alors ?

— Euh… commença Toby avec la tête de quelqu'un qui s'apprête à annoncer une terrible nouvelle.

Mlle Ravy emmena l'unité 919 hors de la gare et indiqua un chemin arboré qui menait en ligne droite à la Maison des Initiés.

— Ne quittez pas le chemin, d'accord ? Et ne pénétrez en aucun cas dans la Forêt Pleureuse.

— Est-ce qu'elle est dangereuse, mademoiselle ? demanda Francis en jetant des coups d'œil nerveux à travers le sous-bois.

— Non, juste rasoir, dit Mlle Ravy en se penchant vers eux, comme pour éviter que les arbres ne l'entendent. Une fois qu'elle se met à geindre, elle ne s'arrête plus. Alors ne lui témoignez aucune sympathie. Maintenant, écoutez-moi tous. Il semble que… heu… une des Maîtresses Initiatrices va vous faire faire la visite guidée. Maîtresse Biennée ou Mme Meurgatre vous rejoindra au bas des marches de la Maison des Initiés, alors...

Elle s'interrompit et poussa un profond soupir.

— ... soyez bien sages, gardez la tête basse et faites de votre mieux, d'accord ?

Sur ces paroles encourageantes, la Conductrice les invita d'un geste à entamer le trajet, court quoique un brin terrifiant, jusqu'à la Maison des Initiés.

Morrigane crut entendre un marmonnement rageur parmi les arbres sur sa gauche (« ... déambulant par ici avec leurs gros godillots si tôt matin, aucun respect... »), mais elle suivit le conseil de Mlle Ravy et l'ignora. Hawthorne et elle fermaient la marche et conversaient à mi-voix.

— J'en *crois pas* mes oreilles, maugréa Hawthorne. Alors qu'on était à deux doigts de rencontrer Paximus Chance, le voilà qui disparaît ! C'est vraiment pas de bol ! À moins que... Oh !

Son visage s'illumina.

— Ohh ! Attends. Et si ça faisait partie de la farce ?

— Peut-être, dit Morrigane, sceptique. Mais ce serait une farce franchement nulle.

— Nanne m'a tout dit sur les Maîtresses Initiatrices, poursuivit Hawthorne. Selon elle, Meurgatre est une source d'ennuis.

(Il y eut un bruissement dans le feuillage à leur droite, suivi d'un gémissement pitoyable. Une voix cassée, à moitié étouffée, s'éleva des arbres : « Oh, que mes branches sont douloureuses aujourd'hui... »)

— C'est ce qu'a dit aussi Dame Chanda, répondit Morrigane un ton au-dessus, pour couvrir les jérémiades de la Forêt Pleureuse.
— Nanne a dit que si je faisais des bêtises...
Morrigane renifla.
— *Si ?*
— ... alors il vaudrait mieux pour moi que ce soit Biennée qui m'attrape, et pas Meurgatre. Elle a conseillé de se faire le plus petit possible devant Meurgatre. Je lui ai répondu : « Nanne, premièrement, je me sens insulté que tu puisses penser que je vais faire des bêtises. »
Il coula un sourire oblique à Morrigane qui renifla derechef.
— « Et deuxièmement, j'ai intérêt à faire en sorte que ni l'une ni l'autre ne m'attrape, non ? »
Le ciel s'éclaircissait lorsque les nouveaux élèves de la Société Wundrous émergèrent du chemin boisé. Alors qu'ils grimpaient la pente couverte de rosée qui menait à la Maison des Initiés, une ligne d'or pâle sur l'horizon vira au rose, s'épanouissant dans le ciel telle une immense fleur et illuminant la façade de brique rouge.
Une femme se tenait sur le perron de la Maison des Initiés, prête à les accueillir. Non, pas à les accueillir, pensa Morrigane en s'approchant. Disons plutôt à les fixer des yeux dans un silence glacial.
Aussi immobile qu'une statue, elle portait l'uniforme noir de la Société, à l'exception de sa chemise grise. Ses cheveux blond cendré étaient ramenés au-dessus de sa tête en un chignon démodé qui la faisait

paraître bien plus âgée que son visage jeune et sans rides le suggérait. Elle avait le teint clair et sans défaut d'une femme qui prend soin d'elle-même et qui passe beaucoup de temps à l'intérieur. Ses yeux étaient bleus, ses pommettes hautes et charnues. La combinaison de ces éléments aurait pu faire d'elle une beauté. Or l'impression d'ensemble évoquait un glacier ayant pris forme humaine : froide, dure, inabordable. Elle les regardait du haut des marches de la Maison des Initiés comme s'ils étaient des insectes qu'elle prévoyait d'écraser sous ses élégants escarpins noirs.

Ce doit être Meurgatre, se dit Morrigane. Se souvenant du conseil de Nanne à Hawthorne, elle essaya de se faire la plus petite possible, pour ne pas se faire remarquer.

— Bonjour, unité 919.

La voix de cette femme sonna aux oreilles de Morrigane comme une plaque de verre : parfaitement lisse sur la totalité de sa surface et coupante sur les bords.

— Je m'appelle Dulcinea Biennée.

Morrigane ravala une exclamation de surprise.

— Je suis la Maîtresse Initiatrice de l'École des Arts mineurs, continua-t-elle. Malgré les responsabilités et la charge de travail extrêmement lourdes inhérentes à cette fonction, et en raison de la disparition inopportune d'un bouffon irresponsable, les Anciens, dans toute leur sagesse, m'ont désignée pour vous faire faire la visite guidée aujourd'hui. Je me console en me disant que vous en tirerez encore moins de plaisir que moi.

« Vous pouvez m'appeler Maîtresse Biennée, ou Maîtresse Initiatrice. Ne m'appelez ni madame Biennée, ni mademoiselle Biennée, ni professeur Biennée, ou Mère, ou Maman, ou Mama, ou tout autre dérivatif de ce genre. Je ne suis pas votre mère. Je ne suis pas votre nourrice. Je n'ai pas de temps à consacrer à vos problèmes puérils. Si vous avez un souci, vous pouvez en parler à la Conductrice de votre unité, ou l'enfouir au tréfonds de vous-même où il ne vous tracassera plus. Me suis-je bien fait comprendre ?

L'Unité 919 hocha la tête en silence. Après l'accueil chaleureux et joyeux de Mlle Ravy et l'atmosphère douillette du train-maison, l'accueil de Maîtresse Biennée faisait l'effet d'une douche froide. Morrigane ne put s'empêcher de se demander quel pauvre élève bercé d'illusions avait jamais pu appeler ce morceau de banquise « Maman ».

— Ce dont vous devez vous souvenir par-dessus tout, chers élèves, est ceci : Vous. Êtes. Insignifiants. C'est la même chose tous les ans : la nouvelle unité vient rejoindre nos rangs, les neuf derniers d'une longue lignée ininterrompue d'individus les plus Wundrous de l'État Libre. Vous arrivez ici après avoir grandi dans l'idée que vous êtes spéciaux, que vous êtes les plus talentueux, les plus intelligents, les plus adorés et admirés au sein de vos ternes petites familles, de vos écoles et de vos communautés.

Morrigane retint un rire nerveux. Elle s'inscrivait en faux contre cette affirmation, totalement et de la façon la plus véhémente, quoique en silence, naturellement.

— Et lorsque vous arrivez à ma porte, continua Maîtresse Biennée, vous vous attendez au même traitement.

Biennée et Meurgatre

Vous pensez que vous serez choyés et qu'on s'extasiera devant vos exploits. Qu'on chantera vos louanges, qu'on vous aimera. Vous voulez que tous les adultes importants et affairés qui sillonnent le Sowun s'arrêtent net pour vous admirer. Pour s'exclamer : « Oh ! Voici le nouvel arrivage de petits Wuns ! Ne sont-ils pas merveilleux ? »

Elle se tut et les observa à tour de rôle, avec un sourire mielleux qui se teinta peu à peu de mépris.

— Eh bien, oubliez ça. Rappelez-vous : VOUS. ÊTES. INSIGNIFIANTS. Dans ces couloirs sacrés, personne ne va venir vous prendre par la main et moucher vos petits nez. Tout le monde au Sowun a une tâche à accomplir : tous les élèves, juniors et seniors, tous les étudiants, tous les professeurs, tous les mécènes, tous les Anciens et tous les Maîtres. Vous compris. La vôtre consiste à respecter vos supérieurs, à faire ce qu'on vous dit et à vous améliorer constamment, pour vous préparer au jour, si vous êtes chanceux, où vous pourrez peut-être vous rendre utiles. Compris ?

Morrigane n'en était pas certaine. Que voulait dire Maîtresse Biennée par « vous rendre utiles » ? Toutefois, elle aurait préféré plonger la main dans un aquarium plein de piranhas plutôt que de demander des explications, alors elle murmura en chœur avec les autres :

— Oui, Maîtresse Initiatrice.

— Très convaincant.

Sur ce, Biennée tourna les talons et se dirigea droit vers le grand hall d'entrée de la Maison des Initiés, s'attendant visiblement qu'ils la suivent.

— L'emploi du temps académique suit le calendrier de l'année. Il est divisé en deux semestres : le premier commence au printemps, le second en automne. Pendant les vacances d'été, vous êtes censés...

Ils gravirent les marches tandis que le sermon se poursuivait. Hawthorne se pencha vers Morrigane :

— Sympa, comme discours, lui chuchota-t-il à l'oreille. Ça me réchauffe de l'intérieur.

Leur première leçon fut de découvrir que, profondément enfouis sous les quatre élégants étages lumineux de la Maison des Initiés, les vrais couloirs du Sowun étaient sombres, labyrinthiques et sans fin.

— Il y a neuf niveaux souterrains, dit Maîtresse Biennée, qui les guida du hall d'entrée vers un long corridor plein d'échos.

Sa voix était sèche et professionnelle, et ses talons noirs claquaient sur le parquet. Morrigane, Hawthorne et le reste de l'unité devaient marcher deux fois plus vite que d'habitude pour régler leur allure sur la sienne.

— Le niveau −1 est dédié principalement aux repas, au sommeil et aux activités de détente du personnel enseignant et des visiteurs adultes de la Société. Au niveau −2, vous trouverez la cantine pour les élèves juniors et seniors, le service des fournitures et les dortoirs pour les seniors, qui sont autorisés à vivre sur le campus s'ils le souhaitent.

La visite éclair du niveau − 2 donna à Morrigane un avant-goût fugace du quotidien au Sowun. La cantine était une grande pièce circulaire à l'atmosphère conviviale, pleine d'un assortiment hétéroclite de chaises et de tables. D'un côté, de petites tables en fer forgé ressemblant à celles qu'on trouve dans les cafés disputaient l'espace à des planches rectangulaires, éraflées et tachées de peinture, et des tabourets dépouillés ; de l'autre côté, des fauteuils avachis étaient disposés autour d'une immense cheminée.

Quelques-unes des tables étaient occupées par des élèves seniors qui petit-déjeunaient en lisant les journaux et en discutant. Morrigane dut presque retenir Hawthorne lorsqu'une odeur de bacon vint lui chatouiller le nez.

— J'ai pas encore pris mon petit déjeuner ! Tu te rends compte ? lui chuchota-t-il, scandalisé. J'ai ouvert cette porte débile avant même d'y penser.

— Hum, répondit Morrigane qui ne l'écoutait que d'une oreille.

Elle percevait une certaine agitation dans la voix des seniors qui bavardaient. Parlaient-ils de la disparition de Paximus Chance ? Maîtresse Biennée les fit sortir de la cantine. Ils se retrouvèrent face à une rangée de grosses sphères en cuivre suspendues à un rail. Biennée se retourna pour leur faire face.

— Notre réseau interne de capsules sur rail s'étend dans toutes les directions à travers tous les niveaux souterrains, débita-t-elle d'un ton monocorde, presque robotique. Ces capsules vous emmèneront partout au Sowun, du moment que vous avez la permission d'y être, ainsi qu'à une sélection de stations du Wunderground à l'extérieur du campus. Les élèves juniors ne peuvent quitter le campus qu'avec l'autorisation expresse d'une Maîtresse Initiatrice ou de leur mécène. Votre empreinte sait où vous avez le droit de vous rendre. Le nombre de passagers est strictement limité à douze par capsule.

« Les niveaux −3, −4 et −5 abritent les salles de classe de l'École des Arts mineurs. Les niveaux −6, −7 et −8 sont réservés à l'École des Arcanes. Le niveau −9 est interdit d'accès à tous les élèves.

« Les sept d'entre vous qui sont placés sous mon autorité en tant que Maîtresse Initiatrice des Arts mineurs n'auront à l'évidence aucun besoin de s'aventurer au-delà du niveau −5, et n'auront donc pas l'autorisation de descendre plus bas. Mademoiselle Blackburn et mademoiselle Amara, vous prendrez toutes les deux vos cours dans l'École des Arcanes. Mme Meurgatre, la Maîtresse Initiatrice des Arcanes, vous y accompagnera tout à l'heure.

Après qu'elle les eut tous poussés dans une capsule sphérique en cuivre, Maîtresse Biennée pressa son empreinte en W sur son double lumineux dans le mur, puis tira une série de leviers dans un ordre complexe que Morrigane tenta en vain de mémoriser. Ils descendirent plusieurs étages à une vitesse à vous retourner l'estomac et à vous boucher les oreilles. Puis, à la surprise générale, Maîtresse Biennée exceptée, la capsule se projeta en avant, tourna brusquement à gauche, recula, tourna de nouveau à gauche… puis s'éleva, de plus en plus haut, en zigzaguant, tandis que les lumières au-dessus de la porte clignotaient de manière chaotique.

Enfin, la capsule s'arrêta brutalement et les neuf membres de l'unité 919 allèrent s'écraser contre le mur. Maîtresse Biennée était assez grande pour se tenir à une des poignées en cuir qui pendaient du plafond, et cela n'avait pas l'air de la déranger qu'aucun des enfants ne puisse les atteindre.

— Nous voici au niveau −3. L'École des Arts mineurs.

La porte de la capsule s'ouvrit et elle leur fit descendre un long couloir vide au plancher poli. Morrigane avait le tournis et un peu mal au cœur, mais elle fit de son mieux pour suivre.

— Ce niveau est consacré intégralement à ce que nous appelons les Affaires pratiques, continua Maîtresse Biennée. La médecine, la cartographie, la météorologie, l'astronomie, la gastronomie, l'ingénierie, l'élevage d'unnimaux, et ainsi de suite. Toutes ces choses terre à terre du quotidien qui sont vitales pour faire tourner le monde. Au niveau −3, vous trouverez également les laboratoires, l'observatoire, la salle des cartes, les amphithéâtres numérotés de un à neuf, le complexe zoologique, les ateliers de tests culinaires et, bien sûr, l'hôpital.

Le Wundereur

La Maîtresse Initiatrice les conduisit dans un sombre amphithéâtre où la professeure, Dr Roncière, faisait un exposé sur « Les responsabilités éthiques dans l'unnimologie moderne » au bénéfice de quelques visiteurs membres de la Société venus des Sept Poches. Dans un panier à côté d'elle, il y avait ce qui ressemblait à première vue à un gros tas de chiffons sales, mais qui était en fait…

— Un Magnifichat ! s'écria Morrigane en donnant un coup de coude dans les côtes de Hawthorne.

Maîtresse Biennée lui lança un regard courroucé. Morrigane pinça la bouche et fixa l'estrade jusqu'à ce qu'elle sente les yeux de la Maîtresse Initiatrice se détourner d'elle.

— Il ne suffit pas de croire que l'on agit pour le bien-être d'une espèce, dit Dr Roncière à son auditoire.

Elle tendit la main pour grattouiller affectueusement la créature sous le menton.

— Il faut considérer l'*individu*.

— Il n'est pas aussi gros que Fen, chuchota Hawthorne du coin des lèvres.

— Je crois que c'est un bébé, répondit Morrigane.

Le chat montra les crocs au public, à la fois menaçant et adorable.

— Oh, *regarde* !

Mais Maîtresse Biennée les entraîna vivement à l'étage au-dessous.

— Les sciences humaines, annonça-t-elle lorsqu'ils eurent atteint le niveau −4, comprennent la philosophie, la diplomatie, les langues, l'histoire, la littérature, la musique, l'art et le théâtre.

Elle les fit déambuler dans des dizaines de salles de classe, d'ateliers, de galeries d'art, de salons de musique et de salles de théâtre, avant de descendre au niveau −5, qui abritait ce qu'elle nomma les Extrémités : la troisième et dernière branche de l'École des Arts mineurs.

Alors que les niveaux précédents étaient aussi calmes et formels que des salles de musée ou une université (larges couloirs, hauts plafonds et planchers cirés), le niveau −5 avait l'allure imprévisible et légèrement chaotique d'un endroit où tout peut arriver.

Biennée leur montra une aile entière consacrée à l'apprentissage de l'art de l'espionnage (ils écoutèrent cinq minutes un atelier intitulé « Feindre sa propre mort »), dojo bruyant (où, dès le matin de la rentrée, plusieurs élèves s'étaient déjà brisé des os), et, au plus grand plaisir de Hawthorne, l'immense écurie des dragons et l'arène où il allait passer le plus clair de son temps.

Morrigane était en train de constater que le niveau −5 ressemblait un peu à l'hôtel Deucalion, quand un garçon plus âgé accouru vers eux depuis l'autre bout du couloir.

— Maîtresse Initiatrice ! hurla-t-il, ses longs cheveux nattés volant derrière lui et la mine farouche. Maîtresse Initiatrice, s'il vous plaît, puis-je vous parler ?

— Pas maintenant, Whitaker.

— *Je vous en prie*, Maîtresse Biennée, dit le garçon qui, plié en deux, les mains sur les hanches, essayait de reprendre son souffle. S'il vous plaît, il faut que vous parliez à Meurgatre. Elle dit qu'elle va me raser la tête demain parce que mon unité a échoué au dernier contrôle d'éducation civique. Mais c'est pas ma faute, elle...

— C'est votre problème.

— Mais elle a dit... gémit le garçon. Elle a dit qu'elle allait aiguiser la lame de rasoir ce soir.

— Je n'en doute pas.

— S'il vous plaît, vous ne pourriez pas lui parler ou...

— Ne soyez pas absurde. Bien sûr que non, je ne peux pas lui parler, rétorqua Maîtresse Biennée d'une voix sifflante.

Elle ferma les yeux et fit craquer ses cervicales. Morrigane ne put retenir une grimace. Le garçon tressaillit et prit une grande bouffée d'air.

— Vous êtes un manches-blanches, Whitaker. Un élève de l'École des Arcanes. Dois-je vous rappeler que je ne suis pas votre Maîtresse Initiatrice ? C'est à Mme Meurgatre qu'il appartient de discipliner ses élèves comme elle l'entend. Et maintenant, allez donc en cours avant d'aggraver votre cas. Elle sera là d'un instant à l'autre.

Le garçon battit en retraite, l'air nauséeux, avant de se retourner et de rebrousser chemin au pas de course. Morrigane le suivit des yeux, la gorge nouée. La fameuse Meurgatre allait-elle bel et bien lui raser la tête ? En avait-elle *le droit* ? Elle regarda ses camarades ; tous semblaient aussi désemparés qu'elle.

Biennée et Meurgatre

Et elle était épuisée. Réveillée à l'aube, ayant parcouru ce qui lui paraissait des centaines de kilomètres dans le labyrinthe de ce campus souterrain, avec seulement deux biscuits dans le ventre, Morrigane se disait qu'elle allait tout simplement s'écrouler sur place sans jamais plus pouvoir se relever. Alors qu'elle venait de décider qu'il lui fallait demander quand la visite serait terminée (ou au moins quand on leur donnerait à manger), Maîtresse Biennée les ramena vers une rangée de capsules.

— Blackburn et Amara, dit-elle.

Cadence soutint sans ciller le regard sévère de Maîtresse Biennée. Pour sa part, Lambeth continua d'inspecter le plafond en fronçant les sourcils ; Morrigane n'était pas sûre qu'elle ait entendu son nom.

— Mme Meurgatre, la Maîtresse Initiatrice de l'École des Arcanes, sera bientôt là pour poursuivre votre visite des niveaux −6 à −8.

Une partie de Morrigane enviait Cadence et Lambeth d'être autorisées à voir des secteurs du Sowun qui leur étaient interdits, à elle et aux autres... mais une autre partie, beaucoup plus insistante, espérait que cela signifiait que la visite était presque terminée pour elle et ses camarades à manches grises.

— Une fois que Mme Meurgatre sera arrivée, reprit Biennée, le reste du groupe rejoindra la Maison des Initiés. Votre Conductrice vous y attendra pour vous reconduire chez vous. Je suis certaine que vous retrouverez votre chemin jusqu'au rez-de-chaussée.

Le Wundereur

Impossible, pensa Morrigane. Elle se tourna vers Hawthorne, qui semblait tout aussi paniqué. Étaient-ils censés avoir mémorisé ses manipulations de leviers dans l'ascenseur ?

— Comment se fait-il qu'ils rentrent déjà alors que nous on doit rester ? demanda Cadence.

— Oh, *ma pauvre*, dit sèchement Thaddea en roulant les yeux, dégoûtée. Ça doit être si dur d'avoir un talent tellement spécial que tu as le droit de voir trois étages dont nous autres sommes bannis. J'en ai *mal* pour toi...

— Oh ! là, là ! murmura Lambeth qui contemplait toujours le plafond.

Elle leva l'index, comme elle l'avait fait sur le quai. Difficile de savoir si elle demandait le silence ou si elle testait la direction du vent.

— Elle arrive.

— Est-ce que quelqu'un pourrait lui dire d'arrêter avec ça ? marmonna Mahir. Elle me fiche la frousse.

— Silence.

Si sa voix n'avait rien perdu de son tranchant, Morrigane trouva toutefois Biennée soudain tendue. Elle tirait sur sa manche gauche avec nervosité. Avait-elle peur, elle aussi, de la fameuse Mme Meurgatre ? Cette pensée ne la réconfortait pas du tout.

— Pendant que nous attendons, parlons de choses pratiques, continua Maîtresse Biennée. Vous devez personnellement veiller à avoir la tenue adéquate et les outils pédagogiques nécessaires à vos leçons.

Elle s'arrêta là, ferma les yeux un instant, et fit craquer ses vertèbres cervicales. Morrigane se crispa.

— Si vous avez besoin de quelque chose, que ce soit de la colophane pour votre violon, une tenue de chirurgien ou une machette, poursuivit-elle en fixant tour à tour Archan, Anah et Thaddea, vous devez soit vous adresser à votre Conductrice, soit en faire vous-même la demande par écrit en utilisant un des formulaires disponibles au… au service des fournitures.

Biennée se tut de nouveau, et alors quelque chose d'étrange se produisit. Elle ferma les yeux et serra très fort les paupières, leva haut les épaules avant de les rabaisser lentement tout en tordant son cou comme une anguille. Morrigane entendit sa colonne vertébrale craquer tout du long en une succession rapide de petits « clac » et en eut la chair de poule.

Elle lança un regard aux autres. Leurs visages reflétaient l'horreur grandissante qui était en train de s'emparer d'elle. Qu'est-ce qui n'allait pas chez la Maîtresse Initiatrice ?

— Sinon… il en résultera… votre renvoi du cours, continua Biennée, les yeux toujours fermés, son menton dépassant de son cou en un angle peu naturel. C'est donc entièrement…

Elle émit un étrange gargouillement du fond de sa gorge, si effrayant que Morrigane bondit en arrière de terreur.

— … entièrement votre affaire, et vous ne trouverez personne sur le campus pour… compatir… à votre sort.

Elle parlait à présent d'une voix rauque et gutturale et on aurait dit qu'elle psalmodiait.

— N'est-ce pas, madame Meurgatre ?

Biennée ouvrit les yeux.

Morrigane poussa un petit cri. Ses camarades s'étaient tournés dans la direction opposée, désorientés, s'attendant à voir arriver Mme Meurgatre, la Maîtresse Initiatrice des Arcanes. Seule Morrigane avait vu ce qu'ils avaient tous raté.

Biennée était... différente. En soi, les changements étaient subtils : l'inclinaison des épaules, des joues plus creuses. Ses yeux bleus avaient pris le gris terne d'un ciel d'hiver et ils étaient davantage enfoncés dans leurs orbites. Son chignon n'était plus blond cendré, mais *blanc,* complètement dénué de couleur. Ses lèvres, violacées et craquelées, se retroussaient d'un air méchant, révélant une rangée de dents pointues et marron.

Morrigane, l'œil rivé à ce nouveau visage, observait les transformations qui s'opéraient. Puis, peu à peu, son horreur fit place à la compréhension.

— Tout à fait, Maîtresse Biennée, dit la femme d'une voix rauque, répondant à sa propre question.

Alors Meurgatre, c'était *elle.*

Les élèves de l'École des Arts mineurs se mirent en route vers la sortie. Morrigane se félicita (et ce n'était pas la première fois de la journée) d'être une manches-grises.

6

BÉVUES, ÉNORMITÉS, FIASCOS, MONSTRUOSITÉS ET DÉVASTATIONS

— À DOS DE DRAGON TOUTE LA MATINÉE ! hurla Hawthorne le lendemain, levant le poing en l'air. TROP BIEN !

Ils arrivaient à la Station des Initiés, mais Mlle Ravy dut attendre que les deux rames devant eux déposent leurs élèves et dégagent le quai avant de pouvoir s'avancer et ouvrir les portes du train-maison 919.

— Je suis contente que ça te ravisse ! dit-elle à Hawthorne.

Les membres de l'unité 919 avaient passé tout le trajet à se montrer leurs emplois du temps, comparant avec enthousiasme les nombreux ateliers, séminaires et cours auxquels ils devaient assister cette semaine. Morrigane attendait avec une impatience particulière

son cours du jeudi matin, curieusement intitulé :
« Ouvrir un dialogue avec les morts ».

— Mais ne t'épuise pas trop dans l'arène, ajouta Mlle Ravy en tapotant du doigt son emploi du temps. Tu as vu que tu as trois heures de dragonnais après le déjeuner ? Il faut que tu sois frais et dispo ; c'est une langue très difficile.

Hawthorne laissa retomber son poing. Il scruta sa feuille en fronçant le nez.

— Pourquoi il faut que j'apprenne le dragonnais ?

Mlle Ravy écarquilla les yeux.

— Le cavalier de dragon le plus prometteur des juniors tentant de communiquer avec les anciens reptiles qui tiennent chaque jour sa vie entre leurs griffes ? Quelle idée absurde ! dit-elle avec un petit rire. Hawthorne, tu ne crois pas que ce serait utile de savoir parler à un dragon ?

— Mais je leur parle, rétorqua Hawthorne. Je les monte depuis que j'ai trois ans. Si vous croyez que je ne sais pas me faire obéir d'un dragon, venez donc me voir...

— Oh, je n'en doute pas ! Je t'ai vu à ton épreuve Spectaculaire. Mais pendant tout ce temps où tu as appris à te faire comprendre des dragons, as-tu essayé de les comprendre, eux ?

Hawthorne la regardait comme s'il lui était poussé une ramure.

— Le dragonnais est une langue étonnante, poursuivit-elle. Je l'ai un peu étudiée quand j'étais junior. Et Mahir suivra le cours avec toi. Ça va être amusant !

— Mais il n'a qu'une heure de cours ! protesta Hawthorne.

— Eh bien… je me suis dit que ce serait honnête de te donner un avantage. Notre linguiste parle déjà un peu le dragonnais. N'est-ce pas, Mahir ?

— *H'chath shka-lev*, répliqua Mahir en inclinant solennellement la tête.

Mlle Ravy parut impressionnée.

— *Machar lo'k dachva-lev*, répondit-elle en s'inclinant à son tour.

— Qu'est-ce que ça veut signifie ? marmonna Hawthorne.

Il les dévisagea tous les deux avec une mine soupçonneuse et… une pointe de jalousie, subodora Morrigane.

— C'est une salutation dragonnienne, répondit Mlle Ravy.

Hawthorne parut encore plus perdu. Elle ajouta :

— Dragonien est un autre terme pour dragonnais. *H'chath shka-lev* signifie : « Puisses-tu brûler longtemps. »

Hawthorne fit la grimace, et Morrigane aussi. « Puisses-tu brûler longtemps », c'était plus une menace qu'une salutation.

— Et la réponse d'usage, c'est : *Machar lo'k dachva-lev*, « Je brûle plus fort grâce à toi », poursuivit Mlle Ravy, ce qui, pour un dragon, équivaut à souhaiter bonne santé à quelqu'un. C'est sa façon de te remercier de ton amitié.

Thaddea, de plus en plus agacée, parcourait la liste de ses cours.

— Mademoiselle, pourquoi, moi, je n'ai rien de cool sur les dragons dans mon emploi du temps ? C'est pas juste. J'adore les dragons !

Mlle Ravy vint s'asseoir sur le canapé à côté d'elle.

— Eh bien, tu as plein d'autres trucs cool.

— Comme quoi ?

— Par exemple… du roller derby le vendredi après-midi. Avec Linda.

Thaddea lui lança un regard sceptique.

— Qu'est-ce qu'elle a de si cool, Linda ?

— D'abord, elle fait du roller derby. Et puis elle joue de la guitare basse. Et puis c'est une centaure. C'est assez cool, non ? Oh ! et regarde… Morrigane et toi, vous avez un atelier sur la façon de s'occuper des Magnifichats avec Dr Roncière le mar…. Oh ! Non !

Elle fronça les sourcils et prit un stylo pour barrer le cours.

— Désolée, il faut que je mette ça à jour. Le pauvre Magnifichaton de Dr Roncière a disparu. Cette dernière est folle d'inquiétude.

— Disparu ? dit Morrigane en levant la tête de son emploi du temps.

— Oui. Elle jure qu'on le lui a volé, mais je suis certaine qu'il a fait une fugue. Les Magnifichats sont une espèce connue pour son goût de l'indépendance. Le pauvre petit devait en avoir assez d'être enfermé.

Mlle Ravy donna un petit coup d'épaule affectueux à Thaddea, qui boudait.

— Ne t'inquiète pas, je te trouverai quelque chose d'aussi intéressant.

Morrigane fronça les sourcils. C'était la troisième disparition dont elle entendait parler cette semaine. Cassiel, Paximus Chance, et maintenant, le Magnifichaton.

— Mademoiselle, demanda Francis, c'est quoi ce cours : « Introduction au magnétisme » ?

— Moi aussi je l'ai, renchérit Anah. Le mercredi matin.

Morrigane vérifia son emploi du temps ; elle aussi l'avait.

— Moi aussi, fit Thaddea.

— Moi également, ajouta Mahir. À huit heures.

— Ah ! dit la conductrice. Oui. Les Anciens estiment qu'apprendre ce talent sera utile à vous tous, étant donné que vous avez une hypnotiseuse dans votre unité.

Cadence releva la tête d'un coup. Elle se renfrogna et laissa échapper un petit cri d'indignation. Mlle Ravy l'ignora, gardant une expression calme et neutre.

Hawthorne était perplexe.

— On a quoi ?

— Une hypnotiseuse.

Il fronça les sourcils.

— Hein ? Ah bon ?

— Eh oui, dit Mlle Ravy aussi patiemment que d'habitude, quoique, peut-être, avec une touche d'infime agacement. Cadence Blackburn est une hypnotiseuse. Elle est assise juste à côté de toi.

Hawthorne se tourna vers Cadence et sursauta légèrement.

— Oh ! Mince, alors !

— Exactement, dit Mlle Ravy. Ce cours obligatoire vous permettra de vous rappeler votre nouvelle amie et de savoir à quoi vous attendre lorsque Cadence fera usage de son exceptionnel talent.

— Mais, mademoiselle, s'affola Cadence, comment je suis censée les hypnotiser si…

— Justement, Cadence, déclara Mlle Ravy avec douceur. Tu n'est pas censée utiliser ton talent contre tes camarades. *Frères et sœurs*, tu te rappelles ? *Loyaux pour la vie* ?

— J'ai dit que je serais *loyale*, pas que je n'hypnotiserais jamais personne ! Pourquoi peuvent-ils utiliser leurs talents comme bon leur semble et pas moi ?

— Ce n'est pas vrai. Arch n'a pas le droit de jouer les pickpockets avec vous. Francis n'a pas le droit de vous faire pleurer dans votre soupe. Vous avez tous prêté serment.

Cadence lui lança un regard entendu :

— Puisque j'ai prêté serment, alors pourquoi vous leur apprenez à reconnaître les hypnotiseurs ? Si vous faites confiance à Arch pour ne pas nous voler, pourquoi vous ne me faites pas confiance à moi ?

Mlle Ravy baissa la tête, comme si elle trouvait que Cadence avait marqué un point.

— Je comprends ta frustration, Cadence. Sincèrement. Cependant, l'hypnotisme et le vol à la tire sont

Bévues, Énormités, Fiascos, Monstruosités et Dévastations

deux talents très différents, avec des conséquences très différentes. Certains des mécènes ont pensé...

— ... qu'on ne pouvait pas me faire confiance, finit Cadence, les yeux rouges de colère. Que je suis une hypnotiseuse, ce qui fait de moi une criminelle. C'est typique.

Morrigane repensa à l'épreuve Spectaculaire, où un film consacré à divers exploits d'hypnotiseuse de Cadence l'avait en fait montrée en train de vandaliser un lieu public et de passer ses propres menottes à un agent de police. Elle regarda Hawthorne en haussant un sourcil.

— Personne ne te considère comme une criminelle, Cadence. Promis. C'est juste une mesure de précaution supplémentaire.

Mais Cadence était loin d'être apaisée. Morrigane ne l'avait pas trouvée très sympa avec eux depuis le matin. Plus tôt, dans la Station 919, quand l'unité brûlait de curiosité à propos des niveaux −6, −7 et −8, Morrigane l'avait interrogée. Cadence avait feint de ne même pas avoir entendu la question. Cela dit, Lambeth avait fait de même lorsque Thaddea s'était adressée à elle : il était donc possible qu'on leur ait interdit d'en parler.

Dès que les portes du train-maison s'ouvrirent, Cadence se rua au-dehors et s'éloigna au pas de charge. Les autres élèves s'attardèrent sur le quai, comme s'ils l'avaient de nouveau oubliée, bavardant gentiment, continuant de comparer leurs emplois du temps.

— T'as quoi, ce matin ? demanda Hawthorne à Morrigane.

— Voyons... « Pleine conscience et méditation », lut Morrigane à voix haute. Au niveau −4. Ensuite, « Clandestinité, évasion et dissimulation », au niveau −5 après le déjeuner.

— Moi aussi, j'ai ça dans l'après-midi, dit Hawthorne. Mais je ne suis pas sûr d'en avoir besoin. Tu connais quelqu'un de plus discret que moi ?

Morrigane inclina la tête :

— Tu veux une liste ?

— CONDUCTRICE RAVY !

Un cri strident annonça l'arrivée de Maîtresse Biennée. La Maîtresse Initiatrice se dirigeait avec raideur vers leur wagon, un morceau de papier serré dans son poing. Hawthorne, Morrigane et quelques autres élèves se figèrent.

Mlle Ravy sortit la tête par la porte du wagon.

— Maîtresse Initiatrice, dit-elle avec un sourire hésitant. Bonjour. Que puis-je faire pour vous ?

Le front plissé, Biennée lui lança un regard noir.

— Il faut qu'on parle de *ça*, dit-elle en lançant le bout de papier à Mlle Ravy, qui l'attrapa tant bien que mal.

— C'est l'emploi du temps de Morrigane, observa la conductrice. Il y a un problème ?

Morrigane se pétrifia en entendant son nom.

— Plusieurs, même, rétorqua Biennée en arrachant la feuille des mains de Mlle Ravy avec un reniflement de mépris. « Pleine conscience et méditation », avec Cadel Clary ? Non.

Elle prit un stylo et barra la ligne d'un geste théâtral.

— « Autodéfense en combat non armé » ? Je ne crois pas, non.

Elle le biffa.

— « Plongée au trésor pour débutants » ? « Clandestinité, évasion et dissimulation » ? Non, trois fois non. Qu'essayez-vous donc de faire de cette petite ? Une arme de destruction massive ?

Morrigane fronça les sourcils. Elle avait pensé que tous ses cours paraissaient relativement inoffensifs. Sur l'emploi du temps d'Anah, elle avait aperçu un cours sur « Comment arrêter un cœur humain (temporairement) », et Cadence allait assister à des ateliers aux intitulés assez inquiétants, du genre « Identifier l'arsenic », « Art de l'interrogatoire », « Techniques de surveillance amateur » et « Le b.a.ba du désamorçage des bombes ».

— Qu'est-ce que le cours « Pleine conscience et méditation » a de mauvais ? demanda Mlle Ravy.

— Cette fille est un Wunde...

Biennée se reprit in extremis et jeta un regard derrière elle avant de poursuivre en chuchotant :

— Cette fille est un Wundereur, mademoiselle Ravy. Est-ce que c'est ça qu'on veut ? Un Wundereur *pleinement conscient* qui pourra utiliser son esprit *pleinement conscient* pour nous envoyer tous *en pleine conscience* prématurément au cimetière ?

Morrigane faillit éclater de rire à l'idée qu'elle pourrait, rien qu'en méditant, expédier dans l'autre monde la Maîtresse Initiatrice. Hawthorne se contrôla moins bien et dut tousser pour dissimuler son gloussement.

Mlle Ravy n'avait pas l'air de partager leur amusement. Morrigane vit une expression de fureur assombrir son visage, mais la conductrice prit le temps de se ressaisir avant de demander :

— À quels cours souhaiteriez-vous donc voir Morrigane assister, Maîtresse Initiatrice ?

— J'ai modifié son emploi du temps, répondit laconiquement Biennée en lui tendant une feuille de papier. Veillez à opérer ces changements immédiatement.

Elle était presque arrivée à la passerelle lorsque Mlle Ravy lui cria :

— Maîtresse Initiatrice ! Je crois qu'il y a une erreur ! Il n'y a qu'un cours sur cet emploi du temps.

Biennée fit volte-face.

— Je ne fais jamais d'erreur, mademoiselle Ravy. Bonne journée.

Dès que la Maîtresse Initiatrice se fut éloignée, Morrigane et Hawthorne se précipitèrent dans le train-maison pour regarder par-dessus l'épaule de Mlle Ravy ce qui la consternait autant.

— « Histoire des actes haineux des Wundereurs », avec le professeur Hemingway Q. Onstald, lut tout haut Morrigane, déçappointée. C'est... c'est tout ? Seulement ce cours-là ? Tous les jours ?

— Apparemment, confirma Mlle Ravy, la voix étranglée d'émotion contenue. Je n'en ai jamais entendu parler, alors ça doit être un nouveau cours, créé juste pour toi. C'est... c'est super, non ?

Mais Morrigane ne fut pas dupe.

Bévues, Énormités, Fiascos, Monstruosités et Dévastations

Mlle Ravy lui lança un sourire anxieux.
— Dépêche-toi. Ou tu vas être en retard.

Hemingway Q. Onstald était plus homme que tortue, mais il était quand même sacrément tortue.

Morrigane savait que, dans le milieu wunimal, le professeur devait être considéré comme un wunimal mineur, autrement dit qu'il avait plus de caractéristiques humaines qu'unnimales (contrairement à Saga l'Ancien, qui était presque entièrement taureau, et donc un wunimal majeur).

Vivre à l'hôtel Deucalion lui avait beaucoup appris sur l'étiquette wunimale. Ils accueillaient souvent des hôtes wunimaux, et tant Jupiter que Kedgeree avaient veillé à ce que Morrigane comprenne la différence entre les wunimaux et les unnimaux. Les wunimaux étaient des êtres doués de conscience, sensibles, intelligents et capables d'élaborations complexes telles que le langage, l'inventivité et la création artistique, à l'égal des humains. Ce n'était pas le cas des unnimaux.

Morrigane avait aussi appris comment s'adresser correctement à eux ; ainsi un wunimal ours, par exemple, ne s'appelait pas un ours (ce qui serait une terrible insulte), mais un *ourswun*. Confondre un ours avec un ourswun était une bévue impardonnable. Morrigane en avait fait la fâcheuse expérience : il avait ensuite fallu des montagnes d'excuses et un grand nombre de paniers à pique-nique offerts par Jupiter et Kedgeree pour apaiser leur estimé hôte ourswun. (Sa blague « ourswun, tête de clown » n'avait pas non plus été très bien accueillie.)

Fenestra, en revanche, n'était ni wunimale ni unnimale. Morrigane lui avait posé la question, et Fen avait répondu d'un ton cinglant :

— Est-ce que tu demanderais à un humain s'il est un wunimal ? À un centaure s'il est un unnimal ? Non. Je suis une Magnifichatte. Point final.

Fen avait accepté les excuses confuses de Morrigane, mais *seulement* après avoir remplacé les plumes de son oreiller par des touffes de cheveux récupérées dans toutes les canalisations de douches de l'hôtel.

Il était difficile d'ignorer l'énorme carapace bombée sur le dos d'Onstald, ou sa peau parcheminée gris-vert, ou le fait que deux pattes palmées et écailleuses sortaient des jambes de son pantalon, là où on s'attendait à voir d'élégants souliers.

Quant au reste de son corps, il était tout à fait ordinaire. Sa tête était chauve, avec quelques mèches de cheveux blancs par-ci, par-là, et ses tout petits yeux vert pâle bordés de rose étaient en permanence plissés, comme s'il avait vraiment besoin d'une paire de lunettes. Il portait une toge noire d'universitaire par-dessus un costume démodé avec un nœud papillon écossais et un gilet mal assorti couvert de taches.

Sa salle de classe située au niveau −4 dans la section des sciences humaines était exactement le genre

Bévues, Énormités, Fiascos, Monstruosités et Dévastations

d'endroit où on s'attendait à voir enseigner un prof mi-homme mi-tortue (bien que Morrigane n'y eût jamais réfléchi auparavant). Il y avait des rangées de tables en bois, bien sûr, avec des chaises à dossier, et les murs étaient couverts de rayonnages débordants de livres reliés en toile à l'air extrêmement sérieux. Toutefois, à la place du parquet, il y avait une jolie pelouse, et une mare occupait un angle de la pièce.

Lorsque Morrigane entra, le Pr Onstald était perché sur un tabouret à côté du tableau. Il leva les yeux et lui indiqua une table au premier rang. Il respirait lentement, profondément, et son souffle vibrait dans sa poitrine. Morrigane s'assit et attendit.

— Toi, dit-il enfin, laborieusement, s'arrêtant pour reprendre sa respiration, tu es la fille qui... selon les Anciens... est un Wundereur.

Il n'avait pas de dents et ses lèvres ridées et caoutchouteuses semblaient aspirées dans sa bouche comme dans une bonde d'évier. Un peu de salive s'accumulait aux coins de sa bouche. Morrigane fronça le nez, espérant ne pas recevoir de postillons.

— Oui, répondit-elle en reculant par mesure de précaution. C'est moi.

Elle était surprise, pensant que seules les Maîtresses Initiatrices et Mlle Ravy étaient censées avoir connaissance de son... *petit* problème.

Il lui jeta un regard mécontent.

— Oui... *professeur*.

— Oui, professeur.

— Bien.

Il hocha la tête et fixa son regard à mi-distance.

Pendant un long moment, il resta silencieux. Morrigane commençait à se demander s'il ne l'avait pas oubliée. Elle était sur le point de se racler la gorge quand il prit une inspiration sifflante et la considéra.

— Et... comprends-tu... ce que cela signifie ?

— Pas vraiment, admit Morrigane avant d'ajouter avec précipitation : professeur.

— Tu as entendu parler du... dernier... Wundereur... en vie... je présume ?

— Ezra Squall ?

Le Pr Onstald hocha le menton, et le mouvement se poursuivit quelque temps, comme s'il en avait perdu le contrôle et attendait qu'il cesse de bouger de lui-même.

— Qu'est-ce que... tu sais... de lui ?

Morrigane poussa un petit soupir.

— Je sais que c'est l'homme le plus maléfique qui ait jamais vécu et que tout le monde le déteste.

— Exact, acquiesça le Pr Onstald d'une voix épaisse.

Ses paupières s'abaissèrent ; Morrigane pensa qu'il allait peut-être s'endormir. Ou alors, elle.

— C'est exact. Et sais-tu pourquoi... il était le plus... maléfique...

— Parce que c'était un homme qui s'est transformé en monstre, l'interrompit Morrigane.

Elle n'avait pas eu l'intention d'être impolie, mais elle n'en pouvait plus d'attendre la fin de ses phrases.

— Un homme qui a créé ses propres monstres.

Elle ne faisait que citer ce que Kedgeree lui avait dit à propos d'Ezra Squall l'année passée, et elle s'efforça de

Bévues, Énormités, Fiascos, Monstruosités et Dévastations

garder un ton dépourvu de passion, sans y parvenir tout à fait.

La vérité, c'était que, peu importe ce que disait Jupiter, peu importe son insistance sur le fait qu'être Wundereur ne signifiait pas être mauvais, Morrigane ne pouvait se débarrasser du sentiment qu'au plus profond d'elle-même elle était pareille à Ezra Squall. Squall ne le lui avait-il pas dit en personne ? Ne l'avait-il pas regardée dans les yeux, avant de sourire, l'air satisfait ? *Je vois le fin fond de ton cœur glacé.*

— Et à cause du massacre de la place du Courage, ajouta Morrigane comme la pensée lui était venue après coup. Quand il a tué les gens qui tentaient de l'empêcher de s'emparer de Nevermoor.

Le Pr Onstald hocha de nouveau la tête et inspira bruyamment.

— C'est… exact. Mais… ce n'est pas… tout.

Il se leva à grand-peine de son tabouret. Morrigane grimaça en entendant ses os grincer et craquer. Il progressa poussivement à travers la salle de classe poussiéreuse, et, environ dix ans plus tard, atteignit les rayonnages du mur du fond. Il souleva un volume si gigantesque que Morrigane craignit que le livre ne tombe sur le sol en entraînant la vieille tortuewun dans sa chute. Elle courut lui prêter main-forte et tous deux le portèrent jusqu'à un bureau, sur lequel ils le laissèrent tomber avec un gros « poum ». Un nuage poudreux s'échappa d'entre ses pages.

Le professeur essuya une énorme couche de poussière avec la manche de sa toge. Morrigane plissa les yeux.

Le Wundereur

BÉVUES, ÉNORMITÉS, FIASCOS, MONSTRUOSITÉS ET DÉVASTATIONS :

HISTOIRE ABRÉGÉE D'ACTES DE WUNDEREURS

Par Hemingway Q. Onstald

— Histoire abrégée, lut Morrigane à voix haute. Qu'est-ce que ça veut dire ?

— Cela veut dire… réduite. Expurgée. Résumée. L'histoire… complète… remplirait certainement une douzaine… de volumes comme celui-ci.

Morrigane remercia à part elle sa bonne étoile ; elle avait de la chance qu'il ait rédigé un abrégé !

— On m'a… demandé… de… t'enseigner… l'histoire… de tes prédécesseurs.

Onstald s'arrêta là, et se mit à tousser à cause de toute cette poussière. Cela se transforma en une quinte si terrible que Morrigane eut peur de devoir signaler à la Maîtresse Initiatrice que son professeur était mort dix minutes après le début de sa première leçon. Mais il finit par reprendre le contrôle de ses poumons et poursuivit :

— … afin que tu comprennes… parfaitement… les dangers et les… désastres… que les Wundereurs représentent… pour nous tous.

Bévues, Énormités, Fiascos, Monstruosités et Dévastations

Morrigane sentit son cœur chavirer. C'était *ça* qu'elle allait apprendre ? Toutes les abominations qu'avait commises Ezra Squall ?

Quel ennui !

Elle savait déjà que c'était un monstre. Quel besoin de lire un ouvrage relatant ses innombrables exploits maléfiques ?

Le Pr Onstald tapota la couverture de l'énorme livre du bout des doigts.

— Tu vas... lire... du chapitre un à trois... jusqu'à la fin de... ta leçon....

Il consulta sa montre de gousset.

— Tu as... trois... heures.

Alors qu'il sortait de la pièce à pas chancelants et d'une lenteur éprouvante, Morrigane contempla tristement la couverture de l'*Histoire abrégée d'actes de Wundereurs* avant d'ouvrir le volume avec un soupir.

CHAPITRE UN

Chroniquant les méfaits du Wundereur de la première lignée, Brilliance Amadea, de son prédécesseur le Wundereur Deng Li, de son prédécesseur le Wundereur Christobel Fallon-Dunham, de son prédécesseur le...

— Mais qui sont tous ces gens ? demanda Morrigane au Pr Onstald qui venait d'atteindre la porte.

— Hein ?

Jupiter lui avait dit qu'il avait existé d'autres Wundereurs. Cependant, elle ne les avait jamais imaginés comme des individus réels. C'était bien assez de s'inquiéter à propos du seul Wundereur qu'elle connaissait.

— C'est juste que... eh bien... où est Brilliance Amadea maintenant ? Est-elle toujours...

— Elle est morte.

Morrigane sentit un pavé lui tomber sur l'estomac.

— Ton espèce est... ils sont... tous morts, continua le Pr Onstald. Et ceux qui ne le sont... pas...

Il cligna ses yeux larmoyants et prit une longue inspiration haletante avant d'ajouter :

— ... ils devraient l'être.

Morrigane n'aurait pas cru pouvoir être plus révulsée encore par sa condition de Wundereur. Elle avait eu tort. Le livre du Pr Onstald était comme une liste de courses répertoriant tous les méfaits que « son espèce » avait commis au cours des derniers siècles. Ce n'était pas *juste* Squall lui-même qui était maléfique. Ce n'était pas *simplement* que les pouvoirs d'un Wundereur étaient une menace en soi. Pas selon le Pr Onstald.

Son livre donnait une image peu flatteuse d'une succession de personnes assoiffées de pouvoir, égoïstes et destructrices, dont le mode de vie hédoniste avait le soutien de la famille royale et du gouvernement et était financé grâce aux impôts exorbitants prélevés sur les pauvres. Pendant des siècles, les Wundereurs avaient

Bévues, Énormités, Fiascos, Monstruosités et Dévastations

vécu aux dépens des Nevermooriens ordinaires et ne leur avaient donné en échange, selon le livre d'Onstald, que misères et injustices, grandes et petites.

Au mieux, les Wundereurs étaient des excentriques dépensiers qui abusaient de leur position privilégiée pour réaliser de vaniteux projets au sein de la société Wundrous qui embêtaient beaucoup de gens et ne bénéficiaient qu'à de rares élus. Par exemple, Decima Kokoro avait réclamé des fonds publics pour édifier des gratte-ciel faits entièrement d'eau, les tours Cascades, une lubie hors de prix et dangereuse qui avait coûté la vie à plusieurs personnes qui s'y étaient noyées avant que le lieu soit définitivement fermé. Ou encore, Odbuoy Jemmity, qui avait démoli tout un pâté de maisons dans un quartier où régnait la misère, afin de construire un parc d'attractions. Une fois terminé, il lui avait donné son nom et n'avait jamais permis à quiconque d'y entrer.

Au pire, les Wundereurs étaient de redoutables despotes qui se servaient de leurs pouvoirs pour tyranniser les autres et pour conserver leur richesse et leur prestige. Parmi eux, on comptait bien entendu Ezra Squall, mais il y avait aussi Gracious Goldberry, un siècle avant lui, qui avait fait campagne pour l'emprisonnement de tous les wunimaux, majeurs comme mineurs, avant d'être assassiné par un scorpionwun. Ou encore Frey Henriksson, à l'origine du Grand Incendie de Nevermoor qui, environ six cents ans auparavant, avait détruit la moitié de la ville et tué des milliers de gens.

Le Wundereur

Jupiter s'était complètement planté, comprit soudain Morrigane. Un poids désagréable lui comprima la poitrine. Comment avait-il pu se tromper *à ce point* ?

Les Wundereurs étaient réellement horribles. Tous, jusqu'au dernier.

Après ces trois heures de torture, elle vit Onstald revenir à une allure d'escargot vers son bureau. Elle avait déjà terminé la lecture des chapitres qui lui avaient été assignés et avait passé les vingt dernières minutes à regarder dans le vide en broyant du noir.

— Dis-moi… ce que tu… as appris.

D'un ton monocorde, Morrigane lui fit le résumé de ce qu'elle avait retenu des trois chapitres. Tous ces siècles de cruauté et d'insouciance de la part des Wundereurs. Les nombreux torts qui n'avaient jamais été redressés. Quand elle eut terminé, elle poussa un profond soupir et baissa les yeux vers ses mains.

Le Pr Onstald resta silencieux un long moment. Lorsqu'il parla enfin, ce fut d'une voix tellement fatiguée – si vieille, si sinistre – qu'on aurait pu croire qu'il venait de ressusciter d'entre les morts.

— Et pourquoi… penses-tu… que j'ai choisi… de t'enseigner ça ?

Morrigane releva la tête. Elle y réfléchit un instant.

— Pour que je connaisse les dangers liés à la condition de Wundereur ?

Le Pr Onstald ne dit rien. Morrigane comprit soudain ce qu'il voulait d'elle.

Bévues, Énormités, Fiascos, Monstruosités et Dévastations

— Pour que je puisse les éviter ! Pour que je ne reproduise pas les mêmes erreurs que tous ces gens...

Elle s'interrompit devant le regard froid, pénétrant d'Onstald. Le professeur se leva de sa chaise et s'avança lentement vers elle.

— Tu crois que... j'attends mieux... de toi ?

Morrigane était perplexe. Mieux que d'être la pire personne du royaume ? Sûrement.

— Eh bien...

— Mieux de toi... *plus* de toi... que... dit-il en se penchant sur le bureau de Morrigane et en tapotant la couverture de l'*Histoire abrégée d'actes des Wundereurs*, que ces *monstres* ?

— Bah... heu... oui, dit Morrigane. Enfin, je veux dire... c'est pas ce que vous voulez ? Vous ne voulez certainement pas que je sois comme...

— Tu es déjà... comme eux, répliqua le Pr Onstald en élevant la voix.

Sa respiration sifflante se fit de plus en plus rapide, plus difficile. Des postillons s'échappèrent de sa bouche toute ratatinée.

— Tu es... déjà... un monstre. Mon devoir n'est pas... de te sauver... de toi-même. C'est de te montrer... que tu ne peux... plus l'être. Ton espèce... entière... est damnée...

Morrigane n'entendit pas la suite. Elle s'enfuit de la salle en proie à un désespoir absolu. Elle courut le long d'un enchevêtrement de couloirs sans savoir où elle allait et se retrouva hors de la Maison des Initiés. Elle prit le chemin de la gare.

Elle s'écroula sur un banc de bois, et, à travers ses larmes, scruta l'horloge. Le train-maison ne serait pas là avant plusieurs heures.
Super, pensa-t-elle. *Pas de train-maison.*
Cela n'avait pas d'importance. Elle avait deux jambes et un cœur en bon état.
Quelques instants plus tard, Morrigane fonçait dans l'allée bordée d'arbres, franchissait le portail et débouchait directement sur le quai du Pébroc Express, son parapluie en main. Le mot de Jupiter lui revint à l'esprit. *Tu ne dois pas voyager seule en dehors du Sowun, EN AUCUNE CIRCONSTANCE. Je ne plaisante pas. Je te fais confiance sur ce point.*
Il pouvait toujours lui affirmer ce qu'il voulait, pensa amèrement Morrigane en se lançant sur le rail qui approchait et en accrochant la poignée de son parapluie à un anneau. Elle s'en fichait pas mal, désormais. Tout ce qu'elle voulait, c'était rentrer à la maison.

Ce n'est qu'à mi-chemin du Deucalion que, l'adrénaline et la folie s'estompant, et son bon sens lui revenant après ces brèves petites vacances, Morrigane comprit quelle mauvaise idée elle avait eue. Si elle rentrait à la maison maintenant, avec plusieurs heures d'avance, elle devrait faire face à un barrage de questions de la part de Fenestra, de Kedgeree et de Martha. Ils rapporteraient sûrement à Jupiter ce qu'elle avait fait, et Jupiter ne lui ferait jamais plus confiance.

Soudain saisie par une sourde panique, Morrigane sauta à l'arrêt suivant – Les Quais – et prit une grande inspiration. Elle ne retournerait pas au Sowun. Rien que l'idée lui était insupportable. Il n'y avait qu'une solution : tuer le temps jusqu'à ce qu'elle puisse pénétrer tranquillement dans le hall du Deucalion à une heure moins suspecte.

Il faisait froid au bord de la Juro et ça sentait le poisson à plein nez. Pourtant c'était agréable, en un sens, de déambuler seule parmi les bateaux, à écouter les bruits sympathiques des pêcheurs qui tiraient leurs filets et la musique qui tonitruait à la radio. Un groupe d'enfants bruyants, bien plus jeunes qu'elle, étaient en train de faire bouillir des crabes de mangrove dans une grande marmite, attisant le feu au-dessous chacun leur tour.

Plus Morrigane approchait de la berge boueuse de la Juro, plus elle avait froid. Mais les cris des mouettes et le clapotement de l'eau l'apaisaient, et elle sentit petit à petit sa rage se muer en un ressentiment mêlé d'amertume un peu plus supportable.

Tout était nul.

Elle donna un coup de pied dans un caillou.

— Onstald est nul, l'histoire des Wundereurs est archi-nulle. Biennée est cent pour cent nulle. La Société Wundrous est nullissime.

Mlle Ravy est super, lui fit remarquer la partie raisonnable de son cerveau. *Et aussi le train-maison.*

— Oh, tais-toi ! lui dit-elle.

Toute à sa bouderie, Morrigane ne s'était pas aperçue qu'elle avait marché beaucoup plus loin qu'elle n'en avait eu l'intention. L'air s'était encore refroidi et, en se retournant, elle fut choquée de voir à quel point l'eau avait monté. Alors qu'elle s'apprêtait à rebrousser chemin, un bruit incongru la figea sur place.

Crrrrraaaaaack. Clic-clac. Clic-clac.

Elle n'avait pas envie de regarder. Il y avait des choses à Nevermoor qu'il était préférable de ne pas voir ; Morrigane le savait mieux que quiconque. Mais ce fut plus fort qu'elle.

Crrrrraaaaaack. Clic-clac. Clic-clac. Clic. Clac.

Et en tournant lentement la tête sur le côté, elle fut témoin de la chose la plus étrange et la plus grotesque qu'elle ait jamais vue. Émergeant des bords boueux de la Juro, il y avait une silhouette uniquement constituée d'os, pas un squelette, pas vraiment, car cela aurait nécessité un minimum de connaissances anatomiques.

Cette figure était chaotique... ou cette personne ? Cette créature ? C'était à peine une caricature humanoïde. Plus curieux encore, elle grandissait – *se composait* – sous les yeux de Morrigane, à partir de ce qui devait être des os et des débris enfouis sous la boue au fil des siècles.

Le plus effrayant, c'était la manière dont cette chose fixait Morrigane.

Elle n'avait pas d'yeux, et pourtant, Morrigane en était certaine : la chose *la regardait*.

Comme si elle voulait quelque chose d'elle. Ses os, peut-être.

Morrigane n'attendit pas de le savoir. Le cœur battant, elle courut à toutes jambes, pataugeant dans la boue – l'eau lui arrivait maintenant presque aux chevilles –, gravit l'escalier de béton, puis elle traversa les docks, le souffle court, jusqu'à ce qu'elle arrive sur le quai du Pébroc Express.

— Vous devriez faire attention, mademoiselle, lui lança un pêcheur bourru du pont de son bateau.

Il jeta un regard anxieux vers la direction d'où elle venait.

— Il y a des choses dangereuses par ici. Rentrez donc chez vous.

Morrigane était tout à fait d'accord. Elle n'aurait jamais dû venir. Jupiter avait ses raisons pour lui demander de ne pas quitter le Sowun toute seule. Il lui avait fait confiance, elle avait enfreint les règles et elle payait à présent sa stupidité par la plus grande frayeur de sa vie. Elle ne pourrait jamais parler de ça à son mécène.

Avec un peu de chance, elle parviendrait peut-être à regagner la Station des Initiés à temps pour attraper le train-maison, et personne ne saurait jamais qu'elle était partie. Elle tendit le bras vers un anneau du Pébroc Express et elle fut emportée à toute allure, frissonnant tout au long du trajet lugubre qui la ramenait au Sowun.

7

« C'EST PROMIS »

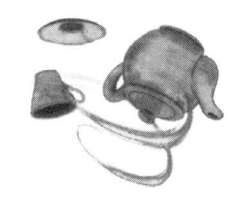

Lorsque, ce vendredi soir, Morrigane pénétra dans le hall d'entrée du Deucalion par la porte noire à deux battants de l'entrée de service, elle était frigorifiée, éreintée, trempée jusqu'aux os, démoralisée et surtout affamée.

C'était la pire fin de semaine de la pire semaine de sa vie.

Une semaine de cours de plus en plus insupportables avec le Pr Onstald. Une semaine à observer les camarades de son unité comparer leurs emplois du temps pour voir quels cours ils avaient en commun et quels cours différaient, à les regarder se creuser les méninges pour découvrir où exactement dans les neuf souterrains de la Maison des Initiés leur prochain cours *fascinant* allait les mener.

Le Wundereur

Une semaine à écouter Thaddea chanter les louanges de son prof de lutte, Brutilus Brun, un oursewun qui avait remporté trente-sept championnats de catch interpoches consécutifs. Une semaine à entendre les exploits hilarants qu'Arch leur rapportait de ses cours de théorie du larcin, qui comportaient un séminaire avec Henrik von Heider, le plus grand artiste cambrioleur de tous les temps. Une semaine à supporter vaillamment le flot d'enthousiasme de son unité à propos de ses cours de dialectes zombies, de techniques d'espionnage, de surf de rivière, d'ascension en montgolfière, du soin des serpents venimeux, et de douzaines d'autres choses que Morrigane aurait désespérément voulu apprendre elle aussi.

Mais le pire, c'était la jalousie qu'elle éprouvait envers son meilleur ami.

Hawthorne avait été tout aussi atterré que Morrigane en apprenant quel était son unique sujet d'étude. C'était injuste et peu charitable de lui en vouloir. Ce n'était pas sa faute.

Le mercredi après-midi, il l'avait invitée à venir assister à son cours au niveau −5, pensant que ça lui remonterait peut-être le moral. Or cela avait eu l'effet contraire. Voir son ami virevolter autour de l'arène à dos de dragon, le visage rayonnant de bonheur, avec l'air de quelqu'un qui est fait pour ça et qui a trouvé sa place dans le monde…

Morrigane savait qu'elle aurait dû être heureuse pour Hawthorne. Et elle *l'était*. Sincèrement. Mais sa jalousie était semblable à un monstre. Un loup affamé

« *C'est promis* »

qu'elle ne pouvait contrôler et qui, tout au long de la semaine, n'avait cessé de hurler dans le fond de son cœur.

Puis, pour couronner la pire semaine de toutes, le Pr Onstald, ce jour-là, lui avait demandé de faire une dissertation de trois mille mots sur « L'impact immédiat et les conséquences du parc Jemmity, un fiasco dû au Wundereur Odbuoy Jemmity ». Il ne l'avait pas autorisée à partir avant qu'elle ait terminé. Bien sûr, cela avait pris des heures, et elle avait manqué le déjeuner, puis le train-maison.

Sur le quai, Morrigane avait attendu longtemps le retour de Mlle Ravy, de plus en plus paniquée à mesure que la gare se vidait, que le soleil déclinait et que la Forêt Pleureuse s'enveloppait de ténèbres inquiétantes. Elle allait trahir la confiance de Jupiter pour la seconde fois de la semaine, mais cette attente interminable dans ce décor de plus en plus effrayant, c'était trop pour elle. Et quand il s'était mis à pleuvoir, elle avait renoncé à attendre Mlle Ravy et avait pris le Pébroc Express puis le Wunderground.

Elle espérait que personne au Deucalion ne dirait rien à Jupiter. Peut-être que, le temps qu'il revienne, ils auraient oublié l'incident. C'était le bon côté de ses absences prolongées.

Le lundi suivant, un mot était arrivé de la Ligue des explorateurs : il serait retenu au loin « jusqu'à nouvel ordre ». (Jusqu'à nouvel ordre ? Aucune explication n'était nécessaire, apparemment.) Elle venait de passer la semaine à rentrer chaque soir avec l'espoir que son mécène serait là pour lui parler... pour être chaque fois déçue lorsqu'elle accourait à la réception de l'hôtel et que Kedgeree secouait la tête d'un air contrit.

Pendant le long trajet pluvieux de retour, elle n'avait fait que rêver de ses plats préférés : de grands bols de soupe au poulet, du fromage fondu et du pain qui sortait du four, du gâteau de riz avec des poires pochées au miel, des pancakes aux myrtilles dégoulinant de sirop... et des *muffins* ! Que n'aurait-elle pas donné pour un muffin du Deucalion !

L'estomac grondant et la mine sombre, Morrigane poussa les portes noires de l'hôtel et déboucha dans le hall plein de vie, avec son sol de marbre en damier noir et blanc, ses arbres en pots, ses meubles luxueux tendus de velours rose... et bien sûr, ce qu'elle préférait par-dessus tout : l'énorme lustre d'un noir brillant en forme d'oiseau. Comme toujours, ses ailes déployées battaient doucement, en un vol au ralenti qui ne menait nulle part.

— Mademoiselle Morrigane, tu es de retour ! cria Martha.

La femme de chambre l'étreignit avec chaleur et Kedgeree se précipita de derrière son comptoir en tapant dans ses mains comme si Morrigane était un héros revenant de la guerre. Morrigane poussa un soupir, soulagée de voir qu'il y avait encore un endroit au monde où personne ne la considérait comme un être maléfique (ou du moins, pas encore).

« *C'est promis* »

— Te voici, petite demoiselle ! Ta conductrice était là il y a deux minutes. Elle a dit qu'elle était retournée à la Maison des Initiés pour te chercher, mais qu'elle ne t'avait trouvée nulle part. La pauvre était dans tous ses états.

Martha poussa un cri :

— Oh, Kedgeree, vite ! Envoyez un garçon de courses lui dire que Morrigane va bien.

— Vous avez raison, Martha.

Kedgeree s'en chargea en personne et sortit sous la pluie.

— La voici ! dit Charlie, le chauffeur, en sautant les dernières marches de l'escalier en spirale et en bondissant vers eux avec excitation. Je leur ai dit que tu étais assez maligne pour rentrer toute seule, mais je parlais dans le vide. Je parie que tu es contente que ce soit le week-end, hein ? Frank organise ce soir une course de descente d'escalier sur matelas. Tu arrives juste à temps pour t'inscrire. Ça te tente ?

— Absolument, dit Morrigane avec un grand sourire.

Une course de matelas, c'était la meilleure nouvelle de la journée. Son horrible première semaine au Sowun commença à s'estomper de sa mémoire. Elle était *à la maison*.

— Tes petites mains sont gelées ! s'écria Martha en retirant tant bien que mal son manteau noir à Morrigane. Oh, et tu es trempée jusqu'aux os, ma pauvre petite ! Je vais te faire couler un bon bain chaud.

Est-ce que tu veux des bulles de mousse pour te chatouiller la peau ? Ou alors... Oh ! J'ai des bulles de champagne qui jouent de la musique classique.

— Attends, Martha, dit Kedgeree qui rentrait.

Il essuya la pluie de son élégante veste rose.

— Elle ne peut pas...

— Il n'y a pas d'alcool dedans, lui assura Martha.

— Ce n'est pas ça. La petite est demandée ailleurs.

Il tendit à Morrigane un bout de papier plié. Elle y lut :

Viens me retrouver tout de suite dans mon bureau.

J.N.

— Il est rentré ? demanda Morrigane.

Une vague de bonheur et de soulagement la submergea, puis reflua aussitôt quand elle se rappela l'absence irritante et inopportune de Jupiter pendant la pire semaine de sa vie. Il allait en entendre parler !

— Il est arrivé il y a dix minutes, dit Kedgeree. Il avait l'air aussi malheureux que toi. On dirait que vous avez tous les deux eu une semaine difficile.

Soudain inquiète, Morrigane se mordilla la lèvre.

— Est-ce que... est-ce qu'il a parlé à Mlle Ravy ?

— Non, et Dieu merci, tu as pointé le bout du nez entre-temps. Un moment, j'ai craint de devoir lui annoncer que tu avais disparu ! Je crois qu'il m'aurait balancé du toit !

« *C'est promis* »

Morrigane poussa un long « oooooooouuuuuuuufff ». Elle se détendit un peu et lança un regard vers le couloir qui menait aux cuisines.

— OK. D'accord. Je vais juste faire un saut aux...
Kedgeree lui tendit un second mot :

J'ai de quoi manger.

J.cN.

— Te voici ! s'exclamèrent en chœur Morrigane et Jupiter lorsque la porte du bureau s'ouvrit.

Il rirent et se serrèrent brièvement dans les bras, puis Morrigane fonça vers la petite table près de la cheminée où l'attendait un plateau chargé de mets alléchants : du thé, du lait et du sucre en morceaux ; du beurre et de grosses tranches de pain ; des saucisses de porc juteuses avec des oignons frits et du raifort ; une plaquette de chocolat brisée en carrés ; et, comble des délices...

— Des muffins ! s'écria Morrigane en s'affalant dans un fauteuil en cuir avant d'inhaler à fond leur odeur exquise.

Des muffins chauds, dorés, cuits à la perfection, entourés de petits ramequins de crème fraîche, de miel, de crème au citron et de deux confitures différentes.

Le Wundereur

Morrigane aurait pu composer un poème à propos de ce plateau miraculeux, si elle n'avait pas été aussi occupée à tout dévorer.

Fenestra, allongée sur le tapis devant l'âtre, ronflait doucement et occupait la moitié de l'espace. Le bureau de Jupiter était un de ses endroits préférés pour faire la sieste, même si la longue table de la salle à manger du personnel et le dessus de la hotte de la cuisine ne lui déplaisaient pas non plus.

Morrigane retira ses bottes et tendit ses pieds mouillés pour les sécher à la chaleur de la cheminée. Elle fut tentée de les poser sur la fourrure soyeuse de Fen. Mais la Magnifichatte, comme si elle avait lu dans ses pensées, ouvrit un œil ambré.

— N'y pense même pas, grogna-t-elle en la foudroyant du regard.

Puis elle s'étira, fit ses griffes sur le tapis et se roula en boule avant de se rendormir, le bout de sa langue rose pointant entre ses dents.

— Alors ? dit Jupiter. Comment s'est déroulée ta première semaine ?

— Horrible, répondit Morrigane.

Elle était en train de noyer une moitié de muffin sous une grosse couche de confiture aux mûres, qui dégoulinait sur sa main. Elle la lécha, bien trop affamée pour sacrifier aux bonnes manières.

— Carrément horrible. Où étais-tu ?

— Je suis désolé, Mog. Je menais une expédition.

Il poussa un soupir et se frotta le visage des deux mains. Il avait réellement l'air navré. Et épuisé.

« *C'est promis* »

— Une expédition *ratée*. Ce n'était pas censé prendre aussi longtemps, mais... Je suis désolé.
— Quel genre d'expédition ?
— Du genre top-secret.

Morrigane fronça les sourcils, mais elle avait la bouche trop pleine de muffin pour lui faire part à haute voix de sa désapprobation.

— J'aurais voulu être là pour te soutenir pendant cette horrible semaine, dit Jupiter.

Ce changement de sujet n'avait pas échappé à Morrigane, mais elle ne releva pas.

— Pourquoi tu ne m'avais pas dit à quel point ce serait *horrible* ? demanda-t-elle.

— Une négligence impardonnable de ma part, lui accorda-t-il en lui versant du thé. Quel genre d'horrible semaine exactement ? Histoire que je comprenne bien.

— *Vaprrdatroot*, dit Morrigane, la bouche encore pleine.

Puis, après avoir avalé, elle répéta :

— La pire de toutes. Pleine d'horreurs au pluriel.

— Je t'écoute.

Si elle avait l'intention de lui raconter sa rencontre terrifiante sur les quais, c'était le moment ou jamais. Toutefois, il y avait tellement d'autres choses qu'elle voulait lui dire. Et elle était si contente qu'il soit rentré que ç'aurait été dommage de gâcher leurs retrouvailles en lui avouant qu'elle avait trahi sa confiance.

— Voyons, reprit-elle en refoulant sa culpabilité. L'horreur de voir tous les autres membres de mon

Le Wundereur

unité s'amuser comme des fous et apprendre un tas de trucs incroyables, alors que *moi pas*. L'horreur de voir la Maîtresse Initiatrice refuser d'approuver les cours que ma conductrice a prévus pour moi. L'horreur de constater que mon *seul* professeur dans mon *seul* cours est le type le plus *ennuyeux* du monde et *méchant* avec ça, et...

— Attends... qu'est-ce que tu viens de dire ? s'exclama Jupiter, soudain sérieux et attentif.

Il s'était immobilisé, sa tasse de thé suspendue à mi-chemin de sa bouche.

Morrigane soupira.

— Je sais que je ne devrais pas traiter un prof d'ennuyeux, mais franchement, Jupiter, si tu le voyais...

— Non, je ne parle pas de ça. Mais de la Maîtresse Initiatrice... Elle n'a pas approuvé ton emploi du temps ?

— Non. C'est parce qu'elle me déteste et qu'elle croit que Mlle Ravy cherche à me transformer en « arme de destruction massive ».

Elle leva les yeux au ciel et fourra une saucisse dans un bout de pain avant de l'enduire de raifort poivré.

— Le seul cours auquel j'ai le droit d'assister, c'est « Histoire des actes haineux des Wundereurs », avec le Pr Onstald, et tout ce qu'il fait, c'est m'obliger à lire le livre débile qu'il a écrit et qui démontre à quel point tous les Wundereurs sont maléfiques, et il me colle plein de devoirs et il faut toujours que *je lise plus*, et je suis tellement...

— Quel livre ?

« C'est promis »

Morrigane tenta de se souvenir du titre complet. Elle prit une bouchée de son pain à la saucisse. Le raifort était tellement piquant qu'elle en eut les larmes aux yeux, ce qui lui donna quelques instants pour réfléchir, le temps qu'elle se remette.

— *Bévues*, *Énormités*... heu... *Fiascos*... machin chose... *et Dévastations : histoire abrégée d'actes de Wundereurs*. Oh ! *Monstruosités*.

— Hum... dit Jupiter avec une grimace. Pas très gai, comme titre.

— Souviens-toi, l'année dernière, tu as dit...

Elle hésita, soudain incertaine.

— Tu as dit que les Wundereurs étaient bons autrefois. Qu'ils exauçaient les vœux et que...

— Hein ?

— Je me demandais juste, dit Morrigane qui, ne sachant pas comment formuler ça délicatement, renonça à le dire avec des pincettes. T'es sûr que tu ne t'es pas trompé ?

Jupiter lui sourit.

— Certain.

— Certain, *certain* ? insista-t-elle. Parce que je suis déjà au chapitre douze, et jusque-là, ils sont tous abominables.

Il l'observa un moment.

— Raconte-moi ce que dit le livre du vieux Onstald sur les autres Wundereurs.

Morrigane leva les yeux au plafond pour fouiller dans sa mémoire.

— Eh bien, il y a Mathilde Lachance, commença-t-elle en comptant sur ses doigts. Et puis Rastaban Tarazed. Gracious Goldberry. Decima Kokoro...

— Ce nom m'est familier, dit Jupiter. Parle-moi de Kokoro.

— Elle aimait bâtir des trucs, mais tous ses projets tournaient toujours au désastre. Selon moi, elle devait être un peu bête.

Jupiter leva un sourcil, mais s'abstint de tout commentaire.

— Bah quoi ? C'est vrai ! Il y avait tout un chapitre sur comment elle a essayé de construire un immeuble constitué entièrement d'eau – de *l'eau*, non, mais, quelle idée ! – et, bien sûr, le bâtiment a été classé dans la catégorie « Fiasco »...

— C'est vous deux, les fiascos, dit Fenestra, qui s'étira et se gratta derrière l'oreille de sa patte duveteuse. Vous voyez pas que j'essaie de dormir ?

— Oui, je vois que tu as passé beaucoup de temps ici à roupiller, rétorqua Jupiter en lui lançant un regard agacé. Il y a plus de poils que de tapis par terre.

— Tu te rends compte de la valeur des poils de Magnifichat ? répliqua Fen d'une voix traînante en se frottant la tête sur le parquet pour ôter quelques touffes supplémentaires. Vends-les aux aristocrates et ta fortune sera faite.

— Ils n'ont de valeur que s'ils sont encore attachés à ta peau, Fenestra. Et je doute que ça te plaise qu'on te la retire. Par ailleurs, c'est de la fourrure de Magnifichaton

« *C'est promis* »

que veulent les gens, toi, tu es bien trop vieille et pleine de bourre.

Fenestra ouvrit un œil endormi et feula dans sa direction. Jupiter fit un grand sourire, qui s'évanouit bien vite.

— Oh, à propos, tu as des nouvelles ?

Fenestra poussa un soupir.

— Pas encore. J'ai fait passer le message. J'ai cherché dans tous les endroits habituels, j'ai secoué un peu les suspects attendus. J'espère que c'est un chaton très malin qui s'est trouvé une bonne cachette.

Morrigane se redressa.

— Est-ce que vous parlez du Magnifichaton de Dr Roncière ? Vous croyez qu'on l'a volé pour sa fourrure ? Quelle horreur !

— Il a probablement fugué, dit Fen en roulant paresseusement sur le dos. Et tant mieux pour lui, franchement. Roncière m'a tout l'air d'être une lavette.

— Mlle Ravy a dit que Dr Roncière était dans tous ses états quand il a disparu.

Morrigane se souvint de l'affection qu'elle avait perçue entre eux ce jour-là, dans l'amphithéâtre.

— Elle semble vraiment l'aimer beaucoup, elle l'avait mis dans un panier super confortable et tous…

— *Un panier ?* rétorqua Fen en lui décochant un regard dédaigneux. Un Magnifichat n'est pas un chat *domestique*.

Morrigane, sans piper mot, lança un coup d'œil entendu à Fenestra, au tapis et à la cheminée : pour un chat *pas domestique*, Fen savait s'y prendre pour vivre dans le confort.

Jupiter but une gorgée de thé, les yeux perdus dans les flammes.

— Les rues de Nevermoor ne sont pas un endroit pour les Magnifichatons, tout de même, Fen.

— Tu crois que je ne le sais pas ? s'indigna Fen. Les miens sont sur l'affaire, OK ? Ils le trouveront. Terminé.

— Les tiens ? demanda Morrigane. C'est qui, ça ?

La Magnifichatte la foudroya du regard et lui tourna le dos, mettant effectivement un point final à la conversation. Morrigane fixa son imposant arrière-train, se demandant si elle pourrait jamais sonder les profondeurs surprenantes du monde de Fenestra. Elle était encore sous le choc d'avoir appris, l'année précédente, que Fen avait autrefois remporté le championnat de l'État Libre d'Ultime Combat.

— Quelqu'un d'autre a disparu, dit-elle à Jupiter. Paximus Chance. Est-ce que tu savais ?

— Hum.

À son expression évasive, Morrigane devina d'emblée qu'il y avait quelque chose qu'il ne pouvait pas, ou ne voulait pas, lui révéler.

— Oh ! C'est là que t'étais ? dit-elle en faisant des petits bonds sur son fauteuil. J'ai raison, n'est-ce pas ? Tu étais à la recherche de Paximus Chance !

Il parut méditer longtemps sa réponse.

— Non. Je cherchais Cassiel. Les Anciens ne m'ont mis au courant pour Pax qu'aujourd'hui, à mon retour.

— Ils veulent que tu enquêtes ?

« *C'est promis* »

— Je ne peux pas en parler, Mog. Ce serait trahir la confiance des Anciens.

— Mais il y a un lien, n'est-ce pas ? Tu ne crois pas ? insista-t-elle.

— Peut-être. Honnêtement, j'en doute, dit-il en s'éclaircissant la voix. Bref, continue... Kokoro a construit un bâtiment constitué d'eau. C'est fascinant.

— Oh, *ça*... fit Morrigane avec une grimace.

— Qui l'a classé dans la catégorie « Fiasco » ?

— Heu, le Comité de Classification des Actes Wundereurs, dit-elle en soupirant. C'était ceux qui déterminaient si les Wundereurs avaient fait quelque chose de travers, genre une Bévue, ou une Énormité, ou un machin terrible, comme un Fiasco ou une Monstruosité, ou, le pire de tout, une Dévastation. Et les tours Cascades furent un Fiasco, limite une Monstruosité, parce que tous ceux qui tentaient d'en franchir la porte se faisaient emporter ou tremper comme des soupes et, bien sûr, on ne pouvait jamais rien entreposer à l'intérieur, à cause de l'humidité. Alors... ouais, conclut-elle en haussant les épaules, Kokoro n'avait pas inventé la poudre.

— Mais elle n'était pas maléfique ? demanda Jupiter.

Morrigane réfléchit tout en étalant du beurre sur la deuxième moitié de son muffin.

— Peut-être pas. Mais indiscutablement bête.

— Qui d'autre ? dit-il en s'appuyant sur un coude et en dissimulant un sourire derrière sa main.

Le Wundereur

— Odbuoy Jemmity a construit un parc d'attractions.

Il hocha la tête en guise d'encouragement.

— Continue.

— Ça, c'était un véritable fiasco ! s'écria Morrigane en roulant les yeux. Le jour de l'ouverture, une foule de gens et de journalistes se massaient à l'entrée. À travers les grilles, ils apercevaient les montagnes russes et les toboggans aquatiques, et tous étaient super excités. Mais Jemmity ne s'est jamais montré, et les portes ne se sont jamais ouvertes, et personne n'a jamais pu y entrer.

Bien que cela en coûtât à Morrigane d'admettre que le Pr Onstald avait raison, là, elle était outrée. Un parc d'attractions où personne ne pouvait jamais aller ! Et même si elle n'avait jamais visité un parc d'attractions, elle imaginait sans peine combien ce devait être amusant. Et rageant de voir toutes ces attractions fantastiques sans pouvoir en profiter !

— Alors, à l'évidence, Jemmity aussi était un peu bête, et très égoïste et… Quoi ? fit Morrigane.

Jupiter serrait les mâchoires, signe qu'il s'efforçait de ne pas prononcer un truc qu'il brûlait de dire.

— C'est juste que… commença-t-il, puis il prit une inspiration. Écoute, je n'ai aucune preuve à te montrer. Néanmoins, je soupçonne que le Pr Onstald est en train de te raconter une version…

Il chercha le mot.

— … *biaisée* de l'histoire des Wundereurs. Il faudra que j'en discute avec la Maîtresse Initiatrice… ainsi que

« C'est promis »

de ton emploi du temps, termina-t-il dans un marmonnement agacé.

— Mais le Pr Onstald a *littéralement* écrit le livre sur l'histoire des Wundereurs… Son nom figure sur la couverture ! Qui en saurait plus que lui sur les Wundereurs ? Tu connais quelqu'un, toi ?

Jupiter se frotta la nuque.

— Bah, non, mais l'histoire des Wundereurs remonte à des centaines, sinon à des milliers d'années. Ils ne peuvent pas tous avoir été mauvais, si ? Pas pendant tant de siècles ?

Morrigane se renfonça dans son fauteuil, les sourcils froncés de dépit.

— Ce n'est donc que supposition de ta part.

— Écoute, dit Jupiter en soupirant et en passant la main dans ses longs cheveux roux, qu'il décoiffa un peu. Il y a eu des Wundereurs pas très nets, Mog, je te l'accorde. Notamment, Ezra Squall. Une grande partie de l'histoire des Wundereurs a été perdue, et ce qu'il en reste, ce dont les gens se souviennent pendant le plus longtemps, est généralement le pire. Il y a des choses qu'on ne saura jamais avec certitude. Certes, le Pr Onstald est une des rares personnes encore en vie qui se rappelle le temps des Wundereurs, et je ne voudrais pas contester ses méthodes d'enseignement – c'est un membre respecté de la Société –, toutefois je ne pense pas qu'il connaisse toute l'histoire. Je ne crois pas que les choses soient aussi simples que ça.

— Mais tu ne peux pas en être certain.

Le Wundereur

— Onstald non plus, Mog ! Il n'était pas là pour tout voir.

Il y avait une pointe de désespoir dans la voix de Jupiter, tel un homme conscient de perdre son public.

— La ville de Nevermoor a été créée par des Wundereurs au fil des siècles. Je refuse de croire qu'ils étaient tous mauvais ou inutiles. Après tout, Nevermoor est encore debout. C'est toujours la plus grande ville du Royaume Sans Nom. Parmi toutes les générations de Wundereurs qui l'ont bâtie à partir de rien, il devait y en avoir de bons.

Morrigane eut la sensation que son cœur venait de se décrocher. *Il devait.* Elle rumina la formulation hypothétique pendant une minute, écoutant le feu craquer dans l'âtre et les doux ronflements de Fen. Elle sentait Jupiter qui l'observait par-dessus le bord de sa tasse de thé.

— Alors, finit-elle par déclarer, quand tu m'as dit l'année dernière qu'autrefois les Wundereurs étaient bons… qu'ils étaient vénérés et… tous les autres trucs que t'as dits…

Elle secoua la tête, les yeux rivés au sol.

— … en fait, t'en savais rien du tout.

— Mog, écoute-moi. Je *sais* que les Wundereurs peuvent être bons.

Il se pencha et posa sur elle un regard inquisiteur.

— Je le sais parce que je te connais. Tu es un Wundereur. Et tu es quelqu'un de bien. Je n'ai pas besoin d'autres preuves que ça.

« *C'est promis* »

Morrigane sirota son thé. Elle aurait tant voulu partager sa certitude.

Le lendemain, Jupiter était de nouveau parti.

— Qui est-ce qui avait besoin de lui, cette fois, Kedge ? demanda-t-elle au concierge qui avait transmis à Jupiter le message qui l'avait envoyé une fois encore sur les routes.

— Oh, un petit jeunot prétentieux de la Ligue des explorateurs, répliqua Kedgeree. Ils ne lui laissent pas un instant de répit en ce moment. Hé, pas touche au comptoir, mademoiselle, je viens de le polir.

— Désolée.

Morrigane cessa de dessiner des smileys tristes sur le marbre éclatant du comptoir de la réception, poussa un soupir et partit, les épaules basses.

Elle supposait qu'il aurait été égoïste de se plaindre s'il était parti à la recherche de personnes disparues, mais tout de même, elle ne pouvait s'empêcher de se sentir exclue. Il était à peine de retour, après tout, et elle n'avait pas eu l'occasion de lui dire tout ce qu'elle aurait voulu partager avec lui. Ils n'avaient pas parlé de la porte mystérieuse, de la Station 919, de l'adorable Mlle Ravy. Elle aurait voulu aussi lui demander s'il avait fait partie de l'École des Arts mineurs ou de celle des Arcanes (elle pariait sur les Arcanes), et pourquoi,

Le Wundereur

d'après lui, *elle* avait été placée à l'École des Arts mineurs, car qu'est-ce qu'il y avait de si mineur à être un Wundereur ?

Elle se laissa tomber sur une méridienne en velours rose dans le hall animé, prenant une pose théâtrale en contemplant l'oiseau lustre. Ses considérations furent brutalement interrompues par l'apparition d'une énorme tête poilue avec des moustaches touffues et une paire d'yeux ambrés qui lançaient des éclairs.

— Fen ! s'écria-t-elle en plaquant les mains sur sa poitrine et en se redressant d'un bond. Ne fais plus jamais ça ! J'aurais pu mourir de peur.

— Bien, dit l'immense félin gris d'un air renfrogné. Si tu meurs de peur, alors je ne serai plus obligée de jouer les messagers de bas étage selon les caprices de notre excentrique propriétaire. Comme si je n'avais pas mieux à faire.

Morrigane secoua la tête.

— De quoi tu parles…

— Il m'a demandé de te transmettre un message, grommela Fen. Il a dit qu'il allait trouver des preuves. Il a dit que lui n'en avait pas besoin, mais il sait que toi, si. Alors il va aller les trouver, peu importe le temps que ça prendra.

Fen marqua une pause, comme si elle était réticente à lui révéler la suite.

Enfin, avec un gros soupir et un roulement d'yeux agacé, elle ajouta :

— Il a dit « *promis* ». Berk. Dégueu.

« C'est promis »

Fen s'éloigna furtivement, probablement pour aller se rincer la bouche, et Morrigane se laissa retomber sur les coussins. Au-dessus d'elle, le lustre battait silencieusement des ailes, ne déviant pas de sa trajectoire, envoyant de la lumière sur le sol. Son moral remonta d'un demi-cran.

8

LA CARTE VIVANTE

— Tu as un mécène formidable, n'est-ce pas ?

Mlle Ravy souriait jusqu'aux oreilles en ce lundi matin lorsque Morrigane monta dans le train-maison. Elle tenait un emploi du temps qu'elle agitait joyeusement.

Morrigane le saisit, puis alla s'asseoir sur le vieux canapé à côté de Hawthorne. En plus de son horrible cours quotidien avec le Pr Onstald, elle en avait un nouveau, les lundi, mercredi et vendredi après-midi.

— « Décoder Nevermoor : comment naviguer avec succès à travers la plus dangereuse et la plus ridicule des villes de l'État Libre », lut-elle à voix haute.

Hawthorne regarda par-dessus son épaule.

— Moi aussi je l'ai, ce cours ! « Décoder Nevermoor », avec Henry Moutet, dans la salle des cartes, niveau – 3, Département des affaires pratiques. Super !

— Moi aussi, intervint Anah de l'autre bout du wagon.

Elle n'avait pas l'air aussi ravie que Hawthorne. Il y eut des froissements de papier alors que les autres comparaient leurs cours.

— Oui, vous allez tous apprendre à décoder Nevermoor, commenta Mlle Ravy, aux anges, en tapant dans ses mains. Ce matin, Maîtresse Biennée m'a dit qu'elle avait décidé que TOUS LES NEUF deviez apprendre à naviguer à travers la ville si vous voulez être un jour « des êtres humains utiles ».

Elle leva brièvement les yeux au ciel avant d'ajouter :

— Vous allez donc enfin pouvoir prendre un cours tous ensemble, en tant qu'unité ! N'est-ce pas merveilleux ?

Apparemment, non, à en juger par les diverses réactions. Francis et Mahir avaient les yeux rivés résolument au sol, et Thaddea ne cachait pas sa consternation.

Anah, qui s'asseyait toujours le plus loin possible de Morrigane lors de leurs brefs trajets en train-maison, semblait terrifiée à l'idée de devoir passer encore plus de temps dans un espace confiné avec le redoutable Wundereur.

Cependant, rien n'aurait pu ternir la joie de Morrigane. Elle allait enfin assister à un cours qui parlait d'autre chose que des horreurs commises à travers les âges par les Wundereurs, et avec Hawthorne qui plus est. C'était un bon début.

La Carte vivante

Lorsqu'ils arrivèrent à destination, Morrigane fit en sorte d'être la dernière à descendre de la maison-train.

— Merci, dit-elle à Mlle Ravy en montrant son emploi du temps. *Sincèrement.*

La conductrice lui adressa un clin d'œil.

— C'est le génie barbu qu'il faut remercier. Je ne sais pas ce qu'a dit Capitaine Nord pour convaincre la Maîtresse Initiatrice, mais c'est grâce à lui, j'en suis certaine.

———•———

En tant que membre de l'unité 919 la moins occupée scolairement, Morrigane fut la première à arriver à la salle des cartes pour le cours de l'après-midi. Lorsqu'elle poussa les lourdes portes de bois vernis qui donnaient sur une pièce ronde au plafond à coupole, son cœur fit un petit bond. La salle portait bien son nom : chaque surface de la pièce était une carte. La coupole elle-même était peinte d'une nuit étoilée, une carte du ciel d'un bleu profond où figurait chaque constellation avec son nom : Althaf le Danseur, Gurita Minor, Craig, Goyathlay le Veilleur…

Le long des murs courbes, Morrigane passa le bout des doigts sur les reliefs accidentés des Hautes-Terres, caressa les minuscules arbres piquants de la Forêt Zeev, effleura les vagues au doux clapotis de la côte des Falaises Noires… Elle retira vivement sa main,

Le Wundereur

surprise : les océans de la carte étaient mouillés. Morrigane porta l'index à ses lèvres... l'eau était salée.

Mais tout cela n'était qu'un échauffement, comparé au clou du spectacle. Le centre de la vaste pièce était dominé par une structure aux formes irrégulières, couverte de ce qui ressemblait à des maisons de poupées et entourée par une passerelle surélevée en verre. Morrigane grimpa les trois marches qui y menaient et s'appuya contre la rambarde qui la séparait de... Elle étouffa une exclamation de stupeur... De la carte la plus extraordinaire qu'elle eût jamais vue.

Morrigane se pencha par-dessus la rambarde ; les petits personnages dans les rues bougeaient ! Hyper réalistes et pas plus hauts que deux centimètres et demi, ils faisaient du vélo dans le parc, portaient leurs sacs de courses sur le Grand Boulevard, sautaient sur le Pébroc Express. Des nuées de mouettes se rassemblaient sur les quais et de petits bateaux voguaient sur la Juro. Un gros nuage noir planait sur le sud de la ville et il se mit à bruiner dans les rues au-dessous. Morrigane vit les petits personnages sortir leurs parapluies et courir se mettre à l'abri.

C'était une parfaite représentation miniature de Nevermoor en mouvement. Ce n'était pas juste une maquette ou un village de poupées... c'était une ville en trois dimensions, une ville vivante, qui respirait.

— Quel temps fait-il là-bas ? Il pleut toujours ?

Morrigane sursauta. Elle se retourna et aperçut un jeune homme aux yeux brillants et aux joues roses pénétrer précipitamment dans la salle des cartes, sa chemise

La Carte vivante

à moitié sortie de son pantalon. Il abandonna sa sacoche par terre, monta à la hâte les marches qui menaient à la passerelle et s'accouda à la rambarde à côté de Morrigane pour contempler avec enthousiasme la ville miniature. Sa frange de cheveux châtains lui tomba dans les yeux et il l'écarta d'un geste.

— C'est magnifique, n'est-ce pas ? dit-il. As-tu jamais rien vu de pareil ?

— Jamais, admit Morrigane.

— Moi c'est Henry, dit le jeune homme en lui tendant la main. Ou M. Moutet, si tu préfères. Ça paraît tellement étrange de dire ça. Je devrais peut-être opter pour « Moutet » tout court. C'est mieux, non ? Moins stressant ?

Comme Morrigane le regardait avec un air de perplexité polie, il ajouta :

— Oh ! C'est la première fois que j'enseigne. Je suis nouveau. J'ai obtenu mon diplôme de senior l'année dernière. J'espère que vous serez gentils avec moi, hein ?

Morrigane sourit :

— Pour moi aussi, c'est le premier cours. Enfin… le second.

— Génial, on pourra se tenir la main.

Morrigane aimait la façon dont le ton chaleureux et amical de Moutet gommait son accent super snob.

— Toi, c'est… mademoiselle Crow, c'est bien ça ?

— Oui, dit prudemment Morrigane.

Elle se demanda s'il savait qui elle était. Si c'était le cas, il n'en laissa rien paraître.

Le Wundereur

— Génial, répéta-t-il. J'ai déjà mémorisé tous vos noms et vos visages. Est-ce que les autres vont se joindre à nous ?

Il consulta une feuille de papier.

— Il est dit ici que ton unité entière est censée assister à ce cours. Ils n'ont pas déjà tous déguerpi, j'espère ?

Il lui coula un sourire entendu.

— Peut-être que la terrible vieille Meurgatre leur a flanqué une telle frousse qu'ils ont pris la poudre d'escampette ?

Morrigane ne savait pas quoi dire. Elle n'avait jamais rencontré un professeur aussi… peu professoral.

Les portes s'ouvrirent à nouveau, et Thaddea entra dans la salle à pas lourds, suivie de près par Anah, qui lui courait après.

— Laisse-moi regarder, Thaddea, dit Anah en agitant un chiffon humide devant le visage de la grande perche. C'est hyper moche. Tu ne veux tout de même pas que ça s'infecte, si ?

— Pour la millionième fois, dit la rouquine entre ses dents serrées, je vais TRÈS BIEN. Arrête de bêler.

— Tu n'es pas raisonnable, souffla Anah en secouant sa tête bouclée. Tu SAIGNES ! Je parie que Mlle Ravy te dirait…

— Personne ne t'a rien demandé, s'énerva Thaddea.

En effet, elle avait une vilaine entaille au front.

— Bonjour, chers élèves, dit Moutet en fronçant les sourcils.

Morrigane devina qu'il essayait de prendre un air sévère qui ne lui était pas naturel.

— Que se passe-t-il donc ?

— Rien, monsieur, répliqua Thaddea en le fixant droit dans les yeux, le menton levé en signe de défi.

Moutet serra les lèvres, comme s'il s'efforçait de ne pas sourire devant l'expression belliqueuse de Thaddea, puis il se racla la gorge.

— Très bien. Où sont les autres ?

Morrigane était très étonnée. Allait-il ignorer la blessure de Thaddea ? Anah avait raison, ça avait l'air grave ; un filet de sang dégoulinait à présent le long du visage de Thaddea.

— Lambeth est en hydroméditation dans un caisson de privation sensorielle, dit Anah en scrutant le plafond comme si elle récitait une liste gravée dans sa mémoire.

Elle n'avait pas jeté un seul regard dans la direction de Morrigane, comme si elle l'évitait à tout prix.

— Francis est dans les jardins de la cuisine, en train d'apprendre à identifier des herbes aromatiques rares. Hawthorne est à une démonstration de lutte contre les incendies. Arch est à l'hôpital étudiant, en train de se faire briser les doigts de la main gauche pour qu'on les lui replace de façon qu'il ait une dextérité maximale. Mahir est…

Les portes s'ouvrirent encore une fois et Hawthorne s'engouffra dans la pièce en parlant très fort, suivi de Mahir, qui souriait jusqu'aux oreilles, de Francis et de Cadence. Lambeth, à quelques pas derrière eux,

Le Wundereur

affichait une expression légèrement hébétée, comme si elle venait d'entrer par hasard.

— Ah, très bien ! dit le prof en tapant dans ses mains. On est tous là, plus ou moins.

Morrigane fronça les sourcils en comptant ses camarades. Ils n'étaient certainement pas tous là. Arch – et ses doigts cassés – n'était pas arrivé. Là encore, Moutet, visiblement, s'en fichait royalement.

Elle commençait à comprendre que Maîtresse Biennée pensait tout à fait ce qu'elle avait dit au sujet des adultes de la Société Wundrous. « Personne ne va venir vous prendre par la main et moucher vos petits nez. » Mais, apparemment, ils n'hésitaient pas à leur briser les mains.

— Montez tous sur la passerelle, et vite fait, ordonna M. Moutet. Regardez en bas et dites-moi ce que vous voyez.

— C'est Nevermoor ! J'aperçois ma maison ! s'écria Hawthorne en prenant place à côté de Morrigane.

Il plissa les yeux et se pencha tellement en avant que Morrigane dut l'attraper par un pan de sa chemise pour l'empêcher de plonger tête la première sur les petits personnages.

C'était en effet Nevermoor, reproduite en modèle réduit avec la plus extrême précision.

Il y avait de minuscules rues sinueuses bordées de boutiques et de maisons parfaitement bâties, des poches de verdure parsemant çà et là le paysage et la puissante Juro serpentant à travers le cœur de la cité.

La Carte vivante

— Attendez ! C'est ma MÈRE ! Tu as vu, Morrigane, ce sont ses cheveux bouclés... et son pull violet avec un arc-en-ciel sur le devant. Elle le portait ce matin ! Est-ce que c'est...

— Une reproduction en direct et quasiment cent pour cent réaliste de Nevermoor et de ses habitants, dit Moutet. Enfin, presque en direct. Il y a quelques secondes de décalage dans certains quartiers. Elle est très vieille, cette carte, il y a parfois un pépin. Maintenant, creusons un peu, chers élèves. Regardez plus attentivement. Observez ce qui est véritablement sous vos yeux.

Les élèves de l'unité 919 échangèrent des coups d'œil perplexes, mais tâchèrent de concentrer leur attention sur la ville miniature.

— C'est un labyrinthe, professeur ? dit Francis qui, les yeux exorbités, étudiait le dédale des rues et des ruelles.

— Tout à fait ! approuva Moutet. Bravo, monsieur Fitzwilliam. Mais, s'il vous plaît, appelez-moi Moutet tout court. Je ne suis pas un professeur ; vous découvrirez que très peu d'entre nous au Sowun le sont. Personne n'arrive à rester en place assez longtemps pour obtenir les qualifications nécessaires. Il y a quelques personnes patientes parmi nous, bien sûr : le Pr Kempsey, le Pr Commode (qui préfère qu'on l'appelle « Molly », pour des raisons évidentes), et le Pr Onstald. Le reste d'entre nous ne sommes que des éducateurs amateurs débordant d'enthousiasme et disposés à partager nos expertises. Moi-même, je suis membre de l'Escadron des Bizarreries géographiques, déclara-t-il avec fierté en balayant sa frange de ses yeux. Quand j'ai su que les Anciens cherchaient quelqu'un pour vous apprendre à naviguer à travers cette ville étrange et belle, j'ai sauté sur l'occasion d'étaler ma science. Des questions ? Allez-y. Mademoiselle Amara, êtes-vous toujours parmi nous ?

Lambeth avait manifestement l'esprit ailleurs, les yeux rivés aux constellations scintillantes au-dessus de leurs têtes.

— Coucou !!!!! hurla Thaddea en agitant la main devant son visage.

Lambeth sursauta. Se ressaisissant rapidement, elle lança un regard hautain et désapprobateur à Thaddea.

— On est censés regarder en bas, pas au plafond, précisa celle-ci en baissant la voix.

Lambeth, la mine renfrognée, observa la carte en silence pendant un moment,

— Alors ? l'encouragea Moutet. Des remarques ?
— Oui.

Le regard de Lambeth glissa sur les rues et les quartiers et se posa sur une intersection encombrée de Begonia Hills.

— Accident, dit-elle en pointant l'index.

Moutet cligna des paupières.

— Non, je voulais dire...

Il fut interrompu par un crissement de pneus suivi d'une cacophonie de klaxons. Deux véhicules venaient d'entrer en collision. Deux conducteurs miniatures en sortirent pour hurler en agitant le poing, et la circulation s'immobilisa. Lambeth reprit sa contemplation du ciel, visiblement beaucoup moins stressant.

— Oh, d'accord, dit Moutet. Heu... Quelqu'un d'autre ?

— C'est un jeu. Non. Une énigme, dit Anah.

Elle se tourna vers le prof, pleine d'espoir, cherchant à l'évidence à lui plaire.

— Et c'est à nous de la résoudre, ajouta-t-elle.

— Fantastique ! s'écria-t-il avec enthousiasme en lui adressant un sourire électrique.

Anah, radieuse, lui rendit son sourire.

— Je compte bien que vous *essaierez* de la résoudre, mademoiselle Kahlo. Toutefois, étant donné que personne, au fil des siècles, n'a réussi à percer le mystère, j'espère que vous me pardonnerez si je doute de votre succès. Même si, j'en suis sûr, vous vous attellerez à la tâche avec la précision chirurgicale qui vous caractérise.

Anah gloussa et rougit.

— Et les autres, que voyez-vous ?

— Des rues, des immeubles, des places, des temples, répliqua Thaddea qui paraissait s'ennuyer un peu, à moins qu'elle ne fût dans la lune.

— Une métropole animée ! hurla Mahir.

— Un chaos animé, marmonna Cadence.

— Bien. Maintenant, poursuivit Moutet, laissez-moi vous dire ce que moi, je vois, quand je regarde Nevermoor.

Il se pencha vers la minuscule ville bruissante de vie avec un ravissement profond qui faisait briller ses yeux.

— Je vois un monstre. Un monstre terrible et magnifique qui nous nourrit tous de ses histoires, de son passé, de sa *vie*, et qui exige que nous le nourrissions en contrepartie. Un monstre qui, au fil des âges, a grossi grâce à des victimes involontaires, naïves, vulnérables... qu'il a mâchées puis avalées.

Il s'arracha à la contemplation de la carte et, l'index levé, se tourna pour leur faire face.

— Néanmoins, c'est un monstre qu'on peut apprivoiser, si vous êtes prêts à étudier ses comportements, ses faiblesses et ses dangers. J'ai consacré mon existence à dompter cette ville monstrueuse, et je l'aime de toutes les fibres de mon être. Si vous voulez vous épanouir et réussir à Nevermoor, il vous faudra faire de même.

Morrigane se demanda s'il était vraiment possible d'apprivoiser une ville aussi sauvage et... ridicule. Elle en doutait.

Moutet tapa des deux mains sur la rambarde.

— Mais on va commencer à une petite échelle.

Il indiqua d'un geste une table à l'extrémité de la passerelle, sur laquelle étaient posés deux bols remplis de bouts de papier.

— Prenez-en un dans chaque bol. Sur le premier sera inscrit votre point de départ, et sur le second, votre point d'arrivée.

Il se dirigea vers le côté opposé de la passerelle et tira sur une chaîne. Un tableau noir descendit, sur lequel figuraient deux listes de monuments nevermooriens.

— Je veux que vous traciez la trajectoire la plus directe entre le point A et le point B, avec un itinéraire

La Carte vivante

détaillé. Mais voilà où ça se complique : vous voyez ces deux listes ? dit-il en montrant le tableau. La première répertorie les monuments que vous devez inclure dans votre parcours. La seconde, les monuments que vous devez éviter. Et n'oubliez pas, c'est une balade en surface, pas question de tricher en prenant le Wunderground.

Il leur sourit.

— Ça a l'air simple, mais vous trouverez peut-être ça plus retors que vous ne l'imaginiez. Vous avez une heure. Allez-y !

Morrigane lut son premier papier : « Route Apic, Bamère & Boutarde », puis le second : « Rue du Faisan, Sudo-sur-Juro ».

Plus que retors, c'était à rendre fou. Et il fallait courir d'un bout à l'autre de la passerelle de verre et des petits ponts de la ville. Chaque fois que Morrigane pensait avoir mis au point son itinéraire, elle se rendait compte qu'il lui faudrait passer devant la Prison Dredmalis ou le Théâtre royal de Nevermoor, ou un autre monument interdit de la seconde liste, et elle devait rebrousser chemin pour trouver une autre voie.

De nombreux grognements se faisaient entendre, ponctués de soupirs de dépit, voire de gros mots. À la fin de l'heure, quelques membres de l'unité 919 avaient carrément renoncé.

— Mission impossible, râla Thaddea en s'éloignant de la carte de Nevermoor pour s'affaler contre le mur.

Elle émit un cri de dégoût et s'en détacha vite fait, s'apercevant trop tard qu'elle venait de s'appuyer contre la partie du mur représentant l'océan Albertine de la Quatrième Poche et que son pull était trempé.

— Nevermoor est grotesque.

Morrigane, quant à elle, s'amusait beaucoup, pour la première fois peut-être depuis son arrivée au Sowun. Alors que certains de ses camarades cédaient au découragement quand leur parcours se terminait en cul-de-sac, elle trouvait étrangement satisfaisant de réfléchir à un itinéraire alternatif.

— C'est terminé ! cria Moutet lorsque l'heure se fut écoulée. Félicitations, tout le monde. On discutera de votre travail au prochain cours. Mademoiselle Crow, restez, s'il vous plaît.

Il ne leva pas la tête des devoirs qu'il venait de ramasser. Hawthorne s'attarda sur le seuil de la porte.

— Vous pouvez partir, monsieur Swift, ajouta le prof.

Morrigane s'approcha lentement du bureau de Moutet.

— Monsieur ?

— Ne vous inquiétez pas, vous n'avez rien fait de mal, déclara-t-il. Bien au contraire. Je voulais vous dire à quel point je suis impressionné. Vous avez fait un boulot formidable.

Il leva la feuille de Morrigane en secouant la tête d'étonnement.

— C'est *parfait* !

Morrigane sourit et sentit ses joues s'empourprer.

— Merci.

— Le cours vous a plu ?

— Oui ! répondit-elle avec un enthousiasme sincère. Je n'avais jamais rien fait de pareil.

— Oh ! je suis content que cet exercice ait plu au moins à quelqu'un, dit-il en dégageant sa frange de ses yeux. Vous avez une connaissance de Nevermoor très inhabituelle. C'est un endroit étrange, mais vous paraissez l'appréhender de manière très intuitive. Vous avez grandi ici, n'est-ce pas ?

Morrigane hésita.

— Heu... non... pas exactement.

L'année passée, quand l'horrible inspecteur Flintlock des Forces de police de Nevermoor avait été convaincu (à juste titre) qu'on l'avait fait entrer clandestinement dans le pays et qu'il l'avait menacée d'expulsion, Jupiter lui avait conseillé de ne jamais révéler d'où elle venait.

Mais ça, c'était l'année précédente. À l'époque, Morrigane n'était pas encore membre de la Société Wundrous et ne bénéficiait pas de la protection de la petite broche en W qui brillait aujourd'hui sur son col.

Maintenant qu'elle était membre à part entière du groupe le plus prestigieux de Nevermoor, pouvait-elle avouer qu'elle avait grandi à Jackalfax, au cœur de la République de la Mer d'Hiver, parmi les ennemis de l'État Libre ? Qu'elle n'avait même jamais entendu parler de cet endroit avant de rencontrer Jupiter ? Les Sept Poches de l'État Libre avaient des lois frontalières très strictes et une culture du secret plus rigoureuse encore, et son mécène avait risqué gros en y contrevenant. Le mettrait-elle en danger si elle révélait la vérité ?

Elle n'en avait aucune idée. Elle se promit de poser la question à Jupiter.

— Pas exactement ? insista Moutet.

— J'ai grandi à l'extérieur de Nevermoor, admit Morrigane, sans plus de précisions. Je suis venue ici l'année dernière pour passer les épreuves de la Société Wundrous.

— Eh bien ! s'exclama-t-il, profondément impressionné. Ça ne fait qu'un an que vous êtes ici ? Et pourtant, Nevermoor et vous semblez liées par une étroite connivence.

Morrigane en eut chaud au cœur. Elle eut un sourire radieux. C'était exactement ce qu'elle ressentait ! Comme si la ville lui appartenait. Elle était ravie, presque jusqu'à en être embarrassée, d'entendre ces paroles de la bouche de quelqu'un d'autre, quelqu'un de parfaitement objectif.

— Si tu souhaites visiter la Carte vivante en dehors des heures de cours, tu es plus que bienvenue, proposa Moutet. C'est ce que je fais moi-même, depuis toujours, même lorsque j'étais élève.

Il considéra avec affection la Nevermoor miniature.

— J'étais très solitaire à ton âge. Les autres membres de mon unité jugeaient que la cartographie était un talent fort ennuyeux. Il y avait beaucoup de manches-blanches parmi eux : deux ou trois sorciers, et Tilda Green, une oracle de feu, et Susan Keeley qui parle à l'eau…

Morrigane haussa les sourcils, interloquée. *Parler à l'eau ?*

La Carte vivante

— ... et ils ne pensaient pas que j'avais ma place parmi eux. Parfois, je venais ici m'asseoir pendant des heures, à observer les trains transporter les gens vers leurs maisons. Je voyais les lumières s'allumer dans toute la ville à la tombée de la nuit. C'est un peu pathétique, je sais, ajouta-t-il avec un sourire penaud. Mais moi, ça me plaisait.

— Je ne crois pas que mon unité m'aime beaucoup, moi non plus, reconnut Morrigane.

Elle fut surprise de s'entendre prononcer ces mots. Elle n'avait pas eu l'intention de dire ce genre de chose... C'était sorti tout seul.

— Enfin, à part Hawthorne.

— Pourquoi, vous aussi vous avez un talent ennuyeux ? demanda Moutet, contrit, qui rougit aussitôt. Euh... désolé. Je ne voulais pas me mêler de ce qui ne me regarde pas. Je sais qu'on n'est pas censés vous interroger à ce sujet. Je plaisantais !

À cet instant, Morrigane aurait vraiment voulu jeter toute prudence aux orties et dire à Moutet qu'elle était un Wundereur. Elle pensait que peut-être il ne la considérerait pas avec effroi ni avec haine.

Mais l'avertissement de Quinn l'Ancienne résonna dans sa tête : « S'il apparaît que l'un d'entre vous a trahi notre confiance, vous serez tous les neuf expulsés de la Société. Pour toujours. »

L'un d'entre vous. Y compris Morrigane.

Elle ne pouvait pas prendre le risque.

— Oui, se contenta-t-elle de répondre. C'est un talent très ennuyeux.

Le Wundereur

Il lui sourit.

— Parfois les talents ennuyeux se révèlent à la longue être les plus utiles. Mon unité ne rira plus lorsque je me joindrai à la Ligue des explorateurs.

Morrigane se ragaillardit.

— Mon mécène en fait partie !

— Jupiter Nord, je sais, dit-il avec enthousiasme. C'est une source d'inspiration pour moi. Moi aussi, un jour, je conduirai des expéditions inter-royaumes. Je serai capitaine dans la Ligue. Comme Nord.

— Vraiment ?

— Enfin, mademoiselle Crow ! s'esclaffa-t-il, le visage s'éclairant devant toutes les perspectives qui s'offraient à lui. Nous appartenons à la Société Wundrous. Nous pouvons devenir tout ce que nous voulons !

Un gong résonna dans la salle des cartes, si sonore que Moutet et elle se couvrirent les oreilles. Une voix officielle sortit de haut-parleurs en forme de cors suspendus au plafond.

— *Votre attention, s'il vous plaît. Chers Anciens, Wuns et élèves, je vous demande un moment de votre temps. Un membre de notre équipe enseignante, Paximus Chance, a maintenant disparu depuis près d'une semaine. Les élèves participant au cours si apprécié de M. Chance, « Clandestinité, évasion et dissimulation », ont continué à venir en classe, croyant que son absence mystérieuse n'était que... hum... qu'une partie du « programme ».*

Morrigane se figura la femme qui parlait roulant les yeux.

— Ce n'est pas le cas. Nous sommes actuellement en train d'enquêter sur la disparition de M. Chance, et toute personne qui aurait des informations utiles est priée de s'adresser au Conseil des Anciens immédiatement. En attendant, nous demandons aux élèves qui continuent de se présenter aux cours de M. Chance malgré son absence évidente... de cesser de le faire. Bonne journée.

L'annonce se termina par un grincement mécanique qui fit grimacer Morrigane et Moutet.

— Étrange, dit-elle en se demandant vaguement comment progressait l'enquête de Jupiter. Toutes ces disparitions. Paximus et le Magnifichaton de Dr Roncière et...

Moutet rit doucement.

— La disparition est un classique chez Paximus Chance, non ?

— Comment ça ? Il a déjà disparu ?

— Enfin, je veux dire... c'est son talent, vous savez. Disparaître. Réapparaître. Croyez-moi, c'est un coup monté pour prouver son ingéniosité. Il sera de retour incessamment sous peu, attendant qu'on l'applaudisse.

Morrigane fronça les sourcils. Parfois, elle avait l'impression que son talent véritable n'avait rien à voir avec sa nature de Wundereur. Que c'était en fait sa remarquable aptitude à supposer le pire. Cela venait bien sûr d'avoir cru toute sa vie qu'elle était maudite, et, aujourd'hui encore, cela semblait être inscrit dans la structure de son être. Elle ne pouvait pas plus s'empêcher de se tourmenter à propos des événements malheureux qui se produisaient autour d'elle que Hawthorne de mettre un bémol à son enthousiasme pour les dragons, ou Jupiter de ne plus être roux.

En quittant la salle des cartes, Morrigane repensa à la dernière fois qu'une série de phénomènes étranges étaient survenus à Nevermoor, et à l'homme qui en avait été le cerveau.

L'année précédente, il y avait eu des dysfonctionnements sur le Gossamer, ce réseau d'énergie invisible et intangible qui reliait toutes choses dans le royaume, les vivants comme les morts. Ezra Squall était banni de Nevermoor depuis plus d'un siècle – la police l'avait tenu à distance avec l'aide des forces miliaires et grâce à des sorcelleries en tout genre, et surtout, grâce à la magie de la ville elle-même. Pourtant, il avait trouvé un moyen d'y pénétrer incognito en utilisant la Ligne du Gossamer, un mode de transport extrêmement dangereux et ultrasecret qui lui permettait de laisser son corps dans la République, tandis que libre et incorporel, il vagabondait dans la cité.

Il était impossible de l'empêcher d'utiliser la ligne Gossamer, parce que techniquement, elle n'existait pas. En tout cas, pas dans le monde matériel.

Morrigane frissonna. Où était Squall à présent ? Que faisait-il ? Et est-ce qu'il... ou plutôt *quand* viendrait-il à nouveau lui rendre visite par le Gossamer... ?

9

LES CINQ CHARLTON

— *NEHERAN DUNAS FLOR.*

Arch était extrêmement concentré, et son ragoût de bœuf dégoulinait de sa cuillère dans son assiette.

— *Nehelans doonass...*

— *Neherrrrran*, corrigea Mahir en roulant le « r ». *Neheran dunas flor.*

— *Neherrran dunas florrrr*, répéta Morrigane.

Elle tenta d'imiter la prononciation fluide de Mahir, mais on aurait dit qu'elle avait la bouche pleine de boue. Autour de la table de la cantine, le reste de l'unité essayait aussi de rouler les « r », avec plus ou moins de bonheur. Thaddea était sûrement celle qui y parvenait le mieux.

— *Neherran dunas florrrrr.*

Le Wundereur

— Bien.

Mahir fit un signe de tête approbateur à Morrigane et prit un petit pain.

— Enfin, « bien » c'est beaucoup dire, mieux qu'Arch, en tout cas.

Ils éclatèrent tous de rire, y compris Arch.

Il avait fallu plusieurs semaines, mais la glace commençait à fondre entre l'unité 919 et Morrigane. Au moins, ses camarades avaient-ils cessé de l'accueillir chaque matin par des regards terrifiés. Anah ne poussait plus de cri strident dès que Morrigane s'asseyait près d'elle dans le train-maison. Francis, le gastronome, lui avait demandé de goûter une fournée de tartes aux fraises pour en contrôler la qualité, une tâche à laquelle elle s'était adonnée avec enthousiasme. Une bouchée avait évoqué la nostalgie douce-amère de fin d'été... et Francis était retourné aussi sec à ses fourneaux, car il avait voulu rendre l'insouciance d'un festival estival de musique.

Même l'acariâtre Thaddea lui avait proposé d'aller filer des coups de pied au tibia d'un garçon un peu plus âgé qu'eux lorsqu'il avait traité Morrigane de « sans talent » sur les marches de la Maison des Initiés. Morrigane soupçonnait fort Thaddea de guetter l'occasion de se livrer à ce genre d'exercice, mais n'empêche... Morrigane commençait à sentir qu'elle avait, sinon huit frères et sœurs, du moins huit amis.

Lorsqu'elle avait exprimé un intérêt éphémère pour l'apprentissage du serendese, Mahir avait insisté pour leur apprendre à tous quelques phrases élémentaires à l'heure du déjeuner.

— *Neheran dunas flor !* cria Hawthorne à une élève qui passait en la saluant de la main.

La fille n'eut même pas l'air perplexe.

— Super, dit Mahir avec un sourire satisfait. Ta prononciation était parfaite.

Hawthorne, fier de lui, but une grande gorgée de lait.

— Ça veut dire quoi ?

Le sourire de Mahir s'élargit. Il glissa un regard complice à Morrigane.

— T'as une tête de cul.

Hawthorne en recracha son lait, et le liquide dégoulina de son menton alors que les autres éclataient de rire.

— Tu rigoles ?

Mahir haussa les épaules.

— C'est mon langage d'amour favori.

Ces relations qui se réchauffaient avec son unité rendaient la vie au Sowun beaucoup plus supportable à Morrigane, même si Maîtresse Biennée continuait de rejeter tous les ajouts que suggérait Mlle Ravy à son emploi du temps. Au moins, Morrigane avait-elle toujours « Décoder Nevermoor » le lundi, le mercredi et le vendredi. Elle attendait le cours avec impatience, d'autant plus qu'elle y excellait. À chaque leçon ou presque, Moutet proclamait son génie. Morrigane soupçonnait fort que les nombreux soupirs exaspérés de son unité n'étaient plus de la moquerie, mais une sorte de respect réticent. Ils lui demandaient souvent son aide en cours, semblait-il, ce qui lui procurait un sentiment qu'elle n'avait jamais ressenti auparavant. Au moins, elle avait trouvé un domaine dans lequel elle était douée, quelque chose qui la rendait unique – et cela n'avait rien à voir avec une malédiction, ni avec sa nature de Wundereur.

Tout bien considéré, les choses allaient beaucoup mieux que Morrigane l'avait espéré.

Jusqu'au matin où le mot arriva.

— Il faudrait qu'on montre ça aux Anciens.
— Tu sais pas lire ? Ça dit clairement…
— JE SAIS ce qu'il y a écrit, mais je pense quand même que…
— On ne dira RIEN aux Anciens.
— Tu te prends pour le roi de l'unité ?

Lorsque Morrigane avait émergé de sa porte mystérieuse sur le quai de la Station 919, elle avait vu le reste de son unité regroupé en cercle, penché sur un morceau de papier, Lambeth exceptée, qui se tenait légèrement à l'écart, comme à son habitude.

— Oh, ravi que tu te rappelles enfin qu'on est une UNITÉ, Thaddea !

Hawthorne arracha le mot des mains de Mahir.

— Si vous croyez une seconde que je vais laisser l'un d'entre vous…

Les Cinq Charlton

— Qu'est-ce qui se passe ? demanda Morrigane.

Les huit visages se tournèrent vers elle d'un coup. Certains affichaient des expressions inquiètes ; d'autres bouillonnaient de rage. Hawthorne, la mine sombre, fit quelques pas vers elle pour lui tendre le message.

Morrigane lut :

Nous connaissons la terrible vérité de l'unité 919.
Nous avons une liste d'exigences.
Si vous souhaitez que l'on garde votre secret,
Alors attendez nos instructions.

Pas un mot à quiconque.
Si vous parlez, nous le saurons.
Et nous mettrons la Société tout entière au courant.

— La terrible vérité ? Sur q... ?

Morrigane regarda tour à tour ses camarades désemparés. Lambeth paraissant particulièrement agitée, Morrigane se demanda si c'était à cause du message, ou si elle était branchée sur une catastrophe imminente.

— Qu'est-ce que ça... ?

— C'est évident, non ? s'énerva Thaddea. C'est de toi qu'il est question. La terrible vérité de ta nature de *Wundereur*. On est en train de nous faire chanter, à cause de *toi*.

— Tais-toi, Thaddea, grogna Hawthorne.

— Qui est-ce qui l'a envoyé ? demanda Morrigane. Vous l'avez trouvé où ?

— C'était là, sur le quai, lui dit-elle. C'est Anah qui l'a trouvé.

Anah tremblait.

— Thaddea a raison, il faut qu'on avise les Anciens, dit-elle. Ou Mlle Ravy ! Elle saura quoi faire.

— Mais qui aurait pu laisser ce mot sur *notre* quai ? dit Morrigane en fronçant les sourcils. Je pensais qu'il n'y avait que notre train-maison qui venait ici ?

— Peu importe comment il est arrivé là ! s'exclama Francis.

Il faisait les cent pas sur le quai, sa peau brun clair luisant d'une fine couche de transpiration.

— Comment est-ce qu'ils ont su, pour toi ? continua-t-il. Si le reste de la Société le découvre, on sera tous exclus, tu te souviens ? Ma tante me tuera si je suis renvoyé. Toute ma famille fait partie de la Société. Des deux côtés ! Quatre générations du côté de mon père, et sept du côté de ma mère.

— Calme-toi, Francis, dit Hawthorne.

— Tu ne comprends pas ! Mon arrière-grand-mère était Omowunmi Akinfenwa l'Ancienne ! Les Fitzwilliam et les Akinfenwa vénèrent la Société. Je ne peux pas être fichu à la porte.

Thaddea secoua la tête.

— On ne sera pas renvoyés si quelqu'un d'autre que nous le crie sur les toits. Ce n'est pas notre problème, Francis. Qui que soient les maîtres chanteurs, qu'ils aillent se faire voir. Peut-être qu'ils seront découverts, et alors, c'est eux qui seront expulsés.

— Oui, mais c'est nous seuls qui sommes censés être au courant, fit remarquer Mahir. S'il y a une fuite, on nous accusera.

Morrigane fixait le mur d'en face. Elle ne pensait pas à un éventuel renvoi. Elle pensait à ce qu'elle ressentirait si l'ensemble de la Société savait qu'elle était un Wundereur. Pour le moment, les gens avaient de la curiosité vis-à-vis d'elle, et peut-être une pointe de méfiance. Mais s'ils connaissaient la vérité... ce serait comme être maudite à nouveau. Tout le monde la détesterait. Tout le monde aurait peur d'elle. Ce serait comme si elle n'avait jamais quitté Jackalfax.

Un sentiment de panique familier lui noua l'estomac, tel un ours affamé qui sort de son hibernation. Une chaleur brûlante lui envahit la poitrine.

Thaddea reprit le message à Hawthorne.

— N'empêche que ce mot prouve que ce n'est pas notre faute ! Je vais le montrer aux Anciens. Je me fiche que vous... OH !!!!

Soudain, le papier s'embrasa dans sa main et des cendres tombèrent par terre en voletant.

— Comment... comment ils ont fait ça ?

Thaddea fourra ses doigts brûlés dans sa bouche. Elle fouilla la station du regard, cherchant celui ou celle qui avait mis le feu au papier par Dieu sait quel tour de magie. Il n'y avait pas un chat.

Morrigane avala sa salive. Elle sentait presque les cendres, là, au fond de sa gorge.

— Eh bien... voilà qui règle le problème, commenta Hawthorne.

Le Wundereur

— On peut toujours... insista Thaddea, furieuse.
— On ne va certainement PAS jeter Morrigane aux lions.
— Ouais, mais toi, t'es obligé de dire ça, t'es son ami.

Hawthorne émit un bruit étranglé pour manifester son indignation.

— On est TOUS ses amis ! On est censés être une unité ! *Frères et sœurs*, tu te rappelles ? On est supposés être une FAMILLE.
— Je n'ai jamais demandé à avoir un WUNDEREUR dans ma famille ! grogna Thaddea.
— Ça suffit, dit une voix calme et grave derrière le groupe.

Ils se retournèrent d'un bloc et, stupéfaits, découvrirent Cadence ; une fois de plus, ils n'avaient pas eu conscience de sa présence.

— On ne dira rien aux Anciens. On garde ça pour nous pour l'instant. On attend de voir ce qui se passe.
— Cesse de nous hypnotiser ! protesta Thaddea, au bord de la panique.

Cadence éclata de rire.

— Je ne suis pas en train de vous *hypnotiser*, espèce d'idiote, je vous dis quoi faire. C'est pas pareil. Si je voulais vous hypnotiser, vous ne vous en apercevriez même pas. À l'évidence, ce cours débile ne vous sert à rien.

On entendit un grondement lointain. Le quai se mit à vibrer imperceptiblement et une lumière au bout du tunnel annonça l'arrivée du train-maison.

— On ne sait même pas ce que ces gens veulent à l'heure actuelle. Attendons le message suivant. On décidera quoi faire alors. D'accord ?

Les uns après les autres, les élèves hochèrent la tête, y compris Thaddea, qui considérait manifestement ce compromis comme une torture.

Le train s'arrêta dans un grincement, et Mlle Ravy sortit la tête, les invitant à entrer. Morrigane resta en arrière.

— Hé, dit-elle à Cadence. Merci.

Cadence haussa les épaules.

— Ne me remercie pas encore. J'attends seulement de voir ce que dira le message suivant.

Lorsque les autres quittèrent la Station des Initiés pour aller en cours, Morrigane s'attarda à regarder les trains du matin aller et venir le long des quais. Elle repensait au message. Qui pouvait donc savoir qu'elle était un Wundereur ? Se pouvait-il qu'un membre de l'unité 919 l'ait déjà trahie ? Ou un de leurs mécènes ? Elle songea immédiatement à Baz Charlton, et à la tante de Francis, Hester, qui s'étaient si violemment opposés à son admission au sein de la Société. L'un d'entre eux aurait-il laissé échappé l'info... ou écrit ce message ?

Le Wundereur

Bien sûr que non, se dit Morrigane. Même l'odieux Baz Charlton ne pouvait pas être aussi stupide. Personne ne prendrait le risque de se faire exclure de la Société, juste pour qu'une bande d'élèves juniors rédige une liste d'exigences ! Baz et Hester n'avait aucune intention de la faire chanter. Ils voulaient qu'elle s'en aille.

Morrigane prit une grande inspiration et quitta la gare, s'engageant sur le chemin boisé qui menait à la Maison des Initiés. Avec une heure à tuer avant son cours redouté d'« Histoire haineuse » (le Pr Onstald avait besoin de bien plus de temps pour se rendre à sa salle que les autres profs), elle pourrait peut-être aller au niveau – 3 étudier la Carte vivante. Revigorée, elle accéléra le pas.

— Hé, toi ! La sans-talent ! Reviens ici !

Toute sa bonne humeur envolée, Morrigane se retourna. Trois garçons et deux filles plus âgés la suivaient.

— Pardon, c'est à moi que vous parlez ?

— *C'est à moi que vous parlez ?* l'imita l'une des filles.

C'était une grande perche aux longs cheveux ternes d'une affreuse teinte verte. On aurait dit que sa tête était couverte de mousse. Elle rattrapa Morrigane.

— Oui, abrutie. Tu vois quelqu'un d'autre par ici qui n'a pas de talent ?

— J'ai un talent, rétorqua Morrigane, sauf qu'il est…

— … secret, ouais, dit un des garçons en se rapprochant de Morrigane.

Il devait être en quatrième ou cinquième année pensa-t-elle. Il était si baraqué qu'il aurait pu masquer le soleil.

— On sait. Notre conducteur nous a expliqué qu'on n'avait pas le droit de poser des questions à ce sujet. Alors ce n'est pas une question. Tu vas nous le dire.

Morrigane le fixa d'un regard vide.

— Mais je ne peux pas. C'est *secret*. Cela signifie…

— On sait ce que ça signifie, répliqua la fille aux cheveux vert mousse. On sait aussi que t'es une clandestine, qu'on t'a fait sortir en douce de la République.

Morrigane se prépara au combat.

— Non, c'est faux, je suis…

— Il faut qu'on te dise, on n'aime pas des masses les menteuses, cracha la fille. Et personne n'aime les secrets. Pas entre élèves. On est censés faire bloc, n'est-ce pas ? Alors t'as intérêt à nous montrer ton talent. Tout de suite. Ou est-ce que tu préfères que je te fasse une démonstration du mien d'abord ?

Elle eut un sourire méchant. Elle sortit de ses poches cinq étoiles à lancer aux branches acérées et les tint entre ses doigts comme des griffes argentées.

— Heu… non, merci, dit Morrigane, la gorge serrée.

Elle pivota sur elle-même et s'éloigna à vive allure en direction de la Maison des Initiés.

L'autre fille – courte sur pattes, la mine constipée et portant, contrairement à ses camarades, la chemise blanche des Arcanes – lui barra la route en riant.

— Vas-y, Héloïse.

Morrigane sentit qu'on la soulevait du sol par les bras. Elle se retrouva plaquée contre un tronc d'arbre au bord du chemin, la baraque d'un côté et la fille des

Arcanes d'une force surprenante de l'autre. Elle se débattit pour essayer de se libérer, en pure perte.

— Lâchez-moi ! ordonna-t-elle.

— Ou quoi ? Tu vas appeler ta conductrice à ta rescousse ? dit Héloïse en faisait une moue exagérée. Te gêne pas, si t'es un gros bébé, vas-y, appelle-la...

— MADEMOISELLE RAVY ! hurla Morrigane.

L'idée d'appeler sa conductrice à l'aide ne lui posait aucun problème, peu importe ce qu'ils pensaient d'elle.

— À L'AIDE !

Mais une paume moite se colla sur sa bouche, étouffant son cri. Héloïse leva la main et fit tournoyer une de ses étoiles.

— T'aurais peut-être intérêt à te tenir tranquille.

Ses amis éclatèrent de rire. Morrigane ferma fort les yeux. Elle entendit, puis sentit, un petit courant d'air – *shhhhh* – suivi d'un bruit sourd – poum – alors que l'étoile se plantait au ras de sa tête.

Elle entrouvrit un œil et aperçut un éclat argenté scintiller à quelques centimètres sur sa gauche tandis qu'Héloïse s'apprêtait à lancer une deuxième étoile. La respiration de Morrigane devint saccadée. Son cœur battait à tout rompre.

— D'après Alfie, tu es une métamorphe, déclara Héloïse en jetant un regard d'adoration à la baraque. Ce n'est pas mon avis. Alice Frankenreiter de l'unité 915 en est une, et ça n'a jamais été un secret.

Shhhh, poum.

Morrigane sursauta alors que la deuxième étoile se fichait bien trop près de son oreille droite.

— Mais il a peut-être raison. Il n'y a qu'un moyen de le savoir.

Shhhh, poum.

L'étoile numéro trois traversa la manche du manteau de Morrigane, la punaisant au tronc d'arbre.

— Vas-y. Transforme-toi.

— Ce n'est pas une métamorphe, dit le second garçon, un type fluet avec l'esquisse d'une moustache duveteuse qui retombait tristement sur sa lèvre supérieure. C'est une sorcière.

— Que tu es bête, dit Héloïse en envoyant sa quatrième étoile en l'air avant de la rattraper par son extrémité. T'as deux sorcières dans ton unité, espèce d'imbécile. Leurs talents, ils ne sont pas secrets, pas vrai ?

— Oh ! fit le garçon, penaud. Non.

— La ferme, Carl, dit Alfie la brute. Héloïse, grouille-toi, il faut que j'aille...

Shhhh, poum.

— Holà ! Fais gaffe, tu as failli m'atteindre !

— C'était le but, mon trésor, répliqua Héloïse avec un sourire mielleux.

Elle passa le doigt sur la pointe de sa cinquième et dernière étoile.

— Allez, dit-elle. Tu nous gonfles. Fais quelque chose. Montre-nous ton talent.

Shhhh.

Il n'y eut pas de « poum ».

Les yeux fermés, Morrigane sentit le sang lui monter à la tête, puis quelque chose de plus puissant que le sang : de la *colère*. On aurait dit que la mer venait de se retirer d'un coup, et soudain, une vague brûlante lui frappa l'arrière du crâne. Elle était comme un barrage sur le point de céder. Elle allait exploser.

Elle ouvrit les yeux.

Cinq étoiles acérées figées en l'air. Cinq élèves pétrifiés devant elle.

Morrigane sentit sa peur et sa colère s'amasser autour d'elle, perler comme de l'eau qui se condense sur une vitre, chargées du poids de la catastrophe sur le point de se produire.

Les élèves tendirent un bras rigide. Leurs mouvements étaient saccadés, on aurait dit des marionnettes. Ils se saisirent chacun d'une étoile volante et les retournèrent contre eux. Chaque pointe scintillante s'approchait de plus en plus près de chaque visage déformé par l'horreur et l'incompréhension.

— Non, chuchota Morrigane, paralysée. NON ! Lâchez-les ! Arrêtez ! ARRÊTEZ !

Cinq corps furent soulevés dans les airs, comme aspirés par un vortex, avant de retomber en même temps sur le sentier. Aussi inertes que des poupées de chiffon. Les étoiles cliquetèrent en touchant le sol, inoffensives.

— Morrigane ! entendit-elle hurler dans la station.

Mlle Ravy accourait, suivie de près par deux autres conducteurs, qui se précipitèrent pour aider l'Horrible Héloïse et ses amis à se relever.

— Qu'est-ce qui se passe ? demanda l'un d'eux.

Il foudroyait Morrigane du regard, attendant visiblement une réponse de sa part. Mais Morrigane n'avait plus de voix. Elle secoua la tête, la bouche grande ouverte.

— Ça va ? lui demanda doucement Mlle Ravy.

— C'est à elle que tu le demandes ? protesta l'homme. C'est pas elle qui est étalée les quatre fers en l'air, Marina !

— Hé, une minute ! rétorqua Mlle Ravy, indignée. Ne t'avise pas d'accuser mon élève quand tu ignores tout de ce qui s'est passé. Qu'est-ce que ces machins font par terre, Toby ? C'est *ton* élève la lanceuse d'étoiles, non ? Et ceux qui possèdent ce genre de talent ne doivent utiliser leurs armes qu'entre les murs d'une salle de classe.

Toby lui lança un regard noir et dit à contrecœur :

— Héloïse, pourquoi tes étoiles sont-elles sorties ?

Héloïse ne souffla mot. Elle paraissait encore sous le choc.

— Viens, Morrigane, dit Mlle Ravy en l'attrapant par le bras. Direction le train-maison.

Morrigane, hébétée, la suivit d'un pas chancelant en tâchant de ne pas se retourner sur ce qui avait l'aspect d'une scène de crime.

— Qu'est-ce qui s'est passé ? chuchota Mlle Ravy, désemparée.

— Ils m'ont épinglée à un arbre et ont essayé de me faire avouer quel était mon talent en m'envoyant des étoiles à la figure !

Morrigane ne reconnaissait plus sa voix tant elle était haut perchée. Seuls les chiens devaient l'entendre.

Pourtant, Mlle Ravy comprit tous les mots et se mordit la lèvre.

— Et puis... et puis... je sais pas ce qui s'est passé. J'ai senti un drôle de flux de... *quelque chose.*

Elle décrivit dans un murmure hystérique comment ces grands élèves avaient chacun pris une étoile, comme mus par une force invisible, et les avaient retournées contre eux-mêmes.

— Mais je ne cherchais pas à... j'ai pas fait ça volontairement, mademoiselle, je vous jure, termina-t-elle.

Les mains tremblantes, elle réussit enfin à prendre une goulée d'air alors qu'elles montaient dans le wagon.

— Je le sais bien, répliqua Mlle Ravy d'une voix ferme.

Morrigane perçut toutefois son inquiétude.

— Comment vous le savez ? dit-elle en sentant son souffle se bloquer dans sa gorge. Vous ne me connaissez que depuis quelques semaines.

Elle pensa à Jupiter, la personne qui la connaissait le mieux. La tristesse l'envahit lorsqu'elle se rappela qu'il était reparti et qu'elle ne pourrait pas lui parler quand elle rentrerait à la maison. Mlle Ravy était gentille, mais ce n'était pas la même chose.

— Je sais reconnaître une belle âme quand j'en vois une, dit la conductrice avec un sourire.

Morrigane ne lui retourna pas son sourire. À cet instant, elle voulait tout lui avouer : le mot laissé sur le quai et qui avait pris feu dans la main de Thaddea, la brûlure qu'elle avait elle-même ressentie dans la poitrine, le goût de cendre au fond de sa gorge ; le flot de colère qui l'avait envahie juste avant que les étoiles d'Héloïse ne se retournent contre elle ; le frisson délicieux qui avait accompagné ce sentiment de pouvoir qu'elle avait senti monter en elle et qui lui envoyait encore maintenant d'agréables décharges dans tout le corps.

Seulement, les mots ne venaient pas.

Elle avala sa salive et baissa la tête. Était-elle vraiment une belle âme ? *Tu ne l'as peut-être pas fait volontairement... n'empêche qu'une partie de toi y a pris du plaisir*, se dit-elle.

Cependant, n'était-ce pas normal ? N'importe qui n'aurait-il pas ressenti la même chose après avoir reçu des objets pointus à la figure ?

Ou était-ce sa nature corrompue de Wundereur qui transparaissait ?

— Et je sais reconnaître les vauriens, poursuivit Mlle Ravy. Et les Cinq Charlton, c'est une bande de vauriens.

Morrigane leva les yeux.

— Les quoi ?

La conductrice roula les yeux.

— C'est comme ça qu'ils se font appeler. Ce sont tous des candidats de Baz Charlton. Il en recrute depuis des années, et il semble qu'il réussisse à en intégrer au moins un par unité. Toby en a deux dans la sienne.

Les Cinq Charlton. Maintenant, tout s'éclairait. Qu'est-ce que lui avait dit Héloïse ? « T'es une clandestine... on t'a fait sortir en douce de la République. » Baz avait dû le leur dire. Il n'était pas seulement furieux que Morrigane soit un Wundereur ; il fulminait encore à l'idée qu'elle était désormais en sécurité, intouchable, au sein de la Société Wundrous. Surtout qu'il croyait qu'elle avait volé la place légitime d'un de ses autres candidats lors des épreuves.

— Il y en a cinq rien que dans l'école des juniors... Enfin, continua Mlle Ravy pensivement, six, à présent, je suppose. Avec Cadence. J'espère qu'ils n'arriveront pas à la séduire. C'est une sale petite bande. Parfois, on croirait qu'ils sont plus loyaux entre eux qu'avec leurs unités respectives. Il faut que je prévienne Cadence de se tenir à distance. Et toi... évite-les, d'accord ?

Morrigane acquiesça : elle n'avait aucune envie de recroiser Héloïse, sa bande, ou ses étoiles acérées.

Bien sûr, elle ne pouvait pas parler au nom de Cadence. Personne ne le pouvait. Cadence était aussi étrange et impénétrable qu'imprévisible.

Et si l'hypnotiseuse voulait transformer les Cinq Charlton en les Six Charlton, Morrigane doutait fort que Mlle Ravy parvienne à l'en dissuader.

10

EXIGENCES ET DRAGONS

Été Second

Lorsque les premières chaleurs de l'été s'installèrent à Nevermoor, entre les murs de la Société Wundrous, les élèves profitaient déjà de longues journées chaudes et ensoleillées.

Les membres de l'unité 919 s'étaient accoutumés au rythme étrange et un peu saccadé de la vie au Sowun. Ils n'étaient plus intimidés par l'immensité de la Maison des Initiés et se déployaient dans les souterrains avec une assurance croissante. Ils apprenaient aussi à s'accommoder de la nature duelle des Maîtresses Initiatrices et de l'imprévisibilité de leurs emplois du temps hebdomadaires. À part Morrigane, bien sûr, dont l'emploi du temps restait (sans surprise) peu chargé.

Son programme scolaire aurait dû lui laisser beaucoup de loisirs à l'extérieur pour profiter du temps magnifique du Sowun ; en réalité, elle était constamment en train de regarder par-dessus son épaule, pour éviter de se retrouver nez à nez avec les Cinq Charlton. Hawthorne avait été furieux lorsqu'il avait appris l'épisode du lancer d'étoiles. Le lendemain, il avait débarqué dans le train-maison avec une liste de dix actions vengeresses, et Morrigane et Mlle Ravy l'avaient dissuadé de justesse de passer à l'acte (bien que Morrigane fût tentée de le laisser faire pour la numéro six : tapisser le train-maison d'Héloïse de papier-toilette).

Elle s'était décidée à ne pas faire part de l'incident à Jupiter, dont les absences, quoique plus courtes, se faisaient plus fréquentes. À chacun de ses retours, il s'écoulait à peine un jour ou deux avant qu'un nouveau message n'arrive de la Société Wundrous ou de la Ligue des explorateurs, et même parfois d'autres organisations dont Morrigane n'avait jamais entendu parler, comme le Groupe d'observation céleste. Alors il repartait sur une nouvelle piste à la recherche de Cassiel, de Paximus Chance ou du Magnifichaton. Il ne cessait de répéter que ces disparitions n'avaient aucun lien entre elles, mais Morrigane trouvait qu'il en avait l'air de moins en moins convaincu. En fait, il paraissait plus abattu chaque fois qu'il revenait d'une enquête n'ayant mené à rien, et Morrigane avait hésité à ajouter à ces soucis ses propres histoires avec de petites brutes et ces mystérieux messages de chantage.

Puis la première exigence arriva.

Exigences et dragons

— Qu'est-ce que c'est que ça ? demanda Thaddea un après-midi, alors que Mlle Ravy venait de les déposer à la Station 919.

Elle fixait sa porte du regard, où quelqu'un avait punaisé un morceau de papier bleu plié.

Morrigane s'arrêta devant sa propre porte avec un soupir. Elle avait passé une très longue et pénible journée dans la salle de classe herbeuse et humide d'Onstald à effectuer des recherches et à rédiger une dissertation sur les « Bourdes des Wundereurs à l'Ère aviaire et leurs effets sur le transport aérien ». Tout ce qu'elle voulait en cet instant, c'était franchir cette porte noire et s'écrouler sur son lit.

Thaddea lut le message et son visage se décomposa.

— Non. Non. Pas question, dit-elle en secouant la tête avec véhémence. JAMAIS.

Cadence lui prit le papier des mains, et tous se massèrent autour d'elle pour lire par-dessus son épaule.

Thaddea Millicent Macleod,

Tu as un combat prévu demain après-midi au Club de combat, contre un adversaire inconnu.
Tu devras le perdre.
Sinon, nous révélerons le secret de l'unité 919.

Souviens-toi :
Pas un mot à quiconque.
Ou nous le dirons à tout le monde.

— Je n'ai jamais perdu un seul combat de ma vie, s'indigna Thaddea en croisant les bras, et je ne vais pas commencer aujourd'hui.

— Même si ça veut dire qu'on sera tous virés de la Société ? s'énerva Cadence.

Thaddea garda le silence.

Morrigane relut le message. Pourquoi quelqu'un voudrait-il que Thaddea... *Oh !* pensa-t-elle soudain.

— Thaddea, tu te battras contre qui ?

— Qu'est-ce que ça peut te faire ?

— Parce que, rétorqua Morrigane en essayant de masquer son impatience, si on sait qui c'est, on pourra peut-être découvrir l'identité de l'auteur de ce message. C'est peut-être la personne que t'es censée combattre qui...

— C'est tiré au sort, l'interrompit Thaddea. Le nom de ton adversaire est tiré d'un chapeau juste avant que tu montes sur le ring. Ça peut être n'importe qui, de n'importe quelle unité, de n'importe quelle classe de combat, ajouta-t-elle, de plus en plus furieuse. Quel que soit l'auteur du message, son but n'est pas que quelqu'un d'autre gagne, mais que *je* perde. Eh bien, je ne marcherai pas.

— Mais je ne veux pas être renvoyé, gémit Francis, au bord des larmes. Thaddea, je t'en prie. C'est pas possible. Ma tante me...

— Oh, « ma tante, ma tante » ! se moqua Thaddea. Tu veux bien la fermer avec ta tante, pour une fois ? Et mon père, alors ? Il mourrait probablement de honte s'il apprenait que j'avais volontairement perdu un combat. C'est une question de principe ! Les Macleod ne participent pas à des combats truqués.

— Et le principe de loyauté envers ton... gronda Hawthorne.

— Oh, *tais-toi* ! Swift.

— ASSEZ ! hurla Cadence. Votons. Qui est pour ignorer ces exigences et laisser celui ou celle qui nous fait du chantage révéler le secret de notre unité ?

Thaddea leva haut la main en fixant Cadence d'un air menaçant. Anah fit de même, ainsi que Mahir. La main d'Arch se leva lentement, mais au moins, lui avait la décence d'afficher une mine gênée.

— Et tous ceux qui s'opposent à trahir cette camarade de notre unité et à renier la morale et les principes qui constituent la fondation même de cette Société ? s'écria Hawthorne, la main levée, en lançant des éclairs à Thaddea.

Cadence, Francis et Lambeth levèrent aussi la main, même si Morrigane doutait que cette dernière ait vraiment suivi la conversation.

— Morrigane, chuchota Hawthorne avec un regard entendu.

— Ah. Oui.

Morrigane leva la main.

Thaddea donna un coup de pied dans le mur.

Le Wundereur

— OK, Swift, maintenant, tire en arrière ! Tout doux… il veut plonger, mais ne le laisse pas. Tire en arrière, vérifie son assiette. N'oublie pas, c'est toi qui commandes. Reste en l'air. Reste en l'air. Voilà. Bien. Menton levé, tête rejetée. Ta tête, Swift, pas celle du dragon. Un peu plus d'énergie dans le plonger d'épaule gauche la prochaine fois, s'il te plaît.

Magee des Doigts, le coach du mardi, était un homme buriné qui avait, au cours de ses quarante années de pratique de monte de dragons, perdu cinq de ses doigts (deux d'une main, trois de l'autre).

N'ayant rien de mieux à faire, Morrigane passait la majeure partie de son temps libre – et on l'a dit, elle en avait beaucoup – dans l'arène à dragons du niveau –5, à observer les leçons de Hawthorne.

C'était bizarre. D'un côté, Morrigane prenait plaisir à voir son ami si à l'aise dans son élément. À dos de dragon, Hawthorne montrait de lui un côté qu'elle lui voyait rarement, et la transformation était extraordinaire. Le petit garnement incapable de se concentrer laissait la place à un garçon sérieux et très doué, focalisé sur ce qu'il faisait, qui écoutait son coach et était désireux de s'améliorer.

Et les dragons eux-mêmes… c'était quelque chose. Morrigane se sentait privilégiée de partager les lieux avec ces reptiles si anciens, des créatures magnifiques, dotées d'une puissance et d'une intelligence si redoutables qu'on avait l'impression d'être en présence d'authentique magie.

Exigences et dragons

D'un autre côté, cependant, c'était une forme de torture qu'elle s'infligeait à elle-même.

C'était à *ça* qu'elle s'était attendue en entrant dans la Société. Tout comme ceux des autres élèves de l'unité 919, l'emploi du temps de Hawthorne était passionnant et complet. Ce jour-là, il avait entraînement dans l'arène, suivi l'après-midi d'un cours d'orientation dans la Forêt Pleureuse. Le lendemain : « Combattre des créatures hostiles », le matin, puis un séminaire, « Atteindre l'immortalité : est-ce possible ? », après le déjeuner.

Elle faisait de son mieux pour réduire au silence le loup qui hurlait en elle.

Là, le loup se taisait. Mais c'était uniquement parce que Morrigane ne pouvait s'empêcher de penser à ce qui s'était passé la veille dans la station.

Elle leva la tête vers le plafond caverneux de l'arène. Ses yeux suivirent Hawthorne et son dragon qui effectuaient un looping serré (Magee des Doigts poussa un cri approbateur), mais elle ne les voyait pas vraiment. Elle revoyait la mine furieuse de Thaddea. La terreur de Francis devant la menace d'expulsion. La manière timide dont Arch avait levé la main en faveur du dévoilement du secret de Morrigane.

Elle avait eu chaud. Elle se demanda si la personne qui envoyait ces messages débiles savait à quel point il ou elle venait de torpiller l'espoir naissant qu'elle avait de mener une existence heureuse au Sowun. Peut-être que le maître chanteur la détestait tant qu'il avait imaginé ce moyen parfait de scinder son unité en deux.

Le Wundereur

Mais qui était-ce ? Et comment cette personne avait-elle découvert quel était son talent ? Morrigane n'avait fait que ruminer ces deux questions toute la matinée.

— Bien, maintenant fais-le descendre lentement, dit Magee des Doigts à Hawthorne. Je veux un atterrissage en douceur, pas un de tes sauts de kangourou à la noix. Voilà, comme ça. Doucement.

Hawthorne montait un Écaille de Lanterne tacheté, un dragon de taille moyenne (à peu près l'équivalent de deux éléphants) dont les écailles turquoise scintillaient et ondoyaient telle la lumière d'une lanterne sur l'eau. Lorsqu'il le fit délicatement atterrir, l'impact dans les pattes postérieures musclées de l'animal envoya une série de vaguelettes lumineuses sur tout son corps.

Pendant sa pause, alors qu'un autre cavalier venait occuper l'arène, Hawthorne grimpa les marches des gradins deux à deux et se laissa tomber à côté de Morrigane. Il était couvert de sueur, tout rouge et épuisé, mais sa fatigue était celle de qui vient d'avoir tout donné pour quelque chose qu'il aime.

— Le looping que tu as fait à la fin, déclara-t-elle en lui tendant sa gourde. C'était incroyable ! Comment tu fais pour ne pas tomber de ta selle ?

— Merci ! dit-il en chassant ses boucles brunes de son visage. Il faut juste savoir de quels muscles se servir, et espérer que le dragon ne fera pas l'idiot. Mais il est très bien, celui-là. Très docile.

— C'est quoi son nom, déjà ?

Exigences et dragons

Hawthorne roula des yeux en prenant une gorgée d'eau.

— Ça dépend à qui tu le demandes. Son nom officiel pour s'inscrire aux tournois, c'est S'Enfonce dans l'Air comme un Couteau dans du Beurre. Quant à moi, je l'appelle Paul.

— Ah, dit Morrigane distraitement.

— Tu es en train de penser à ces messages qu'on a reçus ?

Hawthorne balança les pieds sur le dossier du siège devant lui et entreprit d'ôter ses protège-tibias.

— Tu penses que c'est qui, l'auteur ?

— J'y ai beaucoup réfléchi. Et si c'était Héloïse et sa bande ? Les Cinq Charlton ?

Hawthorne fronça les sourcils.

— Ouais. Ce serait leur genre. Mais comment pourrait-elle savoir que tu es…

Il jeta un regard autour d'eux pour s'assurer que personne n'était à portée de voix et chuchota :

— … *un Wundereur*. Tu crois que ce serait Baz qui le leur aurait dit ?

— Je ne sais pas, souffla-t-elle sincèrement.

Ils restèrent silencieux un moment. Hawthorne tripotait la sangle de son bracelet de force. Un étrange sentiment de culpabilité se mit à bouillir dans les veines de Morrigane, comme un poison.

— Thaddea ne me pardonnera jamais.

— Te pardonner ? bafouilla Hawthorne. Te pardonner quoi ? Ce n'est pas ta faute.

— C'est mon secret qu'elle protège.

— Non, c'est *notre* secret, insista-t-il. Le maître chanteur nous menace tous, on est tous dans le même bateau.

Magee des Doigts cria le nom de Hawthorne, et celui-ci se mit à rassembler son équipement.

— Écoute, reprit-il tranquillement. Pourquoi s'inquiéter de ça quand on n'a aucun moyen de savoir qui c'est ? Attendons de voir ce que dira le prochain message.

Mais tandis que Morrigane le suivait des yeux, elle sentit sa détermination se renforcer. Elle ne pouvait se contenter d'attendre le prochain mot, à se demander si la nouvelle exigence serait celle qui pousserait toute son unité à se retourner contre elle.

Il y avait un moyen de découvrir la vérité, c'était obligé. Et elle trouverait.

Et elle savait exactement par où commencer.

Dans le plus grand dojo du niveau −5, Thaddea était déjà montée sur le ring. Le Club de combat était un événement hebdomadaire, qui réunissait toutes les disciplines d'arts martiaux du Sowun dans des affrontements singuliers. C'était chaotique, injuste à l'absurde, car tous les âges s'affrontaient de toutes les manières : une boxeuse pieds nus pouvait se retrouver face à un épéiste en cotte de mailles. Curieusement, c'était

Exigences et dragons

l'épreuve préférée de Thaddea. Elle aimait récapituler ses combats chaque semaine au profit de son unité dans leurs plus horribles détails. Elle avait beau être la plus jeune, elle était la championne invaincue du Club de combat.

Jusqu'à ce jour.

— Bien. Qui va affronter Macleod ? hurla une femme robuste et musclée aux cheveux gris bouclés en brandissant un chapeau en l'air.

Elle plongea la main dedans et éclata de rire en lisant le papier.

— Will Matuwu ! Viens par ici, mon petit. Eh bien, ça ne va pas durer longtemps... ajouta-t-elle un ton plus bas.

Des grognements et des rires fusèrent parmi le public. Brutilus Brun se couvrit le visage de sa patte.

Will Matuwu était une grande gueule de l'unité 916, qui aimait raconter des histoires à dormir debout dont il était toujours la vedette incontestée : en général, il battait à plate couture une bande de brutes épaisses les doigts dans le nez. Tout le monde savait qu'il mentait, parce que Matuwu n'était vraiment pas doué pour se battre. Son talent n'avait même rien à voir avec le combat ; c'était un compositeur très doué, mais il s'entêtait à prendre des cours d'arts martiaux pour pouvoir dire aux gens extérieurs à la Société qu'en réalité il était boxeur. Morrigane savait que Thaddea ne pouvait pas le supporter.

Thaddea, le visage décomposé, le regarda monter sur le ring. De tous les adversaires présents, essuyer sa

Le Wundereur

première défaite face à Will Matuwu, cette crevette braillarde, serait l'humiliation suprême. Si Will remportait le combat, il se ferait un plaisir de le lui rappeler jusqu'à la fin des temps.

Est-ce que c'était prévu ? se demanda Morrigane. Le maître chanteur avait-il fait en sorte que le nom de Will soit tiré du chapeau ? Si oui, ça voulait dire que c'était la femme baraquée l'auteur des messages, et Morrigane en doutait fort.

Ce n'était certainement pas Will lui-même, qui, en dépit de ses vantardises, paraissait à deux doigts de défaillir à l'idée d'affronter Thaddea.

Morrigane osait à peine regarder. Thaddea allait-elle se raviser et refuser de perdre ?

Eh bien, non. Dès le premier round – dès la première *minute* –, Thaddea fit mine d'être débordée par les coups de pied ridicules de Will et ses coups de poing de rien du tout. Elle n'essaya même pas de rendre la chose crédible. Dès que le poing de Will la frappa au visage (parce qu'elle lui avait tendu ledit visage sur un plateau), elle s'écroula et fut déclarée vaincue par K.-O.

Le public n'en croyait pas ses yeux. Morrigane n'en revenait pas elle-même, alors qu'elle était prévenue.

Mais il lui fallait reprendre ses esprits, parce que c'était le moment qu'elle avait attendu. Si le maître chanteur voulait que Thaddea perde le combat, il devait sûrement être présent. Elle parcourut la foule des yeux, examinant chacun des visages, cherchant celui ou celle qui laisserait transparaître une trace de… *quelque chose*.

Exigences et dragons

Mais elle ne détecta pas l'ombre d'un sourire de suffisance ou de satisfaction. Tout le monde avait l'air profondément choqué devant la victoire invraisemblable de Will. Si ceux qui les faisaient chanter étaient là, ce devaient être de sacrément bons acteurs !

Alors que Will jubilait devant les acclamations et les applaudissements de la foule, Thaddea sauta du ring et passa à toute vitesse devant Morrigane.

— Thaddea ! cria-t-elle. Attends, je…

— Laisse-moi tranquille, aboya Thaddea sans se retourner.

— Je voulais juste te dire…

— Ne le dis pas.

Morrigane la vit s'éloigner. Elle se sentait plus mal que jamais.

La deuxième exigence arriva ce même vendredi, dans l'après-midi, à la Station 919. Cette fois, elle était punaisée à la porte de Francis. Il déplia le papier avec des mains tremblantes et plissa les yeux en lisant.

— Ils veulent… *du gâteau*.

— Du gâteau ? répéta Hawthorne.

— C'est ça qui est écrit.

Morrigane fit la grimace.

— Juste du gâteau ?

— JUSTE du gâteau ? rétorqua Francis en levant la tête pour la foudroyer du regard. Non. Pas JUSTE du gâteau. LIS ça !

Francis John Fitzwilliam.

Tu dois faire et décorer un calédonien couronné, et le déposer sur le quai de la Station 919 avant 6 heures demain matin, et retourner chez toi immédiatement.
Si tu ne suis pas ces instructions à la lettre, nous révélerons le secret de l'unité 919.

Souviens-toi :
Pas un mot à quiconque.
Ou nous le dirons à tout le monde.

— C'est quoi un... calédonien couronné ? demanda Morrigane.

— Oh, trois fois rien, juste le gâteau le plus compliqué et le plus difficile à réaliser qui soit, souffla Francis. Trois étages, chacun d'une consistance et d'un parfum différents, décoré de centaines de petites fleurs en sucre peintes à la feuille d'or, nappé de spirales de caramel et coiffé d'une couronne en dentelle de sucre.

Hawthorne écarquilla les yeux.

— Tu pourrais en faire en rab ?

— Ça va me prendre toute la nuit ! râla Francis en reprenant le papier des mains de Morrigane et en ignorant Hawthorne. Et j'ai quatre heures de cours de

Exigences et dragons

maniement du couteau demain matin. C'est impossible après une nuit blanche ! Je vais y laisser un doigt !

— Mais c'est samedi, demain, s'étonna Hawthorne.

— Je le sais ! aboya Francis en lui jetant un regard furieux. Tante Hester dit que je manque de dextérité, alors elle me donne des cours de rattrapage le week-end.

Hawthorne étouffa une exclamation. Morrigane ne l'avait jamais vu aussi indigné. L'idée de faire des heures supplémentaires le week-end le révulsait. Il en avait temporairement perdu l'usage de la parole.

— C'est ridicule, commenta-t-elle en montrant le papier. Pourquoi veulent-ils que tu leur fasses un *gâteau* ?

— Pourquoi quelqu'un ne le voudrait-il pas ? répondit Francis, blessé. Est-ce que tu as déjà goûté une de mes créations ?

— Tes gâteaux sont délicieux, Francis, acquiesça Hawthorne. Si je te faisais chanter, je t'en demanderais un. Et aussi quelques-uns de ces choux à la crème que t'as faits l'autre jour. Et aussi…

— Tais-toi, Hawthorne, le coupa Morrigane. Je veux dire… ces exigences… elles sont *ridicules*.

Elle jeta un coup d'œil à la porte de sa chambre. Elle avait prévu de passer la soirée au salon de musique (Frank avait engagé quelqu'un qui sifflait des airs de comédie musicale par les narines), mais savoir Francis aux fourneaux toute la nuit pour garder son secret la rongerait de culpabilité. Elle poussa un soupir.

— Écoute. Je vais venir t'aider, d'accord ? Je serai ton assistante. Tu n'es pas obligé de tout faire tout seul. Ou alors… Oh ! tu pourrais venir à l'hôtel Deucalion !

Je parie que notre chef serait capable de te concocter un... un calédonien machin chose.

Apparemment, gaffe monumentale.

— Je n'ai pas BESOIN de l'aide d'un cuistot de seconde zone ! vociféra-t-il.

Et sur ce, il la planta là, lui claquant sa porte bleue au nez.

Elle secoua la tête. Elle n'en revenait pas.

— De seconde zone ? Le chef Hamiel a été récompensé à TROIS reprises de la Spatule royale.

Elle agita la main pour saluer Hawthorne, puis franchit sa porte en marmonnant :

— *De seconde zone...*

Elle poussa un soupir de soulagement en pénétrant dans sa pièce préférée. Son lit semblait célébrer le fait qu'on était vendredi : il s'était transformé en un nid d'oiseau géant garni d'étoffes moelleuses dans un camaïeu de vert, avec trois énormes oreillers en forme d'œufs au centre. Morrigane étendit les bras comme des ailes et se laissa tomber dans ses profondeurs douillettes avec un cri de pur ravissement.

Elle resta allongée là, à contempler le plafond, qui s'était récemment mué en un ciel nocturne d'un bleu profond piqué d'étoiles scintillantes qui lui rappelait le plafond de la salle des cartes. Elle espérait qu'il conserverait cette apparence.

Elle ne pouvait s'empêcher de penser à Thaddea. À son expression lorsqu'elle avait quitté le dojo et au silence glacial qu'elle gardait depuis. Morrigane en était malade pour elle. Thaddea avait été, à juste titre, si fière de son record au Club de combat. Et perdre ainsi face à Will Matuwu, lui entre tous… Morrigane était étonnée et touchée que Thaddea ait tenu parole et sacrifié quelque chose de si précieux pour elle, et ce au nom de leur unité.

C'est cette pensée qui galvanisa Morrigane. Le combat avait été un échec. Elle ne connaissait toujours pas l'identité du maître chanteur. Cependant, elle n'allait pas abandonner. Si Thaddea était prête à perdre contre Will Matuwu, et si Francis pouvait rester debout toute la nuit à confectionner le gâteau le plus ridicule de la planète, alors *elle*, elle pouvait bien trouver qui était derrière tout ça.

Et elle n'avait rien de mieux à faire.

11

LES FURTIFS

— Il y a un truc qui l'inquiète.
— Quoi ?
— L'argent, je dirais.

Jack et Morrigane, penchés au-dessus de la rampe de l'escalier en spirale, observaient le spectacle qu'offrait le hall du Deucalion transformé en lagune ce samedi soir. À la place des beaux meubles tendus de velours et des arbres en pots, il y avait de petites gondoles et des barques à bord desquelles avaient pris place des invités bruyants et glamour, tous vêtus de « tenues nautiques » (comme stipulé sur l'invitation de Frank) extrêmement sophistiquées. Morrigane repéra sept sirènes, quatre tritons, quantité de marins et de pirates, une étoile de mer, une huître et une pieuvre d'un violet criard entièrement recouverte de strass.

Le Wundereur

— Comment tu le sais ? demanda-t-elle.

Jack plissa les deux yeux ; son cache-œil était remonté sur sa tempe, ce qui arrivait rarement.

— Il a les doigts verts. Des doigts verts, ça veut dire qu'il brûle de mettre la main sur de l'argent, ou alors qu'il vient d'en perdre.

Morrigane examina l'homme dont parlait Jack, un bel homme très sûr de lui dans un superbe uniforme d'amiral. Debout à la proue d'une gondole, il parcourait les lieux du regard comme s'il en était le propriétaire ainsi que de toutes les personnes présentes.

— Il a l'air riche, dit-elle. Tu as vu ces joyaux au cou de sa femme.

— Les gens riches s'inquiètent aussi à propos de l'argent. Parfois même plus que les pauvres. Et ce n'est pas sa femme, c'est sa maîtresse.

Morrigane poussa un petit cri, mi-scandalisée, mi-ravie. C'était son nouveau jeu favori.

Ces derniers temps, les week-ends au Deucalion étaient encore plus animés que d'habitude. Frank était en compétition avec un tandem d'organisateurs de soirées qui officiaient dans un établissement qui venait d'ouvrir dans le quartier, l'hôtel Aurianna. Tous les samedis, Frank organisait une somptueuse fête à thème, ou un bal, masqué ou non, fermant parfois une aile entière de l'hôtel, ou bien investissant le toit, afin que les réjouissances soient vues et entendues à des kilomètres à la ronde. Puis, le dimanche matin, il faisait les cent pas dans le hall en guettant les journaux : le *Sentinel de Nevermoor*, le *Matin* et le *Miroir*. Dès qu'ils étaient arrivés, il se jetait dessus et les ouvrait aussitôt à la rubrique people. Le hall retentissait alors de son rire triomphant ou de ses hurlements de rage, en fonction de la longueur des colonnes accordées à tel ou tel hôtel. La plupart du temps, Frank remportait la victoire (ses fêtes étaient légendaires, attirant de nombreuses célébrités, l'aristocratie et parfois même des membres de la famille royale), mais ses échecs, bien que peu fréquents, étaient redoutés de tous au Deucalion. Ils étaient généralement suivis de plusieurs jours de lamentations théâtrales, auxquels succédait un regain de frénésie pour faire des festivités du prochain samedi « les plus grandioses de tous les temps ! ».

Ainsi, les soirées du samedi au Deucalion offraient une excellente occasion d'observer la jet set, et la confiance grandissante de Jack dans son talent de Témoin rendait l'exercice encore plus amusant.

Fenestra, qui détestait l'eau, était furieuse contre Frank d'avoir choisi ce thème pour la soirée, et elle avait déjà menacé a) d'appeler les Puants, b) de remplir la chambre de Frank de têtes d'ail, et c) de mettre le feu à l'hôtel. Il va sans dire qu'elle n'avait rien fait de tout cela, mais, suspendue, menaçante, au grand lustre noir, elle crachait et montrait les griffes dès qu'un invité osait s'approcher d'elle de trop près.

— Et elles, alors ?

Morrigane indiqua un groupe de jeunes femmes arborant des couleurs aussi vives que des poissons exotiques : leurs tenues étaient un déploiement de franges, de plumes et de perles, le tout terriblement moderne et *fabuleusement* inapproprié. Elles sillonnaient la lagune au hasard tout en buvant du champagne rosé à la bouteille et en harcelant Wilbur le pianiste, installé avec son piano demi-queue sur un îlot sableux, pour qu'il joue quelque chose de « plus enlevé ».

Jack les observa une minute, le front plissé par la concentration.

— La braillarde, là, habillée comme un poisson-clown, aimerait mieux être chez elle, ou quelque part ailleurs, en tout cas. Il y a... une sorte de fil. Un fil d'argent. Il essaie sans cesse de la tirer vers l'extérieur.

Le neveu de Jupiter avait débarqué l'après-midi même, après sa leçon de violoncelle, pour passer le week-end à la maison. Morrigane avait été étonnée de constater à quel point son arrivée avait illuminé une journée qui avait eu un début lamentable.

Elle avait eu l'intention de prendre le maître chanteur la main dans le sac à la Station 919 et de voir qui venait chercher le gâteau de Francis. Elle avait réglé son réveil pour six heures moins cinq, avait poussé sans bruit la porte mystérieuse, s'était faufilée dans son placard-couloir... pour s'apercevoir que son plan était voué à l'échec : sa porte menant à la station refusait de s'ouvrir. Quelque chose la bloquait de l'autre côté... le maître chanteur était vraiment très malin. Quand la porte s'ouvrit enfin, c'était trop tard : le gâteau avait disparu et il n'y avait personne sur le quai.

Morrigane était allée frapper à la porte de Francis pour lui demander comment il s'était débrouillé avec le gâteau et s'il avait aperçu quelque chose dans la station susceptible de leur donner un indice sur la personne qui les faisait chanter. Couvert de farine, de glaçage et de caramel collant, il s'était borné à lui jeter un regard noir avant de lui claquer de nouveau la porte au nez.

La situation avait encore empiré quand elle avait appris que Jupiter était toujours absent et que le hall d'entrée était interdit d'accès toute la journée pendant que Frank préparait la soirée.

Au final, Morrigane avait été si contente de voir Jack débarquer que, jusqu'ici, elle avait résisté à l'envie de se moquer de son uniforme B.C.B.G. de l'École Graysmark pour jeunes hommes brillants, une prouesse dont elle se félicitait.

— Et elle, alors ? demanda-t-elle en montrant une femme avec un chapeau en forme de tête de requin-marteau.

— Elle est furieuse car son jeune frère vient d'hériter de la fortune familiale.

Morrigane le dévisagea, surprise.

— Tu es super précis.

— Bah... Je crois que c'est ça. Elle est compliquée. Elle a les doigts verts : problèmes d'argent. Une croix noire sur le cœur : signe de deuil récent. Elle a une seconde ombre, plus petite : problème avec un frère ou une sœur plus jeune. Je devine un frère. Et son corps tout entier rayonne d'une couleur bordeaux, la couleur d'une grande colère. Elle est triste, mais aussi furieuse.

Morrigane observa la femme, et perçut en effet en elle une pointe de tristesse, malgré les cocktails qu'elle s'enfilait tout en flirtant avec le joli blond étoile de mer qui partageait sa barque.

— Et lui ? demanda Morrigane.

Elle indiqua de la tête un homme babouinwun arborant la panoplie complète de pirate avec un gros perroquet coloré perché sur son épaule.

Jack renifla.

— Il attend désespérément que quelqu'un vienne l'interroger à propos de son oiseau. Ça l'agace qu'il semble n'intéresser personne.

— Tu sais, tu pourrais faire fortune avec ton talent ! On pourrait dire aux gens que t'es clairvoyant. Je prendrais vingt pour cent.

Souriant, Jack roula les yeux. Morrigane savait qu'il n'aimait pas retirer son cache-œil très souvent. Ils n'en avaient jamais discuté tous les deux, mais Jupiter lui avait expliqué qu'il lui avait fallu des années d'entraînement en tant que Témoin pour pouvoir « donner sens au chaos », comme il disait, pour apprendre à interpréter les strates et les fils, à dégager l'essentiel et à laisser de côté le reste. Il avait ajouté que Jack n'était pas encore tout à fait prêt, que, pour l'instant, son cache-œil faisait office de filtre, interrompant ses visions afin qu'il n'ait pas à voir toutes ces choses tout le temps, et que son étrange talent ne le mène pas à la folie.

— Et toi ? dit Jack de manière impromptue en se tournant vers elle.

Il leva la main comme pour se protéger d'une vive lumière, et plissa les yeux pour voir au-delà du Wunder étincelant qui, devinait Morrigane, devait s'accumuler autour d'elle à présent. Elle se sentit rougir. Jack la regardait comme Jupiter la regardait parfois, comme s'il savait quelque chose qu'elle ignorait. Comme s'il en savait peut-être beaucoup plus sur elle qu'elle-même. C'était déjà suffisamment agaçant quand Jupiter faisait ça, mais quand ce fut Jack, elle eut carrément envie de lui enfoncer le doigt dans l'œil.

— Quoi, moi ? dit-elle en se renfrognant.

— Un nuage noir, dit Jack en indiquant du menton son épaule gauche. Il te suit partout. T'as des problèmes à l'école ?

Morrigane hésita avant d'avouer :

— Un truc comme ça.

— Qu'est-ce qui se passe ?

Par où commencer ? se dit-elle. Pouvait-elle lui parler du chantage ? Jack savait déjà qu'elle était un Wundereur, alors ce n'était pas comme si elle violait le serment fait aux Anciens.

Elle prit une grande inspiration, et, faisant fi de toute prudence, lui raconta tout : les trois mots anonymes, le vote de son unité et le fait qu'au moins la moitié de ses camarades lui en voulaient. Une fois lancée, impossible de s'arrêter. Elle lui parla du Pr Onstald et de l'*Histoire abrégée d'actes de Wundereurs*, et d'Héloïse et des Cinq Charlton. Elle lui dit que Jupiter ne cessait d'enchaîner les missions secrètes et qu'elle les soupçonnait d'avoir un rapport avec les personnes disparues. Elle parlait sans reprendre son souffle,

Le Wundereur

et Jack l'écoutait sans poser de question, et une fois qu'elle eut vidé son sac, elle se sentit plus légère.

— Il est parti, le nuage ? lui demanda-t-elle, essayant de voir par-dessus son épaule gauche, même si elle savait qu'elle serait incapable de voir quoi que ce soit.

— Il est plus petit, dit Jack en haussant les épaules.
— Bien.

Il hocha la tête et ne poussa pas la curiosité plus loin. C'était une des qualités de Jack ; il détestait les fouineurs, alors il avait tendance à s'abstenir de poser des questions indiscrètes.

— Tiens, au fait, dit-il en glissant la main dans une poche intérieure de son manteau. Ça fait un moment que je voulais te donner ça.

Il lui tendit un carré de papier plié. Il était noir argenté, aussi fin qu'une feuille séchée, mais doux et souple.

— Si jamais tu as besoin de moi, je veux dire pour une vraie urgence, pas n'importe quoi. Si tu as de graves ennuis et que tu as besoin d'aide, écris une adresse, ou un endroit connu, sur ce morceau de papier. Puis, prononce trois fois mon nom en entier : John Arjuna Korrapati, et ensuite brûle-le. Ce papier est relié à moi, alors où que tu sois, il se matérialisera dans ma main.

Morrigane leva un sourcil, sceptique.

— Comment ça marche ?
— Aucune idée. C'est un système que mon ami Tommy a inventé pour tricher en cours. Même si je ne comprendrai jamais pourquoi il a besoin de tricher

puisqu'il est assez malin pour inventer des trucs aussi ingénieux, dit Jack en haussant les épaules. Sa mère est sorcière, elle a dû lui donner un coup de main. Ça s'appelle du Courrier noir. On l'utilisait pour s'envoyer des messages d'un dortoir à l'autre la nuit après l'extinction des feux, et puis on a commencé à manquer de papiers noirs. Tommy n'a plus le droit d'en fabriquer parce qu'on l'a surpris à tricher, cet imbécile. Il ne m'en reste que quelques-uns, mais vu que Jupiter est tout le temps en déplacement, et avec tout ce qui... Bref. Je crois que c'est mieux si tu as un moyen de me contacter, voilà tout.

Il avait l'air gêné.

— OK, dit Morrigane en empochant le bout de papier avec un sourire. Heu... merci.

— Seulement pour les vraies urgences, répéta Jack en se penchant de nouveau par-dessus la rampe de l'escalier.

— Je sais, je sais.

Elle posa les coudes sur la rampe et observa la foule en quête de leur prochain sujet.

— Et... lui ?

L'homme qu'elle montrait du doigt venait d'entrer et traversait la salle en sautant d'une embarcation à l'autre, comme s'il s'agissait de pierres de gué sur un étang. Les invités le saluaient gaiement, applaudissant et éclatant de rire lorsqu'il manquait de faire couler une barque. Mais son visage conservait une expression grave. Il passa la main dans ses boucles rousses.

— Jupiter ! hurla Morrigane.

Il leur adressa un sourire triste tout en agitant la main. Il leva deux doigts en mimant avec ses lèvres « Deux minutes ». Puis, arrivant enfin au bureau d'accueil à moitié submergé, il s'assit dessus et se mit à consulter la grosse pile de messages que Kedgeree lui tendait.

Les yeux de Jack se rivèrent sur son oncle.

— Il est à la recherche de quelque chose. C'est pour ça qu'il n'arrête pas de partir en expédition. Quoi que ce soit, il ne le trouve nulle part.

— À quoi ça ressemble ?

— Un petit nuage gris tout autour de sa tête, chuchota Jack. Et de faibles lumières clignotantes qu'il ne peut pas atteindre.

Ils ne remarquèrent que Fenestra avait cessé ses balancements hostiles sur le lustre qu'au moment où une ombre immense leur masqua la vue et que sa voix s'éleva derrière eux.

— Mais qu'est-ce qu'ils font ici ?

Morrigane sursauta et plaqua les mains sur sa poitrine.

— Tu ne pourrais pas porter une clochette ou un truc dans le genre ? demanda-t-elle, le cœur battant. De qui tu parles ?

— Les Puants, dit Fen, le regard étincelant de colère, en pointant de la patte un petit groupe d'hommes et de femmes vêtus de noir qui avaient réquisitionné un bateau à rames et se dirigeaient vers le bureau d'accueil.

Morrigane cligna des yeux de surprise.

Les Furtifs

— Fen ! Tu n'as quand même pas appelé la police à cause de Frank ? C'est vraiment pas s...

— Est-ce que j'ai une tête de moucharde ? grogna Fen. Bien sûr que non, je ne les ai pas appelés.

— Alors pourquoi ils...

— C'est pas les Puants, murmura Jack, stupéfait. C'est les *Furtifs*.

— Les quoi ? demanda Morrigane.

— Le Département d'investigation de la Société Wundrous, dit Jack. La police secrète. Ils se montrent rarement comme ça, généralement, ils sont plus... furtifs.

— Comment tu sais que c'est eux ?

— Regarde leurs uniformes : manteaux de cuir noir, bottes cirées à lacets... et tu vois le haut de leurs poches de poitrine ?

Morrigane plissa les yeux, et distingua un petit œil doré brodé sur la poche droite, avec un W à l'intérieur de l'iris.

— C'est bel et bien les Furtifs. Ils sont venus voir l'oncle Jupiter une fois, continua Jack, il y a quelques années, lorsqu'ils ont requis son aide pour enquêter sur une scène de crime. Mais c'était... pour un *meurtre*, souffla-t-il. Un sorcier très connu. On a découvert que c'est son apprenti qui l'avait tué, et Jupiter les a aidés à le démasquer. Les Furtifs n'interviennent que pour des crimes très graves, et seulement si des membres de la Société Wundrous sont impliqués.

— Ils enquêtent sur les disparitions, dit Morrigane.

Jack secoua la tête en fixant intensément le groupe aux manteaux de cuir noir.

— Ils sont certes à la recherche de quelque chose, ou de quelqu'un, mais c'est tout frais, ça ne date pas de plusieurs semaines. Il flotte autour d'eux le même nuage de brume qu'autour de Jupiter, en plus épais et... Je ne sais pas comment le décrire, mais c'est un peu *scintillant*, comme un orage. C'est nouveau.

Ils observèrent la conversation qui se déroulait au-dessous d'eux. Jupiter passa la main dans ses cheveux, manifestement agité et épuisé. Morrigane se redressa et lâcha la rampe.

— Descendons et... *Aïe !* cria-t-elle quand une griffe lui laboura l'épaule. Fen !

— Si ce sont *bien* les Furtifs, tu ne t'approcheras pas d'eux, grogna la Magnifichatte. Quand Jupiter voudra te dire ce qui se passe, il le fera. Pour l'instant, il est plus que l'heure d'aller te coucher.

— J'ai pas d'heure de coucher, se renfrogna Morrigane.

— Maintenant, si.
— Tu ne peux pas...
— Et si.
— Mais...
— AU LIT.

Morrigane se retourna vers Jupiter, espérant croiser son regard, mais il regagnait déjà la sortie, entouré de Furtifs.

Il n'avait même pas pris la peine de retirer son manteau.

12

LA COUR DES AFFREUX

Personne ne savait quoi que ce soit au sujet d'une nouvelle disparition. Ni Kedgeree, ni Fenestra, ni Dame Chanda. Morrigane avait passé son dimanche à les harceler de questions. Et le lundi, à bord du train-maison, Mlle Ravy avait paru stupéfaite (et un peu inquiète) d'apprendre que les Furtifs étaient venus au Deucalion. Enfin, pendant son cours, le Pr Onstald l'avait traitée d'insolente, d'impertinente, de malpolie pour avoir osé poser des questions sur le fonctionnement de la police secrète de la Société Wundrous.

Il avait tenu à Morrigane un long discours sur la curiosité et le respect des convenances... ce qui était moins soporifique que de copier un autre passage de l'*Histoire abrégée d'actes de Wundereurs*.

Son cours de l'après-midi avec Moutet fut beaucoup plus intéressant.

— Les fraudrues, les passages espiègles, les ruellombres, les heures fantômes, énuméra-t-il en lisant la liste sur le tableau. Qui est-ce qui peut me dire ce que c'est ?

Il se retourna pour faire face à leurs visages perplexes.

— Personne ? dit Moutet, étonné. Vous en avez de la chance.

— C'est quoi, tous ces trucs, monsieur ? demanda Mahir.

— Les fraudrues sont d'anciens passages utilisés par les voleurs et les bandits. C'est une arnaque géographique très simple : on emprunte une allée qui vous fait déboucher dans un endroit totalement différent, parfois à des kilomètres de là, où une bande de fripouilles vous attend pour vous détrousser... La plupart des fraudrues ont été bloquées, ou signalées par un panneau, mais à l'Ère des Voleurs, il y en avait partout dans l'État Libre.

Moutet se percha au bord de son bureau et se mit à balancer ses jambes dans le vide. Morrigane avait remarqué qu'il faisait ça dès qu'il abordait un sujet qui le passionnait.

— Les passages espiègles, en revanche, sont une spécialité de Nevermoor dans la catégorie « absurde ». Ils sont peu pratiques, parfois effrayants, quoique la plupart du temps, sans danger, du moment que vous savez ce que vous faites. Le terme « passages espiègles » recouvre toutes sortes de venelles ou de ruelles de

Nevermoor qui, une fois que vous y pénétrez, se transforment, d'une manière ou d'une autre.

— Comment ça, « se transforment » ? demanda Morrigane.

— Eh bien, parfois, cela veut dire que, parvenu à mi-parcours, vous vous retrouvez soudain dans la direction opposée sans même avoir fait demi-tour. Ou encore, plus vous marchez, plus les murs se referment sur vous, jusqu'à ce que vous rebroussiez chemin, à moins de vouloir finir écrabouillé.

— Berk, dit Arch en frissonnant.

— Oui, je ne vous le recommande pas. Une fois, je suis tombé sur un passage espiègle qui, à mesure que j'avançais, avait de moins en moins de pesanteur. Je me suis mis à flotter dans l'air. Pour me tirer d'affaire, j'ai dû m'agripper au mur pour redescendre.

— Oh ! s'exclama Morrigane en se souvenant de son excursion avec Jupiter la veille du Printemps. Je crois que j'en ai vu un !

Elle décrivit à Moutet l'étrange petite allée qu'ils avaient prise pour aller voir l'ange Israfel au Old Delphian (en omettant, bien sûr, la raison de leur visite).

— En Bohème, vous dites ? s'enquit Moutet. Je ne crois pas le connaître. Excellent, mademoiselle Crow ! Oui, il y a des passages espiègles un peu partout dans la ville. La plupart d'entre eux ont été cartographiés, et, comme les fraudrues, sont soit bouchés, soit signalés par des panneaux qui vous préviennent dans quoi vous mettez les pieds. Néanmoins, certains d'entre eux, hélas, ont la fâcheuse habitude de se déplacer.

Le Wundereur

Ils disparaissent d'un endroit pour réapparaître ailleurs. En vérité, la carte officielle des passages espiègles fournie par le Conseil de Nevermoor est souvent inutile. Il va de soi que je préfère la Carte vivante. Elle n'est pas parfaite, mais elle est plutôt douée pour se mettre à jour toute seule.

Il tendit une pile de cartes pliées à Anah.

— Quoi qu'il en soit, voici la meilleure tentative du Conseil de Nevermoor de cartographier l'incartographiable. Prenez-en une et faites passer.

Hawthorne donna la dernière carte à Morrigane, qui l'ouvrit pour observer les minuscules rues tortueuses. Il y avait des dizaines de petits drapeaux roses, rouges et noirs répartis dans toute la ville, chacun indiquant un passage espiègle connu.

Moutet tapa dans ses mains.

— Maintenant, suivez-moi, dit-il en se dirigeant vers la porte de la salle des cartes. En route pour l'aventure !

C'était une journée d'été parfaite. Il faisait beau et chaud dans la Vieille Ville et l'unité 919 vibrait d'excitation. Les élèves de première année n'avaient en principe pas le droit de sortir du Sowun pendant la journée de cours, mais Moutet avait obtenu une autorisation spéciale des Maîtresses Initiatrices pour emmener sa classe à sa première séance de travaux pratiques. Il était convenu que si l'un d'entre eux, y compris Moutet, mettait la Société dans l'embarras, il serait attaché aux rails de la Station de la Maison des Initiés à l'heure de pointe.

Leur destination était Temple Ferma, une minuscule ruelle à proximité du Sowun, le genre de petit passage sombre et sale devant lequel la plupart des gens passent sans le voir.

Moutet pointa du doigt une pancarte crasseuse sur le mur :

**TEMPLE FERMA
ATTENTION !**

PAR ORDRE DE L'ESCADRON DES BIZARRERIES GÉOGRAPHIQUES
ET DU CONSEIL DE NEVERMOOR,
CETTE RUE EST DÉCLARÉE
PASSAGE ESPIÈGLE DE CATÉGORIE ROSE
(NIVEAU D'ALERTE QUI MET EN GARDE
CONTRE DE SÉRIEUX DÉSAGRÉMENTS).

**SI VOUS ENTREZ,
CE SERA À VOS RISQUES ET PÉRILS.**

— Évidemment, dit Moutet, le plus sûr, c'est de ne jamais emprunter un passage espiègle. Cela étant, mieux vaut avoir un plan d'action, au cas où… Limpide et simple, il sera constitué de trois étapes : étape numéro un : RESTER CALME. Croyez-moi, si vous vous retrouvez soudain à flotter en l'air, c'est facile de paniquer. Et lorsqu'on panique, on perd sa capacité à penser clairement. Je veux que vous vous rappeliez ces deux petites choses : inspirez...

Il inspira pendant plusieurs secondes.

— ... expirez.

Il laissa échapper un long « shhhhhhh ».

— Avec moi. Prêts ? Inspirez...

Tous ensemble, les membres de l'unité inspirèrent profondément.

— ... expirez.

Shhhhhhhhhhhhh.

— Bien. Vous serez étonné de voir à quel point cela peut vous aider de vous souvenir de *respirer* dans une situation de stress.

Cadence se tourna vers Morrigane et roula les yeux.

— Génial, marmonna-t-elle. J'aurais certainement oublié cette fonction corporelle de base s'il ne l'avait pas mentionnée. Je vais le noter.

Elle fit une grimace débile et se mit à écrire en l'air avec un stylo imaginaire.

— Chut, dit Morrigane en retenant un sourire.

— Étape numéro deux : BATTRE EN RETRAITE, dit Moutet. On ne sait pas toujours ce qui nous attend dans un passage espiègle. Vous aurez peut-être la chance de tomber sur une allée sans pesanteur, ou des murs qui se referment... ces deux tours-là sont très courants. Mais il y en a d'autres beaucoup plus dangereux. Il y avait un passage espiègle dans Sudo-sur-Juro il y a quelques années qui a aspiré tout l'air des poumons d'un homme. Le pauvre est mort suffoqué. Et j'ai lu une histoire sur un passage, ici dans la Vieille Ville, qui retournait les gens comme des chaussettes, de sorte que leurs muscles et leurs organes internes se retrouvaient à l'extérieur de leurs corps.

Les élèves firent la grimace et poussèrent des cris dégoûtés. À l'exception de Hawthorne, qui chuchota :

— Cool.

Et d'Anah, qui releva le nez avec intérêt.

— N'ayez pas peur, continua Moutet en levant les mains pour les faire taire. Ce passage a été muré.

Morrigane sourit et secoua la tête en voyant la mine un peu déçue de Hawthorne.

— Ce que je veux dire, c'est qu'on ne sait pas toujours contre quoi on va devoir se battre quand on entre dans un passage espiègle. Alors, la solution, c'est de ne pas se battre. Il faut choisir la retraite. Toujours. Ne pensez jamais que vous serez plus intelligent que le passage, ne pensez jamais que vous serez plus fort que lui, ne pensez jamais que vous pourrez le vaincre. Votre vie a beaucoup plus de valeur qu'un raccourci.

Il les regarda tour à tour, son visage juvénile et rond affichant une gravité que Morrigane ne lui avait jamais vue.

— Et enfin, étape numéro trois : DITES-LE À QUELQU'UN. Pourquoi est-ce si important ?

La main d'Anah se propulsa en l'air.

— Pour que personne ne se fasse prendre au piège ?

— Très bien. Et encore ?

— Au cas où il ne serait pas répertorié sur la carte ! s'écria Mahir.

— C'est exact. Et encore ?

L'unité resta silencieuse.

Moutet déroula une nouvelle fois sa carte du Conseil.

— Parce qu'il a peut-être changé. Les passages espiègles sont comme du vif-argent, ils se transforment et évoluent avec le temps. Regardez vos cartes. Vous voyez Perrins Court, près de Highwall ? Autrefois, il ne s'agissait que d'un passage où on se tordait les chevilles. La semaine dernière, un de nos élèves tête en l'air de quatrième année s'y est engagé par mégarde et s'est retrouvé dans les égouts.

Des « berk » et des « pouah » s'élevèrent du groupe.

— Comme vous dites, continua Moutet. Mais ce jeune homme a fait exactement ce qu'il fallait. Il est resté calme, il a battu en retraite et il en a parlé à son conducteur, lequel l'a signalé à l'Escadron des Bizarreries Géographiques, ainsi qu'au Conseil, qui a depuis mis cette carte à jour. À cause des risques sanitaires, le niveau d'alerte de Perrins Court est passé de la catégorie rose (niveau d'alerte qui met en garde contre de sérieux désagréments) à la catégorie rouge (niveau de danger élevé avec risques de dommages corporels), et on a installé une pancarte pour le signaler.

— Mais, monsieur, pourquoi est-ce qu'on ne le mure pas, comme le passage qui retourne les organes ? demanda Hawthorne.

— Parce qu'il y a encore de l'espoir pour Perrins Court. Il est passé de tord-cheville à égout... il reste toujours la possibilité qu'il se transforme un jour en rue ordinaire. On ne mure que les cas désespérés. Les catégories noires.

— Ça veut dire quoi, une « catégorie noire » ? demanda Morrigane.

— Mort immédiate.

Morrigane avala sa salive. Combien de ces passages y avait-il à Nevermoor, à l'insu de tous ?

— N'ayez crainte, dit Moutet avec un sourire. Les catégories noires sont très rares, et cette rue, Temple Ferma, n'est que de catégorie rose. Je vous ai emmenés ici pour que vous vous exerciez. Chacun d'entre vous va entrer dans Temple Ferma, et, conformément aux deux premières étapes de notre plan d'action, va battre en retraite sans dommage. Qui veut commencer ?

Selon toute attente, Thaddea et Hawthorne furent les premiers à se porter volontaires. Ils se bousculèrent presque pour se frayer un chemin à l'avant du groupe. Mais Moutet avait prévu autre chose.

Il fit signe à Francis, réticent à s'avancer, puis le tenant par les épaules, tous deux scrutèrent les profondeurs de l'étroite allée pavée qu'était Temple Ferma. Le reste de l'unité se pressa derrière eux. Bien qu'elle ne vît pas son visage, Morrigane devinait que Francis était terrifié. D'ailleurs, il tremblait comme une feuille.

— Souvenez-vous, monsieur Fitzwilliam, lui dit Moutet, RESPIREZ, puis BATTEZ EN RETRAITE. Souvenez-vous de ces deux choses, et tout ira bien.

— Quelqu'un d'autre ne peut pas y aller en premier ? pleurnicha Francis.

— Moi ! Moi ! s'écria Hawthorne en levant le bras bien haut.

Moutet prit Hawthorne par le poignet pour le lui baisser.

Thaddea souffla d'impatience.

— Arrête de faire ton bébé, Francis. Ce n'est qu'une catégorie rose, bon sang.

— Thaddea, ne sois pas méchante, la gronda Moutet. Cela dit, Francis, elle a raison. Ce passage n'est qu'un tord-cheville. Au pire, le sang te montera à la tête. Si cela se produit, contente-toi de reculer de quelques pas ; et si tu te retrouves en apesanteur, fais les mêmes mouvements que si tu marchais sur le sol. Quand le passage te sentira prêt à rebrousser chemin, il te remettra sur tes pieds.

Sur ces paroles, il donna une petite bourrade à Francis.

— Allez. Tu peux le faire.

Francis fit un pas en avant, puis un deuxième.

Hawthorne se mit à scander son nom, doucement, pour l'encourager :

— Francis, Francis, Francis.

Morrigane et le reste de l'Unité firent chorus, leurs murmures enflant pour emplir l'étroit espace.

— Francis, Francis, Francis.

Un troisième pas, suivi de quelques autres... Puis Francis, à mi-chemin dans le passage, fut soulevé dans les airs, la tête en bas, comme s'il ne pesait pas plus lourd qu'une plume. Il resta ainsi suspendu un moment entre terre et ciel, une jambe tendue tout droit en l'air, l'autre jambe et les bras s'agitant dans tous les sens.

— Respire, Francis ! cria Moutet. Reste calme.

Francis prit plusieurs longues inspirations et cessa de se débattre.

— Tu sais quoi faire ensuite. Un pas en arrière... un autre...

— Francis, Francis, Francis...

Il avait beau avoir la tête en bas, Francis leva le pied pour faire un pas comiquement exagéré en arrière. Puis un autre, un autre, et...

— OUI ! jubila Moutet en tapant du poing dans le vide alors que Francis redescendait et atterrissait en trébuchant sur les pavés.

Il se retourna pour leur faire face, à bout de souffle et choqué, mais le visage fendu d'un énorme sourire.

Encouragé par Moutet et ses camarades, chacun des élèves entra à son tour dans Temple Ferma. Morrigane hurla de rire quand elle se retrouva la tête en bas, et Hawthorne trouva ça si génial qu'il supplia Moutet de l'y renvoyer.

— Vous pouvez y retourner, monsieur Swift, dit le prof. Et les autres aussi. Tout le monde a sa carte ? Répartissez-vous en trois groupes de trois, et choisissez un passage espiègle ici dans la Vieille Ville, où vous exercer à battre en retraite sans risque. Cantonnez-vous au quartier Nord. Et à la catégorie rose. Et souvenez-vous : RESTEZ CALME et BATTEZ EN RETRAITE. Rendez-vous aux portes du Sowun quand l'horloge de la place du Courage indiquera trois heures.

— Francis, tu veux être avec Hawthorne et moi ? proposa Morrigane.

En guise de réponse, Francis fronça les sourcils et lui tourna le dos. C'était la quatrième fois de la journée qu'elle essayait de lui parler. Elle avait trouvé horrible la bouderie de Thaddea, or c'était dix fois pire avec Francis. Il n'avait cessé de lui lancer des regards furieux et de faire la sourde oreille quand elle s'adressait à lui.

— On dirait qu'il a oublié pour quoi il a voté, hein ? marmonna Hawthorne. Si j'étais toi, Morrigane, je laisserais tomber.

Francis suivit Thaddea et Anah, tandis que Mahir entraînait Arch et Lambeth dans une autre direction. Cadence resta dans son coin, gênée et pleine de ressentiment. Aucun des autres n'avait daigné lui jeter un regard. Une fois de plus, elle avait été oubliée.

— Viens avec nous, Cadence, lui dit Morrigane en lui faisant signe.

Cadence s'avança, feignant l'indifférence.

Tous trois étudièrent la carte. Ils avaient le choix entre onze catégories roses. Il fallut dix minutes à Hawthorne et à Cadence pour se mettre d'accord, et le temps qu'ils y arrivent, le groupe de Mahir y était déjà, ce qui les obligea à tout reprendre à zéro.

— La Cour des Affreux ! s'exclama Hawthorne en indiquant l'endroit du doigt par-dessus l'épaule de Morrigane. Ça a l'air cool !

— C'est dans le quartier Ouest, andouille, marmonna Cadence.

— Et alors ?

— Et alors le prof nous a dit de rester dans le quartier Nord.

— C'est *à peine* dans le quartier Ouest, juste un pâté de maisons.

— Mais c'est quand même dans...

— Bon, allons-y, dit Morrigane en roulant sa carte. Sinon la leçon sera terminée avant qu'on y soit.

La Cour des Affreux était étroite et sombre, si sombre qu'on n'en voyait pas le bout. C'était comme regarder dans un tunnel. Une petite pancarte à l'entrée, semblable à celle de Temple Ferma, indiquait que c'était un passage espiègle de catégorie rose.

— J'y vais en premier, déclara Hawthorne.

Il était prêt à piquer un sprint lorsque Morrigane le rattrapa par le col.

— Attends ! Tu ne peux pas y entrer *en courant*. On ne sait pas quelle sorte d'espièglerie c'est. Sois raisonnable. Vas-y lentement.

Il roula les yeux.

— Oui, maman, maugréa-t-il en ralentissant à contrecœur.

Morrigane et Cadence l'observèrent attentivement, s'attendant à le voir à tout moment se retrouver les pieds en l'air. À mi-parcours, Hawthorne s'arrêta et se mit à osciller.

— Hawthorne ? appela Morrigane. Qu'est-ce qui se passe ? Ça va ?

— Je... je me sens pas très bien.

— Tu es malade ?

Il fit un autre pas en avant, puis s'arrêta de nouveau.

— Ouh là. Je crois que je vais vomir.

Cadence émit un bruit dégoûté.

Morrigane fronça les sourcils.

— Tu crois que c'est ça, l'espièglerie ? Ou est-ce seulement ce que t'as mangé ?

Les deux hypothèses étaient plausibles, pensa-t-elle, puisque pour le déjeuner, il avait englouti trois sandwichs à la viande froide dégoulinants de mayonnaise, quatre bols de soupe de bulots et un énorme milk-shake à la fraise.

— Je crois que... ahhghhhgh.

Il se pencha et posa les mains sur les genoux. Son corps se mit à convulser comme s'il était sur le point de se purger.

— Bats en retraite ! hurla Morrigane. Hawthorne, essaie de faire un pas en arrière.

— Je peux pas... je peux pas... je vais...

Il mit sa main devant sa bouche et se mit à osciller de nouveau.

— Mais REVIENS, espèce d'idiot ! beugla Cadence.

Hawthorne força ses pieds à faire un pas tremblant en arrière, puis un autre, et Morrigane vit son corps se détendre immédiatement. Il se redressa, fit un autre pas en arrière, se retourna et parcourut en courant le reste du chemin.

— C'était horrible, dit-il, le teint verdâtre, en repoussant ses cheveux de son visage pâle et luisant de sueur. À qui le tour ?

— Je crois que je vais m'abstenir, dit Cadence en fronçant le nez.

Hawthorne lui lança un regard noir.

— Pas question. Si je l'ai fait, vous le faites aussi, toutes les deux.

Elle éclata de rire.

— Tu peux toujours courir.

— Je parie que tu peux pas aller plus loin que moi.

— Je parie que je m'en fiche.

— Je parie que t'es trop poule mouillée.

Hawthorne se mit à caqueter en agitant les bras.

Morrigane roula les yeux.

— Oh, pitié ! J'y vais. Tiens, Cadence, prends la carte.

Elle s'avança dans l'allée jusqu'à sentir monter la nausée. Elle s'arrêta net. Elle attendit. Allait-elle tomber, ou s'évanouir, ou vomir sur ses chaussures ? Ou les trois ?

Mais quelque chose la poussait en avant, à travers la benne nauséeuse, une sorte d'instinct, de pulsion, qu'elle ne pouvait s'expliquer. Pendant toute la durée de la leçon, elle n'avait cessé de s'interroger sur cette nuit-là, en Bohème, sur l'allée puante qui les avait conduits, Jupiter et elle, au Old Delphian. Plus que tout, elle brûlait de savoir jusqu'où le passage la laisserait aller, ce qu'il y avait au bout.

Elle fit encore deux pas et fut obligée de se pencher en avant, les mains sur les genoux, et d'attendre que la seconde vague de nausée se dissipe.

— Tu peux revenir, maintenant ! cria Hawthorne dans son dos. Tu as déjà dépassé l'endroit où je me suis arrêté.

Bien que l'idée de continuer la révulsât, Morrigane fit un pas hésitant... Ce passage cachait quelque chose… Elle sentit des fourmillements au bout de ses doigts. Et il y avait aussi des voix, devant elle. Indistinctes, d'abord, puis…

— … et maintenant, ces maudits Furtifs sont à nos trousses. On ne sera jamais dans les temps à ce rythme-là…

Les *Furtifs* ? Avait-elle bien entendu ?

Morrigane s'arrêta, tendant l'oreille, essayant de maîtriser son envie de vomir. Il lui fallait découvrir quoi – qui – se dissimulait dans ce passage ! Elle poursuivit sa route malgré ses tremblements, malgré les cris de Hawthorne et de Cadence derrière elle.

— Reviens ! Qu'est-ce que tu fabriques ?

Et alors qu'elle était certaine de rendre son déjeuner sur les pavés, elle s'élança en avant, traversant une force invisible… et la nausée disparut. Comme ça ! D'un coup.

Elle se retourna. Hawthorne et Cadence n'étaient plus là. La lumière au bout de la Cour des Affreux avait disparu ; c'était comme si le passage s'était inversé : au lieu de se diriger vers un tunnel tout noir, les ténèbres se trouvaient derrière elle.

Elle se tenait à l'entrée du passage, au bord d'une grande place qu'elle n'avait jamais vue. Le sol était inégal et de grosses touffes d'herbe poussaient entre les pavés depuis longtemps disjoints. La place évoquait une sorte de marché, crasseux et très étendu, avec de vieilles tentes et des tables en guise d'étals. Les lieux étaient déserts, comme si un événement venait juste de se terminer, ou n'avait pas encore commencé. L'endroit avait un air de morne désolation. Morrigane sentit des picotements dans sa nuque.

— Tu pourras le vendre pour beaucoup plus, dit une femme dans une tente. Garde-le encore quelques jours, jusqu'aux grandes…

— Mais j'ai besoin d'un acheteur maintenant, l'interrompit un homme dans un chuchotement pressant. Ce truc est super rare, mais je ne peux pas le garder éternellement, il est trop dangereux. Regarde ce qu'il m'a fait… j'aurai de la chance si ça ne s'infecte pas.

Morrigane, se sentant trop exposée, recula dans l'ombre du passage. Elle avait une étrange sensation au creux de l'estomac.

— Je te l'ai dit cent fois, reprit la femme. Sois patient. Si c'est un spécimen aussi fameux que tu le prétends…

— C'est le cas.

— … alors tu en tireras un bon prix aux prochaines enchères et ta réputation sera faite. À condition que tu puisses remettre ça à l'automne.

Morrigane sentit des gouttes perler sur son front, qu'elle essuya machinalement de la main. Elle s'aperçut que ses doigts étaient d'un noir d'encre. Elle leva les yeux et constata qu'elle se tenait sous une grande arche de bois. Un homme perché sur une échelle, un pinceau dans une main, un pot de peinture dans l'autre, écrivait sur une pancarte :

MARCHE FANTÔME

Il baissa le nez à ce moment-là et ouvrit de grands yeux à la vue de Morrigane.

— Hé là ! cria-t-il.

Il lâcha son pot de peinture qui vint s'écraser par terre avec fracas, répandant de la peinture sur les pavés. Morrigane sauta de côté quand une giclée de noir éclaboussa son pantalon.

— Qui es tu ? Comment es-tu arrivée ici ?

Elle ne s'attarda pas pour lui répondre. L'homme se rua à bas de l'échelle, manquant de tomber dans sa précipitation, mais Morrigane fut plus rapide. Elle redescendit à toute allure le passage-tunnel, retraversa la barrière invisible, plongeant tête la première dans une sensation nauséeuse si affreuse qu'elle crut mourir. Elle ne ralentit pas l'allure pour autant. Elle vit de la lumière, puis les visages choqués de Hawthorne et de Cadence. Elle accéléra encore, hurlant tandis qu'elle atteignait l'entrée de la Cour des Affreux :

— COUREZ !

13

FEU ET GLACE

MORRIGANE FONÇA DROIT DEVANT ELLE, guettant des bruits de pas dans son dos. Elle guida Hawthorne et Cadence hors de l'obscurité du passage, sous le soleil radieux qui illuminait la Vieille Ville, zigzaguant parmi la circulation et les piétons, sans ralentir ni s'arrêter avant d'arriver aux portes du Sowun, à bout de souffle, épuisée, mais saine et sauve. Si l'homme l'avait suivie plus loin que la Cour des Affreux, ils l'avaient semé.

— Qu'est-ce qui s'est passé ? haleta Hawthorne, plié en deux et se tenant les côtes. On fuyait quoi, là ?

Morrigane ne savait quoi répondre. *Un type avec un pinceau ?* Elle ne pouvait dire exactement ce qui, dans la cour cachée, avait été si perturbant, mais le frisson glacé au creux de sa nuque était toujours là, même si la course lui avait donné chaud. Quand elle rapporta à Hawthorne et à Cadence tout ce qu'elle avait vu et entendu, ils parurent aussi perplexes qu'elle.

— Marche Fantôme ? dit Cadence. Tu veux dire le Marché Fantôme ?

— Peut-être, dit Morrigane. Peut-être qu'il n'avait pas terminé de peindre.

Cadence ouvrit de grands yeux.

— C'est de mauvais augure.

Hawthorne fit la grimace.

— Oh, arrête, Cadence. Tu crois sérieusement que le Marché Fantôme existe ?

— T'y crois pas, toi ?

— C'est quoi, le Marché Fantôme ? demanda Morrigane.

— Qu'est-ce qui se passe ? s'enquit Moutet qui arrivait pile à l'instant où l'horloge de la place du Courage sonnait 3 heures.

— Heu... bafouilla Morrigane.

Elle aurait voulu interroger Moutet sur ce qu'elle venait de voir, mais deux choses lui vinrent tout de suite à l'esprit : un, ils s'étaient aventurés dans le quartier Ouest, qui était censé être hors limite. Deux, elle avait complètement ignoré son plan en trois étapes. Comment aurait-elle pu expliquer qu'elle ait remplacé l'étape numéro deux : BATTRE EN RETRAITE, par une version de son cru : CONTINUER ET FOURRER SON NEZ DANS CE QUI NE VOUS REGARDE PAS ALORS QUE C'EST COMPLÈTEMENT INTERDIT ?

— Rien, finit-elle par dire.

Moutet considéra Hawthorne et Cadence d'un œil suspicieux.

— J'ai cru entendre parler du Marché Fantôme ?

Morrigane blêmit.

— Non, enfin, oui. C'est une drôle d'histoire...

— Heu... ouais... mon frère Homer ne cesse de me mettre en boîte, dit Hawthorne à la hâte, lui coupant délibérément la parole. Il prétend que maintenant que je fais partie de la Société, le Marché Fantôme sera après moi. Mais il est juste jaloux parce qu'il a pas de talent.

L'expression du jeune professeur s'adoucit. Il paraissait amusé.

— Je vois que les traditions perdurent ! On se transmet cette légende urbaine de génération en génération.

Il regarda par-dessus l'épaule de Hawthorne et ajouta :

— Ah, les voilà !

Le reste de l'unité remontait la colline.

Moutet fit un signe au garde posté à l'entrée du Sowun et les portes s'ouvrirent. Il poussa tout le monde dans la longue allée qui menait à la Maison des Initiés.

— C'est quoi, une légende urbaine ? lui demanda Morrigane.

Hawthorne, Cadence et elle étaient restés à l'arrière du groupe avec Moutet, tandis que les autres discutaient joyeusement en tête, se racontant leurs périples dans les passages espiègles.

— Oh, c'est une histoire que se racontent les gens. À force d'être répétée, elle devient une vérité acceptée.

Le Wundereur

Dans le cas du Marché Fantôme, il s'agit d'un mythe absurde visant à effrayer les jeunes élèves du Sowun, dit-il en balayant le sujet d'un revers de main. Si j'étais vous, je n'en tiendrais pas compte.

— Je te l'avais dit, souffla Hawthorne à Cadence. Il existe pas.

— Mais si, insista Cadence. Ma mère connaît une dame dont la grand-tante s'est fait enlever par le Marché Fantôme. On ne l'a jamais revue.

Moutet poussa un soupir las et enfonça les mains dans les poches de son pantalon.

— Eh bien, je suppose que le Marché Fantôme a pu exister jadis. C'était censé être un marché noir, un lieu de transactions secrètes et illégales, où l'on pouvait acheter à peu près n'importe quoi : des armes, des morceaux d'unnimaux exotiques, des organes humains, des ingrédients de sorcellerie prohibés...

— Et même des wunimaux, dit Cadence.

— Des wunimaux ? répéta Morrigane, horrifiée. Mais c'est abominable !

— Dégoûtant, hein ? dit Cadence. Et pas seulement des wunimaux ! Des centaures, des licornes, des œufs de dragon... Jusqu'à ce que les autorités le ferment, évid...

— Et des Magnifichats ? l'interrompit Morrigane. Ils vendaient des Magnifichats ?

Moutet la dévisagea d'un drôle d'air.

— Pourquoi ?

— Rien, je me demandais, c'est tout.

Feu et glace

Elle pensait bien sûr au Magnifichaton disparu de Dr Roncière, mais aussi à Fenestra. L'idée que Fen, avec son sale caractère, sa loyauté et ses côtés surprotecteurs, puisse être vendue, qu'un imbécile puisse même essayer de posséder Fenestra la Magnifichatte, donnait à Morrigane envie de balancer des coups de pied dans quelque chose.

À son arrivée à Nevermoor, sa rencontre avec Fen, sa fourrure grise hirsute et sa mauvaise humeur, avait été un choc. Morrigane avait déjà vu des Magnifichats, aux infos, mais ils étaient très différents. Au sein de la République, le Président de la Mer d'Hiver était connu pour se faire transporter dans une calèche tirée par six Magnifichats... des créatures silencieuses, obéissantes, à la belle fourrure noire lustrée, avec au cou un collier clouté.

À la lumière de ces nouvelles informations, Morrigane ne put s'empêcher de se demander d'où venaient ces Magnifichats. Avaient-ils été achetés au marché noir ? Comment avait-on fait pour transformer des créatures intelligentes et indépendantes comme Fen en animaux de trait dociles ?

— J'ai aussi entendu dire, ajouta Cadence, qui parlait maintenant plus doucement, qu'on pouvait même y acheter un talent : que les oshommes venaient kidnapper les membres de la Société pour leur voler leurs talents et les vendre au Marché Fantôme.

— Les oshommes ? dit Morrigane. C'est quoi, ça ?

Moutet émit un petit rire.

Le Wundereur

— Aussi appelés la « Légion squelette », précisa-t-il en roulant les yeux. Des histoires de croque-mitaines. Il paraît qu'ils surgissaient habituellement d'endroits sombres et déserts pleins de cadavres – les cimetières, les champs de bataille, les lits des rivières – et s'assemblaient spontanément à partir des restes épars des morts.

— C'est ce que dit toujours Homer, confirma Hawthorne en retroussant la lèvre supérieure en un demi-sourire amer. Il faut se méfier quand on sent une odeur d'eau salée ou de viande pourrie, ou quand...

— Quand on entend cliqueter des os ? enchaîna Moutet en riant de plus belle. Oui, quand j'étais à l'école, on se terrorisait les uns les autres en se racontant des histoires de gangs d'oshommes qui venaient vous kidnapper dans votre sommeil, ne laissant derrière eux qu'un tas d'ossements. Mais, je vous le répète, ce sont des histoires de croque-mitaines. De monstres sous votre lit. Ça n'a rien de réel, il n'y a pas de quoi avoir peur.

Sauf que Morrigane avait la trouille. Soudain, elle eut la sensation de tomber, comme si elle avait raté une marche.

Alors que Moutet rejoignait les autres pour les interroger sur leurs expériences dans les passages espiègles, elle ralentit le pas, retenant Hawthorne et Cadence.

— Je ne crois pas que les oshommes soient une légende, dit-elle à mi-voix, les bras couverts de chair de poule. Je... je crois que j'en ai vu un.

— Tu crois que quoi ? s'exclama Cadence.

Feu et glace

— Où ça ? demanda Hawthorne. Quand ?

— Il y a quelque temps, sur la rivière, près des quais. Je ne savais pas ce que c'était à l'époque, mais ça correspond exactement à ce que vient de décrire Moutet.

Elle trembla un peu en se rappelant l'étrange assemblage d'os et de débris, l'incongruité grotesque de la créature.

— Donc, si les oshommes existent bel et bien... commença Hawthorne, le front plissé.

— ... le Marché Fantôme aussi doit exister, termina Morrigane.

Elle repensa à Cassiel, à Paximus Chance et au chaton de Dr Roncière. S'il y avait une chance de les retrouver, ce serait certainement au Marché Fantôme.

Et si son intuition ne la trompait pas, il lui fallait retourner à la Cour des Affreux pour en avoir le cœur net.

Alors qu'il n'y était pas tenu, Moutet raccompagna l'unité 919 jusqu'à la station de la Maison des Initiés, où Mlle Ravy les attendait pour les ramener chez eux. Elle était assise sur le seuil de leur train-maison, une tasse de thé entre les mains, les yeux fermés, profitant du soleil de fin d'après-midi qui filtrait à travers le feuillage.

— Oh ! Bonjour, Marina ! lança Moutet d'un ton dégagé que Morrigane ne trouva pas naturel.

Il repoussa sa frange de ses yeux, puis il se mit sur la pointe des pieds en ouvrant les bras avec un léger embarras. Morrigane crut le voir rougir et flanqua un coup de coude à Hawthorne.

— Dans ses rêves, chuchota Hawthorne en guise de réponse.

Mlle Ravy ouvrit un œil.

— Oh, bonjour, Henry. Tout va bien, les amis ? Comment c'était, la Vieille Ville ?

Elle se leva et versa le fond de sa tasse sur les rails.

— Tout le monde est prêt...

La conductrice fut interrompue par un bruit affreux, mi-cri, mi-sanglot. Morrigane se retourna et se retrouva instantanément plaquée au sol par ce qui ressemblait à un boulet de canon humain. Un maelström de bras, et de jambes qui s'agitaient dans tous les sens, et de cheveux vert mousse.

— Qu'est-ce que tu lui as fait ? Hein ? RÉPONDS-MOI !

Morrigane se recroquevilla lorsque Héloïse tenta de lui griffer le visage. Moutet et Mlle Ravy attrapèrent la furie chacun par un bras et la tirèrent en arrière ; Héloïse se débattit, cherchant toujours à se jeter sur Morrigane. Hawthorne et Cadence se précipitèrent pour relever celle-ci, qui était sonnée.

— ARRÊTE ! hurla Mlle Ravy.

— Elle sait quelque chose, cracha Héloïse. Elle lui a fait quelque chose ! Où est-il ? Où est Alfie ?

— Héloïse, calmez-vous donc, dit Moutet. De quoi parlez-vous, qu'est-il arrivé à Alfie ?

Héloïse sanglotait, avalant de grandes goulées d'air.

— Regardez ! REGARDEZ !

Elle s'écarta et fourra un bout de papier sous le nez de Moutet. Ce dernier lut le mot à voix haute, de plus en plus perplexe :

— « Je ne peux plus rester. Je ne mérite pas de faire partie de la Société. Partant, je rends ma broche en W. Bien à vous, Alfie Swann. » Mais, Héloïse, quel rapport avec Morrigane ? Si Alfie souhaite partir…

Héloïse eut un sanglot étranglé.

— Alfie ne voulait pas partir ! Il ne serait jamais parti sans me le dire. Il m'aime ! C'est pas lui qui a écrit ce mot débile.

Moutet prit un air compatissant.

— Je suis sûr que ça peut paraître…

— C'est pas lui qui l'a écrit, insista Héloïse. Alfie ne sait même pas ce que veut dire « partant ». Il sait à peine épeler son nom. Ce n'est pas lui qui a écrit ça !

Mlle Ravy prit le mot des mains de Moutet et y jeta un coup d'œil.

— Cela n'explique toujours pas en quoi Morrigane est concernée.

— Il y a quelque chose qui ne tourne pas rond chez elle, tout le monde le sait ! cria Héloïse, le visage dégoulinant de larmes.

Morrigane se ratatina. À présent, tout le monde sur le quai les regardait.

— Elle lui a fait quelque chose, je le sais. C'est une sorte de... Je ne sais pas ce qu'elle est, mais elle peut contrôler les gens. Je l'ai vue faire. Elle l'a fait partir ! Et si elle lui avait fait du mal, et si elle l'avait forcé à se faire *lui-même* du mal ?! Elle nous en veut parce qu'on a... parce que... Oh ! ALFIE !

Elle se remit à sangloter.

— Héloïse, dit Mlle Ravy, je comprends que tu sois bouleversée, mais...

— C'est quoi, son talent ? demanda Héloïse. Personne ne le sait. Les Anciens ne veulent pas que ça se sache, parce qu'elle est dangereuse. Comment ça se fait que toutes ces disparitions aient commencé pile au moment où elle est entrée dans la Société ?

Une mer de visages se tourna vers Morrigane. Une sensation familière lui remonta dans la nuque et elle comprit que c'était ce à quoi elle s'était attendue... depuis son premier jour au Sowun, depuis la disparition de Paximus Chance. La petite fille maudite qui vivait encore dans son cœur attendait ce moment. L'accusation.

Mlle Ravy prit de nouveau le bras d'Héloïse, alors que les murmures débutaient.

— Attention, dit Lambeth à voix basse.

Mais Mlle Ravy ne l'entendit pas.

— Pourquoi tu ne viens pas avec moi, Héloïse ? dit-elle d'un ton calme et patient. Viens. On va t'emmener à la Maison des Initiés et tirer cette histoire au clair. Je crois que tu aurais besoin d'une bonne tasse de thé.

Lambeth fit la grimace.

— *Attention*, répéta-t-elle en regardant cette fois Morrigane.

Celle-ci fronça les sourcils.

— Qu'est-ce que...

Héloïse feulait comme un chat en colère. Elle repoussa brutalement le bras de Mlle Ravy.

— La ferme ! Ne ME TOUCHEZ PAS !

Elle arma son bras et Morrigane eut à peine le temps de voir un éclair argenté étinceler au creux de sa main. Mlle Ravy poussa un cri de souffrance. Héloïse venait de lui entailler la joue. Un filet de sang se mit à sourdre de l'estafilade.

Des exclamations consternées s'élevèrent de partout.

Morrigane ouvrit la bouche, et malgré la rage qui bouillonnait en elle, aucun son n'en sortit. Jamais de sa vie elle n'avait été en proie à une colère pareille. C'était de la lave, du feu liquide, qui la brûlait de l'intérieur. Elle eut un goût de cendre dans la gorge, comme le jour où ils avaient reçu le premier message du maître chanteur. Sa fureur était un monstre qui se frayait un chemin à coups de griffe du plus profond de sa poitrine, de ses poumons, et jaillissait de sa bouche, embrasant jusqu'à l'air autour d'elle.

Elle éprouva le courroux de cent dragons.

Elle incendierait le monde entier.

Une boule de feu fusa d'entre ses lèvres.

Elle fendit l'espace, roussissant au passage la peau d'Héloïse avant de s'élever vers les arbres et de mettre le feu au toit de la gare.

Héloïse hurla.

Tout le monde hurla.

Morrigane, haletante, observait le désastre tandis que sa colère se consumait.

— ASSEZ ! vociféra une voix derrière eux.

Une longue colonne d'eau tourbillonnante traversa l'air et éteignit les flammes, les transformant en glace. Le silence s'abattit sur le quai, seulement brisé par les sanglots d'Héloïse, alors que tous se retournaient pour voir qui venait de les sauver.

Meurgatre se tenait sur la passerelle. Ses yeux laiteux brillaient d'un blanc encore plus froid que dans les souvenirs de Morrigane. Elle respirait comme si elle venait de courir un marathon, et des bouffées de vapeur givrée s'échappaient de ses narines. De petits cristaux de glace s'étaient formés sur ses joues. Ses mains noueuses étaient recourbées comme des griffes.

La foule sur le quai retint son souffle tandis que la Maîtresse de l'École des Arcanes descendait les marches. À mesure qu'elle s'avançait, sa silhouette voûtée s'étirait, se redressait, ses cheveux devenaient blond cendré, ses yeux bleu profond, et après une torsion du cou assortie d'un craquement affreux, la Maîtresse de l'École des Arcanes disparut, laissant la place à la Maîtresse de l'École des Arts mineurs.

— Vous, dit Biennée, l'index pointé sur Mlle Ravy, alors qu'elle fixait Morrigane.

Sa voix, parfaitement contrôlée, était dépourvue d'émotion.

Pourtant, elle paraissait effrayée.

— Accompagnez Mlle Crow dans la salle des Anciens.

14

LA SALLE DES ANCIENS

Morrigane se tenait dans l'ombre menaçante d'une statue en améthyste qui figurait un marionnettiste lugubre aux doigts recourbés comme des griffes, tirant les fils d'une marionnette dansante aux yeux vides, qui pendait, inerte, à la hauteur du visage de Morrigane

Mlle Ravy était debout à côté d'une statue en marbre blanc de quatre mètres cinquante de haut représentant des sœurs siamoises au doux visage, les yeux recouverts d'un masque très décoré. Elles se divisaient en deux au niveau du cœur, rappelant la fourche d'un arbre.

Depuis l'année dernière, quand Cadence lui avait volé sa place au dîner secret des Anciens, Morrigane brûlait de voir la salle des Anciens. Presque personne n'avait le droit d'entrer dans le sanctuaire de Quinn l'Ancienne, de Wong l'Ancien et de Saga l'Ancien. Même parmi les membres de la Société, c'était considéré comme un honneur insigne et rare.

Mais Morrigane ne se sentait pas honorée. Ce n'était pas ainsi qu'elle voulait découvrir la salle des Anciens. Pas dans ces circonstances.

Elle compta les statues, histoire de se distraire. Il y en avait neuf, toutes dans des poses pleines de noblesse, affichant diverses expressions, héroïques, austères, aimables, indifférentes. Il y avait un homme aux yeux bandés sculpté dans de la turquoise, une femme en quartz rose avec huit paires de bras qui se déployaient en éventail autour d'elle, un homme sculpté dans l'ambre, dont les mains étaient des bougies. De petits ruisselets de cire lui dégoulinaient sur les bras.

Si elle n'avait pas été si terrifiée, si intimement convaincue que c'était là sa dernière image du Sowun, Morrigane aurait sans doute été fascinée par ces mystérieuses et majestueuses figures. Toutefois, dans l'état actuel des choses, elle faisait de son mieux (pour la seconde fois de la journée) pour ne pas vomir.

Mlle Ravy et elle avaient quitté une foule choquée et avaient fait tout le trajet dans un silence tendu et nerveux. Même maintenant, Morrigane sentait presque sa conductrice bourdonner d'une épouvante sans nom.

— Vous saignez toujours, lui dit-elle, quand elle trouva enfin le courage de la regarder en face.

Tirant la manche de son pull sur sa main, elle voulut essuyer le filet de sang. Mlle Ravy recula d'un bond... avant de lui adresser un faible demi-sourire d'excuse.

Morrigane sentit les larmes lui piquer les yeux et prit une grande inspiration.

Les portes en bois au fond de la pièce s'ouvrirent sur Maîtresse Biennée. Le claquement de ses hauts talons résonna dans l'immense espace.

— Vous, aboya-t-elle en pointant l'index sur Mlle Ravy. À l'hôpital ! Allez faire soigner cette coupure.

— Mais, Maîtresse Biennée, ne devrais-je pas r...

— Tout de suite.

Mlle Ravy hésita, jeta avec réticence un regard à Morrigane, mais elle n'avait pas le choix. Elle lui pressa le bras en passant.

Les Anciens entrèrent dans la pièce derrière Biennée, suivis par l'odieux Baz Charlton, qui affichait un air satisfait et plein de suffisance. Morrigane sentit son cœur se serrer. *Bien sûr*, pensa-t-elle. *C'est le mécène d'Héloïse.*

Derrière Baz, venait le minuscule Pr Onstald, qui traînait ses pieds plats de tortue à un rythme insupportablement lent ; l'énorme dôme-carapace qu'il portait sur le dos donnait l'impression qu'il allait s'écrouler d'un instant à l'autre. *Et lui, qu'est-ce qu'il fait là ?* se demanda Morrigane.

Alors que la salle paraissait avoir fait le plein de toutes les personnes qui la détestaient le plus au monde, une tignasse rousse déboula à toute allure, dépassa Onstald en coup de vent et fonça droit vers Morrigane.

— Jupiter ! s'écria-t-elle, incapable de contenir la joie qu'elle avait de le voir.

— Morrigane ! dit-il d'un ton insistant en la prenant par les épaules. Tu vas bien ?

Morrigane le dévisagea. Il était là. Jupiter était réellement là. Comment était-il arrivé aussi vite ? Peu importait. Une vague de soulagement la submergea : elle n'était plus seule. Ses yeux bleu océan fouillèrent les siens, emplis d'inquiétude.

— Mog ?

Elle avait la gorge tellement serrée qu'elle était incapable de parler. Elle hocha la tête, et ils se comprirent sans qu'il fût besoin de mots.

— C'est à elle que vous demandez si ça va ? cracha Baz. Cette sale petite trouble-fête qui... qui a causé toute cette pagaille ? Vous plaisantez, Nord !

Jupiter l'ignora.

— Cette expérience est un échec, dit Biennée qui faisait les cent pas dans la salle.

Elle fit craquer son cou et ferma les yeux un instant.

— Chers Anciens, je vous ai suppliés, après les épreuves Spectaculaires de l'an dernier, de suivre mes conseils, mais vous ne m'avez pas écoutée, et voilà où nous...

Elle fit craquer de nouveau son cou, voûta les épaules et prit une grande inspiration grinçante. Morrigane éprouva une horreur familière, et même les adultes présents parurent avoir envie de rentrer sous terre lorsque la Maîtresse Initiatrice des Arts mineurs céda la place à la Maîtresse des Arcanes. C'était comme regarder une fleur se faner en accéléré. Le visage noueux de Meurgatre émergea, avec ses dents marron découvertes et ses yeux caves et laiteux qu'elle riva à Morrigane.

— Je vous l'avais dit, grinça-t-elle. Elle aurait dû être dans *mon* école. Ma bien-aimée Dulcée a raison. Cette expérience est un échec. Pas celui de la vilaine fille. C'est vous tous qui avez échoué avec elle. Je te l'avais dit, Dulcée...

Une lueur bleue se répandit sur le visage de Meurgatre, et avec un étrange cri étranglé, suivi d'un craquement d'os, Biennée fut instantanément de retour dans la pièce. Morrigane frissonna.

— Cela ne te concerne pas, Marie, siffla Biennée. Ne t'en mêle pas !

La transformation se fit à nouveau dans l'autre sens, et Meurgatre répondit dans un grondement effrayant :

— Mais bien sûr que si ! Je t'ai dit que quelqu'un devait apprendre à la vilaine fille ses Arts diaboliques, ou alors sinon les Arts diaboliques se manifesteraient sans être convenablement...

Crac. Crunch. Biennée fut de retour dans un bruit d'os qui se brisent. Tout le monde grimaça, à l'exception de Morrigane, distraite par ce que venait de dire Meurgatre. *Les Arts diaboliques.* Où avait-elle déjà entendu ce nom ?

— Ce ne sont pas tes affaires, espèce de cinglée ! hurla Biennée. Cette fille est une élève des Arts mineurs, que tu sois d'accord ou non.

Et elle s'adressa aux Anciens dans la foulée :

— Pardonnez-moi, Quinn l'Ancienne, mais je vous avais prévenue que ça tournerait très mal.

Quinn l'Ancienne poussa un soupir.

— Oui, tout ceci est très dramatique, Dulcinea, déclara-t-elle calmement, mais rien de tout cela ne nous indique quoi faire. Mademoiselle Crow, ajouta-t-elle avec lassitude, vous serez peut-être, ou non, soulagée de savoir qu'Héloïse Sectrouge est en train de se rétablir à l'hôpital et ne souffrira pas de dommages permanents.

Morrigane ferma les yeux et laissa échapper une longue expiration tremblante.

— Je... Oui. Je suis soulagée, bien sûr. Je n'avais pas l'intention de lui faire du mal, Quinn l'Ancienne. Je vous le jure. Je ne sais pas ce qui s'est passé. Je...

— Et Alfie, alors ? l'interrompit Baz. Mon garçon Alfie Swann, il a disparu. Héloïse semble penser qu'elle a quelque chose à voir là-dedans, précisa-t-il en désignant Morrigane.

Une idée traversa alors l'esprit de Morrigane. Elle était certaine que Baz avait dit aux Cinq Charlton qu'elle était originaire de la République et qu'il les avait encouragés à l'attaquer. Était-il aussi derrière la disparition d'Alfie ? Tentait-il de lui faire porter le chapeau afin qu'elle soit expulsée de la Société Wundrous ? Pouvait-il également être le maître chanteur ? Elle ne voyait toujours pas ce qu'il aurait à y gagner. Pourquoi prendrait-il un risque pareil ?

Quinn l'Ancienne fit claquer sa langue d'impatience.

La salle des Anciens

— Oh, le jeune Swann. Il peut respirer sous l'eau, c'est ça ? Charlton, ne soyez pas ridicule. Alfie a du mal dans toutes les matières depuis le début de l'année. Il est évident qu'il commence à comprendre que des branchies ne vous mènent pas loin dans la vie. Si on ne travaille pas d'arrache-pied.

Elle agita la main comme si elle voulait éloigner Baz.

— Après qu'il aura eu le temps de se rendre compte à quel point c'est un privilège de faire partie de la Société, il aura peut-être le bon sens de revenir à l'école et de retrousser ses manches. Et, soit dit en passant, nous déciderons de la punition à infliger à Héloïse pour son acte de violence. Les Anciens et moi n'avons pas ménagé nos efforts pour garder sous contrôle cette… cette histoire de *disparitions*, afin d'éviter la panique et les rumeurs, et maintenant, regardez où nous en sommes. Tout ça parce qu'une élève qui adore se mettre en scène n'a pas su la boucler.

Alors que Baz était sur le point de rétorquer, Saga l'Ancien tapa des sabots.

— Tout cela est hors sujet, grommela le taureauwun. Reste la question : que va-t-on faire du Wundereur ?

— Activons ses sauvegardes ! exigea Baz.

Tous les adultes présents retinrent leur souffle. Même Biennée parut inquiète. Morrigane les observa les uns après les autres. Qu'est-ce que Baz entendait par là, et pourquoi sa remarque avait-elle suscité pareille incrédulité mêlée d'indignation ? Elle se tourna finalement vers son mécène.

Jupiter s'avança vers Baz avec une fureur contenue. Ses mains étaient serrées en poings contre ses flancs, sa mâchoire contractée. Baz recula, se réfugiant à côté de la statue de quartz rose aux bras multiples. Les Anciens avancèrent tous d'un pas, comme s'ils craignaient que Jupiter ne le frappe. Morrigane savait qu'il était en train de se maîtriser, s'obligeant à respirer plus lentement et à desserrer les poings. Toutefois, lorsqu'il approcha son visage tout près de celui de Baz, elle eut quand même un frisson dans la nuque.

— Réfléchis à tes paroles, dit-il à Baz d'une voix basse et menaçante. Pour une fois, dans ta vie médiocre, Charlton, *réfléchis* aux mots qui sortent de ta bouche d'imbécile avant de les prononcer.

Plusieurs secondes d'un silence assourdissant s'ensuivirent. Baz tentait d'adopter une attitude de défi, mais il avait l'air d'avoir rapetissé. Il se tourna vers les Anciens.

— Je ne voulais pas dire... ce que je voulais dire...

Les yeux toujours rivés sur lui, Jupiter reprit :

— Morrigane. Va attendre dehors.

Elle voulut protester. Elle souhaitait rester pour apprendre quel sort on lui réservait. Mais la tension palpable dans la pièce, et dans la voix de Jupiter, la força à bouger.

Hawthorne l'attendait dans le couloir. Il sortit de sa cachette derrière un imposant buste en marbre. Il était pâle, la mine grave. Ses yeux étaient deux fois plus grands que d'habitude.

— Tu vas bien ? chuchota-t-il d'un ton pressant.

— Oui, répondit-elle tout bas. Je crois.

— Est-ce que... hésita-t-il. Morrigane, est-ce que tu savais que tu pouvais faire ça ? Est-ce que tu savais que tu pouvais... *cracher du feu* ?

Même à travers son nuage de confusion et d'inquiétude, Morrigane perçut vaguement à quel point la question était ridicule, ce qui l'énerva, et bizarrement, elle s'en réjouit : que Hawthorne puisse toujours poser des questions idiotes, et qu'elle en fût agacée, voilà qui était normal.

— Tu ne crois pas que j'aurais peut-être mentionné ce petit détail ?

Il y eut un silence.

— Qu'est-ce qu'ils vont faire ? demanda son ami.

— Chut ! Je ne sais pas.

Morrigane colla son oreille contre le battant de chêne massif et Hawthorne l'imita. Pendant plusieurs minutes, ils n'entendirent que des marmonnements, jusqu'à ce que Jupiter élève de nouveau la voix, furieux :

— Mais ce n'est qu'une petite fille ! dit-il en appuyant sur chaque mot. Arrêtez de parler d'elle comme si c'était un monstre. Meurgatre a raison, vous auriez dû...

— ... cette fille est... intervint le Pr Onstald.

Mais ses mots redevinrent incompréhensibles, et Morrigane s'écarta de la porte, le cœur serré. Elle se mit à faire les cent pas en tirant sur l'ourlet de sa chemise grise, l'entortillant autour de ses doigts encore et encore.

« Arrêtez de parler d'elle comme si c'était un monstre. »

— Ils vont quand même pas essayer de t'expulser ? chuchota anxieusement Hawthorne.

— J'en sais rien.

— Ils ne peuvent pas faire ça ! s'écria-t-il avant de murmurer : c'était pas ta faute. Tu n'as fait que protéger Mlle Ravy. Si quelqu'un doit être renvoyé, c'est Héloïse. Je vais le leur dire, moi.

Morrigane ne releva pas. Serait-elle virée pour ça ? En avaient-ils le droit ? Si elle n'était plus membre de la Société, il lui faudrait quitter Nevermoor, et...

Non. Elle secoua farouchement la tête. *C'était un accident*, se dit-elle. *Ils ne vont pas me renvoyer pour un accident.*

Les paroles de Baz Charlton résonnèrent dans sa tête : « Activons ses sauvegardes ! » Quoi que cela veuille dire, cela n'était pas bon, à coup sûr. Morrigane s'arrêta et regarda droit devant elle. Ses mains se figèrent. Soudain, elle se rendit compte qu'elle ignorait complètement à quoi servait ce pacte de sécurité.

Pourquoi n'avait-elle jamais posé la question ?

Quelques secondes plus tard, la Maîtresse Initiatrice apparut à la porte.

— SWIFT ! siffla Biennée. En cours, et que ça saute !

Hawthorne marmonna quelques mots d'excuse, puis s'éloigna, lançant un dernier coup d'œil chargé d'appréhension par-dessus son épaule. La Maîtresse Initiatrice

La salle des Anciens

se tourna vers Morrigane, son visage semblable à un masque glacial, aussi indéchiffrable que jamais.

— Venez.

Morrigane la suivit, faisant deux pas pour chacun de ceux de Biennée. Jupiter, Baz, le Pr Onstald et les Anciens se tenaient au centre de la salle, tout petits à côté des neuf immenses statues de pierre, mais dominant tout de même Morrigane de toute leur taille.

Elle serra les poings pour empêcher ses mains de trembler. En observant les adultes, il était difficile de savoir si on allait lui annoncer une bonne ou une mauvaise nouvelle. Baz Charlton, les sourcils froncés, arborait une expression boudeuse ; toutefois Jupiter ne semblait pas particulièrement ravi non plus.

— Mademoiselle Crow, dit Quinn l'Ancienne en l'invitant à s'avancer.

Les rides entre ses deux yeux étaient si marquées qu'on aurait dit qu'elles y avaient été brodées.

— Saga l'Ancien, Wong l'Ancien et moi-même avons pris notre décision. Nous pensons que la pression de la vie au sein de la Société Wundrous vous a beaucoup affectée, et…

— Vous ne pouvez pas me virer ! l'interrompit Morrigane, cédant à la panique. C'était un accident. Je n'ai pas voulu faire de mal à qui que ce soit. *S'il vous plaît*, Quinn l'Ancienne, *il faut que vous me croyiez…*

— Je vous crois, dit Quinn l'Ancienne en élevant la voix par-dessus celle de Morrigane. Veuillez vous taire, mademoiselle Crow.

Morrigane se mordit l'intérieur de la joue pour résister à l'envie de se défendre.

— Je ne pense pas que vous ayez été animée de mauvaises intentions. Cependant, le Conseil des Anciens a une responsabilité envers tous ceux qui sont confiés à nos soins. Nous devons mettre en place des mesures pour assurer la sécurité de nos camarades, et de la Société dans son ensemble. Nous ne savons pas encore quelle sera la nature de ces mesures à long terme, mais dans l'immédiat, vous pouvez considérer que votre charge de travail est réexaminée.

— Ce qui veut dire quoi, au juste, Quinn l'Ancienne ? s'enquit Jupiter.

Elle poussa un profond soupir.

— Pour l'avenir, je ne sais pas exactement. Mais pour l'instant, Mlle Crow n'assistera plus aux cours avec les autres élèves et ne sera plus admise au Sowun.

Morrigane sentit son cœur devenir aussi lourd que du plomb. Des larmes lui piquèrent les yeux. Elle était bannie du Sowun ? Cette pensée lui était insupportable.

— Dorénavant, mademoiselle Crow, reprit Quinn l'Ancienne, vous continuerez de suivre vos cours individuels avec le Pr Onstald, qui viendra à l'hôtel Deucalion vous les donner. Votre accès direct à la Station 919 sera révoqué temporairement. Je dois vous prier de quitter le campus sur-le-champ.

La salle des Anciens

— Je suis désolé de n'avoir pas été là très souvent ces derniers temps.

Jupiter avait hélé une calèche pour les ramener à la maison. Ce qui était un coup de chance car il se mit à pleuvoir dès qu'ils y montèrent. (Ou alors, était-ce plus que de la chance ? Pouvait-il prédire la météo ? Morrigane voulut le lui demander, mais la boule dans sa gorge était de retour, l'empêchant de parler.)

— Mon travail auprès de la Ligue a été... Non, pas d'excuses. Je suis désolé. C'est tout.

Il paraissait sincère.... et triste.

— C'est pas grave, finit par dire Morrigane d'une voix croassante.

Ce n'était pas sa faute. Oui, elle avait été agacée de le savoir tout le temps ailleurs, mais il regrettait du fond du cœur, et il avait l'air si navré et las qu'elle ne pouvait pas lui en vouloir plus longtemps. De toute façon, toute sa colère avait été trop lourde à porter et elle était heureuse de s'en débarrasser.

Ils restèrent silencieux ; puis Morrigane, n'y tenant plus, déclara :

— J'ai craché du feu.

— Ah...

— Je ne savais pas que je le pouvais.

— Non, dit Jupiter, pensif. Moi non plus.

Le silence retomba. Ils écoutèrent le crépitement de la pluie et le « clip-clop » des sabots, puis...

— Mais *comment* j'ai pu cracher du feu ?

— Je crains de l'ignorer, Mog.

— Est-ce que... dit-elle en étouffant un petit rire. Est-ce que je suis train de me transformer en dragon ?

Jupiter rit à son tour.

— Voyons ça. Te sens-tu pousser des écailles ?

— Non.

— De grosses griffes ?

Elle vérifia ses ongles.

— Non.

— Éprouves-tu le besoin pressant d'amasser un trésor ?

Morrigane réfléchit un instant.

— Je ne crois pas.

— Alors, j'en doute.

— Est-ce qu'ils me laisseront revenir un jour ? demanda-t-elle en se tournant vers lui.

— Les Anciens changeront d'avis, dit-il. On trouvera un moyen de les faire changer d'avis. Promis. Et puis, écoute... Les vacances d'été sont sur le point de commencer. Tu vas avoir six semaines entières pour te reposer et te détendre. Le temps que la rentrée arrive, ils auront retourné leur veste.

— Tu crois ?

— Je connais très bien Quinn l'Ancienne, finit-il par dire après réflexion. Elle... elle n'est pas injuste. Parfois, il lui faut seulement du temps pour prendre une décision équitable.

À travers l'épais rideau de pluie, Morrigane observa par la vitre les rues animées. Lorsqu'ils furent presque parvenus au Deucalion, Jupiter se racla la gorge.

La salle des Anciens

— Je sais que tu n'es peut-être pas d'humeur à me faire des confidences, dit-il prudemment. Mais y a-t-il quelque chose dont tu voudrais me parler, Mog ?

Elle hésita.

— Est-ce que... est-ce que tu as déjà entendu parlé du Marché Fantôme ?

Jupiter ne répondit pas tout de suite.

— Oui, dit-il finalement. Pourquoi ?

Il l'écouta attentivement alors qu'elle lui relatait tous les événements survenus l'après-midi au cours « Décoder Nevermoor ». Il ne se fâcha pas lorsqu'elle avoua avoir désobéi aux instructions de Moutet concernant les passages espiègles. Il ne tenta même pas de lui arracher la promesse de ne pas recommencer. Et il n'exprima pas le moindre doute quant à la véracité de ce qu'elle disait avoir vu et entendu.

— La Cour des Affreux, tu dis ?

Il nota le nom sur un minuscule carnet qu'il avait tiré de sa poche.

— Je vais enquêter là-dessus.

« Je vais enquêter là-dessus. » Plus que n'importe quoi, c'est cette simple phrase qui calma les nerfs de Morrigane, qui lui ôta un peu de ce qui lui restait de tension après la pire journée qu'elle eût connue depuis son arrivée à Nevermoor. Car même si l'univers entier se méfiait d'elle, Jupiter, lui, serait toujours de son côté. Il la croyait. Il lui faisait confiance.

— Quoi d'autre ? demanda-t-il.

Bien sûr, il y avait une foule d'autres choses qu'elle voulait lui dire, et ce depuis des semaines. Par exemple,

Le Wundereur

sa frayeur lorsque les Cinq Charlton l'avaient plaquée contre un arbre et lui avaient lancé des étoiles acérées au visage, et les messages du maître chanteur avec toutes ses exigences absurdes, et comment son unité n'avait voté que de justesse de ne pas révéler son secret à la Société tout entière… et les millions d'autres choses qu'elle avait mises en réserve dans sa tête, brûlant de les lui confier la prochaine fois qu'elle le verrait.

Or maintenant qu'il était là, et qu'elle avait toute son attention, tout cela ne semblait plus tellement important. Elle était heureuse qu'il soit simplement revenu, et il y avait plein d'autres choses dont elle voulait parler.

— Ma conductrice est la personne la plus géniale de la Société, commença-t-elle.

— Vraiment ? dit-il en haussant les sourcils. La PLUS géniale ?

— Oui. Bien plus que toi.

Jupiter éclata de rire, de son gros rire joyeux qui lui avait tant manqué, et elle lui sourit. Elle ne lui épargna aucun détail sur la merveilleuse et radieuse Mlle Ravy : son esprit toujours positif, sa coupe à biscuits en forme d'ours polaire, son sourire – le plus beau des sourires – et ses habits hyper cool.

— Oh, et elle a décoré le train-maison elle-même, et c'est super douillet. On a des poufs !

Elle lui raconta qu'elle était la seule de son unité (et peut-être de toute la Société) a être immunisée contre les pouvoirs d'hypnotiseuse de Cadence Blackburn (elle dut rappeler à Jupiter qui était Cadence). Et puis qu'elle

La salle des Anciens

était la meilleure élève du cours « Décoder Nevermoor. »

Jupiter but chacune de ses paroles et eut les bonnes réactions aux bons moments. Et tout était si familier et confortable, si rassurant, si *normal*, que la question que Morrigane désirait réellement poser, la question qui lui brûlait la gorge, menaçant de jaillir de sa bouche tel le feu de la gueule d'un dragon depuis qu'elle avait vu Jupiter faire baisser les yeux de Baz Charlton dans la salle des Anciens, se réduisit en cendres avant même qu'elle trouve une façon de la formuler. Elle la rangea dans un coin de sa tête et la laissa là, ignorée et sans réponse.

Et si Morrigane continuait de faire comme si cette interrogation n'existait pas, alors peut-être que celle-ci perdrait son importance. Et pour toujours. La question : « À quoi sert le pacte de sécurité ? » pourrait à jamais reposer dans son esprit sous cette pile de cendres, à l'abri, tranquille, insignifiante.

15

VOUS N'AVEZ JAMAIS RIEN VU D'AUSSI BIZARRE

— Il faut qu'on aille à la porte Est.
— Catriona, ma chérie, c'est la porte la plus empruntée. On en a déjà parlé l'année dernière.
— Dave. Crois-moi. La porte Est, c'est la meilleure.
— Oui, je le sais. C'est pour ça qu'il doit déjà y avoir un million d'autres Nevermooriens à l'heure qu'il est. On aurait dû partir une heure plus tôt si tu voulais commencer par la porte Est. Je te l'ai dit.
— Tout ira bien, mon amour. On aura qu'à foncer dans le tas.
— Foncer dans le tas ? C'est pas une fosse de concert, Cat. On est des adultes civilisés.
— Mon trésor, tout ira bien. Tu parles à une championne, là. Pourquoi tu crois qu'on m'appelle la Reine du forcing ?

Le Wundereur

— Personne ne t'appelle comme ça, ma chérie.

Cat, la mère de Hawthorne, était une version féminine et adulte de son fils, pensa Morrigane. Ses cheveux étaient un peu plus longs, lui tombant au-dessous des épaules en grosse boucles couleur chocolat pareilles aux siennes, mais à part ça, ils se ressemblaient comme deux gouttes d'eau. Ils avaient les mêmes yeux bleus, les mêmes taches de rousseur et la même silhouette longiligne qui faisait penser à une girafe et à son girafon.

Les Swift l'avaient invitée à se rendre avec eux au Bazar de Nevermoor le premier vendredi soir des vacances d'été. Jupiter avait promis de l'emmener lui-même, mais, à la dernière minute, il avait été appelé quelque part. Et sachant de quelle humeur noire elle était depuis la fin du semestre, il l'avait encouragée à profiter de cette invitation et à s'y rendre avec son ami. Morrigane était soulagée ; l'année passée, il lui avait promis toutes les semaines de l'emmener, et chaque semaine, il avait eu un empêchement. Elle était déterminée à ne pas rater ça cette année.

— Plein de gens m'appellent comme ça, mon amour. Demande à Homer. Il te le dira. Homer, dis-lui.

Le grand frère de Hawthorne fit la grimace à ses parents. Homer ressemblait davantage à leur père. Mêmes cheveux clairs, mêmes lunettes épaisses, même large stature de lutteur viking. Tout ce qui lui manquait, c'était la barbe de Dave.

Âgé de quinze ans, Homer était en cinquième année au Conservatoire de la pensée. Hawthorne avait expliqué à Morrigane que les étudiants du Conservatoire faisaient vœu de silence pour toute la durée de leurs études, et n'avaient le droit de parler qu'une journée par an. Aussi, quand Homer passait la journée en famille, il transportait une ardoise et une craie autour du cou pour communiquer. Hawthorne disait qu'il l'utilisait surtout pour faire des blagues sarcastiques.

— Parle donc, mon chéri. Il est tout timide maintenant.

— C'est pas très gentil, mon ange, dit Dave qui se retenait de rire.

Homer ne se donna pas la peine d'écrire, il se contenta de lever les yeux au ciel.

Leur grande sœur Helena n'avait pas pu venir au Bazar. Elle était en cinquième année à la Faculté Gorgonhowl de météorologie radicale, très loin dans la Sixième Poche, sur une toute petite île située dans l'œil d'un cyclone permanent. Elle ne revenait que pour Noël et les vacances d'été, car il était difficile et très coûteux d'entrer et de sortir d'un cyclone. Cet été, cependant, la tempête était si terrible que tout déplacement avait été suspendu jusqu'à nouvel ordre – ce qui, selon Hawthorne, convenait tout à fait à Helena. Elle adorait les tempêtes qui se déchaînaient, avait-il dit. Elle voulait rester à l'école pour voir de ses propres yeux les dommages causés par celle-ci.

Le plus jeune membre de la famille Swift était Davina, âgée de deux ans. Elle aussi ressemblait à son papa. Bébé Dave, comme l'appelaient ses proches, était très dodue, très blonde et toujours joyeuse. Tous les Swift étaient d'accord pour dire que c'était un génie, qu'elle était peut-être plus intelligente qu'eux tous réunis. Morrigane n'en était pas si sûre. Tout ce qu'elle avait vu faire Bébé Dave, c'était régurgiter du lait, jeter de la nourriture par terre et pousser de petits cris quand elle voyait des chiens.

Morrigane et les cinq Swift avaient pris le Wunderground pour se rendre au Bazar. Dave les avaient forcés à se tenir tous par la main afin que personne ne se perde dans la foule. Cat, cependant, leur fit le plaisir de chanter très fort et complètement faux pendant toute la durée du trajet. Elle avait déclaré que, de cette manière, ils seraient moins gênés de se tenir la main. (*Je ne suis pas avec eux*, disait l'ardoise d'Homer.)

Quand ils arrivèrent enfin à la Station Temple, et qu'ils fendirent la foule pour atteindre la porte Est, le soleil était sur le point de se coucher. Des milliers de gens attendaient qu'on les laisse entrer dans la Vieille Ville. Il y avait de l'excitation dans l'air. Dave hissa Bébé Dave sur ses épaules pour qu'elle puisse mieux voir. Hawthorne attrapa Morrigane par le bras et le serra bien fort, sautillant d'excitation. Même Homer fixait la porte Est, perdu dans un silence admiratif.

— Tu vois ? dit Cat en souriant à son mari. Je te l'avais dit. C'est la meilleure.

L'espace, à l'intérieur de la porte Est, était obscurci par une sorte de brume argentée. On aurait dit une immense plaque de verre, sauf qu'elle s'agitait dans la brise. Au-dessus de l'énorme arche de pierre, on pouvait lire en lettres de feu :

Vous n'avez jamais rien vu d'aussi bizarre

BIENVENUE AU BAZAR DE NEVERMOOR

Et en dessous, une promesse ambitieuse s'écrivait et s'effaçait encore et encore avec la fumée qui s'échappait des lettres enflammées :

Vous n'avez jamais rien vu d'aussi bizarre

— De la magie ! dit Cat avec un grand sourire en envoyant une bourrade dans les côtes d'Homer.

Homer, agacé, écrivit sur son ardoise : *Ce n'est que de la prestidigitation de bas étage.*

Cat éclata de rire. Morrigane était d'accord avec elle : c'était de la magie. C'était obligé. C'était merveilleux.

Dave se pencha et fit signe à Hawthorne et à Morrigane d'entrer.

— C'est une illusion, dit-il. Fabriquée par des magiciens, vous voyez ?

Il pointa le doigt vers un petit groupe d'hommes et de femmes en costard perchés sur un coin de l'arche.

Le Wundereur

Très concentrés, ils dirigeaient le message de fumée à l'aide d'une machine et de gestes des mains alambiqués. La tâche paraissait fastidieuse et compliquée.

— Il est facile d'identifier les illusions des magiciens, même si on ne peut pas voir le magicien lui-même. Il suffit de repérer la brèche. Attendez... REGARDEZ ! Vous avez vu ?

— Oh ! dit Morrigane.

Elle le voyait, à présent. Il y avait un moment pendant lequel l'illusion... vacillait. Si elle observait attentivement, elle percevait un léger tiraillement chaque fois que le message arrivait à sa fin, juste avant qu'il ne redémarre. C'était un défaut presque imperceptible dans la boucle.

— Ça n'a rien d'une prestidigitation de bas étage, Homer, dit Dave en se redressant et en ébouriffant les cheveux de son fils aîné. C'est du grand art.

Morrigane était aussi d'accord là-dessus. Mais l'illusion avait beau être impressionnante, elle ne pouvait s'empêcher de considérer la phrase elle-même d'un air critique. Après tout, elle avait vu bien des choses bizarres, la plupart d'entre elles au Deucalion.

— Alors, vous trois ! s'exclama Dave à l'adresse de Hawthorne, de Morrigane et d'Homer. Vous avez vos sous ? Bien. Faites-y très attention. Il y a beaucoup de pickpockets au Bazar. Retrouvez-nous, maman, Bébé Dave et moi, ici à minuit pile. Pas une seconde de plus, compris ? Si vous n'êtes pas de retour à la porte Est à minuit, j'enverrai votre mère vous chercher et elle interprétera son fameux monologue mettant en scène une

Vous n'avez jamais rien vu d'aussi bizarre

femme qui perd ses enfants, devient folle et se prend désormais pour un écureuil. D'accord ?

Morrigane éclata de rire. Homer et Hawthorne écarquillèrent les yeux.

— Maman, ne chante pas, je t'en supplie, geignit Hawthorne.

— Je ne peux rien te promettre, chéri, dit Cat en le menaçant de l'index. Vous avez intérêt à être revenus à minuit, vous m'entendez ?

Les deux garçons acquiescèrent.

— Bon, dit-elle. Alors, amusez-vous bien…

— Mais soyez prudents, ajouta Dave.

— Mangez plein de trucs délicieux.

— Mais, s'il vous plaît, pas trop de sucre…

— Et voyons qui rapportera le souvenir le plus kitsch cette année ! termina Cat en levant ses deux pouces et en les gratifiant d'un sourire dément.

— Mais rien de pointu, de vivant, d'explosif, ou de plus large que la porte d'entrée. Et pas d'armes, compléta Dave en lançant un regard entendu à Hawthorne.

À cet instant, mille clochettes, sembla-t-il, tintèrent et la brume argentée, tel du verre qui obscurcissait les lieux, se dissipa dans le Gossamer, pour révéler une Vieille Ville complètement transformée.

Il y eut un agréable moment de silence ébahi, alors que la foule absorbait les curiosités et les bruits du Bazar, puis ils se mirent tous à se frayer un chemin vers l'avant, impatients d'être les premiers à l'intérieur. Morrigane et Hawthorne se sourirent, joyeusement ballottés dans le flot humain qui se déversait par la porte.

Dès qu'ils perdirent de vue Cat et Dave, Homer écrivit quelque chose sur son ardoise et le montra à Hawthorne.

23 h 45. Portes du Temple.

Hawthorne leva les pouces, et Homer effaça son message pour écrire :

Je sais que c'est difficile pour toi, mais tâche de ne rien faire d'idiot.

Hawthorne lui fit une grimace et les deux garçons se séparèrent. Homer tira l'oreille de son petit frère avant de disparaître dans la foule.

— Je croyais qu'on devait rester ensemble ? s'étonna Morrigane. Ton père a dit…

— Oh, peu importe ce qu'a dit papa, c'est un anxieux, répliqua Hawthorne avec désinvolture.

Il prit deux plans des mains d'une femme qui passait sur des échasses, en fourra un dans sa poche sans le regarder et tendit l'autre à Morrigane. En haut de la feuille, on pouvait lire : « Secteurs du Bazar de Nevermoor. »

— Crois-moi, mieux vaut éviter ce rasoir d'Homer. Il est allé retrouver ses vieux amis barbants pour qu'ils puissent être vieux et barbants tous ensemble. Je crois qu'on devrait aller dans le sens des aiguilles d'une montre, OK ? D'abord le quartier Sud, puis Ouest, Nord, et puis on retrouve Homer à la porte Est.

Alors qu'ils dépassaient le temple du Machin Divin et descendaient le Grand Boulevard, Morrigane consulta le plan. Le Bazar s'étendait sur les quatre quartiers de la Vieille Ville, et était divisé en des dizaines de petits secteurs, qui avaient chacun leur spécialité : une tannerie, un marché aux antiquaires, un marché de la sorcellerie, une parfumerie…

— Il y a un marché aux fromages dans le quartier Ouest qui occupe un pâté de maisons entier, commenta Morrigane, plissant les yeux pour déchiffrer les pattes de mouches. Non, attends ! Ça dit que c'est un spectacle de cracheurs de feu. Ah, non ! C'est des chiens savants. Ça n'arrête pas de changer !

— Ce sera les trois, dit Hawthorne qui marchait super vite en tirant Morrigane par sa manche.

Il la fit tourner à gauche, puis à droite pour contourner un groupe penché sur un plan.

— Oh ! Trois soirs différents ?

— Non, le même.

Morrigane s'arrêta net pour étudier de nouveau le plan.

— Dépêche-toi ! supplia Hawthorne. On n'a que quelques heures, et il faut qu'on se rende fissa au quartier Sud. Viens, je connais un raccourci.

Il la guida dans Callahan Street, une rue perpendiculaire au Grand Boulevard.

— C'est horriblement anarchique, non ? observa Morrigane, l'œil toujours rivé au plan.

Certains des secteurs indiquaient trois, quatre, parfois cinq événements différents, la plupart n'ayant aucun rapport entre eux. Elle montra le plan à Hawthorne.

— Regarde… on est sur le point d'arriver à la place Ambrosia, d'accord ? Le plan dit que s'y déroulent un cours de tango et un thé dansant. C'est absurde, la place Ambrosia est minuscule, comment…

Morrigane leva la tête pile au moment où ils abordaient la place et elle se trouva face à face avec un rideau de soie multicolore oscillant sous la brise.

— Voilà comment, répliqua Hawthorne.

Il l'entraîna derrière le rideau et ils débarquèrent en plein cours de tango. La place Ambrosia, habituellement tranquille et bordée de petites maisons, débordait d'animation : musique dramatique, jupes tournoyantes, les jupons tournoyaient au rythme des couples impétueux qui allaient et venaient, s'enlaçant et s'éloignant tour à tour. Morrigane s'écarta d'un bond lorsqu'une bouteille se brisa et éclaboussa de vin rouge la piste de fortune. Une bagarre se déclencha à l'instant où Hawthorne entraînait Morrigane vers la sortie.

Une fois le rideau franchi, ils découvrirent un salon de thé bourdonnant mais très distingué. Un pianiste jouait un air mélancolique sur un piano droit dans un coin, et des serveuses remplissaient les tasses des clients et empilaient de petits gâteaux sur des plateaux à trois étages.

— Mais… comment ? demanda Morrigane.

Hawthorne haussa les épaules.

— Qu'est-ce que ça peut faire ? Viens… on n'y va pas.

Au bout de la place, après avoir passé un rideau de plumes, ils pénétrèrent dans le marché aviaire, où des

Vous n'avez jamais rien vu d'aussi bizarre

centaines de cages abritaient toutes sortes d'oiseaux : des oiseaux exotiques, aux couleurs vives, d'autres tout petits, comme des bijoux, des oiseaux de proie, immenses et terrifiants, qui rappelèrent sa grand-mère à Morrigane. Certains oiseaux parlaient plusieurs langues, d'autres étaient dressés pour la chasse, et d'autres encore pour voler en formation.

Morrigane voulut jeter un coup d'œil, mais Hawthorne lui fit presser l'allure et lui fit franchir un rideau de vigne vierge, qui donnait sur un marché aux fleurs éclatant de couleurs, puis l'entraîna dans un marché aux lanternes, avec des milliers de lumières qui dessinaient des motifs psychédéliques tout autour d'eux, puis dans une vente de poissons à la criée, puis dans une réunion de prière, puis dans un débat animé sur les droits des wunimaux, puis dans un marché de fruits et de légumes, puis dans une fête foraine avec un manège, un train fantôme et plein d'autres attractions...

— Hawthorne, arrête ! Tu ne veux pas aller sur le train fantôme ? Ralentis, bon sang ! J'ai un point de côté !

Il fit la sourde oreille. Il savait exactement où il allait, et même s'il refusait de révéler leur destination à Morrigane (« C'est une surprise ! »), elle avait sa petite idée. Elle connaissait trop bien son ami.

Morrigane savait déjà que le Bazar grouillait de monde et que des tas d'étals proposaient des choses très spéciales. Tout l'été dernier, elle avait assisté le samedi matin aux rituels post-Bazar à l'hôtel Deucalion, où clients et membres du personnel comparaient en petit-déjeunant leurs histoires fascinantes et les objets qu'ils avaient dénichés.

Cependant, le voir de ses propres yeux était vraiment autre chose. C'était comme pénétrer sur la scène de centaines de pièces de théâtre différentes. Morrigane en avait le tournis ; elle avait à peine le temps d'apprécier une curiosité qu'ils en étaient déjà à la suivante.

C'était déroutant et envoûtant, et il était difficile de distinguer la réalité de l'illusion. Partout où ils allaient, Morrigane essayait de repérer la brèche, comme Dave leur avait dit de faire. Maintenant qu'elle savait ce qu'elle cherchait, elle reconnaissait sans mal ceux qui, en coulisses, s'échinaient à entretenir l'illusion : ils étaient généralement perchés sur un balcon ou un toit pour avoir une vue plongeante et se concentraient à mort.

— Là ! hurla Morrigane en attrapant le bras de Hawthorne.

Elle pointa de l'index une fenêtre du troisième étage au-dessus de la Cour Cooper (qui, selon le plan, accueillait à la fois une onglerie à ciel ouvert et une arène où avaient lieu des événements équestres pour licornes). Un homme et une femme marmonnaient non-stop à part eux sans quitter la cour des yeux.

— T'es obligée de faire ça ? grogna Hawthorne. On ne peut pas juste profiter de toute cette magie sans fourrer le nez dans les coulisses ?

— Mais c'est fascinant !

Lorsqu'ils traversèrent un voile de vapeur pour déboucher dans un restaurant en plein air, Morrigane fut certaine qu'ils étaient arrivés à destination. À coup sûr, c'était ce que Hawthorne cherchait.

Une femme, environnée de flammes et de vapeur, était en train de cuisiner dans trois gigantesques casseroles en même temps. Elle avait la main lourde sur les épices et Morrigane sentit ses yeux larmoyer ; cependant, l'odeur qui s'en dégageait était délicieuse. D'autres étals proposaient des ragoûts, des frites, des beignets frits, des crabes bouillis... et, nota Morrigane dégoûtée, des escargots sautés au beurre, des pieds de porc panés, des sauterelles croustillantes et des rats rôtis à la broche.

— Une brochette de rats ? dit-elle à Hawthorne en faisant la grimace. Ou des pieds de porc ? Qu'est-ce que ce sera ?

Mais une fois encore, il l'entraîna à toute allure vers un nouveau secteur, où ils se retrouvèrent face à un rideau de barbe à papa. Hawthorne se tourna vers elle avec un immense sourire, arrachant une grosse bouchée de barbe à papa qu'il laissa fondre sur sa langue avant de la tirer vers leur destination surprise.

— La Rue du Sucre ! annonça-t-il triomphalement en ouvrant grand les bras, comme s'il accueillait Morrigane dans sa patrie d'adoption.

La Rue du Sucre s'étendait sur trois pâtés de maisons et grouillait de chocolatiers, de confiseurs, de gens qui préparaient du pop-corn dans d'énormes chaudrons, d'étals débordants de gâteaux, de crêperies, de tables croulant sous les sucres d'orge et les bonbons.

Le Wundereur

Un marchand de glaces s'était même spécialisé dans les sundaes de soixante centimètres de haut.

Hawthorne était manifestement dans son élément. Elle devinait que c'était un endroit où il revenait chaque année, car il savait très précisément quels étals leur permettaient le meilleur usage de leur temps et de leur argent, et le régal de leur estomac.

— Les fruits confits sont un *must*, dit-il en indiquant un étal de fruits confits fourrés à la confiture de prunes violette et saupoudrés de sucre à la cannelle. Et le sorbet à la rose, aussi. Mais oublie les crêpes. Elles n'ont rien de spécial.

Il passa sans s'arrêter devant un chocolatier proposant toutes les sortes de truffes imaginables : à la noix de coco, aux pêches, à la menthe, au champagne, à la praline, à la sauterelle... (non mais qu'est-ce qu'ils avaient tous avec les sauterelles ?). Il fonça droit vers un étal où on vendait du caramel filé au mètre.

Morrigane, ne pouvant avaler une bouchée de plus, laissa Hawthorne à sa dégustation et franchit un rideau de brouillard gris donnant sur une ruelle occupée par des diseurs de bonne aventure qui offraient de lire votre avenir dans des boules de cristal, dans les lames du tarot, dans les lignes de la main, dans des feuilles de thé ou des entrailles d'oiseaux. L'un d'eux l'invita même à lui cracher dans la paume. Morrigane déclina poliment sa proposition et battit en retraite tandis qu'il insistait. Elle franchit involontairement un autre rideau et se retrouva...

Vous n'avez jamais rien vu d'aussi bizarre

… Nulle part. Morrigane ne voyait plus rien, n'entendait plus rien.

Ce n'est pas qu'il faisait noir : elle était devenue aveugle.

Elle hurla : « *Hawthorne !* » Mais elle avait perdu sa voix. Ou était-ce juste qu'elle ne l'avait pas entendue ? Peut-être l'avait-il entendue, lui ? Elle posa la main sur sa gorge et sentit des vibrations alors qu'elle criait de nouveau le nom de son ami, néanmoins aucun son ne parvint à ses oreilles. Elle était devenue aveugle et sourde.

Garde ton calme, se dit-elle. *Garde ton calme.*

Elle sentit quelqu'un la frôler, puis une forte odeur de parfum imprégna l'air. Quelqu'un d'autre la bouscula, deux grosses mains l'empoignèrent brutalement par les épaules. Elle respira l'odeur âcre d'une haleine enfumée alors que les mains lui palpaient la tête et le visage, comme pour tenter de deviner qui était là, puis on l'écarta.

Garde ton calme garde ton calme garde ton calme. C'était quoi, la deuxième étape ? Battre en retraite. Morrigane se força à reculer d'un pas, puis d'un autre, et encore un autre, mais une autre main, beaucoup plus petite, cette fois, une main d'enfant, attrapa la sienne.

C'est toi, Hawthorne ? cria-t-elle. Aucun son, évidemment, ne parvint à ses oreilles. Sa main saisit une épaule, l'autre personne était à peu près de la même taille qu'elle, peut-être un tout petit peu plus grande. Ce pouvait être lui.

Le Wundereur

La main la tira vers l'avant et tous deux se frayèrent un chemin à travers la foule invisible, ballottés de-ci, de-là, s'agrippant l'un à l'autre. Puis ils jaillirent enfin des ténèbres de l'autre côté.

Morrigane se sentit comme une plongeuse qui remonte à la surface pour prendre une bouffée d'oxygène. Le monde avait recouvré lumière, sons et couleurs. Elle cligna des yeux dans la clarté retrouvée et se tourna vers Hawthorne.

— Qu'est-ce que c'était que *ça* ?

Mais ce n'était pas Hawthorne qui venait de la tirer de là.

C'était Cadence Blackburn qui se tenait auprès d'elle, la respiration lourde.

— Cadence ! dit Morrigane, incapable de dissimuler sa surprise. Qu'est-ce que tu…

— Il existe, dit Cadence dont les yeux brillaient autant de peur que d'excitation. Le Marché Fantôme ! Morrigane, il existe vraiment… et il a lieu maintenant.

16

LE MARCHÉ FANTÔME

— J'AI VU UN HOMME S'ENGAGER dans la Cour des Affreux, dit Cadence en guidant Morrigane à travers le Bazar bondé à fond de train, dépassant de bruyants étals et franchissant de nombreux rideaux.

— Je lui ai hurlé de s'arrêter, mais il ne m'a pas entendue et il a disparu.

— Tu… quoi ? Aïe, Cadence, tu me fais mal au bras.

Cadence desserra un peu l'étreinte de ses doigts, mais elle ne la lâcha pas ni ne ralentit l'allure.

— Qu'est-ce que tu racontes ? T'étais en train de flâner du côté de la Cour des Affreux et par hasard t'as vu quelqu'un qui…

— Mais non, andouille, j'étais sur le trottoir d'en face en train d'observer le passage. Je repensais à toutes les disparitions, et à ce que tu nous as raconté à propos du Marché Fantôme et de ce que t'avais vu. Et cet après-midi, je me suis rendu compte que s'il existait bel et bien, si ce que t'avais vu était l'installation du Marché Fantôme, et si ce sont eux les responsables des disparitions, alors ça se passera sûrement ce soir, non ? Le premier jour du Bazar ! C'est le moment idéal.

— Je suppose, admit Morrigane. Mais, Cadence...

— Alors, j'ai attendu de voir qui se montrerait à la Cour des Affreux. Et devine quoi : ce n'est plus une catégorie rose, c'est devenu une catégorie *rouge*. Or ce type est entré sans l'ombre d'une hésitation. Ensuite, j'ai vu un autre homme se pointer cinq minutes plus tard, masqué, celui-là. Et puis il y a eu une femme, avec un foulard qui lui couvrait le visage... en plein été ! Alors, je suis partie à ta recherche. Hawthorne m'a dit que vous alliez tous les deux au Bazar. Je vous ai cherchés partout, et finalement je t'ai aperçue juste avant que tu te glisses dans la Cour du Néant. Viens, c'est par là.

— Mais faut au moins que je dise à Hawth...

— T'inquiète pas pour lui, insista Cadence. Allez, grouille, on doit faire vite.

Quelques minutes plus tard, elles arrivaient devant l'entrée de la Cour des Affreux, qui était plus étroite qu'une ruelle. La plaque sur le mur avait en effet été modifiée :

Le Marché Fantôme

> **COUR DES AFFREUX
> ATTENTION !**
>
> PAR ORDRE DE L'ESCADRON DES BIZARRERIES GÉOGRAPHIQUES
> ET DU CONSEIL DE NEVERMOOR,
> CETTE RUE EST DÉCLARÉE
> PASSAGE ESPIÈGLE DE CATÉGORIE ROUGE
> (NIVEAU DE DANGER ÉLEVÉ
> AVEC RISQUES DE DOMMAGES CORPORELS)
>
> **SI VOUS ENTREZ,
> CE SERA À VOS RISQUES ET PÉRILS**

Morrigane la lut deux fois.

— … « risques de dommages corporels ». Est-ce que ça veut dire que l'espièglerie a changé ?

— Sûrement, s'ils ont changé la classification. Mais je me disais : tu as réussi à surmonter la vague de nausée, n'est-ce pas ? Et ces gens que j'ai vus, il est clair qu'ils sont aussi arrivés de l'autre côté. À mon avis, quoi que soit la Cour des Affreux maintenant, il doit être possible de passer.

— Mais une catégorie rouge…

Le regard de Morrigane oscilla entre la pancarte et Cadence, et son cœur se mit à battre plus fort tandis que sa résolution s'affermissait. Elle voulait explorer le Marché Fantôme pour retrouver Cassiel, Paximus Chance et les autres. C'était l'occasion rêvée ! Elle pourrait à la fois aider Jupiter dans sa recherche des disparus, tout en prouvant que ce n'était pas elle la responsable et qu'Héloïse avait tort. Si elle réussissait, les Anciens l'autoriseraient peut-être à revenir au Sowun ?

— Tu as raison, dit-elle. Allons-y !

Cadence lui sourit, et toutes deux s'engagèrent d'un pas décidé, dans la Cour des Affreux. Au début, il ne se passa rien, et Morrigane espéra un moment qu'il n'y ait plus du tout d'espièglerie, que la pancarte racontait n'importe quoi… Puis, d'un coup, ses poumons se vidèrent de leur oxygène.

— Continue, dit Cadence d'une voix angoissée en la tirant en avant.

Alors que Morrigane manquait désespérément d'air, son instinct de survie prit le dessus et la poussa à faire demi-tour avec la dernière véhémence, afin de retrouver la lumière, l'air et la sécurité.

— Fais-moi confiance, dit Cadence en lui pressant la main. D'accord ?

Et Morrigane se rendit compte qu'en effet elle faisait confiance à Cadence. *Depuis quand ?* se demanda-t-elle.

Elle résista donc à son instinct, mettant obstinément un pied devant l'autre. Ses poumons étaient vides, sa tête était au bord de l'explosion, sa poitrine la brûlait et…

Elles forcèrent une barrière invisible et prirent enfin une immense bouffée d'oxygène. Morrigane crut qu'elle allait s'évanouir à cause de ses poumons en feu et de sa tête qui tournait, mais elles avaient réussi. Sans un mot,

Cadence montra du doigt quelque chose au-dessus d'elles.

Comme une parodie de la banderole de bienvenue spectaculaire du Bazar de Nevermoor à la porte Est, une arche miteuse de bois blanc annonçait, en lettres noires peintes de frais :

LE MARCHÉ FANTÔME

— Alors, c'est bel et bien réel ! s'exclama Morrigane.
— Je le savais, dit Cadence d'un ton féroce.

Elles observèrent la place qui à présent grouillait d'acheteurs et de vendeurs, dont aucun ne semblait très amical. Cet endroit n'avait rien du charme du Bazar de Nevermoor. Le Bazar scintillait de magie, il était accueillant ; le Marché Fantôme donnait l'impression qu'on avait craché dessus, puis qu'on l'avait piétiné et enduit de saleté.

— Je suis impatiente d'annoncer à Moutet à quel point il se trompait, marmonna Cadence en lançant un coup de coude à Morrigane. Hé ! Écarquille pas tes mirettes comme ça, tu vas nous faire remarquer. Prends l'air cool.

Mais alors qu'elles déambulaient parmi les étals, Morrigane ne parvint pas à prendre l'air cool. Les marchandises présentées n'avaient rien à voir avec celles du Bazar. À sa gauche, une table couverte d'organes d'unnimaux, encore frais et sanguinolents. À sa droite, un assortiment de bocaux où étaient conservés dans du vinaigre des têtes et des membres d'unnimaux, et même, remarqua-t-elle avec répugnance...

— Est-ce que c'est une *tête humaine* ? glapit-elle en désignant un visage réduit, étrangement paisible, qui flottait dans un liquide jaunâtre.

Cadence l'éloigna et marmonna du coin de la bouche :

— Sois. Cool.

Elles passèrent devant une tente noire avec un écriteau à l'extérieur qui disait simplement : « VENTE ET ACHAT DE SECRETS ». Et un peu plus loin, une femme offrait de vous faire entrer en douce dans la République de la Mer d'Hiver pour « UN PRIX D'AMI ».

— Des deennnnnnts ! hurla un homme derrière son étal.

Elles sursautèrent.

— Des dents et des crocs, achetez vos dents et vos crocs chez moi. Dents unnimales, wunimales ou humaines, achetez-les tant que j'en ai encore. Molaires, canines, dents de sagesse, défenses. Pour vos sortilèges, pour les monter en bijoux, je me moque de ce que vous en faites du moment que vous me payez. DDDEEEENNNNNNNTS, achetez vos dents ici !

Plus elles s'enfonçaient dans le Marché Fantôme, plus il devenait sombre et affreux. Morrigane eut envie de fermer les yeux et de détaler à toutes jambes. Elle souhaitait plus que tout retrouver les vives lumières et la musique joyeuse du Bazar.

Il était facile de se fondre dans la cohue qui se bousculait au Marché Fantôme, les clients n'étaient guère désireux de croiser le regard de qui que ce soit, il n'empêche que Morrigane commençait à se sentir... visible. Deux fillettes seules, avec leurs broches dorées accrochées au col. Elles n'étaient pas du tout à leur place.

Elle se dépêcha d'ôter l'insigne qui révélait son statut de Wun et le fourra dans sa poche.

— Enlève le tien, chuchota-t-elle à Cadence.

Un chapiteau, en plein centre du marché, paraissait attirer une foule plus dense qu'ailleurs. Une longue file s'étirait devant un homme au gabarit imposant et à la mine revêche, debout à l'entrée de la tente et tenant en laisse quatre molosses redoutables. Il faisait entrer les gens deux par deux, en les comptant en même temps. Soudain, il leva la main pour arrêter les personnes suivantes.

— OK, les amis, on est complet. Il n'y a plus de place dans la salle des enchères. Vous aurez peut-être plus de chance la prochaine fois.

— Vous plaisantez, fiston ? grogna un barbu. Allez, soyez sympa. Ça fait des mois que j'attends ça !

— Dans ce cas, vous auriez dû arriver plus tôt, dit la baraque. On est très stricts sur le nombre de participants. Premiers arrivés, premiers servis. Vous savez comment ça marche, je vous ai vu aux enchères de printemps.

Le client se pencha pour chuchoter d'un air complice :

— Écoutez, je... je suis là pour ce gros truc. Vous savez à quoi je fais allusion. Et je compte enchérir. Mon argent vaut celui de n'importe qui.

Morrigane et Cadence échangèrent un regard. « Gros truc ». Était-ce l'une des personnes disparues ?

— Je vous crois, mais vous devriez vous améliorer côté ponctualité, dit l'homme. Il va vous falloir attendre l'automne. Bonne journée.

L'homme tira sur sa barbe avec une expression désespérée.

— Allez, mon pote, la bête sera plus là depuis belle lurette...

— J'ai dit *bonne journée*, s'énerva le type. Et maintenant, dégagez ou je lâche mes copains.

Il pencha la tête vers les quatre molosses enchaînés, qui se mirent à gronder. Le barbu décampa. Alors qu'il passait devant Cadence, elle leva la main.

— Vous n'allez pas vous laisser faire sans réagir ? lui lança-t-elle.

Le barbu renifla de mépris et la bouscula pour passer.

— Arrêtez ! s'écria-t-elle.

Et il s'arrêta. Elle le regarda droit dans les yeux et dit d'une voix qui vibrait comme un essaim d'abeilles :

— Retournez-y et montrez-lui ce qui arrive à ceux qui vous manquent de respect.

Morrigane vit l'expression de l'homme changer. Comme galvanisé, il fonça vers l'entrée de la tente et se mit à hurler en enfonçant l'index dans la poitrine de la baraque. Les molosses se mirent à grogner, à aboyer, à tirer sur leur laisse. La queue qui était en train de se disperser se referma, alléchée par la promesse d'une bagarre.

— Viens, murmura Cadence.

Mettant l'altercation à profit, elles se glissèrent par l'étroite ouverture et émergèrent dans ce qui ressemblait une salle de bal sombre et somptueuse, qu'éclairait un candélabre.

Morrigane laissa retomber la toile derrière elle, et le tapage du dehors se tut aussitôt, cédant la place à des bavardages raffinés et des tintements de verres de vin. C'était plus que déroutant. Elle remarqua une table inoccupée sur laquelle étaient disposés un assortiment de masques, de capuchons, de voiles, avec un écriteau : « POUR VOTRE DISCRÉTION ET VOTRE CONFORT ». Morrigane saisit deux masques d'unnimaux, enfila la tête de gorille sur sa tête et lança le renard à Cadence, qui fit la grimace.

— Personne ne me remarquera, protesta-t-elle.

— Regarde autour de toi, dit Morrigane, la voix étouffée par le masque. Tu vois quelqu'un à visage découvert, toi ? Tu veux être celle qui sort du lot ? Mets-le.

Soudain, la description que Cadence avait faite de ceux qu'elle avait vus entrer dans la Cour des Affreux prit tout son sens ; tout le monde ici essayait de se déguiser d'une manière ou d'une autre. Personne ne voulait être reconnu dans un endroit pareil.

Puis Morrigane l'aperçut. Au fond de la salle, dans une cage posée sur un podium tendu de velours rouge, comme une sorte de trophée...

— Le Magnifichaton de Dr Roncière ! souffla-t-elle.

La collerette blanche du chaton était toute sale et ébouriffée, et ses grands yeux bleus étincelaient comme du cristal. Il crachait et feulait, labourant de ses griffes les barres de métal. Il se battait comme le fauve qu'il était, bien qu'il fût terrifié et désespérément désireux de s'enfuir. Morrigane grinça des dents. Elle aurait voulu courir le libérer, mais ç'aurait été la pire stupidité.

L'atmosphère de ce côté-là de la salle était moins policée. La foule huait et rugissait de rire en jetant toutes sortes de choses au pauvre chaton : de la nourriture, des cailloux, des bouteilles vides. Et ça marchait. Sa rage décuplée, au lieu de rester tapi au fond de la cage, il se débattait plus violemment encore, ses yeux bleus brillants de terreur. Écœurée, Morrigane observa la scène. Elle se sentait impuissante. À côté d'elle, Cadence avait une respiration saccadée.

— Pour commencer, un article de premier choix, mesdames et messieurs ! hurla un homme qui se tenait à côté du Magnifichaton derrière un pupitre en bois.

Il portait un costume en tweed brun, et un masque dissimulait la moitié de son visage. Il tenait une canne avec laquelle il frappait les barreaux de la cage. Bam.

— Je vous présente le splendide, et rarissime, Magnifichaton. La petite bête n'en impose guère aujourd'hui, mais tout le monde sait qu'un Magnifichat atteint une taille impressionnante à l'âge adulte et qu'il est extrêmement utile. Ces créatures, quoique furieusement indépendantes de nature Wundrous, peuvent cependant devenir des bêtes dociles et travailleuses, surtout si on leur coupe la langue dans la prime enfance ! Cela fait fureur dans la République. N'ayez pas peur, mesdames et messieurs, de leur réputation d'animaux indomptables. Contrairement à la croyance populaire, on peut les dresser si on s'y prend bien.

Morrigane sentit de la bile lui monter dans la gorge. Elle déglutit, essayant de se contrôler. Ils allaient lui couper la langue ? À ce pauvre petit chaton ! Morrigane eut une soudaine et révoltante révélation : était-ce ce qu'avait fait le Président de la Mer d'Hiver aux six Magnifichats qui tiraient sa calèche ? Était-ce pour ça qu'ils ne parlaient jamais ?

Elle repensa à Fenestra, si drôle et si méchante, cette énorme Magnifichatte grise qui menait Jupiter à la baguette, taquinait Morrigane, n'en faisait qu'à sa tête et ne mâchait pas ses mots. Puis elle imagina une Fen silencieuse et docile, enchaînée avec d'autres Magnifichats, mise dans une cage et forcée de tirer un attelage pour le restant de ses jours. Morrigane était au bord de la nausée. C'était tellement horrible.

— Alors, qui parmi vous aura le courage d'apprivoiser ce beau Magnifichaton ? De le dompter ? Ou si vous ne voulez pas vous embêter avec tout ça, vous pouvez toujours le dépecer et le porter en manteau.

Morrigane laissa échapper un petit cri, et Cadence lui lança un coup de coude dans les côtes.

— Chhhhhut !

L'homme s'éclaircit la voix.

— Sans plus attendre, mesdames et messieurs, nous ouvrons les enchères à un prix très raisonnable de cinq mille kred. Est-ce que j'entends cinq mille kred ? Cinq mille pour le gentleman tatoué là-bas... Cinq mille cinq cents ?

Morrigane sentit un poids lui tomba sur l'estomac. Ils allaient vendre ce malheureux chaton terrifié au plus offrant.

— Cinq mille cinq cents pour cette dame à la cape verte... Six mille ? Merci, monsieur, six mille pour ce gentleman tatoué. Six mille cinq cents ? Six mille cinq cents pour le gentleman au masque de chien. Sept ?

Les enchères se poursuivirent dans une ambiance si survoltée et avec tellement d'enchérisseurs que Morrigane ne suivait plus ce que l'homme disait. Le Magnifichaton commençait à être fatigué, il oscillait et tremblait, épuisé par le déluge de cris et le bruit assourdissant de la canne de l'homme contre les barreaux de la cage.

Le cœur de Morrigane battait à tout rompre. Elle était au bord des larmes. Un court instant, elle croisa le regard du Magnifichaton. Peut-être son imagination lui jouait-elle des tours, mais elle sentit qu'il implorait son aide.

Cadence et elle se tournèrent l'une vers l'autre et, comme si elles étaient branchées sur la même station de radio, elles dirent à l'unisson :

— Il faut faire quelque chose !

— T'as une idée ? demanda Cadence d'une voix chevrotante.

En guise de réponse, Morrigane leva une main tremblante.

— Douze mille pour le nain au masque de gorille, dit l'homme en la pointant du doigt. Mesdames et messieurs, qui dit mieux ? Douze mille cinq cents pour le gentleman tatoué. Treize mille ? Treize mille pour la dame à l'écharpe rouge. Qui dit mieux ? Treize mille cinq cents pour notre ami tatoué, très bien, monsieur. Quatorze mille, mesdames et messieurs ?

— Quinze mille ! brailla Morrigane de la voix la plus grave, la plus méchante et la plus adulte possible.

Cadence toussota, et cette fois, ce fut au tour de Morrigane de lui envoyer un coup de coude.

— Quinze mille au gorille ! Qui dit...

— Seize mille, répliqua la voix authentiquement plus grave, et plus méchante de l'homme tatoué.

— Dix-huit mille, enchérit Morrigane.

De petits cris surpris fusèrent dans la foule, et Cadence en profita pour murmurer à Morrigane :

— Et où est-ce que tu comptes trouver tout cet argent ?

— Nulle part, chuchota Morrigane sous son masque. Chut.

— Vingt mille, dit le tatoué.

Il paraissait en colère.

— Vingt-cinq mille ! hurla Morrigane.

L'assistance retint son souffle.

— Vingt-cinq mille kred, répéta l'homme qui n'en revenait pas. Vingt-cinq mille kred une fois... vingt-cinq mille kred deux fois...

Il marqua un temps d'arrêt et leva un sourcil dans la direction du tatoué.

— Aucune contre-proposition, mon ami ? Très bien alors, vingt-cinq mille kred pour le petit gorille. Adjugé, vendu !

Le Wundereur

La mine perplexe, il abattit son marteau pour conclure la transaction.

— Veuillez voir mon commis pour le paiement et pour emporter votre achat. Maintenant, passons au lot suivant, mesdames et messieurs…

Morrigane n'écoutait plus. Le sang rugissait dans ses oreilles, et la question évidente lui martelait le cœur comme un tambour : Et maintenant ? Et maintenant ? *Et maintenant ?*

Mais Cadence avait repéré le commis, qui se tenait à côté du Magnifichaton et faisait signe à Morrigane d'approcher.

— T'inquiète. Je gère.

───◆───

Le commis restait de marbre.

— Qu'est-ce que c'est censé être ?

— Votre argent, dit Cadence.

Elle avait retiré son masque de renard et le tendait au jeune homme, qui parut d'abord insulté, puis déconcerté.

— Vingt-cinq mille kred. J'ai compté. Deux fois.

— Mais c'est pas… Est-ce que c'est une bla…

Le commis secouait la tête comme un chien qui s'ébroue après un bain.

— À quoi vous jouez ?

Le Marché Fantôme

Morrigane jeta un coup d'œil vers l'autre bout de la tente où les enchères continuaient. Elle voulait désespérément sortir d'ici, s'enfuir sans un regard en arrière. Toutefois, elle ne partirait pas sans le Magnifichaton, qui, épuisé, était affalé sur le sol de sa cage.

Elle n'entendait que des bribes de ce que disait le commissaire-priseur, mais la foule semblait très excitée par ce qu'il dissimulait derrière l'immense rideau de velours rouge.

— Imaginez les usages que… résonnait la voix de l'homme par intermittence… les négociants des mers, les pirates… un tel talent. Sans parler de la chasse sous… ou des assassins…

— Je ne joue pas du tout. C'est vous qui vous embrouillez, dit Cadence d'une voix aussi douce qu'un archet sur un violoncelle. Je vous *paie* pour ce chaton, avec les vingt-cinq mille kred que vous tenez dans votre main. Je viens de vous les remettre.

Elle montra d'un signe de tête le masque que le commis tenait dans sa main droite, puis la clef de la cage du Magnifichaton qu'il serrait dans la gauche.

— Et maintenant, donnez-moi le Magnifichaton.

— Et maintenant, je vous donne…

— Voilà…

— Mais…

— Voilà, répéta la voix soporifique de Cadence.

Le jeune homme cligna lentement des yeux et se tourna pour déverrouiller la cage.

— D'accord.

Le Wundereur

Quelques minutes plus tard, elles avaient atteint l'ouverture de la tente, laissant le commis envoûté enfermer à double tour le masque de renard de Cadence dans un lourd coffre en métal, persuadé qu'il s'agissait de vingt-cinq mille kred en liquide. Morrigane avait du mal à maîtriser le chaton terrifié. Elle gardait le bout de la chaîne dans une main, au cas où, tout en essayant de porter la pauvre créature, ce qui revenait à peu près à essayer de porter un saint-bernard adulte. Elle avait dû retirer le masque de gorille car il semblait terrifier le chaton.

Elles se faufilèrent autour de la foule bourdonnante qui était toujours amassée autour du dernier article. Un coup de feu claqua, annonçant le début des enchères.

— Dix-huit mille cinq cents pour le gentleman bronzé à la jambe de bois. Qui dit mieux ? Dix neuf mille ? C'est donné pour un talent si rare, mes amis…

— Chhhhh. Tout va bien, chuchota Morrigane au Magnifichaton. Quel joli chaton ! Fen te cherche partout. Tais-toi. Tu ne veux pas venir avec nous pour faire la connaissance de Fen la ronchonne ? Bien sûr que si. C'est un Magnifichat, tout comme toi.

Cadence, haussée sur la pointe des pieds, s'efforçait d'apercevoir ce qui intéressait tant l'assistance.

— C'est quelque chose dans un aquarium, murmura-t-elle à Morrigane qui poussa un grognement. C'est un très très gros aquarium.

— Filons d'ici, siffla Morrigane. Tu peux m'aider, s'il te plaît ?

Mais Cadence s'était arrêtée et fixait l'aquarium, les yeux comme des soucoupes.

— Morrigane... regarde !

— Il faut qu'on y aille. Je ne peux pas le retenir plus longtemps...

— Morrigane, répéta Cadence d'un ton pressant en montrant l'aquarium. *Regarde.*

Avec réticence, et beaucoup de difficulté, Morrigane rejoignit Cadence. Croyant peut-être qu'elle le ramenait à ceux qui l'avaient torturé, le chaton cracha et feula, puis lui planta ses griffes dans le bras. Choquée par ce qu'elle voyait dans l'aquarium, elle ne sentit même pas la douleur.

Derrière la vitre, sous l'eau, enchaîné à un rocher... il y avait un adolescent.

Abattu, désespéré, les lèvres bleues de froid, mais vivant.

Bien sûr qu'il l'était. Il pouvait respirer sous l'eau.

— Alfie ! s'écria Morrigane.

Le nom avait jailli de sa bouche malgré elle. Sa voix couvrit le brouhaha ambiant et un silence assourdissant tomba sur la salle alors que tous les yeux se tournaient vers Morrigane, Cadence et le Magnifichaton – qui se débattait comme un beau diable pour s'échapper.

Le Wundereur

— Qui sont ces enfants ? beugla le commissaire-priseur. Qui a laissé entrer des enfants ici ? Attrapez-les !

Une demi-douzaine de gros bras à la mine patibulaire surgirent comme de nulle part. Cadence saisit Morrigane par le poignet, mais celle-ci était clouée au sol.

C'était sur le point de se produire de nouveau. Elle le sentait.

Sa peur, sa répulsion et sa rage enflèrent en elle avec la puissance d'une symphonie. Cette fois, c'était différent : au lieu de se consumer, ce pouvoir s'accumulait, cherchant quelque chose de solide, avalant tout sur son passage, en quête d'un outil. D'un instrument.

Et Morrigane, émerveillée, le sentit se concentrer sur ce qui était le plus près d'elle : le Magnifichaton qui luttait toujours pour se libérer de son emprise…

… avec succès enfin.

Il sauta de ses bras. Quand il atterrit sur le sol, le chaton miaulant s'était transformé en une immense bête terrifiante, nourrie des pouvoirs de Wundereur de Morrigane. Il rugit comme une horde de lions déchaînés, montrant les dents au commissaire-priseur, qui tomba dans les pommes sur-le-champ.

Dans la tente, ce n'étaient plus que hurlements et chaos ; le fauve lançait des coups de patte à la foule, attaquant çà et là, prenant plaisir à exercer sa juste vengeance. Mettant la confusion à profit, Morrigane et Cadence se précipitèrent vers l'aquarium d'Alfie… pour se retrouver nez à nez avec l'homme tatoué.

— Comment tu as fait ça ? demanda-t-il à Morrigane. Qu'est-ce que tu es ?

Morrigane l'évita et continua sa route vers l'aquarium d'Alfie, espérant qu'elle et Cadence pourraient l'emmener avec elles. Le tatoué fondit sur Morrigane. Cadence lui balança alors un violent coup de pied dans le tibia et il hurla de douleur.

— Hé ! glapit-il en se tenant la jambe.

Trois de ses amis, tous des montagnes de muscles, se dirigèrent vers elles.

— Cours ! hurla Cadence en attrapant Morrigane par le poignet.

Elles foncèrent vers l'entrée de la tente, zigzaguant parmi la foule paniquée des enchérisseurs qui se ruaient en masse vers le Marché Fantôme.

Avec un pincement d'espoir mêlé de regret, Morrigane vit le Magnifichat reprendre peu à peu sa taille normale tandis qu'il se fondait dans la cohue, laissant dans son sillage des étals écroulés, des tables renversées et des commerçants qui se criaient les uns sur les autres dans la confusion, ne comprenant pas que le vrai coupable s'échappait sur quatre pattes véloces.

Cours, petit chaton, pensa-t-elle de toutes ses forces, espérant contre toute attente qu'il trouverait un refuge, consciente que Cadence et elle ne pouvaient plus rien pour lui : elles devaient se sauver elles-mêmes.

— La voilà ! cria une voix derrière elle. Attrapez-la !

Elles esquivèrent leurs poursuivants, renversant d'autres tables au passage. Cadence envoya valser un tonneau rempli de serpents colorés, et les cris horrifiés qui s'élevèrent dans leur dos les incitèrent à forcer encore l'allure.

Elles coururent tout le trajet jusqu'au passage de la Cour des Affreux, traversèrent l'espièglerie suffocante, puis foncèrent parmi les secteurs interminables du Bazar de Nevermoor, pour arriver enfin, couvertes de sueur et à bout de souffle, aux portes du temple du Machin Divin, pile avant minuit.

Hawthorne, le visage cendreux, faisait les cent pas entre deux torches à flammes roses fixées au mur. Mort d'inquiétude, il était incapable de prononcer un mot. Par compensation, Homer griffonna sur son ardoise une série de messages ponctués de beaucoup de points d'exclamation et de majuscules, les effaçant à la hâte pour en écrire de nouveaux, alors que Morrigane et Cadence restaient plantées là, absorbant ce vent de fureur tout en s'efforçant de reprendre leur souffle.

La plus grande angoisse des deux frères provenait surtout du fait que Hawthorne avait perdu Morrigane dans le Bazar et l'avait cherchée partout. Morrigane, qui s'en fichait un peu, se remémora quelque chose en voyant l'ardoise.

Elle plongea la main dans une poche cachée de sa veste et en sortit un morceau de papier noir argenté, doux et brillant.

Sans offrir d'explication, elle s'empara de la craie d'Homer et, en appuyant le papier contre un mur, écrivit :

Le Marché Fantôme

*Trouvé Alfie Swann et le Magnifichaton.
Cour des Affreux. Marché Fantôme.
Dis-le à Jupiter.
Amène les Furtifs.*

Puis elle murmura à trois reprises le nom de Jack : « John Arjuna Korrapati, John Arjuna Korrapati, John Arjuna Korrapati », enflamma le morceau de papier à la flamme rose d'une des torches et regarda les cendres s'envoler.

17

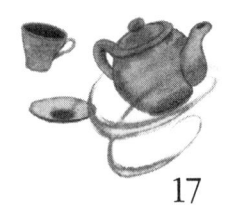

L'HÔTEL DEUCALION, DE SURPRISE EN SURPRISE

— Mog, je t'en prie, n'emprunte plus jamais aucun passage espiègle.

Jupiter avait les traits tirés et plissés d'inquiétude. Grâce aux infos fournies par Cadence et Morrigane, il s'était précipité la nuit précédente dans la Cour des Affreux, emmenant avec lui les Furtifs, les Puants, l'Escadron des Bizarreries Géographiques, et même Fenestra (qui, selon Morrigane, valait dix Furtifs et au moins quinze Puants).

Mais ils étaient arrivés trop tard. La fuite spectaculaire du chaton avait sonné l'alarme et, le temps qu'ils débarquent, le marché était démonté, les coupables avaient décampé, et il ne restait plus qu'un cimetière d'étals anonymes dégoûtants, une enseigne peinte à la main qui disait « Le Marché Fantôme », un aquarium vide... et un malheureux adolescent, assis sur le sol pavé et tremblant de froid dans ses vêtements trempés.

Au moins, ils avaient retrouvé Alfie.

Cependant, il n'y avait rien de joyeux dans l'expression de Jupiter ce matin-là, pas même la satisfaction du devoir accompli. Plein de gravité, il était déterminé à arracher à Morrigane la promesse qu'elle ne s'aventurerait plus jamais dans un passage espiègle.

— Je suis sérieux, dit-il avec un éclair dans ses yeux bleus. Ils sont bien trop dangereux. Le risque n'en vaut pas la chandelle.

Morrigane fit la grimace. Comment Jupiter pouvait-il dire ça ? Si Cadence et elle n'étaient pas allées dans la Cour des Affreux, elles n'auraient jamais découvert le Marché Fantôme. Elles n'auraient jamais libéré le Magnifichaton. Jupiter et les Furtifs n'auraient jamais su où trouver Alfie Swann. Alors qu'elle ouvrait la bouche pour protester, Jupiter leva la main.

— Alfie a perdu son talent, chuchota-t-il d'un ton solennel, comme s'il annonçait qu'il était atteint d'une maladie mortelle.

— Perdu ? répéta Morrigane.

Jupiter hocha la tête.

— Perdu comment ?

— Mystère, dit-il avec un soupir en frottant ses yeux fatigués. Nous ne savons pas si on le lui a pris... ou alors... parfois, un traumatisme peut...

L'hôtel Deucalion, de surprise en surprise

Il ne termina pas sa phrase. Morrigane perçut sa perplexité. Il n'avait aucune idée de ce qui s'était passé. Les Furtifs eux-mêmes n'en savaient rien.

— Et Cassiel ? Et Paximus Chance ? demanda-t-elle doucement. Et le chaton… est-ce qu'on l'a retrouvé ?

— Aucun signe de Cassiel. On sait que Paximus était là, parce qu'on a découvert une liste des articles mis aux enchères, mais maintenant, il a disparu. Il se peut que… En tout cas, on ne baisse pas les bras. Les compagnons de Fen sont à la recherche du chaton. À présent qu'ils le savent en liberté, ils ont plus de chances de localiser la pauvre bête.

Morrigane fronça les sourcils.

— Qui sont les *compagnons* de Fen ?

— Des amis à elle. Pour la plupart, des Magnifichats ; ils restent entre eux, discrets, mais il y en a quelques-uns dans les parages. Ils veillent les uns sur les autres.

— Mais… la Société Wundrous ne les aide pas ? Et les Furtifs ? Est-ce que nous ne devrions pas enquêter…

— Il n'y a pas de « nous », Mog, dit Jupiter en élevant un peu la voix. Tu ne fais pas partie de cette enquête. Compris ?

— C'est injuste, gémit Morrigane. J'ai trouvé le marché… enfin, Cadence et moi l'avons trouvé. C'est nous qui avons libéré le chaton. C'est nous qui…

— C'est vous qui avez dévoilé vos talents devant une foule d'individus qui donneraient cher pour vous les dérober, gronda Jupiter.

Morrigane se ratatina.

Le Wundereur

— Je ne les ai pas montrés délibérément, marmonna-t-elle en repensant à l'étrange transformation du Magnifichaton. Je te l'ai déjà dit. Je ne sais pas ce qui s'est passé... c'est juste...

— ... arrivé, finit Jupiter pour elle en soupirant. Je sais. J'ai bien peur de ne pas pouvoir expliquer ça, moi non plus.

Elle voyait que quelque chose d'autre le préoccupait. Il la regarda droit dans les yeux, et elle lut de la peur dans les siens.

— Morrigane, crois-moi, tout le monde fait l'impossible pour retrouver les disparus. Et, s'il te plaît... plus de passages espiègles !

Le reste des vacances d'été s'écoula comme un rêve bizarre et un peu étouffant. Jupiter, souvent absent, mettait les bouchées doubles à chacun de ses retours. Morrigane le soupçonnait aussi de vouloir la tenir occupée pour qu'elle n'ait aucune raison, ni tentation, ni opportunité de partir à la chasse aux indices sur le Marché Fantôme.

Rapidement, il fut évident que le personnel avait reçu l'ordre de contribuer à rendre son été au Deucalion le plus distrayant possible : concerts de rock et pique-niques de minuit sur le toit, tournoi de croquet sur la pelouse du sud, feux d'artifice presque tous les soirs.

L'hôtel Deucalion, de surprise en surprise

Et même si, à la moindre occasion, Morrigane harcelait Jupiter pour qu'il lui donne des détails à propos de l'enquête sur le Marché Fantôme, il était difficile de ne pas se laisser distraire par cette succession d'événements festifs.

Frank, pratiquement tous les week-ends, organisait une soirée piscine, avec un bar où chacun se concoctait le sundae de son choix et des batailles de ballons d'eau. Jupiter avait fait installer un toboggan aquatique, ainsi que des ours polaires gonflables assez réalistes qui jetaient les gens en l'air avant de les rattraper dans leurs doux bras de caoutchouc pour les plonger sous l'eau. Morrigane, Hawthorne et Jack s'amusaient comme des fous.

Un week-end, Morrigane eut la brillante idée d'inviter l'unité 919 au complet. Excitée et un peu anxieuse à la perspective de leur montrer qu'elle n'était pas dangereuse, que les Anciens s'étaient trompés, elle alla même jusqu'à envoyer à chacun une invitation manuscrite sur du parchemin luxueux.

Elle avait réfléchi longuement avant d'écrire qu'elle était désolée pour ce qui s'était passé à la gare, que c'était un accident car jamais elle ne blesserait quiconque délibérément et qu'elle les invitait à venir nager et manger de la glace. Elle avait cacheté les invitations à la cire avec un kit que Jupiter lui avait prêté, et Hawthorne était allé les remettre à chacun en son nom. Mais le jour venu, seuls Cadence et lui s'étaient présentés.

Morrigane avait tenté de faire bonne figure et de profiter de la journée en proposant à Cadence une visite

Le Wundereur

guidée de l'hôtel, ce qui se révéla être une façon intéressante de tester leur récente et fragile amitié. Contrairement à Hawthorne (qui, à la grande satisfaction de Morrigane, se montrait enthousiaste concernant tout ce qui touchait le Deucalion, même les choses les plus bizarroïdes), la réaction de Cadence fut mitigée.

Elle exprima une perplexité polie devant la salle de pluie (« Alors… il pleut ? À l'intérieur ? Tout le temps ? Mais… pourquoi ? »), et elle détesta le théâtre, avec son vestiaire encombré de costumes qui avaient chacun leurs accents et leurs maniérismes particuliers (Morrigane l'avait prévenue de ne pas enfiler celui du Chat botté ; Cadence se grattait derrière les oreilles et miaulait encore une heure après l'avoir retiré). En revanche, Cadence avait adoré se faire dorer sur l'île de sable au milieu du lagon où trônaient quelques palmiers oscillant dans la brise chaude, bercée par une douce musique d'ukulélé. Elle promit de vite revenir au Deucalion.

Hawthorne devait s'entraîner pendant les vacances avec la Ligue junior des cavaliers des dragons, mais il rendait visite à son amie presque tous les après-midi, épuisé et noir de suie. Morrigane, Cadence et lui jouaient souvent aux cartes dans le Fumoir, respirant les parfums d'été qui s'exhalaient des murs. La pièce testait une nouvelle gamme de senteurs, et les résultats n'étaient pas entièrement convaincants. La fumée à la noix de coco, la brise océanique et les fraises à la crème avaient remporté un franc succès. Un peu moins la fumée antimoustique, la sueur des heures de pointe

L'hôtel Deucalion, de surprise en surprise

dans le Wunderground et la salade de pommes de terre aux pique-niques.

Puisqu'elle n'avait pas le droit de participer à l'enquête de Jupiter, Morrigane tenta de se concentrer sur la question de savoir qui faisait chanter l'unité 919. Mais étant donné qu'elle était assignée à résidence au Deucalion et que la plupart des membres de son unité ne lui adressaient plus la parole, elle devait bien admettre qu'elle manquait de ressources.

Le point positif, pensait-elle, c'était que le maître chanteur devait aussi être en vacances. L'unité 919 aurait donc un répit jusqu'à la rentrée.

Elle se trompait.

— Regarde-moi ça, dit Cadence un matin en tendant un mot à Morrigane alors qu'elles s'installaient dans des chaises longues.

Elle enfila ses lunettes de soleil et s'allongea pendant que Morrigane lisait.

Cadence Lenore Blackburn,

Ton mécène fait une apparition publique importante demain matin.
Il te faudra trouver une manière créative de l'humilier.
Si tu échoues, nous révélerons le secret de l'unité 919.

Souviens-toi :
Pas un mot à quiconque.
Ou nous le dirons à tout le monde.

Morrigane pâlit. Elle n'aimait pas Baz Charlton. Toutefois, si quelqu'un lui avait demandé de choisir entre protéger son unité et humilier son mécène publiquement, en toute honnêteté, elle ne savait pas ce qu'elle aurait fait.

Au moins, ça éliminait un des suspects : Baz ne réclamerait tout de même pas sa propre humiliation ! Mais cela n'avançait guère Morrigane : elle n'avait toujours aucune idée de l'identité du maître chanteur.

Elle lança un coup d'œil à Cadence qui, les mains derrière la tête, prenait un bain de soleil.

— Je n'étais pas sûre qu'on t'en enverrait un, commenta-t-elle.

— Moi non plus, répondit Cadence en fronçant les sourcils. Je ne pensais pas qu'on remarquerait mon existence.

— Alors, heu... dit Morrigane d'un ton qui se voulait nonchalant. C'est quoi, cet événement public demain ?

— C'était ce matin. J'ai reçu le mot hier. Il s'adressait au Parlement dans le cadre d'une loi visant à renforcer les réglementations aux frontières. Un discours super important.

— Oh ! fit Morrigane, attendant la suite.

Comme Cadence n'ajoutait rien, elle la pressa :

— Et alors... qu'est-ce qui s'est passé ?

— C'était un vrai casse-tête, tu sais. Je suis restée debout toute la nuit, à réfléchir.

— Bien sûr, dit Morrigane en retenant son souffle.

L'hôtel Deucalion, de surprise en surprise

— Je n'arrivais pas à fixer mon choix : le faire baver pendant qu'il discourait, le faire parler d'une voix de bébé ou lui faire baisser son pantalon à la fin de son speech en hurlant : « BAZZY VEUT CACA. »
Cadence se fendit d'un grand sourire.
— Alors j'ai opté pour les trois à la fois.
Les feux d'artifice, les toboggans aquatiques et les concerts de rock, c'était pas mal, pensa Morrigane. Mais ça, c'était vraiment le clou de son été.

———•———

Vers la fin des vacances, Jupiter annonça son retour d'une longue expédition en tirant Morrigane et Jack du lit à l'aube pour les emmener sur le toit. Il y avait fait installer une immense montgolfière.

Flotter au-dessus des toits de Nevermoor avait quelque chose de magique, d'onirique. Ils regardèrent le soleil illuminer la ville de rose et d'or dans un silence que venait parfois briser le sifflement d'air chaud du brûleur. Morrigane souhaita ne plus jamais redescendre sur terre. Elle aurait voulu que cet été continue éternellement.

Cependant, elle n'était pas née de la dernière pluie. Elle savait que tout cela faisait partie d'un plan élaboré pour la distraire et la garder à l'abri entre les murs du Deucalion, pour la tenir éloignée de l'enquête sur le Marché Fantôme et pour amortir le choc de son bannissement du Sowun.

Et Morrigane appréciait réellement ses efforts. Néanmoins, le fait était qu'à la rentrée Hawthorne et les autres membres de l'unité 919 retourneraient en cours au Sowun, et pas elle. Les Anciens n'avaient toujours pas décidé s'il était prudent pour elle de revenir sur le campus. Ils préféraient que les choses restent en l'état dans l'immédiat. Jupiter avait eu beau les supplier, cajoler, menacer, gronder et implorer, ils étaient restés inébranlables.

— Gregoria Quinn est la personne la plus implacable que j'aie jamais connue, s'énerva-t-il un jour après un nouvel échec dans la salle des Anciens.

(Par la suite, Morrigane consulta la définition du mot « implacable » et tomba entièrement d'accord avec lui.)

— Bon sang, sans toi, les Furtifs n'auraient peut-être jamais sauvé… retrouvé Alfie pour le ramener chez lui.

Un silence embarrassé s'ensuivit. Parce que, après tout, les Furtifs n'avaient pas vraiment *sauvé* Alfie, n'est-ce pas ? Du moins, pas aux yeux des Anciens, ni à ceux de Baz Charlton… ou de la plupart des membres de la Société. Selon Jupiter, ils se comportaient tous comme si Alfie était mort, alors qu'en fait il était simplement devenu un peu plus… normal.

— Au moins il est vivant, disait Morrigane chaque fois que le talent disparu d'Alfie revenait sur le tapis.

Jupiter était toujours d'accord avec elle, mais elle savait qu'au fond de lui il réfléchissait à ce qu'il ressentirait s'il n'était plus un Témoin.

L'hôtel Deucalion, de surprise en surprise

Elle se demanda comment elle-même réagirait si on lui disait qu'elle n'était plus un Wundereur. Étant donné que ce talent ne lui avait causé que des malheurs, peut-être voudrait-elle fêter l'événement. Malgré tout, elle imaginait sans peine ce qu'éprouverait Jupiter si on lui retirait le sien sans son consentement ; cette chose qui le rendait unique et important... Ce serait comme une sorte de mort.

— Tu crois que... tu crois qu'il pourrait le récupérer ? demanda-t-elle. Si jamais on retrouve la personne qui le lui a enlevé ?

— Si quelqu'un le lui a bel et bien enlevé, répondit Jupiter. Je ne suis pas certain que ce soit possible. Alfie ne peut pas nous en dire beaucoup plus. Il est toujours sous le choc et ne se souvient quasiment de rien. Espérons que c'est juste le traumatisme et qu'il recouvrera son talent petit à petit.

— Et sinon ? L'autorisera-t-on à rester membre de la Société ?

Jupiter demeura un instant silencieux, et elle se demanda s'il s'apprêtait à lui répondre par un mensonge réconfortant. Mais il se contenta de hausser les épaules.

— Franchement, je l'ignore, Mog, dit-il. La décision appartient aux Anciens.

Inévitablement, l'été s'acheva, et le Pr Onstald arriva au Deucalion pour poursuivre ses ennuyeuses leçons sur les méfaits diaboliques des Wundereurs.

Les membres du personnel savaient très bien ce que Morrigane pensait de ces cours. (Il faut dire qu'elle s'en était beaucoup plainte.) Malgré cela, ils s'efforçaient de faire bon accueil à son professeur.

Ou du moins, c'est ce que pensait Morrigane.

Au début.

— J'ai bien peur que cela soit le seul endroit où nous puissions vous installer aujourd'hui, dit Kedgeree le premier matin en faisant entrer Onstald et Morrigane dans la seconde salle de bal du Deucalion, au quatrième étage. L'hôtel est complet. C'est la pleine saison, en ce moment.

À la vitesse où marchait Onstald, il leur avait fallu près d'une demi-heure rien que pour remonter le couloir après avoir quitté l'ascenseur, mais cela n'avait pas l'air de déranger Kedgeree. Il continua à bavarder joyeusement, ignorant les soupirs et les grognements impatients d'Onstald. Une fois parvenus à destination, entre deux respirations bruyantes, Onstald la tortuewun promena autour de lui un regard atterré.

— Êtes-vous… en train de me dire… que… je dois… enseigner… dans… cet…

— Dans cet espace très élégant que nous sommes en train de décorer pour notre bal d'automne annuel, oui, dit Kedgeree en haussant les épaules, comme pour s'excuser. Mais ne vous inquiétez pas. Frank a promis de ne pas venir perturber votre leçon. N'est-ce pas, Frank ?

cria-t-il au vampire nain, qui, de l'autre côté de la pièce, faisait la balance de son pour son groupe préféré, les Iguanarama.

— Vous ne vous rendrez même pas compte que je suis là, tonna Frank dans le micro.

Il y eut un effet Larsen et Onstald sursauta.

— Oups. Désolé, dit Frank.

Le plus dur pour Morrigane était de se concentrer sur les méfaits affreux des Wundereurs alors que Frank multipliait les diversions tout en répétant :

— Faites comme si je n'étais pas là. Je n'existe pas !

Elle garda son sérieux pendant trois répétitions consécutives du hit des Iguanarama, « Balance, Balance ta queue écailleuse ». Elle réussit même à lire un chapitre entier sur le Wundereur tyrannique Tyr Magnusson, tout en ignorant les bulles de champagne géantes qui envahissaient peu à peu la salle.

Mais la goutte qui fit déborder le vase, et qui eut raison de l'impassibilité de Morrigane et de la patience d'Onstald, ce fut lorsque Frank introduisit un troupeau d'oies en smoking et nœud papillon.

— Mais qu'est-ce… que… ÇA… veut… DIRE ? demanda la tortuewun alors que Morrigane partait dans un fou rire.

Frank se tourna vers eux, l'image même de l'innocence :

— Je suis navré, professeur, mais il faut bien que quelqu'un briefe les extras !

Le lendemain, Kedgeree les installa dans un atelier de l'aile est qui puait la peinture à l'huile et la

Le Wundereur

térébenthine. Il ouvrit les fenêtres en grand et prit soin de préciser qu'au moins il n'y avait pas de risque de voir entrer des oies en habit de soirée.

Cependant, ils étaient à côté du salon de musique et Dame Chanda se mit à faire ses vocalises. Chaque fois que s'élevait sa voix angélique, une foule d'écureuils, de merlebleus, de blaireaux, de renards et de petits mulots se faufilaient par les fenêtres ouvertes pour écouter. Onstald pria Morrigane de fermer les fenêtres, mais l'odeur de peinture devint insupportable et les créatures grattaient maintenant aux vitres en geignant afin qu'on les laisse entrer.

Martha leur préparait chaque jour leur déjeuner, et après que le Pr Onstald se fut plaint plusieurs fois, Morrigane s'aperçut que la femme de chambre sabotait intentionnellement ses repas. Elle lui apportait de la soupe un peu trop froide, du pain à moitié rassis, du thé pas assez infusé. Elle glissait toujours à Morrigane un morceau de chocolat dans du papier alimentaire, ou un gâteau glacé au miel, alors qu'elle n'offrait jamais la moindre sucrerie à Onstald. C'était une mesquinerie infime, mais selon les critères de la gentille Martha au cœur tendre, cela équivalait à une déclaration de guerre totale. Morrigane lui en voua une véritable adoration.

Chaque jour, cette semaine-là, on les installa dans une nouvelle pièce qui comportait son lot de nuisances diverses, et il ne fallut pas longtemps à Morrigane pour comprendre à quoi jouait le personnel. Cela lui remonta le moral bien plus que les soirées piscine et les excursions en montgolfière n'avaient pu le faire. Chaque

L'hôtel Deucalion, de surprise en surprise

matin, elle sautait du lit, impatiente de découvrir quel stratagème avait imaginé le personnel pour faire tourner Onstald en bourrique.

Mais la *pièce de résistance*[1] de la résistance qui se menait à l'hôtel du Deucalion vint, bien entendu, de Fenestra. Un vendredi matin, alors que Morrigane et Onstald s'étaient installés dans leur nouvelle salle de classe improvisée (un terrain de badminton abandonné au sixième étage) et commençaient la leçon, Fen entra dans la pièce. Sans un mot, elle vint s'asseoir derrière Morrigane et, par-dessus la tête de celle-ci, foudroya du regard le Pr Onstald, tout en ronronnant si fort que le sol se mit à vibrer.

Morrigane savait bien que si quelqu'un d'autre avait interrompu leur leçon, le professeur l'aurait priée de partir immédiatement. Mais Fenestra n'était pas le genre de chat à qui on donne des ordres.

Ce soir-là, un messager arriva avec une enveloppe couleur ivoire adressée à Morrigane.

Mademoiselle Crow,

Je vous écris pour vous informer que mes collègues les Anciens et moi-même avons réexaminé votre bannissement du campus du Sowun. Après avoir minutieusement étudié votre cas — et sur la recommandation insistante du Pr Onstald, qui nous a assuré que votre comportement cette semaine n'avait

---

1. En français dans le texte. *(N.d.T.)*

Le Wundereur

été en rien menaçant –, nous sommes heureux de vous autoriser à revenir sur le campus. Vous pourrez reprendre vos cours de « Décoder Nevermoor » avec M. Moutet lundi.

Il va sans dire que nous continuerons à surveiller de près votre conduite.

Ne nous décevez pas.

Cordialement,
Gregoria Quinn l'Ancienne.

18

DES ÉNIGMES ET DES OSSEMENTS

Automne Second

L E PETIT W SUR LA PORTE de la station de Morrigane s'illumina. Elle resta plantée là une bonne minute, respirant au rythme de la lumière clignotante, avant de recouvrer son calme et d'appuyer son empreinte sur le cercle.

La porte s'ouvrit sur des visages dont l'expression ne la surprit pas. Cadence et Hawthorne, au moins, avaient l'air contents de la voir. Les autres paraissaient au mieux gênés et méfiants, au pire carrément hostiles.

Considérant la semaine qu'ils venaient de passer, Morrigane ne pouvait pas leur en vouloir.

Cadence et Hawthorne l'avaient mise au courant le week-end. Pendant ses cinq jours d'absence, ils avaient reçu quatre nouvelles exigences en rafales.

D'abord, Mahir avait dû peindre des insultes en trente-sept langues différentes partout dans la salle des langues. Puis Hawthorne avait dû mettre le feu à un coin de l'écurie des dragons. Bien que, d'après la manière dont il racontait son histoire, il semblât y avoir pris plaisir.

— Et personne n'a le moindre soupçon ! s'était-il exclamé. Parce que comme Brûle de Mille Fours à Bois dort dans ce secteur, j'ai rejeté la faute sur lui. Il pète beaucoup, ce dragon !

Anah était traumatisée par ses propres exploits criminels. Elle avait dû voler des fournitures à l'hôpital étudiant (juste quelques paires de gants et un bassin hygiénique, selon Cadence, mais Anah avait passé le reste de la semaine à gémir à l'idée de ce que diraient les bonnes sœurs qui l'avaient élevée).

La pire des exigences avait été adressée à Arch, qui avait dû voler une mèche de cheveux de Maîtresse Biennée. Morrigane imaginait que ça devait être aussi périlleux que de voler une écaille à un dragon.

— J'ai cru qu'il allait mourir de peur, mais il a réussi, avait précisé Cadence avec un immense sourire. Sauf qu'il se sentait tellement mal après qu'il l'a laissée avec un petit mot d'excuse anonyme dans une enveloppe sur les marches de la Maison des Initiés. L'andouille !

— Et depuis, Biennée est sur le chemin de la guerre, avait marmonné Hawthorne.

Morrigane s'avança vers les visages de pierre que lui présentaient les membres de son unité.

Des énigmes et des ossements

— Salut, dit-elle en leur faisant un petit coucou nerveux. Heu... comment ça va ?

— Oh, super bien ! ironisa Thaddea en la fusillant du regard. On a juste tous pris des risques énormes pour protéger ton secret. Et toi ? Tu as passé une bonne semaine dans ton hôtel de luxe ?

— La ferme, Thaddea ! lui lança Hawthorne.

Mais sa mise en garde fut couverte par le « tchou-tchou-tchou » du train-maison qui approchait. Morrigane soupira en voyant Thaddea et les autres lui tourner le dos et se diriger vers le wagon.

C'était peut-être l'incident du vol de sa mèche de cheveux qui avait incité Biennée à décréter une semaine d'examens surprises.

C'était plus facile pour Morrigane que pour les autres. Au moins, il y avait un avantage à n'avoir que deux cours sur son emploi du temps. L'examen d'Onstald était aussi prévisible que fastidieux. C'était un livret de plusieurs pages plein de super longues questions du genre : « Nommez les trois pires Wundereurs de l'histoire, en classant cinq de leurs actes les plus horribles par ordre de méchanceté et/ou de stupidité », ou encore : « Pourquoi la Grande Guerre de l'Ère des Empoisonneurs fut-elle totalement la faute des Wundereurs ? Dressez une liste de vingt-sept raisons. » Il fallut trois jours à Morrigane pour en venir à bout.

L'examen de « Décoder Nevermoor » plus tard dans la semaine fut plus difficile, mais aussi beaucoup plus intéressant.

Le Wundereur

———•———

— Alors, les neuf cent dix-neuviens, écoutez-moi !

La voix de Moutet résonna dans le terminus bruyant de la Maison des Initiés. Il porta l'index à ses lèvres, et les élèves se turent.

— Je sais qu'on est debout TRÈS TARD pour un jeudi soir, et qu'on commence sans doute à fatiguer et à bêtifier à cette heure matinale, mais on va essayer de rester cool, d'accord ? Revoyons les règles une dernière...

Cadence grogna.

— Mais on les a déjà passées en revue.

— Faites-moi plaisir, mes amis, dit Moutet. Tous ensemble. Règle numéro un... ?

— « Pas de Pébroc Express, pas de Wunderground, pas de calèche, pas de bus », récita l'unité d'une seule voix.

Il leva deux doigts.

— Règle numéro deux ?

— « Ne pas demander son chemin ni parler à des inconnus. »

— Trois ?

— « Pas de cartes ni de guides. »

— Quatre ?

— « Revenir avant l'aube, sain et sauf et en un seul morceau. »

Il leva la main, les cinq doigts écartés.

Des énigmes et des ossements

— Et la cinquième et dernière règle ?
— « L'échec de l'un est l'échec de tous. »
— Parfait, dit-il en hochant la tête. Pour réussir cet examen, chacun d'entre vous doit revenir avant le lever du soleil, c'est-à-dire dans trois heures.

Il les regarda les uns après les autres.

— Soit l'ensemble de l'équipe. Pour réussir, il va falloir que vous coopériez. Et n'oubliez pas : si l'une des trois équipes échoue, c'est toute l'unité qui échoue. Compris ?

Il obtint de vagues marmonnements en guise de réponse.

Il leur adressa un grand sourire, choisissant apparemment de passer outre à leur réaction peu enthousiaste.

— Fantastique ! Et maintenant, chaque groupe va embarquer dans une capsule-wagon, qui vous emmènera à votre point de départ, une station du Wunderground quelque part dans cette ville sauvage et merveilleuse qui est la nôtre. Vous voyez qu'elles n'ont pas de fenêtres, alors vous n'aurez aucune idée d'où vous allez. Lorsque vous arriverez, vous trouverez un premier indice, qui vous conduira au suivant, et ainsi de suite… il y a trois indices par équipe, et il vous faudra tous les rapporter dans les limites de temps qui vous sont imparties. Souvenez-vous, nous testons votre capacité à naviguer dans Nevermoor *et* à travailler ensemble. On ne laisse aucun élève à la traîne. Compris ? Bien. Embarquement immédiat !

Cadence, Arch et Lambeth entrèrent dans la première capsule-wagon en cuivre. Thaddea, Anah et Hawthorne prirent la suivante. Moutet leur fit un grand signe de la main et leur cria : « Bonne chance ! » alors que les portes se refermaient.

Morrigane avait espéré que Moutet la laisserait faire équipe avec les deux seules personnes de son unité qui ne la détestaient pas. Manque de bol, ce fut avec Francis et Mahir qu'elle effectua dans un silence glacial le trajet de près de trois quarts d'heure.

À un moment donné, elle comprit avec angoisse, comme les autres devaient l'avoir fait, qu'ils partaient très loin, peut-être aux confins de Nevermoor, et que les trois heures accordées par Moutet pour revenir s'étaient réduites à un peu plus de deux heures.

Quand le train s'arrêta enfin, ce fut à une station de Wunderground aérien : un petit quai en béton et quelques rails. Les trois élèves sortirent dans l'air frais de la nuit. Il faisait noir. La station était fermée officiellement ; seuls les trains privés de la Société et les capsules-wagons roulaient à ces heures-là (un autre avantage d'appartenir à la Société). Le ciel au-dessus d'eux était sans nuages, et les étoiles brillaient d'un éclat qu'on leur voyait rarement au centre de Nevermoor, à cause de la pollution lumineuse. Morrigane prit une grande inspiration ; l'air était plus pur, plus doux. Elle lut le nom de la station : Polaris Hill. Cela confirma ses soupçons ; ils étaient à Betelgeuse, un des quartiers les plus excentrés. Elle fronça les sourcils.

Des énigmes et des ossements

Comment étaient-ils censés retourner à la Vieille Ville avant l'aube ?

— Voici le premier indice ! s'écria Mahir en montrant du doigt l'horloge de la station.

Une petite enveloppe marquée « 919 » y était coincée. Francis arriva le premier, l'ouvrit et lut le texte à voix haute.

— *Un jardin de nuit. Les délices de l'assassin. L'arme pour des lâches. La mort par les fleurs.*

— Qu'est-ce que ça veut dire ? demanda Mahir.

Les rouages du cerveau de Morrigane se remirent lentement en marche. *Un jardin de nuit... La mort par les fleurs.*

— Quel genre de fleur peut tuer des gens ?

— Une... fleur vénéneuse ? hésita Francis.

— Une de ces plantes géantes pièges à mouches avec des dents ! s'exclama Mahir, tout excité. Celles des forêts tropicales du Sud mangeuses d'hommes.

— Mais où... commença Morrigane. Oh ! Non. Francis a raison. *Une arme pour les lâches.* On parle bien de poison ! On est censés se rendre quelque part où poussent des fleurs vénéneuses. *Un jardin de nuit.* Mais quel jardin ?

Morrigane énuméra les espaces verts de Nevermoor en comptant sur ses doigts.

— Il y a le Jardin Ceinture de la Vieille Ville. Le parc Saint-Gertrude. Heu... Les champs Taurains, quoique ce ne soit pas vraiment un jardin...

— Le Jardin meurtrier d'Eldritch, dit Francis en claquant des doigts. Il contient à peu près toutes les plantes vénéneuses imaginables. J'y ai déjà acheté des calices de la mort. Ils ont un petit magasin.

Morrigane fronça le nez.

— C'est quoi, des « calices de la mort » ?

— Des champignons vénéneux. Ils sont délicieux... à très très petites doses.

— T'as acheté des champignons vénéneux, dit Mahir en clignant des paupières, dans un endroit qui s'appelle un *Jardin meurtrier* ?

Francis haussa les épaules et répéta :

— Ils ont un petit magasin.

Morrigane prit mentalement note de deux choses : un, ne plus jamais manger quoi que ce soit de ce que Francis lui proposerait ; et deux, demander à Jupiter pourquoi il ne lui avait jamais dit qu'il existait un jardin vénéneux à Nevermoor. Il savait pourtant qu'elle raffolait de ce genre de choses !

— *Un jardin de nuit... Les délices de l'assassin...* Ce doit être ça. On est à Betelgeuse, alors Eldritch se trouve à l'est et...

Morrigane se tut un instant, visualisant la Carte vivante dans sa tête.

— Francis, c'est quoi la station du Wunderground la plus proche du Jardin meurtrier ?

— Moualancienne.

— Si je nous y emmène, tu peux nous guider jusqu'au jardin ?

Il réfléchit puis hocha la tête :

— Je crois, oui.

— Mahir, il nous reste combien de temps avant l'aube ?

Mahir consulta sa montre.

— Une heure et demie. On n'y arrivera jamais.

— Dis pas ça, soupira Francis en triturant son manteau avec angoisse. Tante Hester va me tuer si je loupe l'examen.

Morrigane se refusait à l'avouer, mais en réalité, Mahir avait raison. Elle ne voyait pas comment ils pourraient revenir au Sowun avant l'aube, alors qu'ils n'avaient pas le droit d'utiliser les transports publics et qu'il leur fallait récupérer deux indices supplémentaires dans des endroits encore inconnus.

N'empêche. Morrigane n'allait pas échouer à l'un de ses deux examens. Ou Biennée dirait qu'elle avait eu raison, que la diabolique Morrigane Crow était une *expérience ratée*, qui ne méritait pas de recevoir une éducation digne de ce nom.

— On VA y arriver, dit-elle en remontant ses manches. J'espère que vous portez tous les deux des chaussures confortables.

Ils coururent jusqu'aux portes du Jardin meurtrier d'Eldritch. Cela leur prit vingt de leurs précieuses minutes, et les seuls êtres vivants qu'ils croisèrent furent deux renards bruyants, quelques dormeurs recroquevillés dans des entrées de boutiques et un balayeur qui eut la peur de sa vie quand ils le dépassèrent à toute allure.

Les portes noires du jardin étaient fermées à cette heure-ci, mais coincée entre les dents d'un crâne argenté surmonté de deux os formant une croix, il y avait une enveloppe sur laquelle on lisait : « 919 ». Mahir s'en saisit et lut le message à voix haute.

— *Ni bronze ni or, mais grandes maisons. Richesses en abondance ; moralité douteuse.*

— Une autre énigme, dit Morrigane. *Ni bronze ni or.* Bah, ça doit être de l'argent, non ?

— *Grandes maisons.* Ça manque de précision, ajouta Francis. Il y en a plein, des grandes maisons.

— Oh ! hurla Mahir. Les Glorieuses Grandes Maisons !

— Les Glorieuses Grandes Maisons ? répéta Morrigane, perplexe.

— Les vieilles familles du quartier d'Argent, compléta Mahir. C'est comme ça qu'on les appelle : la Glorieuse Grande Maison des Saint-James, la Glorieuse Grande Maison des Fairchild… tous des aristos décadents et pleins aux as. *Richesses en abondance ; moralité douteuse.* C'est logique, non ? Mais je n'ai aucune idée de la façon de s'y rendre.

— Moi non plus, dit Francis. Pas sans le Wunderground.

Morrigane ferma les yeux, visualisant à nouveau la Carte vivante. Elle avait déjà vu le quartier d'Argent quelque part. Mentalement, elle visualisa de l'eau… des canaux. De petits bateaux voguant à travers des tourbillons de brume…

— Le quartier d'Argent se trouve dans Ogden-sur-Juro ! s'écria-t-elle triomphalement. C'est ce quartier qui est en train de s'effondrer dans la Juro. Je l'ai vu sur la Carte vivante.

— Mais c'est à des années-lumière ! geignit Francis en se laissant tomber contre les portes du Jardin meurtrier qui firent un bruit métallique. Ça va nous prendre au moins une heure. Je ne peux pas courir pendant une heure !

— Je t'avais prévenu, dit Mahir en s'adossant à son tour contre la porte et en se laissant glisser jusqu'au sol. On ne sera jamais de retour au Sowun à l'aube. On ferait mieux de déclarer forfait.

— Secouez-vous, bon sang ! aboya Morrigane.

Elle se souvint soudain d'un autre détail qu'elle avait vu sur la Carte vivante.

— Comment vous avez fait tous les deux pour réussir les épreuves l'année dernière avec une attitude pareille ? Levez-vous et suivez-moi. J'ai une idée et elle est bonne !

— C'est vraiment pas une bonne idée, hurla Francis dans le vent.

— Je suis d'accord, avoua Morrigane.

— Mais t'as dit…

— J'ai menti…

Mahir poussa un grognement.

Le Wundereur

— Ça fait dix minutes qu'on poireaute. Il ne viendra pas ! Je suis gelé, allons…

— Il *viendra*, le coupa Morrigane. Il y en a un toutes les heures. Encore une minute. Faites-moi confiance.

Si seulement elle pouvait avoir la même énergie farouche que ce fou de Jupiter ! Mais il lui était difficile de contrôler sa nausée dès qu'elle regardait en bas. Francis, Mahir et elle se tenaient en équilibre instable sur les rails du Pont Centenaire, surplombant les eaux noires sans fond de la Juro. Elle se creusait les méninges pour trouver une solution de rechange quand la proue d'une barge-poubelle émergea de sous le pont.

— À trois, on saute ! cria Morrigane par-dessus le fracas du courant. Prêts ?

— Non, glapit Mahir.

— Non, répéta Francis.

— Très bien. Un, deux… SAUTEZ !

Francis et Mahir sautèrent, mais uniquement parce que Morrigane leur tenait le bras d'une poigne de fer.

Tous trois hurlèrent en tombant, avant de s'écraser sur un amas moelleux de détritus nauséabonds.

— Berk !!! Morrigane, je te…

Francis voulut se relever, mais il bascula et dévala la montagne d'ordures, provoquant un glissement de terrain qui contraignit Morrigane et Mahir à le suivre.

— … te PARDONNERAI JAMAIS ! termina Francis.

— Tu me pardonneras quand t'auras réussi ton examen, marmonna Morrigane en se redressant tant bien que mal.

À vrai dire, elle était un peu fâchée contre elle-même. Pourquoi ses bonnes idées entraînaient-elles toujours des conséquences aussi déplaisantes ?

La barge-poubelle les mena à Ogden-sur-Juro plus rapidement encore que ne l'aurait fait le Wunderground. Et bien qu'ils fussent obligés de sauter dans l'eau glacée pour gagner la rive à la nage, au moins ce bain forcé les débarrassa-t-il pour l'essentiel de l'odeur infecte qui imprégnait leurs vêtements...

— *Un tu-t-tu-tunel de v-v-verdure*, lut Francis, les lèvres bleues et tout grelottant, sur le papier qu'ils avaient trouvé fixé à l'imposante et pompeuse porte d'argent du quartier d'Argent inondé. *D-d-d-i-gn-gne d-d-d'une r-r-ei-ei-ne. U-u-u-ne monarque...*

— D-d-d-onne, laisse-m-m-moi lire ! s'écria Morrigane en claquant elle aussi des dents.

Elle lui arracha le mot comme elle put avec ses doigts engourdis.

— *Un tunnel de verdure, digne d'une reine. Une monarque seule. Un cimetière d'ossements.*

— L'avenue des Arbres, dit aussitôt Mahir. La Bruyère de la Reine. Il y a un chemin bordé d'arbres qui ont tellement poussé qu'ils forment un tunnel.

— La Bruyère de la Reine, répéta Morrigane.

Elle tapait des pieds et se frottait les mains pour se réchauffer.

— C'était le terrain de chasse de la Reine Septembrine, non ? Il y a de cela six ou sept monarques. J'ai lu quelque chose là-dessus dans *L'Encyclopédie du B-barbarisme nevermoorien*.

— *Un cimetière d'ossements !* s'exclama Mahir. Tu as raison. Et puis on dit que personne n'avait le droit d'y pénétrer, du vivant de Septembrine : *Une monarque seule.* Ça se tient !

— Mais la Bruyère de la Reine, c'est à Murhauts, intervint Francis dont la figure s'allongea. C'est deux quartiers au nord. On n'aura jamais le temps.

— Je crois que je connais un chemin, dit Morrigane. La rue Spitznogle. On l'a dépassée tout à l'heure, ce n'est qu'à deux pâtés de maisons d'ici. Sur la Carte vivante, elle est indiquée comme fraudrue. J'en suis *certaine*.

Mahir eut l'air surpris.

— Comment tu sais ça ?

— J'ai mémorisé toute les bizarreries géographiques.

Mahir ouvrit de grands yeux. Morrigane haussa les épaules.

— Enfin, pas toutes. Pas encore. Mais la plupart des passages espiègles et des fraudrues… et tu te rappelles ce que Moutet nous a dit sur les fraudrues ? Elles vous avalent pour vous recracher quelque part ailleurs, parfois à des kilomètres. Ce n'est sûrement pas une coïncidence qu'il y en ait une aussi près de notre troisième indice. Je te parie tout ce que tu veux qu'on est censés prendre par Spitznogle. Je te parie qu'elle nous mènera à la Bruyère de la Reine… ou pas loin, en tout cas.

— Mais Moutet nous a interdit d'emprunter des passages espiègles, protesta Francis. Et on n'a même pas encore vraiment étudié les fraudrues. Il mettrait pas des trucs qui risqueraient d'être dangereux.

Morrigane grogna.

— Francis, nom d'un chien, t'as pas encore compris comment sont les membres de la Société ? Ils se fichent que ce soit dangereux. Ils n'appliquent pas les règles à la lettre, et ils n'attendent pas de nous qu'on le fasse non plus. Quelquefois, il te suffit de savoir quelles règles suivre et lesquelles enfreindre, ajouta Morrigane en se souvenant de quelque chose que lui avait expliqué Jupiter. Quand suivre le plan et quand improviser.

— Mais on n'a *pas* de plan, gémit faiblement Francis.

— Exactement, dit Morrigane. C'est le moment d'improviser.

La rue Spitznogle était longue, étroite et sombre. Il était impossible d'en voir l'autre bout. Morrigane se tenait à l'entrée, encadrée par Francis et Mahir. Les mains tremblantes, elle commençait à regretter sa décision, rien qu'un peu.

— Bien, dit-elle. Allons…

— Vas-y en premier, dit Francis dans un couinement terrifié.

— Bien, répéta Morrigane. Cela va de soi.

Elle fit un pas dans les ténèbres, puis un autre, et encore un autre. Puis, secouant la tête, elle jugea que c'était tout ou rien. Elle prit une longue inspiration et se mit à courir, fonçant dans l'allée sombre jusqu'à ce qu'elle vît une faible lueur grandissante devant elle. *Oui*, pensa-t-elle en accélérant, pour finalement déboucher...

Non pas à l'autre bout de la rue Spitznogle dans le quartier d'Argent.

Ni près de la Bruyère de la Reine à Murhauts.

Nulle part, en fait.

Elle s'arrêta pile à temps pour éviter un mur de brique qui lui barrait la route et qui s'édifiait sous ses yeux : quatre mètres de haut, cinq mètres, six mètres...

Elle soupira, peu désireuse de rejoindre Mahir et Francis pour leur avouer qu'elle s'était trompée. C'est alors qu'elle entendit derrière elle un long craquement profond. Des cliquetis familiers, puis le frottement perturbant de quelque chose qu'on traînait sur les pavés.

Elle avait la gorge en feu, les narines assaillies par la puanteur d'eaux de rivière putrides et de la chair en décomposition. Un froid suffocant lui paralysa la poitrine. Elle se tourna et se retrouva face à ce qu'elle avait espéré ne jamais revoir.

La Légion squelette. Les oshommes.

Cette fois, ils étaient plus nombreux. Une vingtaine d'entre eux, épaule contre épaule, lui bloquaient la sortie.

Comme dans ses souvenirs – et comme l'avait décrit Moutet –, ils s'étaient assemblés un peu n'importe comment à partir d'ossements d'êtres humains et d'unnimaux morts qui reposaient dans le fond de la

Des énigmes et des ossements

Juro depuis des siècles, ainsi, apparemment, qu'à partir de tout ce qui se trouvait dans les parages. L'un d'eux avait une vieille armature de parapluie rouillée en guise de bras, un autre un chariot de supermarché corrodé et tapissé d'algues à la place des jambes. Un autre encore avait un squelette humain surmonté d'un crâne de chat. Cela aurait presque pu être comique, sauf que Morrigane n'avait jamais eu aussi peu envie de rire.

Le froid salé lui brûlait la poitrine, elle respirait avec difficulté. Elle ferma les yeux, enragée de se sentir si faible. N'était-elle pas censée être un Wundereur ? Pourquoi ne pouvait-elle pas faire ce que les Wundereurs étaient supposés faire ? Pourquoi ne pouvait-elle pas faire les choses qu'elle avait vu Ezra Squall accomplir ? Pourquoi personne ne pouvait-il le lui apprendre maintenant ?

C'était une pensée dangereuse, qu'elle n'aurait jamais osé énoncer à voix haute. Mais à ce moment-là, pour la première fois, Morrigane aspirait à être un véritable Wundereur.

Comme si cette pensée l'avait fait naître, un hennissement s'éleva derrière les oshommes. Un bruit de galop effréné résonna dans le passage et un cavalier fait de fumée noire traversa la horde d'oshommes comme s'ils n'existaient pas.

Morrigane manqua de s'étouffer. Elle comprit tout de suite ce que c'était : la Cavalerie d'ombre et de fumée était de retour. Elle frissonna, se rappelant les derniers mots d'Ezra Squall : « La deuxième leçon aura lieu quand vous le demanderez. »

Le Wundereur

Le cavalier s'arrêta devant Morrigane et sembla se mettre à grandir, comme s'il voulait la protéger, former un bouclier entre elle et les monstres squelettes grotesques.

Le cheval d'ombre et de fumée se dressa sur ses pattes de derrière, de la vapeur jaillissant de ses narines, ses yeux rouges lançant des éclairs. Alors que ses sabots retombaient bruyamment sur les pavés, le titanesque cavalier de fumée tendit la main à Morrigane.

Morrigane sentit ses poumons en feu et se rendit compte qu'elle avait cessé de respirer. Elle prit une grande bouffée d'air. Elle sentait son cœur battre dans sa gorge.

Le cavalier attendait, parfaitement immobile, la main tendue.

Ce n'était ni une menace ni un ordre.

C'était une invitation.

Morrigane recula jusqu'au mur de brique en secouant la tête.

— Je n'irai nulle part avec vous.

Le cavalier resta silencieux. Ses yeux, comme ceux de sa monture, rougeoyaient tels des charbons ardents. Le cheval piaffa d'impatience.

— Je n'irai nulle part avec vous ! répéta Morrigane.

Le cavalier, toujours sans souffler mot (elle n'était même pas certaine qu'il ait une bouche), se rapprocha légèrement de la horde cliquetante d'oshommes, avant de revenir vers Morrigane avec ce qui ressembla à une inclination un peu moqueuse de sa tête de fumée.

Tu marques un point, pensa Morrigane, accablée.

Des énigmes et des ossements

Elle n'avait pas le choix. Le cœur battant, elle prit la main de fumée et fut aussitôt envahie par une sensation étrange, comme si elle venait de toucher de l'air solidifié. Presque sans effort, le cavalier la hissa sur la selle, et le cheval s'élança au galop, dispersant au passage la horde d'oshommes.

19
MOMENTS VOLÉS

L'HIVER PRÉCÉDENT, quand la Cavalerie d'ombre et de fumée avait enlevé Morrigane après son épreuve finale d'admission à la Société Wundrous, elle avait eu la sensation d'être ballottée dans les vagues d'un océan de fumée noire, emportée par un ouragan d'ombres, secouée dans un tunnel sans fin et vertigineux, jusqu'à ce que la Cavalerie la lâche sur le quai de la ligne Gossamer. Ils l'avaient jetée aux pieds du Wundereur, comme un chien qui ramène un rat mort à son maître.

Mais cette fois, c'était différent. Assise devant le cavalier imposant aux yeux de braises, Morrigane se sentait plus comme une flèche qu'on venait de décocher d'un arc. Le cheval-ombre filait à la vitesse du vent. Les lumières de la ville coulaient tel un fleuve dans leur

Le Wundereur

sillage, et le vent mugissait aux oreilles de Morrigane, assourdissant.

Et puis, tout s'arrêta.

Le silence était total, à part le bruit de la respiration de Morrigane. Elle cligna des yeux pour mieux voir. Le cavalier avait disparu, et elle était seule dans une grande salle caverneuse. La lumière qui provenait de deux lanternes fixées aux murs se reflétait sur le sol en marbre.

Morrigane, le cœur battant, traversa de bout en bout la salle que bordaient des boules à neige. Non pas ces petit objets décoratifs qu'on secoue dans ses mains, mais d'immenses sphères grandeur nature ; chacune d'elles renfermait un tableau vivant : des statues d'hommes, de femmes, d'enfants, de wunimaux et d'unnimaux, réalisées avec art. Les scènes étaient enchâssées dans le verre et enveloppées de tourbillons de neige en mouvement perpétuel.

Une femme nageant dans l'océan.

Un chien-loup lové devant une cheminée.

Deux hommes s'étreignant sous un réverbère.

Morrigane pressa le nez contre la boule de la nageuse. Elle était magnifique. Son visage d'un ovale parfait émergeait de vagues bleu marine, ses yeux levés vers le ciel. La scène avait l'air si vivante que Morrigane eut l'impression qu'elle pourrait plonger dans l'océan et nager à son côté. Elle posa les mains sur le dôme de verre et ressentit un étrange sentiment de solitude.

— Il est interdit de toucher aux œuvres exposées, dit une voix douce derrière elle.

Morrigane se retourna d'un bond.

Un visage familier, à quelques centimètres du sien. Pâle et banal, hormis la petite cicatrice blanche qui lui barrait le milieu d'un sourcil.

Ezra Squall. Le Wundereur.

(*L'autre Wundereur*, corrigea pour elle-même Morrigane.)

Elle recula jusqu'à la paroi de la boule à neige, regardant à droite et à gauche à la recherche d'une issue. Tout son corps était tendu, prêt à fuir, mais son cerveau n'était pas encore sur la même longueur d'onde. Elle était comme hypnotisée par ce visage devant elle, le visage de l'homme le plus maléfique qui soit.

Mais... Squall était-il réellement là ? Avait-il trouvé le moyen de revenir à Nevermoor après toutes ces années d'exil ? Ou utilisait-il le même stratagème que l'année passée, lorsque sa forme immatérielle était venue à Nevermoor par le Gossamer, prétendant être son assistant, M. Jones, un homme si poli et bien élevé ?

Il n'y avait hélas qu'une façon de le savoir.

Hésitant autant que si elle s'apprêtait à caresser un chien enragé, Morrigane tendit une main tremblante. Si elle rencontrait la solidité chaude d'un corps humain, elle s'enfuirait... Sa main passa à travers l'épaule de Squall, comme s'il était fait d'air.

La ligne Gossamer, pensa-t-elle en fermant les yeux, soulagée. Le corps de Squall était toujours dans la République de la Mer d'Hiver, loin d'ici, enfermé à l'extérieur de la ville de Morrigane, là où il ne pouvait lui faire aucun mal, ni à quiconque à Nevermoor. Elle se rendit compte qu'elle retenait sa respiration et elle entendit la voix de Moutet dans un coin de sa tête. « Étape numéro un : RESTER CALME. Inspirer. Expirer. »

Squall eut un sourire contrit.

— Rebonjour, mademoiselle Crow.

— Où suis-je ? demanda Morrigane.

Elle fut surprise et soulagée de constater que, contrairement à ses mains, sa voix ne tremblait pas,.

— J'espère que le cavalier a été courtois, dit-il sur le ton de la conversation.

Ils auraient pu être deux inconnus bavardant du temps qu'il fait.

— *Où suis-je ?* répéta-t-elle.

Cette fois, elle sentit une infime vibration dans sa voix. Elle serra les mâchoires.

— Le Musée des moments volés, vous en avez entendu parler ? dit Squall montrant d'un geste la salle autour d'eux.

— Non.

— Non, bien sûr que non. C'est un Spectacle, dit-il en haussant les épaules. J'ai entendu dire qu'on ne vous apprenait pas grand-chose à l'école. Je me suis dit que je pourrais vous rendre service... vous aider à élargir un peu vos horizons.

Morrigane ne répondit rien. Elle s'efforçait de garder une expression neutre, mais comment était-il au courant de quoi que ce soit à propos de l'éducation qu'on lui dispensait au Sowun ? Avait-il voyagé sur le Gossamer, l'observant en secret ? Ou avait-il des espions pour le faire à sa place ?

Moments volés

— Personnellement, continua Squall qui passa nonchalamment sa main fantomatique à travers le verre pour caresser les vagues, j'ai toujours pensé que le Comité de Classification des Actes de Wundereurs s'était trompé cette fois. Un Spectacle, c'est quelque chose qui suscite admiration et plaisir, quelque chose qui défie l'esprit. Or le Musée des moments volés est beaucoup plus que ça. On aurait dû le classer comme Phénomène, ou du moins, comme Singularité.

Spectacle, Phénomène, Singularité… Morrigane n'avait aucune idée de quoi il parlait. Elle ouvrit la bouche pour l'interroger, puis la referma aussitôt. Elle ne parlerait pas avec lui. Elle ne se laisserait pas piéger dans une discussion avec ce monstre. Ses yeux parcoururent la salle, de nouveau en quête d'une issue. Devait-elle partir en courant ? Ou appellerait-il la Cavalerie ?

Squall resta silencieux un moment, perdu dans ses pensées.

— Elle était vraiment douée, murmura-t-il comme pour lui-même.

Ce fut la pointe de nostalgie dans sa voix qui incita Morrigane à céder. Se maudissant, elle posa la question attendue :

— Qui ça ?

— Mathilde Lachance. Le Wundereur qui a créé tout ceci. C'est un chef-d'œuvre, n'est-ce pas ? Elle a dû recourir au moins à cinq des Arts diaboliques. Le Nocturna, bien sûr, le Serpenta. Le Tempus, probablement le Voilus, peut-être même…

Le Wundereur

Il se tut devant l'expression de Morrigane qui trahissait une curiosité avide et le soudain déclic qui s'était fait dans sa tête lorsqu'elle s'était souvenue de ce que Meurgatre avait dit dans la salle des Anciens : « Quelqu'un devait apprendre à la vilaine fille ses Arts diaboliques. » Elle se rappela enfin où elle avait déjà entendu ces paroles. De la bouche de Squall lui-même, l'année passée, au manoir des Crow. Il avait appelé ça « les Arts diaboliques du Wundereur accompli ». Il avait proposé à Morrigane de les lui enseigner ; elle avait refusé.

Squall sourit.

— Ah ! Mais il ne faut pas que j'en dise trop. Ils n'aimeraient pas ça, n'est-ce pas ? Vos amis de la Société Wundrous.

Il avait prononcé ces deux derniers mots avec un mépris palpable. Morrigane tenta de cacher sa déception, tout en mémorisant les quatre précieux mots qu'il avait laissé échapper : *Nocturna, Serpenta, Tempus, Voilus. Nocturna, Serpenta, Tempus, Voilus.* Mais qu'est-ce que cela voulait dire ?

— La vie au Sowun vous plaît-elle ? demanda-t-il d'un ton terre à terre.

Il se mit à faire les cent pas, les mains jointes derrière le dos.

— Est-ce tout ce dont vous rêviez, et bien plus encore ? J'ai entendu dire que vos camarades sont en train d'acquérir des connaissances et des talents qu'ils n'avaient même pas imaginés. Bientôt, ils seront tous des experts dans leur domaine, célèbres dans tout le royaume. Le cavalier de dragon le plus doué de tous les temps. Le linguiste le plus éminent de Nevermoor. Une hypnotiseuse hors pair.

Il tourna vers Morrigane des yeux tristes et une moue exagérée.

— Et vous, infortunée enfant à qui on interdit d'utiliser sa force et de développer ses talents. Bridée, contrôlée par ceux-là même qui la craignent le plus.

Morrigane secoua la tête.

— Ce n'est pas... ils me craignent pas... ils font ça... pour ma propre...

Morrigane se tut en voyant briller le regard du Wundereur, mi d'amusement, mi d'indignation.

— Votre propre *quoi* ? Votre propre sécurité ? Votre propre bien ? Oh ! là, là ! Je vois que vous mentez un peu mieux. Du moins à vous-même.

Elle ne répondit rien. Il avait raison, et elle ne pouvait pas le nier. Les Anciens avaient bel et bien peur d'elle.

Squall l'observait attentivement, conscient d'avoir touché un point sensible.

— Et qu'est-ce que votre bossu de professeur vous a enseigné, hein ? Dites-moi ce que vous avez appris sur ces Wundereurs rusés et mauvais du temps jadis ?

— Je ne vous dirai rien du tout. Et c'est pas un *bossu*, c'est un *tortuewun*, s'énerva Morrigane avant de se maudire une nouvelle fois de s'être laissé piéger.

Elle serra les poings. *Garde ton calme.*

— Pourquoi m'avez-vous amenée ici ?

— Pour faire ce que font les Wundereurs.

Le Wundereur

Un coin de la bouche de Squall se tordit en un quart de sourire. Il ne faisait plus les cent pas. Il s'était arrêté devant une boule à neige où quatre jeunes hommes joyeux sortaient la tête par les vitres d'une voiture, cheveux au vent.

— Pour exaucer votre vœu le plus cher. Pour vous offrir ce que vous désirez le plus au monde.

— Et quel est-il ? demanda Morrigane entre ses dents serrées.

— Votre éducation, dit-il en se remettant à faire les cent pas. C'est bien ce que vous souhaitiez, non, il y a quelques instants, au fond de ce cul-de-sac sombre ? Alors, bienvenue à votre leçon numéro deux. Voulez-vous apprendre comment invoquer le Wunder ?

Elle voulait dire non. Elle aurait voulu cracher à travers son visage immatériel, s'enfuir du musée et retourner droit au Sowun. Le reste de son unité était sûrement rentré à l'heure qu'il était, et ils avaient tous raté l'examen puisque l'effectif n'était pas là au grand complet. Encore une raison pour ses camarades de lui en vouloir. Morrigane se demanda ce qui était arrivé à Francis et à Mahir, s'ils l'avaient attendue, si eux aussi s'étaient aventurés dans le passage… *Non*, pensa-t-elle. *Probablement pas.*

Mais Hawthorne, lui, au moins, s'inquiéterait pour elle. Et peut-être aussi Cadence. Il fallait qu'elle rentre pour leur dire qu'elle allait bien.

Toutefois, la tentation de rester était plus forte que tout. Le Conseil des Anciens était déterminé à mettre les pouvoirs de Morrigane sous le boisseau et à les tenir en bride. Onstald refusait de lui dévoiler la moindre bribe d'information utile. Même Jupiter, qui avait juré de lui prouver que tous les Wundereurs n'étaient pas mauvais, ne lui avait rien appris.

Et voilà qu'Ezra Squall, le plus grand ennemi de Nevermoor, offrait la clé à Morrigane.

« Voulez-vous apprendre comment invoquer le Wunder ? »

Quelque chose s'agita tout au fond d'elle.

— Oui ou non, mademoiselle Crow ? insista Squall.

Son air suffisant montra à Morrigane qu'il connaissait déjà la réponse, mais qu'il voulait l'entendre de sa bouche.

Elle soupira et dit d'une petite voix, malgré elle :

— Oui.

— Le premier des Arts diaboliques, et peut-être le plus important...

Il tapa dans ses mains et alla se placer au centre de la salle, comme s'il s'agissait d'une scène de théâtre. Il éleva la voix, qui résonna dans le musée caverneux.

— L'Art diabolique du Nocturna. L'invocation du Wunder. Chanter pour l'attirer.

Chanter ? Était-ce une blague ? Chanter, c'était pour les gens comme Dame Chanda. Pour l'ange Israfel. Mais ce n'était certainement pas un Art diabolique du Wundereur accompli.

Squall leva la main.

— *Petit oiseau, petit oiseau,* chanta-t-il doucement, *aux yeux noirs comme deux billes.*

Le Wundereur

Morrigane sentit un frisson glacé sur sa nuque. Elle l'avait déjà entendu chanter cette chanson. L'hiver dernier, sur le quai de la ligne Gossamer. Juste avant qu'il ne l'enlève à bord du train du Gossamer, pour la ramener dans la République de la Mer d'Hiver, au manoir des Crow, où il avait menacé sa famille. Morrigane prit une grande inspiration et planta fermement ses pieds au sol, luttant de toutes ses forces contre son envie secondaire de se sauver.

— *Descends dans la prairie, où se cachent les lapins.*

Squall agita les doigts en l'air. Il avait les yeux fermés.

— *Petit lapin, petit lapin...*

Il s'arrêta, ouvrit les yeux et regarda sa main attentivement.

— C'est comme de dresser un chien, vous voyez. Sauf que le chien n'est pas un chien. C'est un monstre. Et ce monstre a ses idées à lui. Le voyez-vous ?

— Le Wunder est invisible, répondit Morrigane, méfiante.

— Invisible lorsqu'il sommeille, oui, lui accorda-t-il. Mais « Le Wunder invoqué se montre à l'invocateur de Wunder », dit le dicton. Ainsi, lorsque le Wunder répond à l'appel du Wundereur, il conclut... une sorte de pacte avec l'invocateur.

— Le pacte... de se montrer ?

— Exactement, dit-il en hochant la tête et en fixant toujours des yeux les mouvements de sa main. Et bien que le Wunder soit intelligent, il ne fait aucune discrimination. Une fois qu'il est invoqué, tous les Wundereurs

Moments volés

peuvent le voir. Vous comprenez ? Mais il faut être très attentif. Et savoir quoi regarder.

Morrigane haleta. Elle le voyait : un minuscule fil scintillant couleur d'or pâle que Squall tissait dans sa main. Il glissait entre ses doigts comme une anguille. Elle l'observa, médusée, lever la main et souffler sur le fil comme sur des aigrettes de pissenlit. Le fil s'envola dans le vent et disparut.

Bien sûr, elle savait déjà à quoi ressemblait le Wunder. Jupiter le lui avait montré l'année passée, après qu'elle était revenue saine et sauve du manoir des Crow. Il avait pressé son front contre le sien, et pendant un instant incandescent, elle avait vu le monde – et elle-même – à travers les yeux de son mécène. Le Wunder qui s'était accumulé autour d'elle était aveuglant. Ce petit fil isolé était différent, aussi stupéfiant. Aussi magnifique.

— À votre tour, dit Squall en lui faisant signe de s'avancer au centre de la salle et lui cédant la place. Chantez.

Morrigane secoua la tête, horrifiée.

— Je ne sais pas chanter.

— Le Wunder s'en fiche. Vous ne pouvez pas le vexer, dit-il avec un petit rire. Vous ne pouvez pas être pire que le vieux Owain Binks. Chaque fois qu'il invoquait le Wunder, tout le monde accourait, croyant que quelqu'un était en train de se faire assassiner. Allez, chantez quelque chose. Dépêchez-vous.

Elle hésita, et commença, toute tremblante :

— *Petit oiseau...*

Le Wundereur

— NON !

Levant les deux mains pour l'arrêter, il se précipita vers elle. Morrigane recula et il s'arrêta net.

— Non. Pas ça. Chaque Wundereur doit avoir sa façon à lui d'appeler le Wunder. Choisissez une autre chanson.

— Mais je n'en connais pas, protesta-t-elle.

— C'est impossible, dit Squall avec impatience. Tout le monde connaît au moins une chanson. Votre famille incapable ne vous a-t-elle jamais chanté de berceuse ? Repensez au temps où vous n'étiez qu'un bébé pleurnichard.

Morrigane était sur le point de rouler les yeux à l'idée que son père ou sa grand-mère ait jamais pu faire quelque chose d'aussi stupide que de lui chanter une berceuse, lorsqu'un souvenir très vif lui revint soudain à l'esprit.

Elle était toute petite. Elle avait peut-être six ou sept ans. Sa préceptrice, à l'époque, était Mme Duffy, la dernière d'une série sans fin de malheureux engagés par son père pour enseigner à Morrigane la lecture, l'écriture et l'arithmétique… ou, pour être honnête, pour la tenir à distance afin qu'il continue à vivre sa vie comme si elle n'existait pas. La plupart d'entre eux s'étaient contentés d'éviter tout contact avec elle et de ne jamais croiser son regard pendant les leçons. Certains étaient allés encore plus loin pour se protéger de la malédiction : Mlle Linford, par exemple, avait insisté pour garder tout le temps une porte close entre elle et Morrigane, par mesure de précaution.

Mais Mme Duffy, elle, avait été différente. Au lieu d'éviter Morrigane, elle avait l'air de penser qu'il était de son devoir de lui rappeler constamment quel fardeau elle était pour la société et sa famille : elle était un danger pour son entourage, en fait pour n'importe qui dans le Royaume Sans Nom, par sa seule existence.

Mme Duffy avait appris une chanson à Morrigane, et lorsque la fillette donnait une mauvaise réponse, ou faisait une bêtise, elle la forçait à la chanter. Encore et encore, jusqu'à ce que sa préceptrice lui dise de se taire.

Cette chanson l'avait terrifiée à l'époque. Mais c'était la seule dont elle connaissait les paroles. Elles étaient gravées à jamais dans son cerveau.

Elle se mit à chanter doucement, d'une voix hésitante.

— *Enfant du Matillon, plein de raison*, fit-elle d'une voix enrouée.

Elle s'éclaircit la gorge.

— *Enfant du Merveillon, petit sauvageon.*

Squall inclina la tête d'un côté, une grosse ride se creusant dans son front.

— *Enfant du Matillon, à l'aube il arrive*, continua Morrigane.

Elle chantait comme une casserole, mais sa voix résonnait dans le grand espace, de plus en plus fort à chaque note.

— *Enfant du Merveillon apporte givre et grêlons.*

Squall fit un pas vers elle. On aurait dit qu'il venait de se souvenir de quelque chose.

— *Où vas-tu donc, ô enfant du matin ?* chanta-t-il doucement.

Lorsqu'il chantait, la voix de Squall était étrangement douce et gentille. Bien plus agréable que celle de Morrigane. *Elle ne devrait pas être comme ça*, pensa Morrigane. *Elle devrait être affreuse. Comme son cœur.*

Elle prit une inspiration tremblante.

— *Vers le soleil, là où les vents sont chauds.*

Morrigane marqua une pause. Elle voulait arrêter, mais... elle sentit soudain comme de l'électricité statique au bout de ses doigts. Une petite vibration, une résistance, comme quand on marche contre un vent violent. Elle leva la tête vers Squall.

Il fit un signe de tête pour l'encourager, le regard brillant, et il chanta :

— *Où vas-tu donc, ô fille de la nuit ?*

Morrigane agita un peu les mains, testant cette nouvelle sensation. Elle avait l'impression que des rayons de lune dansaient entre ses doigts.

— *Vers le monstre qui mord au fond du puits.*

Le Wunder l'attendait. C'était ce que Jupiter avait dit.

Attendant que je fasse quoi ? se demanda Morrigane. *Je suppose qu'on verra bien.*

C'était cela qu'il avait attendu. Elle avait pensé qu'il serait difficile d'invoquer le Wunder, mais c'était... comme s'il *voulait* être invoqué. Le Wunder se rassembla très vite – une centaine de petits filaments composés de millions de minuscules points de lumière, qui entouraient sa tête et son corps... qui nageait, ondulait autour d'elle. Il était rapide et curieux. Il était *vivant*.

— Concentrez-vous sur vos mains, dit Squall.

Le Wunder était désireux d'obéir. Dès qu'il eut prononcé ces mots, dès que l'idée parvint à l'entendement de Morrigane, les filaments dorés semblèrent graviter vers ses mains tendues, se rassemblant au creux de ses paumes tels des rayons de soleil liquides.

C'était cela, la sensation provoquée par le Wunder. Comme d'être réchauffée par le soleil, comme de tenir de l'énergie pure. Comme d'être *devenue* énergie pure. Les mains de Morrigane se mirent à vibrer. Elle ne pouvait même plus les voir, elle ne voyait plus que le Wunder, qui les recouvrait comme des gants étranges et amorphes. Deux nuages de lumière. Elle se sentait bizarre. À la fois puissante, et en même temps prise au piège.

Et maintenant qu'elle l'avait invoqué, elle ne savait pas quoi en faire.

— Comment je fais pour qu'il arrête ?

Squall lui lança un regard incrédule mêlé de pitié.

— Pourquoi voudriez-vous qu'il arrête ?

Morrigane sentit la panique s'emparer d'elle. Un instant plus tôt, tout ceci lui avait paru si bien. Elle tenait le Wunder dans ses paumes, comme si elle était née pour ça. Or une nouvelle sensation l'envahissait : elle ne tenait plus le Wunder. Maintenant, c'était lui qui la tenait.

— Faites-le partir, dit-elle d'une voix plus forte. Faites-le cesser.

Le Wundereur

Mais Squall ne fit rien du tout. Il resta là à l'observer, et en l'entrevoyant à travers le nuage doré du Wunder, elle fut soudain emplie de terreur. Il l'avait piégée. Il voulait qu'elle meure. Il allait laisser le Wunder la détruire.

— Faites quelque chose ! Faites le cesser !

Mais Squall ne faisait toujours rien.

Instinctivement, Morrigane se mit à agiter les mains comme si elle les secouait pour en ôter de la boue.

— Non, hurla-t-elle. NON !

Elle ne savait pas à qui elle parlait. À elle-même ? À Squall ? Au Wunder ?

Ce fut le Wunder qui écouta. Elle le sentit s'échapper, ou plutôt s'éloigner d'elle au pas de charge, comme si elle l'avait envoyé en mission. En un instant cataclysmique, la boule à neige la plus proche de Morrigane éclata, déversant un flot d'eau tacheté de flocons. La sculpture à l'intérieur fut arrachée à sa paisible maison de verre et répandue sur le sol de marbre en un enchevêtrement de membres et de cheveux mouillés.

Morrigane fixa la scène du regard, respirant fort, tentant de comprendre ce qui venait de se produire.

Un enchevêtrement de membres et de cheveux mouillés. C'était la sculpture de la femme qui nageait. Son corps ne flottait plus, les yeux grands ouverts vers le ciel. Elle était recroquevillée, dans son maillot de bain bleu trempé et... et *elle respirait.* Ou du moins elle essayait. Prenant une longue inspiration bruyante et liquide ; on aurait dit qu'elle avait avalé la moitié de l'océan. Soudain, elle arrêta de respirer.

Moments volés

Ce n'était pas du tout une sculpture.

Morrigane courut auprès d'elle et se mit à la secouer, la retourna, lui tapa dans le dos.

— Respirez ! hurla-t-elle.

Elle savait qu'il devait y avoir quelque chose à faire, que si Jupiter avait été là il aurait su exactement quoi, mais elle ne pouvait rien faire d'autre que paniquer.

— RESPIREZ !

— Vous arrivez bien trop tard, dit la voix de Squall qu'elle entendait à peine par-dessus les battements de son cœur.

Les larmes lui brûlaient les yeux et lui brouillaient la vue. Elle ne comprenait pas. La femme était toute molle et lourde dans ses bras et elle... elle ne *comprenait* pas.

— Des années trop tard.

— C'est quoi, cet endroit ? demanda Morrigane en regardant avec horreur toutes les boules à neige le long des murs.

Elles renfermaient, non pas des sculptures, savait-elle maintenant, mais des gens. Des êtres humains vivants.

— Voici un Spectacle, annonça Squall comme s'il récitait un texte de mémoire. Le Musée des moments volés. Créé par le Wundereur Mathilde Lachance. Sponsorisé par l'honorable E. M. Saunders. Un cadeau aux habitants de Nevermoor. Hiver Premier, Ère des Voleurs.

— Un cadeau aux habitants de Nevermoor ? chuchota Morrigane en baissant la tête vers les yeux ternes de la femme noyée.

Le Wundereur

— Ils le pensaient, oui, dit Squall avec indifférence. Je suppose que c'est pour cela qu'on l'a classifié dans la catégorie « Spectacle », plutôt que « Phénomène ». Les bonnes gens de Nevermoor croyaient qu'on leur avait offert une exposition d'art. Les œuvres hyperréalistes du génie artistique de Mathilde Lachance. Mais le génie de Mathilde n'était pas de créer du faux… c'était de capturer la réalité. La préserver.

Il traversa le sol mouillé à pas lents et se tint au-dessus de Morrigane, baissant les yeux sur la femme dont le visage était l'exact reflet du sien : pâle et sans expression.

— Mathilde n'était pas cruelle. Elle était miséricordieuse. Elle ne prenait ses sujets qu'aux portes de la mort. Je ne sais pas si c'est la mort elle-même qui la fascinait, ou l'idée d'immortalité. Quoi qu'il en soit, ces êtres chanceux ne mourront jamais…

Il parcourut la pièce des yeux, puis haussa les épaules.

— … ou ils mourront éternellement, à chaque instant de chaque jour. C'est selon.

Morrigane serra les dents. Si seulement elle pouvait arrêter de trembler. Ils se trompaient tous les deux, pensait-elle, Squall et le Comité de Classification des Actes de Wundereurs. Elle n'avait aucune idée de ce qu'était un Spectacle, mais cela n'en était pas un. C'était une Monstruosité.

Elle allongea doucement la femme au sol et se releva à grand-peine, les jambes flageolantes.

— Prête à recommencer ? demanda Squall, enthousiaste.

Moments volés

Morrigane observa plus attentivement les boules à neige et remarqua un détail qui lui avait échappé : les quatre jeunes hommes dans la voiture ne se penchaient pas par les vitres ; ils étaient projetés hors de l'habitacle par la force d'une collision invisible, et sur leurs visages, ce n'était pas de la joie qu'elle lisait à présent, mais de la terreur. Entre les deux hommes qui s'étreignaient sous un réverbère, un éclat d'argent indiquait que l'un d'eux avait plongé un couteau dans le ventre de l'autre. Maintenant, Morrigane voyait le mince ruisselet vermeil qui s'écoulait de sous son manteau.

Même le pauvre chien-loup près du feu était à l'agonie. À mieux y regarder, ses yeux laiteux et sa fourrure clairsemée trahissaient son âge avancé. Morrigane se demandait combien de respirations le vieux chien avait encore devant lui au moment où on l'avait enchâssé dans sa prison de glace.

L'illusion avait volé en éclats. Morrigane fut soudain submergée par l'effroi et l'aversion qu'elle aurait dû ressentir dès le départ.

Mais que faisait-elle là ? Elle était toute seule avec un monstre. Encore une fois. Plantée dans un musée des horreurs, environnée d'œuvres d'art vivantes, de vraies personnes, figées à jamais au moment de leur mort. Comme des légumes conservés dans du vinaigre.

Ce n'était pas du tout un musée. C'était un mausolée.

Chancelante, Morrigane dépassa Squall, le dégoût lui montant telle de la bile au fond de la gorge. Elle avait envie de vomir. Il fallait qu'elle sorte. Il fallait qu'elle rentre au Sowun, qu'elle retrouve la sécurité et la normalité.

— Où croyez-vous aller comme ça ? dit calmement le monstre derrière elle.

Elle l'ignora, s'efforçant de faire un pas après l'autre. *Sors d'ici. Sors d'ici tout de suite.*

— Ainsi, vous abandonnez ?

Sors, sors, sors, ne l'écoute pas, ne réponds pas. SORS D'ICI.

— De quoi avez-vous si peur ? D'être un jour aussi puissante qu'ils le suspectent ? Redoutez-vous votre capacité à faire de grandes choses, mon petit oiseau ? Êtes-vous vraiment aussi lâche ?

— Je ne suis pas lâche ! hurla Morrigane en faisant volte-face. Et je ne suis pas non plus comme vous. Ou comme Mathilde Lachance. Je ne suis pas un monstre.

— Vous êtes tout cela, dit-il de sa voix habituelle, douce et parfaitement maîtrisée.

Pourtant, elle sentait quelque chose bouillonner sous la surface.

— Vous êtes la plus lâche, la plus monstrueuse, la plus bestiale, la plus horrible des enfants que j'aie jamais eu le plaisir et la malchance de rencontrer. Et je vous connais, mademoiselle Crow, ne vous y trompez pas.

Ses yeux noirs brillèrent dans la lumière alors qu'il s'avançait vers elle.

— Je sais que vous êtes vindicative, obstinée et un peu trop intelligente. Je sais que vous ne pouvez pas suivre les mêmes règles que les autres enfants, parce que vous n'êtes pas comme eux. Vous êtes un Wundereur, mademoiselle Crow. Nous sommes différents. Nous sommes meilleurs et pires qu'eux tous réunis. Ne comprenez-vous pas encore la nature de la place qui est la vôtre au sein de la Société ? Ne voyez-vous pas que vous pourriez tous les mettre à genoux si seulement vous vous donniez la peine d'essayer ?

Morrigane secoua la tête. Elle refusait d'entendre qu'elle était différente. Toute sa vie, on le lui avait seriné, et elle savait exactement ce que ça voulait dire. Être différente, c'était être dangereuse. Être différente, c'était être un fardeau.

— Arrêtez. Vous ne savez rien de moi.

— Vous ne pourriez pas vous motiver un peu ? rugit Squall.

Il avait maintenant l'air désespéré, enragé, même.

— Vous avez reçu un don, un don pour lequel les gens tueraient, un don pour lequel des gens sont morts, et vous LE GÂCHEZ !

Ses mots rebondirent sur le plafond, l'écho faisant comme un chœur de voix en colère.

Morrigane tressaillit. Elle rassembla tout son courage et cracha :

— Si des gens sont morts, c'est parce que VOUS les avez tués.

— Peut-être que j'aurais dû vous tuer aussi, misérable déception, dit-il avec mépris.

Et pendant un instant, son visage fut celui d'un homme possédé, celui du Wundereur de légende, avec ses yeux et sa bouche noirs.

Le Wundereur

Puis l'homme qui se contrôlait admirablement fut de nouveau aux commandes.

Morrigane se sentit glacée jusqu'à la moelle.

Tremblante et terrifiée, elle sortit à toutes jambes du Musée des moments volés. Sans un regard en arrière, elle franchit les portes, dévala les marches et se jeta dans les bras sans chaleur d'une ville capricieuse et insondable.

20

NOCTURNA

Une semaine plus tard, Morrigane Crow n'existait plus. Pour Francis, Mahir, et le reste de son unité, elle était devenue transparente. Ils ne lui adressaient plus la parole, ne la regardaient plus, et faisaient comme si elle n'avait jamais été membre de l'unité 919.

Enfin… pas tous, bien sûr. Hawthorne était toujours son ami le plus fidèle. Et, bizarrement, Cadence avait l'air de l'aimer davantage depuis que, par sa faute, l'unité entière avait échoué à son examen.

En vérité, Hawthorne avait lui aussi été déçu par l'inexplicable détour de Morrigane qui leur avait coûté la victoire. Les examens au Sowun n'étaient pas notés ; soit on réussissait, soit on échouait. Si on réussissait, cela signifiait qu'on avait satisfait aux attentes des professeurs. Si on échouait, en revanche, chaque élève devait avoir un entretien sérieux avec son mécène, son professeur et sa conductrice. (Celui de Morrigane avait été remis *sine die*, Jupiter étant toujours absent.) Cela voulait dire subir les moqueries des autres unités et, pis encore, le super looooong sermon de Maîtresse Biennée sur le manque d'engagement choquant des membres de l'unité 919, qui avaient intérêt à retrousser leurs manches avant qu'elle ne décide de leur retirer leurs chemises.

Comme le reste de l'unité 919, Hawthorne avait tous les droits d'en vouloir à son amie. Mais dès que Morrigane lui parla de Squall et des oshommes, le dépit de son ami se mua en terreur absolue.

— Alors… c'est l'affreux Squall qui t'a sauvée des oshommes ?

Morrigane fit la grimace à cette pensée.

— Je suppose que oui.

— Le Wundereur t'a sauvée… du Marché Fantôme.

— Ouais.

— C'est… bizarre.

Face à l'opposition du reste de l'unité 919, Hawthorne était plus agressivement loyal que jamais à l'égard de sa meilleure amie. Il avait pris l'habitude de lancer des boulettes de papier à la figure de quiconque rechignait à passer le pot à biscuits en ours polaire à Morrigane, ou à quiconque faisait en sa présence des commentaires déplaisants sur « les gens qui ne méritent pas de faire partie de la Société ».

Lorsqu'elle avait quitté le Musée des moments volés cette nuit-là, le temps qu'elle comprenne où elle se trouvait à Nevermoor (de retour à Eldritch, apparemment, très, très au sud de la Vieille Ville), elle s'était rendu compte que revenir au Sowun avant le lever du soleil serait impossible.

Elle avait tout de même essayé. Elle n'avait pas renoncé. Elle avait couru jusqu'à ce que ses poumons et les muscles de ses jambes soient en feu. Parvenue dans le quartier de Wick, elle avait enfin compris que ce n'était plus la peine de courir. Le soleil était haut dans le ciel. Les rues grouillaient déjà de banlieusards se rendant à leur travail et de vendeurs de journaux. Le cœur lourd, Morrigane avait enfin accepté sa défaite, sauté dans un wagon du Wunderground, pour retourner sur le campus, où Moutet et le reste des membres l'unité 919 attendaient. Certains avaient l'air déçus, d'autres étaient livides, d'autres encore semblaient planifier son meurtre.

Ils avaient tous échoué à cause d'elle. Plus exactement, à cause des oshommes et d'Ezra Squall. Mais elle ne pouvait pas vraiment leur dire : « Désolée du retard, j'étais en train de discuter avec Ezra Squall, vous savez, le Wundereur maléfique. »

Morrigane avait décidé de ne leur révéler qu'une partie de la vérité : elle avait été encerclée par les oshommes. Toutefois, elle était incapable d'expliquer comment elle avait réussi à échapper à la Légion squelette, alors qu'Alfie Swann le tas de muscles et le légendaire Paximus Chance avaient tous les deux été capturés. La conclusion générale fut donc que Morrigane avait inventé cette histoire d'oshommes pour se tirer d'affaire.

C'était injuste que l'échec d'un membre entraîne l'échec de tous. Cela dit, rien dans la Société Wundrous n'était juste.

Elle avait abondamment présenté ses excuses, bien sûr, mais cela ne changeait rien au fait de devoir affronter huit mécènes extrêmement déçus, une conductrice anxieuse et deux Maîtresses Initiatrices furieuses. Elle ne pouvait pas vraiment en vouloir à ses camarades de la détester.

Toute cette affaire aurait dû affecter Morrigane, mais en réalité, elle se sentait juste… à plat. Elle était fatiguée de quémander si désespérément l'amitié et l'approbation de ses soi-disant frères et sœurs.

« Frères et sœurs ». La formule la faisait enrager maintenant, quand elle repensait à la personne qu'elle était un an auparavant, cette idiote qui avait cru qu'elle aurait huit frères et sœurs si seulement elle réussissait les épreuves… comme si c'était aussi simple.

Non. Plus rien de tout ça n'avait d'importance.

Morrigane avait d'autres chats à fouetter.

Elle avait invoqué le Wunder.

— *Enfant du Matillon, plein de raison*, chanta-t-elle doucement un matin.

Elle foulait un sentier sinueux dans la Forêt Pleureuse, le seul endroit où elle était certaine qu'on la laisse tranquille. (Il y avait les arbres, bien sûr, mais la plupart du temps elle pouvait ignorer leurs plaintes, et ils n'avaient pas l'air de se soucier de ce qu'elle faisait, trop occupés à maugréer contre la pourriture du bois et l'audace exaspérante des écureuils.)

— *Enfant du Merveillon, petit sauvageon.*

Morrigane chantonna un peu et agita doucement les doigts.

Allez, implorait-elle, tandis qu'une autre partie d'elle-même disait : *Non, ne fais pas ça*.

Cette seconde voix, plus raisonnable, se faisait de plus en plus lointaine au fil du temps.

Il lui avait fallu quelques jours pour rassembler le courage d'essayer à nouveau d'invoquer le Wunder, et quand elle avait enfin sauté le pas, cela n'avait pas été facile. Pas au début. Pas comme dans le musée.

Peut-être était-ce parce qu'elle se sentait tellement coupable d'oser ne serait-ce qu'essayer de pratiquer l'Art diabolique du Nocturna. Peut-être que le Wunder percevait ses sentiments vis-à-vis de lui et restait à l'écart.

Mais pendant la semaine qui s'était écoulée depuis que Squall avait sabordé son examen, qu'elle avait chanté ces mots et invoqué le Wunder, les sentiments de Morrigane concernant ce qu'elle avait appris avaient... changé.

Elle avait quitté le Musée des moments volés, furieuse, pleine d'effroi, horrifiée qu'on lui ait rappelé qu'elle faisait partie du club le plus exclusif et le plus haï de tout l'État Libre. Squall et elle formaient une petite société à deux membres : la Société diabolique.

Mais dans un sens, l'unité de Morrigane lui avait rendu service en l'évitant. Apparemment, elle abritait en elle deux êtres légèrement antagonistes. Ses camarades étaient si convaincus de sa culpabilité, qu'elle avait cessé de se sentir coupable, du moins à propos de l'examen raté. Qu'ils lui en veuillent donc, si c'était ce qu'ils voulaient. Qu'ils s'éloignent d'elle. Elle pouvait pour sa part se retirer bien plus loin, bien plus vite.

Désormais, elle avait un refuge. Quelque chose qui lui appartenait. Un secret.

— *Enfant du Matillon, à l'aube il arrive.*

Et il était là, le petit chatouillement familier au bout des doigts, cette impression de contentement total. Au bord de l'inconfort, comme lorsqu'on appuie doucement sur une plaie superficielle.

Morrigane sourit à elle-même.

Bonjour, toi.

Il répondait chaque fois maintenant. Si facilement, si rapidement. Elle comprenait à présent ce qu'avait voulu dire Jupiter. Le Wunder l'attendait réellement : il se rassemblait autour d'elle, constamment, attendant patiemment qu'elle apprenne comment lui donner des ordres. Squall avait beau être un personnage maléfique, et son ennemi, il lui avait enseigné quelque chose qui n'avait pas de prix, quelque chose qu'elle n'aurait jamais appris sans lui. Personne au Sowun ne voulait qu'elle l'apprenne ; ni les Anciens, ni les Maîtresses Initiatrices, ni le Pr Onstald. Ils voulaient contrôler non seulement son pouvoir, mais Morrigane elle-même.

Elle était prudente, bien sûr. Elle ne faisait qu'invoquer d'infimes bribes de Wunder et les laissait se disperser avant qu'elles aient le temps de s'accumuler. C'était ça, l'astuce, avait-elle compris au cours de cette dernière semaine. Si elle faisait attention, elle pouvait garder cette sensation de pouvoir sans perdre le contrôle. Elle savait maintenant s'arrêter entre les filaments et les laisser flotter loin d'elle. Et elle savait qu'il ne fallait surtout pas chanter le deuxième vers.

Enfant du Merveillon apporte givre et grêlons.

C'était formidable. Ce petit acte secret de rébellion. Après avoir passé des mois dans l'incertitude, faisant partie de la Société sans y être vraiment intégrée, elle avait enfin trouvé sa place. Elle savait maintenant ce que ressentait Hawthorne à dos de dragon, lorsqu'il faisait ce pour quoi il était né. Ou ce que devait éprouver Cadence, cette sensation de pouvoir chaque fois qu'elle imposait sa volonté en douceur.

Et pourtant... il y avait toujours cette voix dans un coin de sa tête. Elle l'entendait chaque fois qu'elle allait se cacher pour pratiquer son nouveau tour, chaque fois qu'elle fredonnait la chanson et que le Wunder lui répondait.

C'est dangereux. Tu ne devrais pas faire ça. Ce n'est pas bien.

Mais comment cela pouvait-il être mauvais ? Elle était née Wundereur, elle n'y pouvait rien. Jupiter avait dit l'an passé que c'était son don. Sa destinée.

« Et c'est à toi, et à toi seule, de décider quel sens lui donner », avait-il dit.

— Où vas-tu donc, ô enfant du matin ?

Que des Wundereurs d'autrefois aient utilisé leurs talents pour faire le mal ne voulait pas dire que Morrigane ferait de même. *Tu n'es pas Mathilde Lachance*, se répéta-t-elle. *Tu n'es pas Ezra Squall.*

— Vers le soleil, là où les vents sont chauds.

Morrigane aussi était un Wundereur. Et elle seule déciderait quoi faire de son don.

— Où vas-tu donc, ô fille de la nuit ?

Un filament de lumière s'enroula autour de ses doigts. Elle sourit.

— Vers le monstre qui mord au fond du puits.

Morrigane quitta la Forêt Pleureuse pour regagner la Maison des Initiés si lentement qu'à côté d'elle le Pr Onstald aurait eut l'air d'un guépardwun. Elle n'avait pas du tout envie de quitter la solitude de sa pratique du Nocturna, surtout pour assister à un nouveau cours de « Décoder Nevermoor » en compagnie de personnes pleines de ressentiment à son égard.

Elle n'avait jamais séché un cours auparavant. Mais à cet instant, sur les marches de la Maison des Initiés, elle n'avait qu'un désir : faire demi-tour et partir en courant. Descendre à vive allure l'allée des arbres à feu morts, franchir le portail et foncer droit au Deucalion.

Nocturna

Dans ce scénario imaginaire, personne ne s'interrogerait sur son retour prématuré. Martha l'attendrait pour le thé avec un plateau garni de ses pâtisseries favorites. Le Fumoir laisserait échapper de ses murs la senteur qu'elle préférait (lainage douillet, pleurant bon le propre : pour un maximum de confort et de bien-être automnaux). Et, surtout, Jupiter serait là, de retour de sa dernière expédition qui l'avait tenu éloigné pendant deux semaines. Il l'écouterait patiemment lui parler de Squall, du musée, de sa pratique du Nocturna, et de son échec à son examen, et il ne serait ni fâché, ni inquiet, ni déçu, et tout irait bien.

Mais tout ça n'était que pure imagination.

Sa leçon dans la salle des cartes était bien réelle, et elle allait être en retard. Soupirant et redressant les épaules, Morrigane jeta un dernier coup d'œil vers les portes du campus, vers la liberté...

... et elle le vit.

Jupiter Nord, qui remontait l'allée, comme si elle l'avait fait apparaître par magie. Ses cheveux roux flottaient derrière lui et un sourire illuminait son visage. Il s'arrêta et se plia en deux pour reprendre son souffle, la saluant avec son parapluie. Elle lui rendit son sourire et lui fit un signe de la main.

— Mog ! brailla-t-il. Je suis venu te libérer !

Mais le sourire de Jupiter s'effaça lorsque son regard se porta sur l'autre main de Morrigane. Distraitement, et avec une habileté consommée, la fillette laçait un fil de Wunder doré entre ses doigts.

21

QUELQUE CHOSE D'EXTRAORDINAIRE

JUPITER NE POSA AUCUNE QUESTION. Ce ne fut pas nécessaire. L'histoire s'échappa de la bouche de Morrigane, à toute vitesse, par fragments, avant même qu'il pût dire un mot. Elle lui raconta tout dans le moindre détail : la horde d'oshommes, le cavalier et son cheval, le Musée des moments volés, la visite surprise de Squall, son nouveau talent secret, et la femme noyée, et les boules à neige des morts. (Elle réussit même à placer, très brièvement, le fait qu'ils avaient tous échoué à leur examen de « Décoder Nevermoor », mais comme il fallait s'y attendre, ce n'est pas ça qui retint l'attention de Jupiter.)

— Squall ? dit Jupiter d'une voix étranglée. Tu… il… il était là, à Nevermoor ? *Encore une fois* ? Pourquoi ne m'as-tu pas dit qu'il…

— Tu n'étais pas là ! le coupa Morrigane d'un ton accusateur.

Jupiter tressaillit.

— Mais tu aurais dû le dire à quelqu'un.

Elle le suivit dans l'allée jusqu'au portail.

— Ça fait une semaine que tu invoques le Wunder parce que Ezra Squall t'a montré comment faire ? Tu ne peux pas garder un truc pareil pour toi, Mog. C'est dangereux.

— Chhhh ! siffla-t-elle, scrutant les alentours pour s'assurer que personne ne pouvait les entendre. À qui d'autre est-ce que j'aurais pu le dire ? Certainement pas aux Anciens, ou à Mlle Ravy... S'ils savaient que Squall est venu me voir, qu'il m'a parlé... imagine un peu ce qu'ils...

— Fenestra ! l'interrompit Jupiter. Tu aurais pu en parler à Fen. Ou à Jack !

Morrigane ouvrit la bouche pour rétorquer, puis la referma.

— Heu... ouais. J'y ai pas pensé.

— Et où était ce... musée de... de quoi ?

— Des moments volés. Quelque part près d'Eldritch, je crois. J'ai couru des siècles avant de me repérer. Mais bref, t'es fier de moi, non ? Je sais invoquer le Wunder.

Elle sourit en ouvrant de grands yeux incrédules.

— Je peux vraiment le faire ! Et, Jupiter, je suis très douée.

— Je n'en doute pas une seconde.

Un sourire retroussa le coin de ses lèvres. Il l'observa du coin de l'œil.

Quelque chose d'extraordinaire

— Je te l'avais dit, n'est-ce pas ? Les Wundereurs peuvent utiliser leurs pouvoirs pour faire le bien. Et je sais que tu seras un très bon Wundereur. Onstald se trompe sur toute la ligne.

— Non. Onstald a raison, dit-elle, soudain attristée, alors qu'ils se dirigeaient vers la station du Pébroc Express.

Jupiter salua joyeusement l'agent de sécurité, qui jeta un regard noir à Morrigane. Les élèves juniors n'étaient pas censés quitter le campus durant les heures de cours, mais il ne pouvait pas dire grand-chose, puisqu'elle était avec Jupiter.

— Tu n'as pas écouté ce que j'ai dit à propos de Mathilde Lachance ? reprit Morrigane. Le Musée des moments volés...

— ... n'est qu'un acte de Wundereur, dit-il.

Il leva son parapluie, prêt à sauter dès que le rail passerait, et fit signe à Morrigane de l'imiter.

— Et Mathilde Lachance n'était qu'un Wundereur, ajouta-t-il.

— Et Squall, alors ? dit Morrigane en sortant son parapluie noir.

Elle lustra vite fait la poignée argentée avec un pan de son manteau.

— Et tous les autres qui sont dans le livre épouvantable du Pr Onstald ? Et Tyr Magnusson, et Odbuoy Jemmity et...

— Ah ! cria Jupiter d'un ton triomphant en voyant le rail arriver. Je suis content que tu mentionnes son nom. C'est ça qui m'amène. Maintenant, prête ? ON SAUTE !

Il était quasiment impossible d'avoir une conversation quand on était suspendu en l'air et lancé à grande vitesse. Lorsque Morrigane voulut tirer le levier à leur station habituelle, Jupiter écarta sa main d'une petite tape.

— Attends mon signal, hurla-t-il plus fort que le vent qui sifflait aux oreilles de Morrigane.

Apparemment, ils ne rentreraient pas tout de suite à la maison.

Les bras de Morrigane commençaient à fatiguer à force d'agripper son parapluie. Lorsque ses muscles menacèrent de lâcher et qu'elle se résigna au pire, Jupiter lui fila un coup de coude en indiquant du menton un bout de pelouse dans le coin d'un parc.

— Là !

Sautant du rail, Morrigane atterrit un peu maladroitement, mais au moins, elle était debout. Jupiter trébucha et glissa dans l'herbe sur les genoux.

— Bel atterrissage, dit une voix amusée derrière eux. Dix sur dix.

Sidérée, Morrigane se retourna.

— Qu'est-ce tu fais là, toi ?

— Oh, salut Jack ! ironisa Jack en émergeant de l'ombre d'un arbre. Je t'ai pas vu depuis les vacances d'été, ça va ? Très bien, merci de t'en soucier, Morrigane, c'est très gentil de ta part. J'espère que tu vas bien, toi aussi.

Quelque chose d'extraordinaire

— Salut, Jack, dit-elle en roulant les yeux. Comment ça va ?

— Oh, fais pas tant de manières, ça me gêne !

Il sourit jusqu'aux oreilles et se balança sur ses talons, les mains dans les poches. Une attitude très jupitérienne, songea Morrigane.

— Sérieusement, qu'est-ce que tu fais là ?

— Je lui ai demandé de nous rejoindre, intervint Jupiter. Il m'a beaucoup aidé, le petit malin. On a quelque chose à te montrer.

Il s'épousseta les genoux et se mit à marcher à grands pas. Morrigane et Jack le suivirent.

— Quel genre de chose ?

— Un truc très important, répondit Jupiter.

Comme d'habitude, quand Jupiter avait une idée fixe, elle était obligée de trottiner pour rester à sa hauteur.

— Quelque chose que je t'ai promis il y a des mois. Quelque chose d'extraordinaire.

Morrigane se tourna vers Jack, qui leva les sourcils, l'air très content de lui.

Le parc était… enfin, on ne pouvait pas vraiment appeler ça un parc. Le terrain était dense comme une jungle, et on aurait dit que l'herbe n'avait pas été coupée depuis au moins un an. Mais elle entraperçut le haut d'un banc qui dépassait des fourrés. Cela avait dû être un parc autrefois, pensa Morrigane, mais comme personne ne l'entretenait plus, la nature avait décidé de reprendre le dessus.

Le Wundereur

Jupiter se fraya un chemin à travers un bosquet, écartant ici et là lianes et branchages, pour que Morrigane et Jack puissent passer.

— Jack et moi, on a discuté de ce que tu nous as raconté, Mog. À propos du livre d'Onstald, et des choses qu'il a écrites sur les Wundereurs. Je t'avais promis de trouver une preuve, non ? Eh bien, on cherche depuis des mois, et on a trouvé ceci. Ici.

Il se retourna pour lui adresser un grand sourire.

— Au parc Jemmity.

Les arbres se clairsemèrent, et ils arrivèrent devant un haut mur de pierre couvert de lierre. Jupiter leva l'index vers le ciel. Loin au-dessus d'eux, Morrigane aperçut le mât d'un bateau de pirate, le sommet d'une grande roue et la boucle des montagnes russes.

— Oh ! Attends. C'est ça, le parc Jemmity ?

Elle détailla, extrêmement déçue, le mur de pierre impénétrable.

— Alors… il est fermé ? Pour de vrai ?

— Oui, dit Jupiter. C'est un coup de génie, non ?

Morrigane le regarda sans comprendre.

— Si, je t'assure, renchérit Jack. On a compris le truc !

Pour quelqu'un qui se tenait à l'extérieur d'un incroyable parc d'attractions dans lequel il ne pourrait jamais pénétrer, il avait l'air d'un gosse qui vient de fêter tous les Noëls en une fois.

— Répète-nous ce que dit le livre sur cet endroit. Tu te rappelles ?

Morrigane soupira. Bien sûr qu'elle s'en souvenait.

Quelque chose d'extraordinaire

Onstald lui avait fait écrire une dissertation de trois mille mots sur le sujet, puis elle avait dû exécuter un diorama, avec de petites figurines d'enfants tristes devant des grilles fermées. Ce truc-là lui avait pris trois jours, et maintenant qu'elle se trouvait elle-même nez à nez avec le mur qui la séparait du parc Jemmity, elle comprenait leur déception.

— Un homme d'affaires a demandé un jour à Odbuoy Jemmity de construire un parc d'attractions magique avec un manège, des montagnes russes, des toboggans aquatiques, et ainsi de suite, se mit-elle à raconter d'une voix monocorde. Jemmity a honoré la commande. Le jour de l'inauguration, les gens sont venus des quatre coins de Nevermoor pour admirer son œuvre, mais Jemmity ne s'est pas montré. Lorsque l'homme d'affaires a voulu ouvrir les portes, il n'a pas pu. Le parc ne laissait entrer aucun visiteur, personne ne pouvait en franchir les grilles. Déçus, enfants et parents sont donc rentrés chez eux, et le parc Jemmity est resté intact à ce jour. Mais on a planté tous ces arbres et ces haies tout autour pour épargner sa vue aux passants, parce que c'est trop frustrant et... Jupiter, qu'est-ce que tu fais ? Je ne crois pas que tu devrais !

Jupiter était en train de se bagarrer contre la végétation, arrachant des feuilles par poignées et les balançant par-dessus son épaule, s'efforçant d'enlever le feuillage afin de montrer quelque chose à Morrigane. Ce qui n'était pas facile, les plantes repoussant à toute vitesse.

— Tu as sans doute raison, soupira-t-il.
— Alors, arrête !
— Regarde ! Vite ! souffla Jupiter en retenant une liane qui commençait à s'enrouler autour de son bras.

C'était un petit podium en pierre surmonté d'une plaque violette en forme de losange sur laquelle on pouvait lire :

Ici
s'élève un Spectacle.
Créé par le Wundereur Odbuoy Jemmity
Sponsorisé par Hadrian Canter, P-DG de Canter Finance
Un cadeau aux enfants de Gresham
Hiver Septième,
Ère des Vents d'Est

— Un cadeau aux enfants de...
— Gresham, oui, dit Jack tout content en chassant une tige de lierre qui lui chatouillait la figure. C'est le nom de ce quartier. Drôle d'endroit pour construire un parc d'attractions, tu ne trouves pas ?
— Pourquoi ?
— Regarde autour de toi ! C'est le quartier le plus pauvre de Nevermoor, ça l'a toujours été. Il n'y a quasiment rien dans le coin. Le Wunderground ne vient même pas par ici. Et pourtant, il existe un immense parc d'attractions fermé et secret au milieu du seul espace vert ?
— Ouais... accorda Morrigane. Mais...

Quelque chose d'extraordinaire

— Chhh ! Écoutez, dit Jupiter en posant l'index sur ses lèvres.

Morrigane et Jack se turent. Au début, Morrigane n'entendait que des chants d'oiseaux, le faible bruissement du vent dans les arbres, puis...

— Il y a des gens à l'intérieur !

Elle entendait des voix. Des voix d'enfants. Un cri, suivi de nombreux éclats de rire. Et...

— C'est quoi, de la musique ?

— Oui, la musique d'un manège, je crois, dit Jupiter.

Morrigane était perplexe.

— Alors... il n'est pas fermé ?

— Pas exactement, répondit Jack. Pas pour tout le monde.

— Comment t'as découvert ça ?

— Par mon ami Sam, à l'École Graysmark. Il a grandi à Gresham, il m'a parlé de ce parc incroyable où il allait quand il était petit. Ensuite, il était trop âgé, le parc lui refusait l'entrée. Aucun des autres garçons ne le croyait. Mais je me suis souvenu de ce que Jupiter m'avait dit à propos du parc Jemmity, alors j'ai demandé à Sam de m'y emmener. Il disait vrai. Le parc ne te laisse entrer que si tu as moins de treize ans...

Morrigane poussa un cri et se redressa, droite comme un piquet.

— Ça veut dire que...

— ... et que tu habites à Gresham.

— Oh, dit-elle, déçue. Dans ce cas, qu'est-ce qu'on fait là ?

— Tu ne comprends donc pas ? dit Jack, exaspéré. Dis-lui, oncle Jupiter.

Jupiter frappa de la main la plaque violette dans un geste théâtral.

— Onstald a tort, Morrigane. Il se trompe au sujet du parc Jemmity. Odbuoy n'était pas un plaisantin cruel qui avait construit un pays des merveilles pour en interdire ensuite l'accès. Il n'a pas créé un Fiasco. Il a créé un endroit merveilleux, pour un petit groupe de gens qui le méritent. Pour les enfants de Gresham, qui n'avaient jamais rien eu de pareil auparavant. Juste là, en plein milieu du quartier le plus pauvre de Nevermoor. Il leur a donné quelque chose qui n'appartient qu'à eux.

« Et j'ai fouillé dans les archives du conseil de Gresham. Sur ce terrain s'élevaient des immeubles d'habitation, jusqu'à ce que Hadrian Canter, un homme richissime, le rachète, durant l'Ère des Vents d'Est. Il a expulsé des centaines de gens et démoli le lotissement pour construire son parc d'attractions, et il comptait faire payer l'entrée une fortune. Ce qui veut dire qu'aucun habitant du quartier n'aurait jamais eu les moyens d'en profiter. Je suppose que Odbuoy Jemmity n'a pas trouvé ça très juste. Alors, il a construit le parc comme on le lui demandait, mais... il y a ajouté quelques règles, dit Jupiter en éclatant de rire. Hadrian Canter a dû être super content !

— C'est sûr, approuva Morrigane, souriante.

Tous trois restèrent silencieux, écoutant les bruits lointains de musique et de rires. C'était la première fois

Quelque chose d'extraordinaire

que Morrigane se sentait si heureuse d'être exclue de quelque chose.

L'après midi se transforma en un crépuscule gris et froid, et un vent glacé mordit le visage de Morrigane, mais peu lui importait. Ses cheveux noirs volant au vent, les yeux humides, elle se sentait plus légère qu'elle ne l'avait été depuis le jour de la cérémonie d'inauguration. Elle se laissa emporter par le Pébroc Express, avec Jupiter et Jack, traversant le QAS (Quartier des Affaires Sérieuses), attendant le signal pour sauter.

— Onstald a tort, hurlait-elle par-dessus les rafales.

Rien que de prononcer ces mots la rendait euphorique.

— Et s'il a tort pour Odbuoy Jemmity, alors peut-être...

Elle n'était pas certaine de la façon de terminer sa phrase. S'il avait tort à propos d'Odbuoy Jemmity, alors peut-être que quoi ? Peut-être qu'il se trompait à propos des Wundereurs ? Ou, du moins, à propos de certains d'entre eux ?

Elle serra son parapluie plus fort.

Peut-être qu'il se trompe à propos de moi.

— On n'a pas encore terminé, Mog ! hurla Jupiter qui désigna un bout de trottoir désert. Là ! Près du cabinet d'avocats.

Le Wundereur

Ils atterrirent comme des chefs devant un immeuble dont l'enseigne indiquait : « Mahoney, Morton & McCullough, Avocats ». Jupiter les emmena dans une ruelle sans nom, au bout de laquelle une porte conduisait à un étroit passage souterrain. Ils émergèrent dans une petite cour pavée, prirent un nouveau passage souterrain, traversèrent encore deux cours, suivirent une allée malpropre qui sentait le chien mouillé, avant d'emprunter un minuscule passage pavé. Sur le mur, une plaque mettait en garde :

ALLÉE VAGUEUSE
ATTENTION !

PAR ORDRE DE L'ESCADRON DES BIZARRERIES GÉOGRAPHIQUES
ET DU CONSEIL DE NEVERMOOR,
CETTE RUE EST DÉCLARÉE
PASSAGE ESPIÈGLE DE CATÉGORIE ROUGE
(NIVEAU DE DANGER ÉLEVÉ
AVEC RISQUES DE DOMMAGES CORPORELS).

SI VOUS ENTREZ,
CE SERA À VOS RISQUES ET PÉRILS.

Morrigane ne put dissimuler sa surprise.

— Jupiter, t'avais dit plus de passage espiègle !

— Les règles sont faites pour qu'on les enfreigne, Mog, répliqua-t-il en haussant un sourcil. Mais juste pour cette fois, entendu ? Seulement parce que tu es

Quelque chose d'extraordinaire

avec moi, et parce que je sais exactement ce que cache ce passage espiègle.
— Quelque chose d'extraordinaire ? demanda Morrigane avec un grand sourire.
— Quelque chose d'incroyable, approuva Jack.
L'espièglerie de l'Allée Vagueuse était très désagréable. Elle devenait de plus en plus étroite à mesure qu'on y avançait, jusqu'à ce que Morrigane se retrouve compressée entre deux murs de brique (« Continuez à avancer, vous deux ! » couina Jupiter loin devant eux, dont la tête semblait près d'éclater comme un ballon), et puis, soudainement…
— Les tours Cascades ! hurla Jupiter par-dessus le grondement d'une chute d'eau alors qu'ils sortaient du passage, à bout de souffle.
Il y avait une dizaine de chutes d'eau, au minimum. Certaines étaient immenses, formant d'impénétrables rideaux d'écume blanche qui s'écrasaient au sol de manière spectaculaire ; d'autres, délicates et transparentes, tintaient comme des carillons de verre. Une véritable symphonie aquatique, tombant de nulle part et disparaissant dans le néant, le tout formant un immense gratte-ciel en trois dimensions qui scintillait de mille feux.
Morrigane chancela. La création de Decima Kokoro n'avait rien à voir avec ce à quoi elle s'attendait. Elle était estomaquée. Elle ne se serait jamais doutée de ce qui se trouvait ici. À une rue d'ici, on n'entendait pas le vacarme de l'eau, rien dans l'air n'indiquait que derrière

ces immeubles lugubres se dressait une structure d'une telle beauté et aussi assourdissante.

C'était vraiment magnifique.

— Il a appelé ça un Fiasco, hurla-t-elle, incrédule, par-dessus le fracas.

Soudain, sa stupéfaction vira à la colère.

— Onstald, il a dit que c'était un Fiasco, presque une Monstruosité. Or c'est... c'est...

— Oui, hurla Jupiter. C'est... oui. Exactement.

Jack et lui, les yeux rivés sur les tours Cascades, affichaient tous deux une mine béate, comme Morrigane.

— On entre ?

Il ouvrit son parapluie, et Jack et Morrigane le suivirent. Ils passèrent sous la section la plus douce de la chute d'eau. C'était aussi simple que ça. Le livre d'Onstald disait à quel point il était difficile de pénétrer dans l'immeuble de Decima Kokoro sans être trempé jusqu'aux os, emporté par les eaux, ou carrément noyé. Mais tous trois ressortirent de l'autre côté du mur d'eau et secouèrent les gouttelettes de leurs parapluies. Ils étaient parfaitement secs. Le bruit assourdissant s'était évanoui.

Morrigane s'était attendue qu'il fasse sombre et humide, comme dans une grotte, au cœur des tours Cascades, mais l'espace était agréable et lumineux. Une pâle lumière verte filtrait à travers les rideaux d'eau, dessinant des motifs ondoyants sur le sol. L'immeuble était immense et vide. Silencieux. C'était comme une cathédrale faite de verre liquide.

Quelque chose d'extraordinaire

— Pourquoi est-ce que personne ne l'utilise ? Les gens ignorent-ils son existence ? demanda-t-elle dans un murmure.

Elle avait la sensation d'être entrée dans un lieu sacré, un endroit magique, et elle ne voulait pas rompre le sort.

— Je ne sais pas. Je ne suis même pas sûr de connaître le nom du propriétaire.

— Comment tu l'as trouvé ?

— Bah, ça m'a pris du temps, dit-il. Mais j'ai la chance de fréquenter beaucoup de gens qui savent beaucoup de choses. Et puis je suis curieux de nature, n'est-ce pas ?

Ils traversèrent l'immense pièce, pour rejoindre Jack qui se tenait devant un autre petit podium, surmonté d'une plaque violette en forme de losange.

**Voici
une Singularité
Créée par le Wundereur Decima Kokoro
Sponsorisée par le Sénateur Helmut R. Jameson
Un cadeau aux habitants de Nevermoor
Printemps Septième,
Ère des Vents d'Est**

— Une Singularité, dit Morrigane, qui se rappela aussitôt sa rencontre avec Ezra Squall. C'est comme ça qu'Ezra Squall a appelé le musée des moments Volés. Il a dit que le Comité de Classification des Actes de Wundereurs l'avait classifié comme « Spectacle ».

Le Wundereur

D'après lui, le Comité s'était trompé, parce qu'il n'en avait pas compris la nature véritable.

Le regard de Jack se mit à aller et venir entre Morrigane et Jupiter :

— Le musée de quoi ? Quand est-ce que t'as vu Squall ?

— Toutefois, un truc m'échappe, continua Morrigane en l'ignorant. Selon le livre d'Onstald, la Classification des Actes de Wundereurs ne compte que cinq catégories : les Bévues, les Énormités, les Fiascos, les Monstruosités et les Dévastations. Il ne parle ni de Spectacle ni de Singularité. Mais ces catégories existent bel et bien, puisque… puisque nous sommes au cœur de l'une d'entre elles.

Elle leva les bras au ciel.

— Alors pourquoi Onstald ignore-t-il leur existence ? Il a écrit un livre entier sur les actes des Wundereurs, bon sang ! Pourquoi pense-t-il que cet endroit est un Fiasco ?

— C'est quoi, cette histoire avec Squall ? insista Jack d'une voix un peu plus aiguë.

Il souleva son cache-œil comme pour mieux appréhender la situation.

— Bonne question, Mog. J'ai peur de ne pas savoir, dit Jupiter en se grattant la barbe. Je te suggère de la poser au Pr Onstald lui-même.

— Oh, je la lui poserai, lui assura Morrigane, animée d'une détermination nouvelle.

Comment Onstald avait-il pu écrire un livre entier sur les Wundereurs et leurs actes alors que, visiblement, il était si mal informé ? S'était-il donné la peine de chercher les tours Cascades et le parc Jemmity, ou les autres actes des Wundereurs dont parlait son livre ?

— Dès demain matin à la première heure, ajouta-t-elle.

— Vas-y doucement, hein ? lui conseilla Jupiter. Personne n'aime s'entendre dire qu'il a tort. Surtout un homme qui a consacré un pavé à ce sujet.

— Je ne te promets rien, dit-elle d'un air sombre.

Quelques instants s'écoulèrent en silence. Morrigane fulminait tandis que Jupiter admirait la beauté des tours Cascades. Puis, Jack, qui n'en pouvait plus, leur cria :

— Est-ce que quelqu'un va me DIRE ce que c'est que CETTE HISTOIRE avec Ezra Squall, À LA FIN ?

22

CE TRAÎTRE
DE GARDIEN DU TEMPS

— T'as choisi ton costume ?
— Un costume ?
— Pour Hallowmas, dit Hawthorne. C'est demain.
— Heu…

Morrigane cligna des yeux. Elle avait du mal à soutenir une conversation. Elle avait à peine dormi la nuit précédente, et c'est l'esprit complètement ailleurs qu'elle descendait le chemin de la Forêt Pleureuse qui menait vers la Maison des Initiés.

— Non. Je n'y ai pas du tout pensé.
— Tu sais en quoi tu devrais te déguiser ? dit Hawthorne en regardant autour d'eux avant de chuchoter : En Wundereur !

Morrigane fit la grimace.

— C'est l'idée la plus ridicule que j'aie jamais entendue.

— Nan, écoute. Personne ne sait que t'es réellement un Wundereur, sauf...

— Sauf, l'interrompit Morrigane en comptant sur ses doigts, toi, Jupiter, Jack, Fenestra, Mlle Ravy, le Pr Onstald, les Anciens, les Maîtresses Initiatrices, toute notre unité et leurs mécènes.

— Ouais, mais personne d'autre.

— Oh ! Sans oublier le mystérieux maître chanteur. Et Ezra Squall, et...

— Bref, insista-t-il, c'est pour ça que c'est une super bonne idée ! C'est heu... c'est quoi le mot ? Homer l'a utilisé l'autre jour. C'est... *ironique*.

— Qu'est-ce que ça veut dire ?

— Ça veut dire... je sais pas, peu importe. Mais imagine-toi la tête de tout le monde si tu te pointais à la soirée habillée en Wundereur ! La bouche noire, des griffes à la place des pieds, une vieille cape... ce serait le costume le plus effrayant de tous. Et BOUM. Succès instantané.

— Et BOUM, renvoi instantané, dit Morrigane en roulant les yeux.

Ce n'était même pas à cela que Squall ressemblait.

— Au fait, c'est quoi, cette soirée ?

— Celle qu'on veut ! dit Hawthorne en sautant en l'air pour toucher une branche basse. L'Unité 918 en donne une chez Freddie Roach. Freddie est dans mon cours de « Soins reptiliens ». Il est sympa. Et les amis d'Homer organisent une fête. Je parie qu'il nous

Ce traître de Gardien du temps

y emmènerait si on promet de rester à au moins trois mètres de lui et de porter des masques recouvrant entièrement nos visages.

— Mais on va défiler dans la Parade des Ténèbres, tu te rappelles ? dit Morrigane en frissonnant. On n'a pas besoin de porter de costumes pour ça, juste nos uniformes noirs.

Elle resserra son manteau autour d'elle et le boutonna jusque sous son menton. L'automne était vraiment arrivé. En dehors des murs du Sowun, l'air était frais et ils pouvaient marcher dans des tas de feuilles mortes qui craquaient agréablement sous leurs pas. Au cœur du Sowun, en revanche, le vent était âpre, il régnait en permanence une odeur de feu de bois et de pommes pourrissantes, et la canopée de la Forêt Pleureuse vibrait de rouge, de doré et d'orange (ce que les arbres plaintifs n'avaient pas l'air d'apprécier, mais étaient-ils jamais contents ?).

— Mais ça, ce n'est pas avant minuit ! Je parie que Jack connaît quelqu'un qui donne une soirée, peut-être qu'on pourrait...

— Jack sera au Deucalion, dit Morrigane. Et je suppose que je devrais y être aussi, pour voir quel incroyable décor Frank a concocté pour Hallowmas.

— Oh !!! Je peux venir ?

— Bien sûr.

— Cool. Je vais me déguiser en pirate, je crois. Ou en démon. Ou en dinosaure. Je sais pas encore exactement. En vampire peut-être...

Le Wundereur

Hawthorne continua d'énumérer une liste interminable de costumes potentiels tout le long du trajet jusqu'à la Maison des Initiés. Il n'avait pas l'air d'avoir besoin de l'avis de Morrigane, ce qui lui convenait parfaitement ; comme ça, elle n'était pas obligée d'écouter.

Elle était restée debout la moitié de la nuit, à réfléchir à la manière d'aborder cette conversation avec Onstald. Certes, Jupiter avait raison. Personne n'aimait s'entendre dire qu'il avait tort. Cela signifiait-il pour autant qu'on ne devait rien dire ?

Après tout, Onstald avait passé toute l'année à enseigner d'affreux mensonges à Morrigane. Il s'était déclaré expert sur un sujet sur lequel il ne connaissait visiblement rien, et il avait fait croire à Morrigane qu'elle était condamnée à répéter les mêmes erreurs commises par tous les Wundereurs maléfiques, idiots ou inutiles qui l'avaient précédée.

Plus elle y pensait, plus elle enrageait. Toute la matinée, elle avait ruminé sa colère, pensant aux tours Cascades et au parc Jemmity, et à tous les autres actes de Wundereurs qui étaient peut-être encore ici à Nevermoor, attendant d'être découverts si quelqu'un se donnait la peine de les chercher.

Lorsque Morrigane entra en trombe dans la salle de classe du Pr Onstald, les épaules en arrière, la tête haute, elle était prête à s'entretenir très sérieusement avec son professeur tortuewun.

Elle jeta violemment son sac à dos sur le bureau.

— Qu'est-ce... que... c'est... que... tout... ce... raffut ? demanda le Pr Onstald.

— Vous avez tort, dit Morrigane, se surprenant un peu elle-même.

Furieuse ou pas, elle n'avait pas prémédité une entrée en matière aussi abrupte.

— Je... vous... demande... pard...

— Pardon, c'est ça, l'arrêta Morrigane, trop impatiente pour le laisser finir sa phrase.

Les petits yeux d'Onstald s'écarquillèrent, et sa bouche s'ouvrit légèrement devant pareille impolitesse. Mais elle n'en avait rien à faire. Elle ne se laisserait pas démonter.

— Vous avez tort dans votre Histoire abrégée d'actes des Wundereurs. Votre livre dit qu'il n'existe que des actes mauvais : des Bévues, des Énormités... et... des Monstruosités, et tout ça.

Le Pr Onstald la fixait du regard.

— Ce ne sont que...

— Or ce n'est pas vrai, continua Morrigane sur sa lancée. Et les Singularités, alors ? Et les Spectacles ?

Elle se tut, attendant la réponse d'Onstald. Son visage ridé était dénué d'expression.

— Les tours Cascades ne sont pas du tout un Fiasco, poursuivit-elle. Je le sais, parce que je les ai vues.

La mâchoire d'Onstald sembla se décrocher.

— Vous... avez... vu...

— Oui, et elles sont merveilleuses. Il y a une plaque violette là-bas, en forme de losange, qui indique : *Voici une Singularité*. Pas un Fiasco. Une *Singularité*. Un cadeau aux habitants de Nevermoor. Et le parc Jemmity n'est pas fermé à tout le monde. Il laisse entrer les enfants pauvres qui méritent de l'avoir pour eux seuls. Le Comité de Classification des Actes de Wundereurs l'a classé dans la catégorie « Spectacles », et c'est un cadeau aux enfants de Gresham. Il y a une autre plaque violette qui le précise.

Morrigane vit que le Pr Onstald était de plus en plus agité, mais elle ne pouvait plus s'arrêter. Elle avait tellement envie lui faire comprendre, qu'elle prenait à peine le temps de respirer.

— Vous ne voyez pas ce que ça signifie ? Vous vous êtes trompé, professeur. Votre livre dit que tous les Wundereurs de l'histoire étaient stupides, méchants, cruels ou inutiles. Pourtant Decima Kokoro n'avait rien d'inutile, c'était un génie. Et Odbuoy Jemmity n'était pas cruel, il était bon et généreux.

— Pas... si... fort, dit le Pr Onstald qui jetait des regards anxieux vers la porte.

Quelques personnes qui passaient dans le couloir jetèrent un coup d'œil à l'intérieur, s'interrogeant sur la cause de tout ce boucan.

— Quelqu'un... pourrait...

— Je me fiche que quelqu'un m'entende ! aboya Morrigane.

Elle sentit des larmes de colère lui monter aux yeux et maudit ses glandes lacrymales pour leur traîtrise. Pourquoi la colère lui donnait-elle envie de pleurer ? Ce n'était pas du tout le message qu'elle voulait faire passer. Elle serra les poings de toutes ses forces.

— Je ne me tairai pas tant que vous ne m'aurez pas écoutée. Ne voyez-vous pas que si vous aviez tort à propos de Kokoro et de Jemmity, alors vous vous trompez aussi sans doute sur d'autres Wundereurs. Ne vaut-il pas la peine de rechercher la vérité ? S'il existe des actes de Wundereurs positifs, n'aimeriez-vous pas…

Morrigane s'interrompit, remarquant soudain que le Pr Onstald n'avait pas exprimé la moindre surprise. Il ne l'avait pas traitée de menteuse, ne lui avait pas demandé comment elle savait ça, n'avait même pas eu l'air perplexe lorsqu'elle avait mentionné les Spectacles et les Singularités. Tout ce qui l'inquiétait, c'était que quelqu'un puisse entendre ce qu'elle était en train de dire. Il n'arrêtait pas de lorgner vers la porte.

Un long silence tomba entre eux.

Morrigane baissa les yeux vers le volumineux ouvrage qui reposait sur le bureau du professeur et posa la main sur sa couverture fanée. *Bévues, Énormités, Fiascos, Monstruosités et Dévastations : histoire abrégée d'actes de Wundereurs.* Quand elle reprit la parole, sa voix était à peine audible par-dessus le tic-tac de l'horloge accrochée au mur.

— Une histoire *abrégée*. Réduite. Expurgée.

Elle leva les yeux vers Onstald, se rappelant les mots de sa première leçon.

— Vous saviez déjà tout ça, n'est-ce pas ? Vous avez omis délibérément certaines choses. Vous avez menti.

Prenant une longue inspiration sifflante, Onstald ouvrit la bouche et un filet de bave s'étira entre ses lèvres ridées.

— J'ai… révisé le texte.

— Vous avez MENTI ! hurla Morrigane, incapable de se retenir. Vous me mentez depuis le début. Vous avez voulu me faire croire que les Wundereurs sont tous maléfiques. Pourtant vous saviez que ce n'était pas le cas, n'est-ce pas ?

— Tous les Wundereurs... sont... ma...

Ne supportant plus d'entendre à nouveau la même rengaine, Morrigane ouvrit le livre et le feuilleta avec agressivité jusqu'à trouver le chapitre concernant Odbuoy Jemmity.

Et elle l'arracha. Le chapitre entier. Grinçant des dents, elle déchira les pages en menus morceaux, puis les laissa voleter jusqu'à terre comme des confettis.

— ARRÊTEZ. DE. MENTIR.

Le Pr Onstald ouvrait la bouche pour protester contre cet acte choquant de vandalisme lorsque Henry Moutet se précipita dans la pièce, l'air inquiet et un peu troublé. Il avait dans les bras une pile de livres et de cartes, et sa frange lui tombait dans les yeux.

— Oh ! Je suis désolé, professeur Onstald, je passais par ici et j'ai cru entendre des cris.

Son regard fit des allers-retours entre Morrigane, la vieille tortuewun et les bouts de papier sur le sol. Il fronça les sourcils, perplexe.

— Tout va bien ?

Il s'adressait à Morrigane, mais ce fut le Pr Onstald qui répondit.

— Tout... va... bien... jeune... homme.

Morrigane nota qu'il s'adressait à Moutet comme à un élève, et non à un de ses collègues. Cela l'agaça encore plus. Comment osait-il manquer de respect à Moutet, alors que le jeune prof était si gentil et attentionné, et que lui-même n'était qu'un sale menteur ?

— Retour... nez... à... vos... affaires.

Mais Moutet regardait encore Morrigane, l'air inquiet.

— Mademoiselle Crow, est-ce que...

— Elle... va... *très bien*, assura le Pr Onstald. Votre... présence... ici... est... inappropriée, mon garçon.

Moutet rougit légèrement.

— Bien sûr, professeur Onstald, dit-il. Mes excuses.

Après avoir lancé un dernier coup d'œil interrogateur à Morrigane, il baissa la tête et, en pivotant, il se cogna le genou contre le bureau d'Onstald. Il poussa un cri de douleur et lâcha sa brassée de livres et de cartes. Il se dépêcha de les rassembler, encore plus écarlate, et dans son embarras, il trébucha et envoya valser encore une fois tout son chargement.

Au milieu de ce bruit et de cette confusion, une chose très étrange se produisit.

Morrigane eut soudain l'impression que le monde s'arrêtait. L'air autour d'elle était aussi épais que de la mélasse. Le temps s'écoulait à une lenteur insupportable, il semblait devenu solide et la maintenait clouée sur place. Si son esprit était aussi vif que d'habitude, ses yeux, en revanche, se mouvaient à une vitesse d'escargot, refusant de se tourner vers ce qu'elle voulait absolument qu'ils regardent. À la périphérie de sa vision, elle vit qu'à l'autre bout de la pièce Moutet aussi était immobile, ses affaires flottant dans l'air – dans le temps, tout autour de lui.

Une éternité parut s'écouler. Morrigane s'interrogea : était-elle responsable de ce phénomène ? Ses talents imparfaits de Wundereur la trahissaient-ils une nouvelle fois ? Puis elle comprit.

Se déplaçant dans son champ de vision à son rythme de tortue habituel (qui, présentement, était dix fois plus rapide que le sien), le Pr Onstald traversa la pièce à petits pas traînants, souleva l'*Histoire abrégée* dans ses bras et sortit.

Onstald. C'était lui qui avait fait ça. Il avait ralenti le temps.

Quelques instants plus tard, le monde revint à la vie. Les livres et les cartes de Moutet s'écrasèrent sur le sol, et il se cogna à nouveau le genou contre le bureau, ce qui lui arracha un cri de douleur.

Morrigane prit une grande inspiration et courut à la porte. Trop tard. Le professeur s'était volatilisé.

— Comment il a fait ça ?!

Moutet respirait comme s'il venait de courir un marathon, une main appuyée sur la poitrine.

— Eh ben. Je ne savais pas... J'ai toujours pensé que le Pr Onstald appartenait à l'École des Arts mineurs. J'ignorais que c'était un Gardien du temps. Je ne savais pas qu'il en restait dans le Royaume Sans Nom.

— C'est quoi, un Gardien du temps ?

— C'est un talent très rare, dit Moutet.

Le regard toujours rivé à la porte par laquelle Onstald avait disparu, il secoua la tête, les yeux écarquillés.

Ce traître de Gardien du temps

— Il y a différentes manières de manipuler le temps : on peut l'arrêter, le raccourcir, le répéter en boucle, l'étirer. On dirait qu'Onstald est un étireur de temps. Je n'arrive pas à y croire.

Morrigane laissa échapper un reniflement de dérision.

— Moi si. C'est aussi un étireur de vérité. Et il a emporté le livre !

Elle tapa du poing sur le bureau. Elle avait voulu prendre le livre d'Onstald, comme preuve de sa malhonnêteté. Le rapporter chez elle et le consulter avec Jupiter, afin de voir quelles autres Bévues et Monstruosités étaient en réalité des cadeaux aux habitants de Nevermoor.

— Quel était ce livre ? demanda distraitement Moutet en ramassant ses affaires.

Morrigane se pencha pour l'aider.

— L'*Histoire abrégée d'*…

Elle s'arrêta juste à temps, serrant les lèvres tandis qu'elle lui tendait une carte roulée. Il était impossible de dire à Moutet le titre du livre sans risquer de révéler qu'elle était un Wundereur.

— J'ai oublié. Un manuel d'histoire sans intérêt.

— Oh, eh bien… je suis sûr qu'il le rapportera, dit Moutet en se dirigeant vers la porte.

Il avait toujours l'air perturbé et choqué, comme s'il ne s'était pas encore remis des effets de l'étrange talent d'Onstald. Morrigane le comprenait. Elle-même avait encore un peu le tournis.

— Il faut que j'y aille. J'ai un cours à préparer. À bientôt, mademoiselle Crow.

— Un Gardien du temps ? Ça alors ! Tu es sûre ?
— C'est ce qu'a dit Moutet. Et il a bel et bien étiré le temps… ou du moins, c'est l'impression que ça donnait.

Morrigane prit une grande inspiration, inhalant un nuage de fumée de camomille qui s'échappait du mur. Elle était rentrée chez elle dans tous ses états, hurlant le nom de Jupiter tout en courant dans le couloir qui menait à son bureau, prête à lui raconter ce terrible épisode. Son mécène avait suggéré, avec raison, qu'ils aient cette conversation dans le Fumoir désert et avait demandé à Kedgeree de diffuser une odeur calmante. Morrigane lui avait tout raconté dans les moindres détails, et avait été très satisfaite lorsqu'elle en était arrivée au moment où elle avait compris qu'Onstald connaissait la vérité depuis le début, ce qui avait carrément fait sauter Jupiter hors de son fauteuil. Il avait fallu pas mal de camomille pour qu'il cesse de faire les cent pas et se rassoie.

— Mais pourquoi il mentait ? dit Morrigane.

Elle répétait cette question pour la énième fois de l'après-midi, et Jupiter n'en connaissait pas plus qu'elle la réponse.

— Il va falloir que j'aille parler aux Anciens, finit-il par dire. Plus que n'importe qui, ils doivent connaître la vérité.

— Demain ? demanda Morrigane avec espoir.

— Demain, acquiesça-t-il. Avant la Parade des Ténèbres, et après la fête de Frank. Promis.

23

HALLOWMAS

L E SOIR D'HALLOWMAS, le Deucalion brillait d'une effrayante lueur orangée. Toutes les lumières de l'hôtel avaient été éteintes, et l'immeuble était sombre comme un chaudron de sorcière, à l'exception de quelques pièces judicieusement choisies dans lesquelles brûlaient des centaines de bougies. De la rue, les fenêtres éclairées dessinaient avec précision une bouche ouverte et hérissée de dents et deux yeux diaboliques, si bien que la façade du Deucalion ressemblait à une immense lanterne d'Halloween. L'effet était glaçant.

— Je sais que je le répète chaque année, dit Jupiter en admirant son hôtel depuis la cour, mais cette fois tu t'es dépassé, Frank.

— Ça fait super peur, dit Morrigane.

Le Wundereur

Jack, à côté d'elle, murmura qu'il était d'accord, et Martha poussa un cri de joie en tapant dans ses mains.

Charlie flanqua une claque dans le dos de Frank.

— Hallowmas, c'est dans la poche cette année, Frank. Ceux de l'hôtel Aurianna ne vont pas comprendre ce qui leur arrive.

Jack lança un regard en coin à Morrigane, et ils retinrent tous deux leur souffle. La dernière chose qu'ils voulaient, c'était entendre une nouvelle diatribe de Frank à propos de ses grands rivaux.

Mais le visage pâle de Frank se fendit d'un sourire confiant, ses yeux et ses canines scintillant à la lueur du Deucalion.

— Hallowmas m'appartient, les amis. Personne ne marche sur la crête de l'horreur saugrenue et du ravissement diabolique mieux que Frank. Personne.

Morrigane fit un clin d'œil amusé aux autres. Martha sourit en se mordant la lèvre, et Jupiter couvrit son fou rire par une quinte de toux.

— Quel est le programme ce soir, Frank ? demanda Jack.

Ils se dirigèrent tous vers le hall d'entrée éclairé aux chandelles, où une foule d'invités déguisés s'assemblaient déjà, prêts à affronter la nuit terrifiante qui les attendait. Des serveurs leur présentaient des verres de punch noir comme la nuit et des canapés pareils à des araignées poilues et à des doigts humains. Jack n'était rentré de l'école que l'après-midi même et, contrairement à Morrigane, à Jupiter et aux membres du

Hallowmas

personnel, il n'avait pas assisté toute la semaine au réglage minutieux du programme des réjouissances.

— Bonne question, jeune Jack, dit Frank en s'éclaircissant la voix. À partir de 18 heures, les membres juniors du personnel du Deucalion vont accueillir les hordes de petits monstres quêtant des bonbons ou un sort.

— C'est quoi, les bonbons ? demanda Jupiter.

— Oh, comme d'habitude, dit Frank. Des squelettes en gélatine. Des asticots en gomme à mâcher. Des yeux en chocolat.

— Et les sorts ?

— Je pensais les plaquer au sol et leur raser les sourcils.

Jupiter poussa un soupir.

— Non, Frank.

— Du goudron et des plumes alors ?

— Absolument pas.

— Des tatouages sur le front ?

Jupiter gonfla les joues et souffla bruyamment.

— Ne pourrait-on pas imaginer quelque chose qui n'entraînerait pas de poursuites judiciaires ?

Le visage de Frank s'assombrit un peu et il haussa les épaules.

— À 19 heures, l'Orchestre de chambre de Nevermoor interprétera des chants funèbres dans le salon de musique. À 20 heures, il y aura une représentation magnifiquement gore de *Coup de foudre mortel*, par la troupe des Assoiffés, la fameuse compagnie de théâtre dont les membres sont tous des vampires. J'ai dû tirer beaucoup de ficelles pour les avoir. Ils sont très secrets, et ils ne donnent jamais de représentations pour les gens normaux, dit-il d'un ton à juste titre satisfait. À 21 heures, il y aura une boum de la peur et un concours de déguisements dans la salle de bal secondaire… il est toujours bon de contenter la jeunesse, je pense.

— Hawthorne sera ravi, il adore danser, affirma Morrigane.

Elle, malgré son jeune âge, n'avait aucune intention de se rendre à une boum. Elle jeta un œil sur l'horloge au-dessus du comptoir d'accueil. Où pouvait bien être Hawthorne ? Il était censé arriver avant le coucher du soleil, et il faisait déjà nuit. Ils avaient prévu d'aller sonner aux portes ensemble. Jupiter avait refusé d'emblée, puis s'était laissé fléchir uniquement parce que Jack lui avait promis à contrecœur de les accompagner. Martha avait confectionné un costume de dernière minute pour Morrigane, avec beaucoup de plumeaux violets et de tulle vert, qui la chatouillait et la démangeait comme c'était pas possible.

— Vers 23 heures, continua Frank, la plupart de nos invités iront dans le centre-ville afin de trouver une bonne place pour voir la Parade des Ténèbres. Quant à moi, je n'y assisterai pas cette année, car j'organise au Deucalion mon propre événement de minuit hyper sélect, top-secret, sur invitation seulement.

Frank marqua une pause théâtrale. Morrigane leva un sourcil à l'adresse de Jack, qui lui sourit.

— J'ai retenu les services du Merveilleux Malau.

Hallowmas

— Ohh, dit Martha dont le regard s'illumina. Je l'ai vu dans le journal !

Morrigane n'avait jamais entendu parler du Merveilleux Malau.

— C'est qui, ça ?

— Rien de moins que le plus grand médium vivant de l'État Libre, déclara Frank.

— Selon sa propre pub, marmonna Jack.

Frank l'ignora.

— Malau animera une séance ici, sur le toit du Deucalion. Il dit qu'être dehors sous la pleine lune nous permettra de mieux entrer en contact avec les esprits.

— Une séance à l'ancienne, alors, dit Jupiter, impressionné. Très tendance, Frank. La communication avec les morts est très à la mode de nos jours. Tout cela n'est que charlatanisme, cela dit, car aucun fantôme qui se respecte ne se montrerait à un médium qui fait de la pub dans le *Miroir* et se dénomme lui-même « Merveilleux ». Mais tout de même, très à la mode.

— Attends de voir, Jupiter ! cria le vampire nain qui allait saluer des invités. Malau est un as. Les rubriques people en parleront pendant des jours.

À cet instant, ils entendirent un grincement de roues dans la cour, suivi de claquements de pas sur les marches, et un groupe d'une demi-douzaine d'agents Furtifs en manteaux noirs et grosses bottes s'engouffrèrent dans l'hôtel sous la conduite d'une femme à l'air sévère, aux cheveux gris coupés très court et portant des épaulettes dorées à sa veste.

Le Wundereur

— Bonsoir, inspectrice Rivière, dit Jupiter.

Il affichait une expression accueillante, mais inquiète. Morrigane comprit que si la femme apportait de mauvaises nouvelles, Jupiter et Jack (qui avait discrètement relevé son cache-œil en voyant les Furtifs arriver) devaient déjà s'en douter.

— Capitaine Nord, dit l'inspectrice.

Elle fit signe à ses agents de rester en arrière. Certains des invités semblaient perturbés par cette soudaine intrusion ; d'autres, au contraire, paraissaient ravis, comme s'ils étaient persuadés qu'elle faisait partie des festivités. Elle tira Jupiter à part et lui parla à mi-voix, mais bien sûr, Morrigane, Jack, Charlie et Martha se rapprochèrent à pas de loup pour écouter.

— Je suis désolée de vous déranger. Le QG voulait envoyer un messager, mais je me suis dit qu'il serait préférable que je vous parle en personne. J'ai de mauvaises nouvelles. Nous en avons trois de plus. Tous enlevés aujourd'hui.

Morrigane sentit sa poitrine se serrer. Qui avait été enlevé ?

Jupiter plissa les yeux et frotta sa barbe rousse.

— Trois disparitions de plus ?

L'inspectrice Rivière hocha la tête.

— On a reçu un renseignement anonyme, dit-elle en baissant la voix.

Morrigane, Jack, Charlie et Martha se penchèrent encore plus pour ne pas en perdre une miette.

— Ils vont remettre ça ce soir.

Hallowmas

Morrigane leva les yeux vers Jupiter. Il était livide. Ils étaient en train de parler du Marché Fantôme. Elle en était certaine.

— Je vois, dit-il lentement. Et ce... ce renseignement anonyme... est-ce qu'il a précisé l'endroit où l'enlèvement aurait lieu, ou est-ce que je suis trop optimiste de l'espérer ?

L'inspectrice Rivière secoua la tête, lugubre.

— On a envoyé tous les agents disponibles fouiller les endroits probables, mais comme vous le savez, nous ne sommes pas nombreux.

— Et il est peu probable que l'enlèvement se déroule dans ces lieux-là, ajouta Jupiter.

— Exactement. Alors on travaille avec les Puants... (elle toussota pour se rattraper)... excusez-moi, avec les Forces de police de la Ville de Nevermoor, et nous avons même recruté certains des enseignants du Sowun pour nous assister dans nos recherches.

— Des enseignants ? bredouilla Jupiter. Est-ce une bonne idée ?

— Ils ont insisté, Capitaine. Et c'est compréhensible. Un des leurs a disparu. On l'a enlevé entre les murs du Sowun, si vous pouvez croire ça, près de sa résidence. On a relevé des traces de lutte. Il y avait de l'eau partout... et des os.

— Des os, répéta Jupiter.

— Un fémur, dit l'inspectrice Rivière avec une mine entendue. Quelques doigts.

Jupiter serra les mâchoires. Morrigane savait pourquoi. La Légion squelette. Les *oshommes*. Cela se confirmait : les oshommes avaient enlevé trois nouvelles victimes pour les livrer au Marché Fantôme. Elle s'imagina la petite traînée d'os abandonnés et frissonna.

Mais il y avait un hic dans cette histoire...

— Est-ce que vous avez dit... de l'*eau* ? ne put-elle s'empêcher de demander à l'inspectrice.

L'inspectrice Rivière lui coula un regard oblique, puis s'adressa à Jupiter.

— Elle provenait de la mare dans sa chambre. Nous pensons qu'ils l'ont enlevé là.

Morrigane fronça les sourcils en faisant la connexion.

— Vous parlez du Pr Onstald, n'est-ce pas ? La vieille tortuewun ?

L'inspectrice Rivière serra les lèvres, refusant de tourner les yeux vers elle, ce que Morrigane prit comme une confirmation.

Elle ne pouvait s'empêcher de penser que peut-être Onstald n'avait pas réellement été enlevé. Qu'en fait il s'était fait disparaître lui-même, car il avait peur que Morrigane l'accuse publiquement d'être un imposteur. La vague de colère mêlée de satisfaction qu'elle ressentit à cette idée laissa tout de suite place à la honte.

Puis à autre chose.

Une autre peur s'immisçait lentement dans son cerveau, si subtile qu'elle ne pouvait mettre un nom dessus.

— Qui sont les deux autres ? demanda-t-elle à Rivière.

L'inspectrice fit une grimace exaspérée à Jupiter.

— Tais-toi, Mog, ordonna-t-il. Inspectrice, je suis à votre disposition. Je vais chercher mon manteau.

— En fait, dit l'inspectrice Rivière en levant la main pour l'arrêter, je préférerais que vous attendiez ici. Mieux vaut que vous ne bougiez pas et que vous soyez prêt à nous rejoindre dès qu'on en saura plus. Pour l'instant, on cherche une aiguille dans une botte de foin. Je vous envoie un messager dès qu'on tient une vraie piste.

Jupiter acquiesça de la tête.

— En attendant, nous demandons à tous les membres de la Société Wundrous de rester chez eux, continua l'inspectrice. Nous avons décrété le couvre-feu. Il plane ce soir une réelle menace sur tous les Wuns de Nevermoor.

— Mais... et la Parade des Ténèbres ? s'exclama Morrigane soudain paniquée.

C'était la première fois que Hawthorne et elle défileraient ! Ils rêvaient de ce moment depuis la parade de l'an passé lorsqu'ils avaient vu défiler solennellement dans les rues de Nevermoor les unités du Sowun, dans leurs uniformes noirs, une bougie à la main. (Mais où était Hawthorne ? La minuscule étincelle de peur au fond d'elle grandissait.)

— La Parade des Ténèbres est annulée, dit l'inspectrice Rivière.

La nouvelle frappa Morrigane en plein cœur. Annulée ! Sa première Parade des Ténèbres ! *Annulée !* Quelle que soit la personne responsable de ces disparitions – et qui prenait les Wuns pour cibles – il ou elle contrôlait maintenant tout le monde, au point que les gens avaient même peur de sortir de chez eux. Morrigane sentit une colère sourde s'emparer d'elle, en même temps qu'un goût de cendre désormais familier lui envahissait la gorge.

— Et, Capitaine Nord, continua l'inspectrice, nous demandons à tous les membres de la Société Wundrous d'annuler tout rassemblement ou toutes festivités prévus. Ce n'est pas une nuit à rester dehors pour les nôtres. Nous espérons, puisque tout le monde vous tient en si haute estime, que vous donnerez l'exemple.

Jupiter eut l'air de vouloir débattre de la question, puis se ravisa.

— Bien sûr, dit-il. Je vais en informer mon personnel immédiatement. Nous ferons passer le message. Et je ne bougerai pas d'ici, inspectrice, dans l'attente de vos instructions.

L'inspectrice Rivière inclina brièvement la tête, tourna les talons et sortit, accompagnée de ses agents.

Jupiter jeta un coup d'œil de l'autre côté du hall d'entrée, où Frank amusait un groupe d'invités ravis en sortant et en rétractant ses canines à la demande.

— Je ferais mieux de lui annoncer la mauvaise nouvelle.

Morrigane sentit son cœur se serrer.

Pas de Parade des Ténèbres. Pas de collecte de bonbons. D'autres disparitions.

Mais où est Hawthorne ?

— Désolé du retard ! hurla une voix joyeuse dans l'entrée.

Hallowmas

La créature la plus étrange que Morrigane ait jamais vue pénétra dans l'hôtel.

Sa peau grise en décomposition était couverte de sang. Elle avait de grosses griffes pleines d'écailles émeraude et des serres vertes, ainsi qu'une queue hérissée de piquants. Ses jambes étaient des rectangles argentés truffés de boutons, de vis et de bouchons de bouteille. Et pour compléter ce singulier accoutrement, la créature portait un chapeau de pirate, un manteau de velours rouge, une cravate blanche à fanfreluches et un cache-œil noir.

Morrigane cligna des yeux plusieurs fois, soulagée de voir son ami, mais aussi choquée par son apparence.

— Je n'arrivais pas à me décider, alors ma mère m'a fait un costume de pirate-zombie-robot-dinosaure et…

Hawthorne s'interrompit net en voyant le visage de Morrigane. Il baissa la tête sur ses habits.

— Quoi ? C'est trop ?

Morrigane n'avait jamais vu le Deucalion aussi lugubre. Après avoir mis à Hawthorne au courant de la situation, tous deux coururent jusqu'à la porte de la station dans la chambre de Morrigane, afin de contacter le reste de l'unité 919 et de s'assurer qu'ils resteraient tous en sécurité chez eux. Mais le W était éteint, et ils eurent beau s'escrimer, la porte ne bougea pas. Dépités et inquiets, ils ne purent que retourner dans le hall d'entrée et ronger leur frein. Au moins, Morrigane était soulagée de pouvoir retirer son costume qui la démangeait horriblement. (Hawthorne avait aussi abandonné ses serres, sa queue et ses jambes argentées de robot, quoique à regret.)

Jupiter faisait les cent pas sur le dallage en damier, son manteau sur le dos, ses bottes bien lacées, son parapluie en main, prêt à foncer au signal des Furtifs. Morrigane savait qu'il détestait autant qu'elle rester les bras ballants à attendre des nouvelles, mais qu'il faisait tout son possible pour rester calme et enjoué, pour le bien de tous.

Frank, lui, était furieux. Il avait fallu une heure rien que pour le convaincre que ce n'était pas un coup fourré de l'hôtel Aurianna, qui voulait saboter sa réception. Une fois qu'il eut admis que c'était bel et bien les ordres de la Société Wundrous, ce fut presque aussi grave pour lui.

— Encore un exemple *flagrant* du privilège Wun à son summum, rugit-il avant d'ajouter plus doucement à l'intention de Jupiter et Morrigane : Rien de personnel.

Maintenant, il faisait lui aussi les cent pas dans le hall d'entrée désert. La foule costumée avait été renvoyée chez elle, déçue, et les clients de l'hôtel expédiés au bar à cocktails la Lanterne Dorée, au sixième étage, pour un happy hour qui durerait toute la nuit, afin de compenser l'annulation des festivités.

Hallowmas

— Pas d'offense, répondit Jupiter. Je suis tout à fait d'accord avec toi, Frank.

Il lança un clin d'œil à Morrigane.

— La troupe des Assoiffés est partie, dit sombrement Frank. Ils sont sûrement en train de se moquer de moi. Hier, ils m'ont laissé entrevoir que je pourrais avoir un rôle dans leur production d'hiver, *Créatures de la nuit*, mais maintenant, ça ne risque pas ! Et le Merveilleux Malau est bouleversé. Inconsolable ! Il a dit qu'il percevait la déception des esprits à travers le Gossamer ; alors, même les morts m'en veulent à présent ! Il est parti noyer son chagrin à la Lanterne Dorée.

Le vampire nain éclata en sanglots et Martha le guida vers la méridienne, un bras consolateur passé autour de ses épaules. Il pleurait si fort que Jupiter finit par lui dire qu'il pouvait assurer la séance de minuit sur le toit avec les clients de l'hôtel encore debout à condition qu'il se ressaisisse et cesse de pleurer.

— Les Furtifs sont tous déployés, ils font tout ce qu'ils peuvent, expliqua Jupiter. On ne peut rien faire d'autre qu'attendre de leurs nouvelles. Autant profiter de ce qui reste d'Hallowmas, avant d'aller prendre un repos réparateur et d'espérer que demain tout ira pour le mieux.

Frank partit immédiatement chercher Malau, et Martha et Charlie montèrent sur le toit vérifier que tout était prêt pour la séance.

— Je serai ici, à l'accueil, déclara Kedgeree. Je vous envoie quelqu'un dès que les Furtifs nous contactent.

— Merci, mon ami, dit Jupiter.

Il se tourna vers Morrigane, Hawthorne et Jack :
— Venez, tous les trois. C'est la soirée des morts. Allons discuter avec les fantômes.

Après avoir passé presque toute sa soirée à profiter de l'hospitalité des talentueux barmans de la Lanterne Dorée, le Merveilleux Malau était un peu ivre lorsqu'il commença sa séance.

— Les esprits sont... *hic*... avec nous, mes amis, dit-il.

Il était assis sur un coussin, au centre d'un large cercle de clients.

— Ils sont partout autour de nous, en cette nuit où l'on honore les défunts, alors que les murs entre les morts et les vivants sont le plus... le plus... *finaux*.

Il sembla se creuser la tête pour trouver un autre mot.

— *Fins ?*

Frank avait préparé un décor grandiose pour la séance. Le toit était illuminé par des centaines de longs cierges noirs fuselés, dont les flammes vacillaient pour ajouter à l'ambiance, sans toutefois s'éteindre malgré la brise glacée. Tout le monde était assis sur d'élégants coussins de velours noir et un brouillard (artificiel mais inquiétant à souhait) planait au-dessus du cercle.

Il était dommage que pareils effets fussent gaspillés pour un groupe de clients pour la plupart impatients de retourner à leurs cocktails gratuits au sixième étage.

— Je reçois un message d'un vieil homme... adressé à l'un de vous.

Il indiqua vaguement la moitié des personnes présentes.

— Un homme avec un nom commençant par D. Le père, l'oncle de quelqu'un ? Un grand-*hic*-père, peut-être ? Darren ? David ? Dominic ? Doo... Doody ? Drogley ? Euh... Derek ?

Malau s'obstinait avec un héroïsme admirable.

— Digby ? Dwayne ?

— Ohhh ! glapit une jeune femme qui portait une tiare en plastique fuchsia et une écharpe qui disait : « Future mariée ».

Elle séjournait au Deucalion avec un groupe de femmes bruyantes qui n'avaient pas l'air de vouloir célébrer Hallowmas. Frank les avait invitées à la séance pour grossir l'effectif, et on leur avait déjà demandé à deux reprises d'arrêter de hurler des grossièretés alors que le Merveilleux Malau communiquait avec les morts.

— Est-ce que c'est Wayne ? Mon beau-père s'appelle Wayne. Est-ce que c'est lui ?

Malau parut s'absorber dans ses réflexions.

— Oui, c'est bien lui, finit-il par confirmer. Il a un message pour vous. Il dit... de prendre bien soin de son fils. De vous aimer l'un l'autre.

Le groupe d'amies poussa des roucoulades attendries et la future mariée en eut les larmes aux yeux.

— Je croyais qu'il ne voulait pas que j'épouse Benji !

— Oh, si, continua Malau. Il dit que rien ne le rendrait plus heureux, et qu'il veillera sur vous du Monde Meilleur.

Le visage de la future mariée s'allongea.

— Le Monde Meilleur ? Comment ça ? Wayne n'est pas mort.

La remarque eut raison de Morrigane et de Hawthorne, qui s'efforçaient vaillamment de se retenir de glousser. Quand Hawthorne émit un petit grognement de cochon, c'en fut trop pour Morrigane, qui riait déjà aux larmes.

De l'autre côté du cercle, Jupiter haussa les sourcils à leur adresse, puis indiqua la porte des yeux. Toujours hilare, Morrigane attrapa Hawthorne par le bras. Ils se levèrent, s'apprêtant à partir, lorsque le Merveilleux Malau se leva lui aussi, pointa Morrigane du doigt et déclara d'une voix sonore :

— Tu as craché du feu.

Morrigane cessa immédiatement de rire et se figea. Elle avait envie de se sauver, mais semblait clouée sur place.

Malau inclina la tête sur le côté, et un drôle de pli se creusa entre ses yeux.

— Tu as craché du *feu*.

Soudain, sa voix était ferme et claire. Il ne bredouillait plus, ne trébuchait plus sur ses mots.

— Comme un dragon. Ça t'a plu ?

Hallowmas

Morrigane battit des paupières. Elle lança un regard à Hawthorne, puis à Jupiter, qui avaient tous deux l'air choqués. Tous les membres du cercle étaient tournés vers eux maintenant et dévisageaient Morrigane avec beaucoup d'intérêt.

Elle se sentit rougir. Il va de soi qu'elle ne pouvait l'admettre.

— Non. Non, pas du tout, j'ai jamais fait ça.

— Si, dit Malau d'un ton catégorique. Tu as craché du feu.

Mais comment le savait-il ? Finalement, cet homme n'était peut-être pas un charlatan.

— Je ne vois pas de quoi vous parlez, s'entêta Morrigane de sa voix la plus inflexible.

Jupiter se leva tout à coup, d'un mouvement élégant et précis. Il pencha la tête et planta ses yeux dans ceux de Morrigane.

— Je crois que tu sais exactement de quoi je veux parler.

Morrigane le fixa, étonnée.

— Jupiter, qu'est-ce que...

— Inferno, dit la future mariée.

Elle aussi se leva et avança vers Morrigane avec une grâce féline.

— L'Art diabolique de l'Inferno.

Morrigane avala sa salive en répétant ces mots dans sa tête : *l'Art diabolique de l'Inferno.*

— Qu'est-ce... qu'est-ce qui se passe ?

Son regard alla de la future mariée, à Jupiter, à Malau, pour revenir à son point de départ.

Toutes les autres personnes présentes sur le toit se levèrent comme un seul homme et l'encerclèrent. Même Hawthorne. Ils formaient un cercle serré, épaule contre épaule. Tous leurs mouvements étaient trop fluides, trop précis pour être naturels.

Avec un bel ensemble, ils ouvrirent tous la bouche.

— L'Art diabolique de l'Inferno, dirent-ils à l'unisson. C'est une improbable première manifestation chez un jeune Wundereur, bien que ce ne soit pas du jamais vu. L'Inferno est un outil formidable entre les mains d'un Wundereur accompli...

Ils la jaugèrent tous froidement de haut :

— ... Sauf que toi, tu es loin d'en être un.

Morrigane se souvint de la nuit d'Hallowmas, l'année précédente, lorsque les sorcières du Sabbat Treize avaient conversé entre elles avec une netteté effrayante. Cela avait fait partie des épreuves d'admission à la Société Wundrous, pour elle et Hawthorne, et les sorcières étaient sous les ordres des Anciens.

Était-ce un autre tour de la Société Wundrous ? Un nouveau test ? Sûrement pas ce soir, pensa-t-elle... *sûrement pas* avec la moitié de la Société partie à la recherche des disparus, et un couvre-feu retenant les autres chez eux.

— Qui êtes-vous ? demanda-t-elle. Qu'est-ce que vous voulez ?

Tous ensemble, ils penchèrent légèrement la tête d'un côté. Les coins de leurs bouches se retroussèrent en un sourire familier et son souffle se bloqua dans sa gorge, tandis qu'une peur glacée lui nouait les entrailles.

— Vous, murmura-t-elle.

Bien que l'air fût immobile, tous les cierges s'éteignirent et des volutes de fumée s'élevèrent de leurs mèches. Le clair de lune se reflétait dans tous ces yeux qui la fixaient.

— Vous ne me faites pas peur, articula-t-elle d'une voix tremblante.

Hawthorne s'avança vers elle et posa la main sur son épaule.

— Je vous l'ai déjà dit, déclara-t-il avec une froideur et une conviction qui n'étaient pas les siennes. Il vous faut apprendre à mieux mentir, mademoiselle Crow.

24

L'ART DIABOLIQUE
DE L'INFERNO

M ORRIGANE SENTIT SES ENTRAILLES se contracter en entendant la voix d'Ezra Squall sortir de la bouche de son meilleur ami.

— Arrêtez, chuchota-t-elle. Laissez-le tranquille.

Les coins de la bouche de Hawthorne se contorsionnèrent en un sourire qui ne lui allait pas du tout.

— Nan.

Il leva la main droite et se donna une grosse claque. Morrigane poussa un cri, et alors qu'il levait la main gauche pour recommencer, elle s'élança en avant et lui attrapa le bras.

— ARRÊTEZ ! Je vous en supplie… mais qu'est-ce que VOUS FAITES ?!

Les mains de Hawthorne retombèrent, il s'immobilisa, le visage de marbre. Il recula, très calme, sa tête retombant sur sa poitrine. Comme si quelqu'un avait pressé un interrupteur et l'avait éteint.

Le reste des personnes présentes firent de même, avec des mouvement synchronisés. Le groupe se divisa en son milieu, ce qui permit à Morrigane d'apercevoir l'extrémité opposée du toit.

Là, nonchalamment appuyé à la rambarde dans son costume gris sur mesure, se tenait Ezra Squall. Il sourit à Morrigane et l'observa un moment. Elle ne bougeait plus du tout. Son instinct lui disait de partir en courant, mais elle ne pouvait laisser Hawthorne et Jupiter et les autres.

— Qu'est-ce que vous leur avez fait ? cria-t-elle.

— Ce n'est qu'un petit tour de salon, dit Squall en étendant les mains, les paumes tournées vers le sol, recourbées comme des griffes, et agitant les doigts comme un marionnettiste tirant sur des ficelles. Voulez-vous apprendre ?

Morrigane ne répondit rien. Son cœur battait à mille à l'heure. Si elle plissait les yeux, elle distinguait les fines lignes scintillantes du Gossamer tout autour de lui. Un voile subtil, presque invisible, de lumière dorée.

Parfait. Il n'était toujours pas réellement à Nevermoor. Pas physiquement. C'était un soulagement, mais ça n'avait aucun sens. Morrigane traversa le toit et s'arrêta à quelques mètres de lui, veillant à garder ses distances.

— Comment vous avez fait ça ? demanda-t-elle. Vous ne pouvez rien faire à travers le Gossamer, vous me l'avez dit vous-même.

Squall joignit les mains, comme pour faire une prière, puis les plaça devant sa bouche.

— Ah, voilà ce que la chose a de prodigieux ! Ce n'est pas moi qui suis à l'œuvre. *C'est vous.*

Morrigane lança un coup d'œil au groupe. Tous étaient toujours aussi immobiles et silencieux que des statues. Elle secoua la tête ; ce n'était certainement pas elle qui avait fait ça. Comment le pourrait-elle et pourquoi ? Elle n'aurait jamais su comment s'y prendre.

Squall comprit apparemment son scepticisme.

— Pas directement, bien sûr. Mais vous avez permis au Wunder de s'accumuler, encore et encore, tout autour de vous, inutilisé, incontrôlé. Il faut bien que cette énergie aille quelque part. Au lieu d'assembler et d'utiliser le Wunder comme un Wundereur se doit de le faire en pratiquant régulièrement les Arts diaboliques, l'énergie qui s'emmagasine autour de vous depuis des années s'est transformée en... eh bien, en ceci, dit-il en la désignant avec un sourire perplexe. En cette masse bouillante, brûlante, insupportable. Le Wunder en a eu assez d'attendre. Et puisque vous n'avez pas eu le courage de vous en servir, il se sert de vous.

Il se fendit d'un grand sourire et rejeta la tête en arrière, fermant les yeux comme pour savourer la joie de ce qu'il s'apprêtait à ajouter.

— Et mieux encore... vous me permettez à moi de me servir du Wunder à travers vous.

Morrigane sentit sa bouche devenir toute sèche.

— Non ! C'est faux !

Le Wundereur

Elle prenait ses paroles comme une accusation et elle voulut aussitôt s'en débarrasser, comme si c'était de la boue.

— C'est la vérité, croyez-moi, rétorqua Squall dont le regard brillait.

Son petit rire ravi résonna dans la quiétude de la nuit, et Morrigane eut un frisson dans le dos.

— N'est-ce pas fantastique ? Vous voilà, brillant comme un phare, si vivement et hors de tout contrôle que la plus infime poussée à travers le soi-disant impénétrable Gossamer suffit.

Il ferma les yeux et se pencha en avant, pressant ses mains étendues contre l'air lui-même. Morrigan aperçut alors un trait de lumière d'un or très pâle qui s'écoulait entre ses doigts. Plus que ça, elle le sentit. Alors que Squall appuyait contre le Gossamer, une vague d'énergie pure, chaude comme le soleil et légèrement bourdonnante, la traversa.

— Je suis navré, dit-il avec un sourire narquois, vous n'avez tout de même pas cru que vous étiez capable de manipuler la petite lanceuse d'étoiles et ses amis au point qu'ils retournent leurs armes contre eux-mêmes ? Ou de transformer un minuscule Magnifichaton en un fauve enragé ?

Il éclata de rire.

— Et quand… quand j'ai craché du feu ? dit Morrigane alors qu'un goût de fumée et de cendres se réveillait dans sa mémoire. C'était vous aussi ? C'est vous qui avez fait ça ?

Une ombre d'incertitude passa sur le visage de Squall.

— Non, dit-il. Cette étincelle de fureur était la vôtre. Mais c'est le Wunder qui l'a libérée.

Il marqua une pause pour réfléchir.

— Le Wunder est à la fois intelligent et impulsif, reprit-il. Il souhaite n'être utilisé et dirigé que par les personnes qui sont nées avec la capacité de l'utiliser et de le contrôler, mais si on n'y prend garde, si on le laisse s'exprimer trop librement, c'est lui qui se sert de nous, et non l'inverse.

Morrigane secoua la tête.

— Je ne comprends pas.

— Vous avez craché des flammes parce que le Wunder le voulait.

Squall avait une lueur fanatique dans les yeux. Morrigane sentit un frisson d'excitation lui picoter la nuque. Elle trouvait son enthousiasme pour le Wunder contagieux… et cela la mit au bord de la nausée.

— Je dis que pendant un formidable instant de triomphe, vous vous êtes transformée en dragon, continua Squall, parce que le Wunder en avait assez de vous voir vous comporter comme une souris.

Morrigane prit une grande inspiration par le nez. Elle n'aimait pas l'idée que son libre arbitre puisse lui être ôté par une force invisible, inconnaissable, qu'elle ne comprendrait jamais tout à fait.

— Vous ne devez jamais oublier, mademoiselle Crow, que le Wunder est un parasite, continua Squall. Le Wunder est votre ennemi. Un méchant qui ne dort

Le Wundereur

jamais, qui ne se repose jamais. Qui n'oublie ni ne renonce jamais. Il existe dans un état de vigilance permanent. Il est toujours à l'affût du moment où vous baisserez votre garde. Car les Wundereurs sont sa seule corde de sécurité qui le relie au monde. Nous sommes les canaux grâce auxquels le Wunder se sent réel, vivant.

Enflammé par son discours, Squall faisait maintenant les cent pas, excité, agité et… un peu dément, pensa Morrigane.

— Imaginez que vous êtes un fantôme ! s'écria-t-il.

Sa voix se réverbéra dans la nuit, les mots rebondissant sur les toits voisins comme des cailloux ricochant à la surface d'un lac.

— Arpentant le monde dont vous faisiez partie autrefois, incapable de parler à quiconque, dans l'incapacité de toucher quoi que ce soit. Le regard des gens vous traverse comme si vous n'existiez pas. Qu'est-ce que vous ressentiriez ?

Morrigane sentit son cœur se serrer. Elle n'avait pas besoin de se l'imaginer. Elle en avait déjà fait l'expérience le Noël dernier, quand elle était retournée dans son ancienne maison, le manoir des Crow, par la ligne Gossamer. Une maison pleine de gens, et personne à part sa grand-mère n'avait pu la voir ni l'entendre. Son propre père lui était *passé à travers*.

— On doit se sentir seul, dit-elle doucement. Avec l'impression de n'être rien.

— Exactement. Comme si on apercevait le monde derrière une plaque de verre. Et puis, un beau jour,

L'Art diabolique de l'Inferno

comme ça, vous êtes de nouveau quelque chose. Parce que quelqu'un vous entend. Parce que quelqu'un vous voit. Un ami, enfin ! Une âme sœur ! Quelqu'un avec qui communiquer. L'amour véritable. C'est cela, l'histoire du Wunder et du Wundereur.

— Mais vous venez de dire que le Wunder est notre ennemi, commenta Morrigane, perplexe.

— Cela revient au même, dit-il, une pointe d'impatience glacée perçant sous son calme de façade. Le Wunder porte au Wundereur un amour dangereux, obsessionnel. Et cette énergie doit aller quelque part. Vous rendez-vous compte, mademoiselle Crow, à quel point vous avez frôlé de près la combustion spontanée cette année ? Comprenez-vous que ce que j'ai fait vous a sauvé la vie ?

Il éclata de rire.

— Sans parler de toutes les faveurs que je vous ai faites.

— Les faveurs ?

Morrigane n'en croyait pas ses oreilles.

— Oui, les *faveurs*, s'énerva-t-il. Qui donc a donné à la lanceuse d'étoiles et à son petit ami mal dégrossi une leçon qu'ils n'oublieront jamais ? Qui vous a débarrassée de cette tortue inutile et menteuse ? Non, non, ne me remerciez pas.

Morrigane eut la sensation qu'un poids terrible lui écrasait la poitrine.

— Le Marché Fantôme, dit-elle dans un murmure. C'était vous.

Il inclina la tête et esquissa une petite révérence.

— Ta-da !

— Alfie, le Pr Onstald… c'est *vous* qui les avez enlevés. Pour qu'ils soient vendus comme des unnimaux.

Il leva les yeux au ciel.

— Mon Dieu, non ! Ce serait bien trop de boulot. J'ai simplement tiré quelques ficelles.

Il agita de nouveau les doigts.

— Vous seriez choquée de voir à quel point les gens sont faciles à manipuler. Même à l'intérieur des murs de votre précieuse Société, j'ai réussi à dénicher une paire de mains secourable. Mais bon, j'ai toujours été doué pour repérer le maillon faible.

Morrigane fronça les sourcils.

— Quelqu'un au sein de la Société vous a aidé ? Qui ça ? demanda-t-elle.

Mais Squall mima le geste de refermer une fermeture Éclair sur ses lèvres.

Elle était écœurée. Même Baz Charlton ne se prêterait pas à de telles bassesses. Sans doute pas.

Elle secoua la tête. Elle refusait de le croire.

— Oh, ne faites pas cette mine aussi atterrée ! dit Squall en s'adossant à la rambarde, le front plissé. Et ne prétendez pas que vous n'en êtes pas enchantée. C'est pour vous que j'ai fait tout ça, après tout. Je dois avouer que je m'attendais à un peu plus de reconnaissance de votre part.

— Pourquoi cela ? cracha Morrigane. Faire du mal aux gens ne m'aide en rien.

Un coin de la bouche de Squall se retroussa.

— La Société a bien trop pris ses aises depuis bien trop longtemps. Je voulais en secouer un peu les fondations. Admettez-le, mademoiselle Crow, n'était-ce pas agréable de les voir trembler ? dit-il, un ton plus bas, en se penchant en avant. Quand vous avez craché du feu, n'y avait-il pas une minuscule part d'ombre en vous qui a aimé lire la peur dans leurs yeux ?

Morrigane ne répondit pas. Elle se souvenait de ce jour-là à la gare de la Maison des Initiés. Elle se rappelait le monstre qui avait enflé en elle. La fureur justifiée qui avait couru dans ses veines comme de l'électricité, et qui l'avait transformée, rien que pour un instant, en la personne la plus puissante du Sowun.

Elle revoyait encore les visages apeurés sur le quai. En avait-elle tiré du plaisir ? se demanda-t-elle. Une petite part d'elle-même n'avait-elle pas aimé semer la terreur dans le cœur des autres... au lieu d'être la personne terrifiée, pour une fois ?

Elle détourna les yeux, refusant de répondre à la question de Squall.

— Oui, c'est bien ce que je pensais, dit-il.

Il avait un sourire de chacal, affamé et dangereux.

— Et je suis heureux de vous avoir laissée entrapercevoir votre vraie nature. Bien que je doive admettre que je suis surpris de vous voir là en train de me parler, continua-t-il, le regard perdu sur la vue de Nevermoor au clair de lune. Je pensais que vous seriez partie jouer les héroïnes. Je croyais que vous vous considériez du genre à « ne jamais abandonner ses amis ». Je suis absolument ravi de découvrir que j'avais tort.

Morrigane leva un sourcil.

— Le Pr Onstald n'est pas à proprement parler un ami, dit-elle. Et de toute façon, les Furtifs sont à sa recherche. Ils n'ont pas besoin de moi.

— Je ne parlais pas du machin avec sa coquille, mais des autres kidnappés. L'hypnotiseuse et l'oracle.

— Cadence et Lambeth, chuchota-t-elle, sentant son estomac se nouer. Vous avez enlevé Cadence et Lambeth, dit-elle un peu plus fort. Ce sont mes amies. En quoi cela est censé m'aider ?

Squall laissa échapper un rire sans humour.

— Je n'ai rien fait de tel. Je crains que ma marionnette de la Société, ma paire de mains secourable, n'ait été un peu trop gourmande. Il y a de nombreuses personnes puissantes, au sein de l'État Libre et en dehors, qui paieraient des fortunes pour mettre la main sur certains talents qui sont gâchés dans la Société. Ces deux-là sont des talents très utiles. Et si les rumeurs sont vraies, continua-t-il en se balançant sur ses talons, un quatrième article sera mis aux enchères ce soir. Très convoité. Peut-être que j'irai enchérir moi-même. J'ai toujours voulu un ange pour décorer le sommet de mon arbre de Noël.

— Cassiel, dit-elle à mi-voix.

Mais Squall n'eut pas l'air de l'entendre.

Morrigane serra les poings. Elle savait qu'elle ne pouvait lutter contre lui. Elle ne pouvait rien lui faire. Il n'était même pas là.

— Vous savez où est le marché, prononça-t-elle en s'efforçant de garder son calme. Vous savez où sont mes amies. Dites-le-moi.

Squall inclina la tête de côté.

— Eh bien, oui. C'est précisément la raison de ma venue. Toutefois rien n'est gratuit. Faisons donc un échange.

— Que voulez-vous ?

Il haussa les épaules.

— Ce que j'ai toujours voulu. Faire votre éducation.

— Je vous l'ai déjà dit. Je ne me joindrai jamais à vous. Vous êtes un monstre et un meurtrier.

— Il y a des monstres cent fois pires, dit-il, les yeux étincelants, et des dangers bien plus grands. Mademoiselle Crow, nous avons un ennemi commun dont vous ne devineriez jamais l'identité. Si la Société Wundrous ne vous lâche pas la bride, si elle ne vous accorde pas la liberté de grandir, de devenir le Wundereur que j'ai besoin que vous soyez... cela aura des conséquences terribles. Pour vous comme pour moi.

Morrigane le dévisagea, frappée de stupeur. *Un ennemi commun ?* Mais, c'était lui, Squall, son seul ennemi !

— À présent, c'est l'heure de votre troisième leçon, poursuivit-il. L'Art diabolique de l'Inferno.

Elle secoua la tête, exaspérée. Elle sentit la colère désormais familière monter en elle.

— Mes amies ont besoin d'aide maintenant. Je n'ai pas le temps d'apprendre de nouveaux tours !

Le Wundereur

Il fallait qu'elle quitte ce toit, qu'elle retrouve Cadence et Lambeth avant que quelque chose d'horrible ne leur arrive.

— Non.

Squall avait prononcé ce « non » d'une voix grave, pleine de détermination. Il se détacha de la rambarde et fit deux pas vers elle. Morrigane sentit dans son dos les participants de la séance s'agiter, mais elle ne se retourna pas. Elle ne voulait pas quitter Squall des yeux une seconde.

— Je suis tout à fait d'accord. Il ne vous reste plus beaucoup de temps. Le Wunder qui s'accumule autour de vous est de plus en plus désespéré. Il a atteint une masse critique, et à moins que vous ne parveniez à la canaliser, à lui assigner un objectif, il va vous consumer de l'intérieur.

Il fixa sur Morrigane des yeux noirs qui étaient comme le reflet des siens.

— Mais si la menace de mort qui pèse sur vous ne vous suffit pas, je suis ravi de vous fournir une motivation supplémentaire.

Il fit un geste subtil, et à son commandement, les personnes derrière elle s'avancèrent d'un même pas. Elles dépassèrent Morrigane, puis Squall lui-même, et s'arrêtèrent devant la rambarde, épaule contre épaule, scrutant les ténèbres.

Cela rappela à Morrigane le jour de son arrivée à l'hôtel Deucalion, le matin du Matillon, le premier jour de la nouvelle Ère. C'était une joyeuse occasion, qui s'était terminée, à sa grande surprise, par une scène

L'Art diabolique de l'Inferno

incroyable : tous les invités étaient montés sur la rambarde, levant haut leurs parapluies, avant de s'élancer hardiment dans le vide. Ils avaient tous flotté jusqu'au sol, douze étages plus bas, et atterri sains et saufs.

Comme s'il voyait l'image dans son esprit, Squall leva les deux mains d'un geste rapide. Morrigane poussa un cri quand le groupe sauta pour se jucher sur la rambarde.

Squall se tourna vers elle avec un sourire.

— Pensez-vous qu'ils ont pris leurs parapluies ?

— Arrêtez ! Non ! Hawthorne, descends ! *Descends !* Jupiter !

Elle se précipita et attrapa la main de Hawthorne, puis celle de Jupiter, essayant de les ramener sur le toit, en vain. Elle fit volte-face pour s'adresser à Squall, furieuse :

— Pourquoi vous faites ça ?

— Je vous l'ai déjà dit.

Il parlait si doucement qu'elle dut s'avancer pour l'entendre par-dessus le bruit que faisait son sang dans ses oreilles.

— C'est vous qui faites ça. Si vous étiez ne serait-ce que la moitié du Wundereur que vous devriez être à votre âge, il me serait impossible de puiser ainsi dans vos pouvoirs. Il faut que vous compreniez : votre manque de maîtrise cette année m'a offert une fenêtre fantastique sur Nevermoor et en vous apprenant à prendre le contrôle, je refermerai sûrement cette fenêtre pour toujours. Mais fini de s'amuser. Mes plans à long terme sont beaucoup plus importants, et j'ai besoin de vous vivante.

— Laissez-les partir, répéta Morrigane.

Elle avait prononcé ses paroles entre ses dents, essayant de faire passer sa panique pour de la fureur.

— Volontiers, dit Squall d'une voix grave et calme. Et je vous montrerai aussi où sont vos amies, comme promis. Mais d'abord, il vous faut canaliser ce surplus de Wunder pour apprendre l'Art diabolique de l'Inferno, sinon vous, et eux...

Il désigna d'un geste les somnambules sur la rambarde.

— ... et l'oracle, et l'hypnotiseuse, et l'ange, et le professeur risquent de connaître ce soir une fin tragique. La décision vous appartient, mademoiselle Crow.

Morrigane ne répondit pas. Elle ne pouvait pas parler. Il y avait en elle quelque chose de lourd et de brûlant. Elle posa la main sur sa poitrine. Sa respiration était saccadée.

— VOILÀ ! hurla Squall, l'index pointé sur elle, les yeux soudain farouches. Voilà. Cette sensation. Ce feu dans votre cœur, cette étincelle de colère et de peur. Concentrez-vous dessus. Sentez cette colère brûlante... C'EST ÇA, l'Inferno.

« Maintenant, fermez les yeux et imaginez que vous tendez la main dans votre poitrine. Imaginez que vous refermez votre poing sur cette flamme, l'emprisonnant entre vos doigts comme dans une cage. Fermez les yeux. FAITES-LE.

De mauvaise grâce, Morrigane serra ses paupières de toutes ses forces. Elle le vit par l'œil de son esprit : plus qu'une étincelle, c'était un vrai feu de joie. Qui la consumait de l'intérieur, s'infiltrait dans ses poumons, lui brûlait le fond de la gorge. Un goût de cendre. Elle secoua la tête.

— Je ne peux pas.

— Si, vous le pouvez, insista Squall. Vous êtes un Wundereur. Vous avez la maîtrise de ce feu. Il grandit et diminue en fonction de vos ordres. À vous de décider s'il allumera une bougie ou brûlera une ville entière.

Dans l'œil de son esprit, Morrigane le voyait. Un feu aux flammes dorées, qui brûlait dans sa poitrine. Elle s'imagina refermer les doigts dessus, comme Squall l'avait dit, pour le contrôler, l'éteindre doucement. Le feu siffla, et Morrigane s'imagina des étincelles de Wunder scintillant qui s'échappaient d'entre ses doigts, comme des feux d'artifice miniatures. Elle eut un mouvement de recul.

— Si vous en avez peur, alors vous ne le contrôlez pas, hurla Squall. Vous n'êtes pas une souris, Morrigane Crow. Vous êtes un dragon. Maintenant, ouvrez les yeux. Concentrez-vous. Et respirez.

Morrigane s'exécuta. De ses poumons s'exhala un air chaud de vent du désert. Ce n'était pas l'immense boule de feu incontrôlable qui avait failli enflammer Héloïse au Sowun. C'était, enfin, quelque chose que Morrigane parvenait à maîtriser.

À cet instant, elle sut quoi faire. Elle sut que le Wunder lui obéirait.

Posant les yeux sur un cierge noir, elle expira un mince filet de feu dans sa direction. En plein dans le mille ! La mèche prit feu ; puis, comme s'ils avaient guetté un signal, la permission de Morrigane, les centaines de cierges éteints disséminés sur le toit s'allumèrent d'un coup avec un bel ensemble.

Un rire surpris s'échappa de la bouche de Morrigane. Elle avait fait ça. Pas lui.

Elle se tourna vers Squall. Les flammes se reflétaient dans ses yeux sombres, et même s'il ne souriait pas, l'air satisfait qu'il affichait était indéniable.

Il se mit à chantonner. Rien que quelques notes, à peine une chanson, mais cela suffit pour que Morrigane sente la nuque lui picoter. En réponse, un hurlement obsédant retentit quelque part dans les ténèbres.

— J'ai fait ce que vous vouliez, dit Morrigane en le regardant avec méfiance. Nous avons passé un accord. Vous avez promis de me dire où sont mes amies.

— En fait, non rétorqua Squall. J'ai dit que je vous *montrerais* où sont vos amies, et je compte bien tenir ma promesse.

À la suite d'un autre geste rapide de Squall, les gens sur la rambarde sautèrent sur le toit. Le visage dénué d'expression, ils reformèrent un cercle. Un deuxième cri transperça l'air. Morrigane pensa qu'il venait de la rue.

— Allons-y, dit Squall.

Il désigna le rebord du toit du menton, comme s'il attendait qu'ils prennent leur envol et gagnent le Marché Fantôme à tire-d'aile.

Morrigane eut un demi-rire incrédule.

— Vous avez perdu la tête ? Je n'irai nulle part avec vous. Vous allez me dire où sont Cadence et Lambeth.

Il secoua à peine la tête.

— Je ne crois pas, non.

Un autre hurlement monta jusqu'à eux, plus proche. On aurait dit qu'il venait de la cour devant l'hôtel. Et il y avait autre chose. Le hennissement d'un cheval et le claquement de sabots sur les pavés.

— Je ne viendrai pas avec vous, répéta-t-elle. Vous me prenez pour une idiote ?

— Oui. Je crois que vous êtes précisément le genre d'idiote qui ferait quelque chose de stupide pour sauver ses amies, dit Squall avec un sourire de pitié. Et je vais vous le prouver.

Il fit un infime geste de la main gauche et…

Tout se passa si vite que Morrigane n'eut pas même le temps de penser.

Hawthorne quitta soudain sa place dans le cercle et courut comme un dératé jusqu'au bord du toit.

— Hawthorne, *non* ! hurla-t-elle.

Mue par l'instinct et la terreur, elle s'élança derrière lui. Elle tendit le bras à l'instant où Hawthorne sautait par-dessus la rambarde et, empoignant le dos de son manteau, elle fut emportée par son élan. Tous deux tombèrent du toit, les cris de Morrigane étouffés par les couches d'air froid de l'automne.

25

TRAÎTRE

C'était comme si le sol se soulevait pour aller à leur rencontre.

Morrigane ferma les yeux alors qu'ils étaient précipités dans le vide, toujours agrippée au manteau de Hawthorne comme si cela pouvait les sauver tous les deux, se préparant à l'impact. S'attendant à avoir tous les os brisés.

Mais rien de cela n'arriva.

Un chœur de hurlements retentit des ténèbres au-dessous d'eux. Suivi d'un hennissement perçant et d'un bruit de sabots. Morrigane ouvrit les yeux juste à temps pour apercevoir une centaine d'yeux farouches qui la regardaient, puis les silhouettes indistinctes de chevaux, de chiens et de cavaliers émergeant d'un nuage de fumée bouillonnant.

Morrigane et Hawthorne ne s'écrasèrent pas sur le sol. Ils n'atterrirent pas, ne ralentirent même pas. Ils se posèrent au milieu du nuage noir amorphe qui était la Cavalerie d'ombre et de fumée. Morrigane se retrouva de nouveau à califourchon sur un cheval-ombre, galopant à travers les rues quasi désertes de Nevermoor à une telle vitesse qu'il était impossible de déterminer leur destination. Elle tourna la tête et vit Hawthorne sur le cheval à côté du sien. Elle se demanda si une part consciente de son cerveau comprenait ce qui se passait et si, dans son état hypnotique, il partageait la terreur qu'elle ressentait.

Quand ils s'arrêtèrent enfin, secoués mais en un seul morceau, ils glissèrent à bas de leurs montures et sentirent enfin la terre ferme sous leurs pieds. Le brouillard noir dont ils étaient environnés se dissipa pour révéler un imposant bâtiment de pierre. Gravés sur la façade, au-dessus d'une grande entrée voûtée, Morrigane lut cinq mots qui lui serrèrent le cœur :

LE MUSÉE DES MOMENTS VOLÉS

Elle s'avança pour rattraper Hawthorne alors qu'il s'écroulait par terre et s'efforça de le relever.

— Ça va ?

— Je... crois. Oui.

Il était sonné, mais au moins, il avait l'air d'être à nouveau lui-même.

Traître

— Qu'est-ce… qu'est-ce qui s'est passé ? On est où ?

Les cavaliers d'ombre et de fumée reculèrent, mais ne partirent pas pour autant. Leurs yeux rouges luisaient dans les ténèbres tandis qu'ils rôdaient à proximité, à demi cachés, sur le qui-vive. Morrigane fouilla l'obscurité à la recherche de Squall, mais ils semblaient être seuls.

Elle leva la tête vers le musée. Les portes étaient ouvertes, et il y avait du bruit à l'intérieur. Des rires et un brouhaha de conversations. Le cliquetis de coupes de champagne.

— C'est ici qu'Ezra Squall m'a conduite auparavant. Je crois que nous avons trouvé l'endroit où se tient le Marché Fantôme ce soir.

Hawthorne émit un drôle de bruit étranglé.

— Comment ?

— Squall, chuchota-t-elle. Il était sur le toit, pendant la séance… tu ne te souviens de rien ?

Il secoua la tête.

— Je me souviens qu'on s'est levés pour partir. On était morts de rire. Et puis… soudain c'était comme si j'étais en train de rêver. Il y avait quelque chose dans ma tête, une voix bizarre, je me sentais bien. J'avais juste envie de dormir.

— Cette voix dans ta tête, c'était Squall.

Hawthorne devint livide, mais Morrigane continua.

— Il t'a fait sauter du toit et j'ai essayé de te rattraper, mais on est tombés tous les deux, et la Cavalerie d'ombre et de fumée nous a récupérés et amenés là.

Le Wundereur

Hawthorne, le Marché Fantôme est en train de se dérouler dans ce bâtiment, et ils ont enlevé Cadence, et Lambeth, et le Pr Onstald… Tout ceci est l'œuvre de Squall et…

— Fichez le camp d'ici ! chuchota une voix rauque qui les fit sursauter tous les deux. Ouste !

Une silhouette venait d'émerger du musée et dévalait les marches pour les rejoindre. Morrigane, prête à détaler à toutes jambes, agrippa le bras de Hawthorne.

— Je crois que c'est Moutet… souffla-t-il. Moutet ! Les Furtifs sont déjà là ? Ont-ils trouvé… ?

— Fuyez, chuchota Moutet en se rapprochant.

Il les prit par le bras et les entraîna loin du musée, jetant des coups d'œil inquiets vers les portes ouvertes. Morrigane se sentit soulagée malgré toute sa confusion. Ils n'étaient plus seuls. Si quelqu'un de la Société était là, les secours devaient être en route. Moutet ralentit quand ils atteignirent les ombres.

— Partez, *tout de suite*.

— Les Furtifs sont là ? insista Morrigane en essayant de voir par-dessus son épaule. Ils ferment le Marché ? Ils ont dit qu'ils enverraient un messager à Jupiter dès que…

— Je vous en prie, mademoiselle Crow, il vous faut partir sur-le-champ. Vous n'avez aucune idée du danger que vous courez. Si quelqu'un vous voit, s'il apprend que vous êtes là…

— Qui ?

— Le Wundereur, siffla Moutet. Vous ne comprenez pas ? Il cherche à vous attirer ici, il voulait que

Traître

je vous amène moi-même, mais… je ne pouvais pas. Je refuse de continuer à lui obéir.

Morrigane avait le tournis.

— Squall voulait que vous m'ameniez ici ? Mais pourquoi il… Que voulez-vous dire, vous refusez de continuer à…

Oh.

Morrigane en resta bouche bée de stupeur.

« Ma marionnette de la Société ». C'était comme ça que Squall l'avait appelé. « Ma paire de mains secourable ».

— Vous ! C'est vous qui aidez Squall depuis le début.

Hawthorne haleta doucement. Moutet tremblait, baigné de sueur et le teint verdâtre. Mais il ne nia pas les faits.

— Mademoiselle Crow… je vous en prie.

Il ravala un gémissement.

— Il faut me croire, je regrette tellement d'avoir… joué un rôle là-dedans…

Il se tordait les mains, le front plissé comme un chiot qui se sent coupable. Morrigane pensa qu'il était sincèrement désolé. Mais était-il désolé de ce qu'il avait fait, se demanda-t-elle, ou d'avoir été démasqué ?

— Je n'ai jamais… rien de tout cela n'était mon idée. Squall m'a forcé…

Il passa la main dans ses cheveux, le menton tremblant, les yeux larmoyants, et Morrigane ressentit plus de dégoût que de pitié.

Le Wundereur

— J'ai été faible, continua-t-il, je l'avoue. J'étais amer et jaloux. Tout le monde sait que je suis le plus faible de mon unité. Le rabat-joie. « Le garçon aux cartes », c'est comme ça qu'ils m'ont toujours appelé.

Ses traits se crispèrent, le rendant hideux.

— Je voulais être important. Alors, quand le Wundereur est venu me voir, quand il m'a demandé de l'aide, à moi, entre tous, je me suis dit que je tenais ma vengeance. Squall est l'homme le plus puissant de la République de la Mer d'Hiver ! Il m'a promis que je siégerais à sa droite… Comment aurais-je pu dire non ?

Il marqua un temps d'arrêt.

— Au début, tout ce que j'avais à faire, c'était de transmettre quelques informations. J'ignorais que cela nuirait à qui que ce soit. Il faut me croire.

— Quel genre d'informations ?

— Sur les talents rares. Qui les avait. Où ils habitaient, leur routine quotidienne, ce genre de choses. Les moments où ils étaient seuls.

Il avait prononcé ces derniers mots si bas qu'ils étaient presque inaudibles.

— En d'autres termes, qui kidnapper et quand, dit Morrigane, la voix vibrante de colère.

Hawthorne émit un drôle de bruit étouffé. Il ne cessait de serrer et desserrer les mâchoires et Morrigane comprit qu'il tâchait de ravaler sa fureur. Hawthorne était l'être le plus loyal qu'elle connaissait.

— Vous avez aidé les oshommes à les capturer et à les mettre en vente, cracha-t-elle à Moutet. Vous êtes infâme !

Traître

— Je vous en prie ! s'écria Moutet, éperdu. Ne voyez-vous pas que j'essaie de vous aider ? Morrigane, le Wundereur voulait que je vous piège, vous aussi. Je ne pouvais pas vous faire ça, à vous, ma meilleure élève. J'ai refusé de continuer à travailler pour lui. C'est pour ça que je suis ici ! Je savais qu'il voulait vous attirer au Marché Fantôme ce soir, alors je vous attendais dehors, en espérant pouvoir vous arrêter. Je ne pouvais pas le laisser vous vendre, vous aussi, je…

— Mais vous le laisseriez vendre Cadence ! Et Lambeth ! hurla Morrigane avant de baisser la voix. Comment avez-vous pu, Moutet ?

Le jeune professeur éclata en sanglots, l'implorant du regard.

— Je suis désolé. Je n'ai pas d'explication. J'étais juste… j'en avais assez de ne pas avoir ma place, mademoiselle Crow. Vous savez ce que ça fait, non, de ne pas être comme les autres ? Nous sommes pareils, vous et moi, nous…

— Morrigane ne vous ressemble en rien ! cracha Hawthorne à Moutet, le faisant sursauter. Jamais elle ne trahirait ses amis.

Le professeur tomba à genoux, tremblant comme une feuille, et enfouit son visage dans ses mains. Un long moment s'écoula, ponctué par ses sanglots silencieux et le bourdonnement distant des conversations à l'intérieur du musée.

Et puis… quelqu'un applaudit.

— Bravo, Henry, dit une voix douce dans les ténèbres. Quelle performance !

Le Wundereur

Moutet sauta vivement sur ses pieds et fit volte-face pour voir qui avait parlé. Ses yeux s'écarquillèrent quand il vit Ezra Squall avancer dans la lumière, un sourire sinistre lui retroussant le coin de la bouche. Le bruit de ses applaudissements résonna dans la rue. Morrigane sentit Hawthorne se rapprocher d'elle et lui planter les ongles dans le bras. Il respirait plus fort. Puisqu'il ne se rappelait rien des événements survenus sur le toit, c'était, comprit-elle, la première fois que son ami se trouvait face au Wundereur.

— Il est venu ici par le Gossamer, lui chuchota-t-elle, s'efforçant de paraître brave. Il ne peut pas nous toucher.

— Ouais, mais sa Cavalerie, si, fit remarquer Hawthorne en bougeant à peine les lèvres.

Au même instant, un grognement s'éleva des ténèbres environnantes. Morrigane frissonna.

Squall siffla doucement, et les loups apparurent. Ils entourèrent Moutet, leur fourrure noire comme du charbon, leurs yeux pareils à des braises. Le professeur se recroquevilla.

Squall lui adressa un sourire moqueur.

— Henry aimerait vous faire croire qu'il essayait de vous sauver des enchères, mademoiselle Crow, mais il sait que je ne vous ai pas amenée ici pour vous vendre. Il sait que j'ai monté toute cette affaire pour que vous soyez l'héroïne qui y mettra fin. Pour que vous puissiez devenir le Wundereur qu'ils craignent que vous deveniez. Il faut que vous obteniez le droit de vous servir du pouvoir qui vous a été donné, déclara Squall en élevant la voix. Avant que le Wunder que vous avez accumulé ne s'ennuie autant que moi ET NE VOUS ÉTRANGLE.

Morrigane sursauta en entendant ces mots si durs. Son cœur semblait être remonté dans sa gorge.

— S'il vous plaît, Morrigane, implora Moutet, les yeux rouges et gonflés. Ne l'écoutez pas. Fuyez.

— Oh, bien joué, monsieur Moutet, très bien joué, dit Squall avec un gloussement haut perché de dément. Henry ici présent a décidé qu'il était contre son intérêt de vous permettre de fermer le Marché Fantôme, mademoiselle Crow. Cela vous rapporte pas mal, n'est-ce pas, mon cher garçon ? Vous vous faites une réputation parmi les gros richards et les scélérats de Nevermoor. Vous ne voudriez pas les laisser tomber, hein ?

Squall se tourna vers Morrigane avant de déclarer lentement :

— Comprenez-vous ce que je vous dis, mademoiselle Crow ? Il. Essaie. De. Vous. Retenir. Il veut vous garder ici jusqu'à la fin des enchères, quand la vente de vos amis lui aura assuré un petit pactole. Il touche un pourcentage sur chaque transaction.

Morrigane observa Moutet attentivement. Alors que Squall parlait, une étrange transformation était en cours. La figure enfantine ruisselante de larmes de son professeur se détendait. Il s'essuya les yeux d'un revers de manche. Après un reniflement bruyant, un sourire familier, légèrement penaud, éclaira son visage.

Le portrait craché de Moutet, pensa Morrigane, la nuque glacée. Et pourtant, cet homme ne ressemblait pas du tout à Moutet. Elle se trouvait face à un inconnu.

Il gloussa. Puis consulta sa montre. Et haussa les épaules.

— Bon, le tour est joué, dit-il de son ton joyeux habituel. Ils doivent tous être vendus maintenant. Merci de m'avoir accordé de votre temps, mademoiselle Crow. Vous avez toujours été mon élève la plus attentive.

Riant sous cape, il fit une profonde révérence.

Morrigane sentit des larmes de colère lui brûler les yeux. Elle ne pouvait plus parler ; elle pouvait à peine penser. Elle lui montra les dents et, avec un cri d'un animal sauvage, se jeta sur Moutet, le faisant tomber.

— Traître ! hurla-t-elle, peu soucieuse désormais de qui pouvait l'entendre.

Une rage aveugle bouillait dans ses veines. Hawthorne s'interposa.

— Promettez-moi de vous rappeler que ceci n'est pas un des tests idiots de la Société, mademoiselle Crow, dit Squall.

Il se tenait à l'écart, à la lisière des ombres.

— Tout ceci est bien réel. Et si vous échouez, les conséquences seront réelles. L'heure tourne.

Prenant plusieurs grandes inspirations, Morrigane regarda Moutet étalé par terre, puis Hawthorne, les yeux comme des soucoupes, puis le Musée des moments volés. Le murmure des conversations à l'intérieur s'était presque tu. Était-il déjà trop tard ?

— Hawthorne, allons-y !

— Mais Moutet va se sauver, dit-il. Il faut qu'on aille chercher les Furtifs et…

Traître

— Il faut qu'on aille libérer Cadence et Lambeth, et les autres.

Elle baissa les yeux vers Moutet, qui semblait soudain paniqué. Un sourd grognement emplit l'air. La Cavalerie d'ombre et de fumée sortit des ténèbres.

Les deux amis se mirent à courir. Morrigane ne regarda en arrière que lorsqu'ils eurent atteint les marches du musée et que s'éleva un hurlement inhumain. À travers les ténèbres, elle vit une centaine d'yeux rougeoyants comme du feu.

— Je m'occupe de notre cher ami Henry, cria la voix froide de Squall depuis les ombres. Ne vous inquiétez pas.

26

LES ENCHÈRES

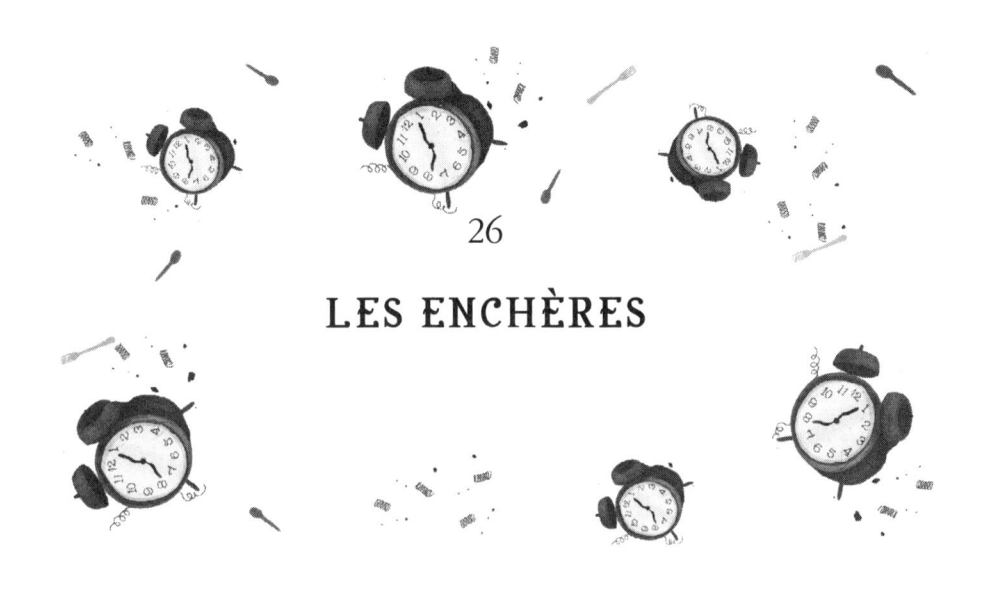

Ils grimpèrent les marches quatre à quatre et entrèrent en trombe dans le musée. Le hall était vide, à l'exception d'une table sur laquelle étaient disposés des masques, comme au dernier marché. Morrigane attrapa le premier qu'elle aperçut, un masque de démon, et se dépêcha de l'enfiler.

— Tiens, chuchota-t-elle en tendant un masque de bouffon à paillettes à Hawthorne. Mets ça vite fait !

— Tu crois qu'il va lui arriver quoi ?

Le sourire en caoutchouc ne masquait pas la tension dans sa voix.

— À qui ? à Moutet ? rétorqua Morrigane, s'efforçant de paraître indifférente au sort de l'homme qui avait été son professeur préféré. Rien de bon, conclut-elle, le regard rivé sur les portes ouvertes.

Se guidant aux voix, ils pénétrèrent dans une antichambre qui conduisait à la salle principale. Morrigane n'avait qu'une envie : la traverser en courant pour passer à la suivante, où les enchères devaient avoir lieu, mais elle ne souhaitait pas attirer l'attention. Il y avait des clients masqués un peu partout, qui buvaient et riaient, s'arrêtant parfois pour admirer une des boules à neige comme si c'était une œuvre d'art.

C'était étonnamment facile de se fondre dans la foule, même si Morrigane faisait une tête de moins que tout le monde. Heureusement, Hawthorne avait vraiment poussé comme de la mauvaise herbe pendant l'été, et ses épaules s'étaient élargies, probablement grâce à ses nombreuses heures passées à s'entraîner à dos de dragon. Il était presque aussi grand que certains adultes, au grand soulagement de Morrigane.

— C'est complètement *dingue*, chuchota Hawthorne derrière son masque alors qu'ils traversaient la pièce aussi lentement et calmement qu'ils pouvaient le supporter. Je veux dire, ces boules… une fois qu'on sait ce que c'est… elles sont…

Morrigane était trop nauséeuse pour répondre. Comment n'avait-elle pas vu ce qu'était cet endroit dès le départ ? se demanda-t-elle. Certaines scènes, paisibles, pouvaient être mal interprétées. Mais d'autres montraient clairement la mort et la destruction. Un troupeau d'éléphants s'apprêtant à piétiner des animaux sauvages réunis autour d'un point d'eau. Un tsunami sur le point d'anéantir tout un village. Un champ de bataille boueux et ensanglanté avec des boulets de canon en train de voler.

— C'est merveilleux, disait un homme corpulent en smoking en examinant une boule.

Il portait un masque blanc sans expression, qui lui donnait l'air de la mort elle-même.

— Et tout ça est réel, vous savez. Ce sont de vraies personnes à l'intérieur.

Il tapa sur le verre et contempla l'intérieur comme dans la cage d'un animal de zoo.

— Figés à l'instant précédant leur mort. Le commissaire-priseur me l'a dit. C'est tout à fait extraordinaire.

— Oh, c'est fascinant, commenta la femme qui l'accompagnait avec un intérêt mitigé. Ils nous entendent, tu crois ?

— Bonne question, rétorqua l'homme en frappant de nouveau sur la vitre.

Un petit groupe s'était maintenant formé autour de lui pour observer la scène.

— Hé ! Toi là-dedans, mon vieux... tu m'entends ? Cligne des yeux une fois pour oui, deux fois pour non.

Le groupe s'esclaffa comme s'il venait de dire quelque chose d'hilarant.

— Mon vieux aux portes de la mort, tu veux dire, dit la femme en gloussant. Mais pas encore tout à fait mort, c'est sûr ! C'est là tout le charme !

Morrigane sentit son estomac se soulever. Entraînée par Hawthorne qui la tirait par le coude, elle continua d'avancer, le regard fixé droit devant elle, déterminée

Le Wundereur

à ne pas regarder la scène à l'intérieur de la boule. Mais alors qu'ils arrivaient aux portes de la salle principale, elle ne put s'en empêcher.

C'était un adolescent, qui avait peut-être seize ou dix-sept ans, en veste de velours, avec de grandes bottes. Il descendait à cheval une rue pavée, et peut-être que son cheval avait pris peur, car il se cabrait, les yeux révulsés. Le garçon avait l'air tout aussi terrifié. Il avait été éjecté de la selle et était sur le point de s'écraser sur la chaussée, dans une position et avec une violence telles que tout le monde pouvait voir que…

Morrigane avala sa salive, battant des paupières pour chasser ses larmes.

C'était plus qu'elle n'en pouvait supporter. Le dégoût, l'injustice de toute cette affaire : le Musée des moments volés, la trahison de Moutet, le Marché Fantôme lui-même. Morrigane avait soudain la sensation qu'une bête sauvage l'habitait et ne demandait qu'à sortir. Les paroles de Squall résonnèrent dans sa tête : « Vous n'êtes pas une souris, Morrigane Crow. Vous êtes un dragon. »

Elle voulait faire quelque chose pour aider ces gens, prisonniers du moment de leur mort. Et elle voulait que Moutet paie pour ses crimes. Elle voulait détruire cet horrible endroit, elle voulait que ces idiots masqués cessent de rire… Cependant, il lui fallait contenir sa colère.

— Cadence et Lambeth, se murmura-t-elle à elle-même. Tu es là pour tes amies. Ne te laisse pas distraire.

Les enchères

Morrigane ferma les yeux et s'imagina portant la main dans sa poitrine, emprisonnant le feu qui s'y trouvait, pour en réduire un peu la chaleur. Rien qu'un peu.
Les âmes égarées du musée devraient attendre.

Hawthorne poussa un cri de surprise lorsqu'ils pénétrèrent dans une seconde salle, bien plus grande. Il tenta d'étouffer le bruit en toussant, tout en pointant discrètement l'index vers le plafond. Morrigane leva la tête, horrifiée.

La salle avait été aménagée pour mettre en valeur les lots à vendre, exposés en hauteur sur des plateformes afin que la foule puisse les admirer (et afin qu'ils ne puissent s'enfuir). Morrigane vit qu'on actionnait les plateformes à l'aide de lourdes chaînes et de poulies. Deux agents de sécurité baraqués arborant des masques de squelette étaient postés au pied de chacune d'elles.

Tout comme Alfie dans son aquarium géant, chaque victime était la pièce centrale d'un décor grotesque, une parodie de son talent. Le Pr Onstald était enchaîné à la grande aiguille d'une horloge géante. Morrigane se demanda combien de fois déjà l'aiguille avait fait le tour du cadran. Combien de temps le professeur pourrait-il tenir ?

Cadence, sur une plateforme contre le mur à droite, avait été parée de vêtements de soie fluides d'un violet

Le Wundereur

éclatant et de lourds bijoux en or. À côté d'elle, il y avait une grosse lampe dorée, et Morrigane cligna des yeux en essayant de comprendre ce qu'elle voyant.

— Ils l'ont habillée en *génie*, dit Hawthorne, dégoûté. Ils pensent que c'est ça, une hypnotiseuse ? Quelqu'un qui exauce vos vœux, qui obéit à vos ordres ? À l'évidence, ils n'ont jamais vu Cadence.

Morrigane remarqua soudain que Hawthorne s'était souvenu de Cadence. Elle se demanda ce qui avait changé. Était-ce les cours de « Reconnaître les hypnotiseurs » qui portaient enfin leurs fruits ? Ou était-ce parce que Cadence et lui étaient plus ou moins devenus amis ?

Hawthorne se tordit le cou pour parcourir la salle des yeux.

— Oh ! Regarde, là-haut. C'est lui, tu crois ? Celui que Jupiter cherche partout ?

Un ange (*un être céleste*, se corrigea silencieusement Morrigane) semblait suspendu dans l'air. En y regardant de plus près, cependant, on voyait qu'il était lié par de grosses cordes à la jointure de ses ailes. Il pendait du plafond, ses ailes déployées de force, les mains attachées derrière le dos. Fixés au bout de fils à pêche, de faux nuages en contreplaqué couverts de boules de coton tournoyaient paresseusement autour de lui, comme dans un décor de mauvaise pièce de théâtre.

Morrigane cligna des paupières. Ce n'était pas Cassiel. Elle n'avait aucune idée de ce à quoi ressemblait Cassiel, mais elle savait que ce n'était pas lui.

Parce que c'était Israfel.

Les enchères

Elle secoua la tête. Elle n'avait pas le temps de réfléchir à ça maintenant.

— Ils ont attaché les mains de Cadence, fit observer Hawthorne en fronçant les sourcils. Et elle a du scotch sur la bouche. Est-ce pour essayer de l'empêcher de les hypnotiser ?

Morrigane vit qu'il avait raison. La bouche d'Israfel aussi était scotchée, pour l'empêcher de fuir grâce à son chant.

De l'autre côté de la salle, la foule s'éloignait de la plateforme d'Onstald pour se diriger vers celle de Lambeth qui, juchée sur un trône, portait une couronne dorée bien trop grosse pour sa tête. Elle ouvrait de grands yeux en regardant la foule des enchérisseurs et agrippait son trône comme si c'était la seule chose qui la maintenait à la surface d'un océan infesté de requins. Elle chuchotait quelque chose en boucle.

Morrigane plissa les yeux pour tenter de comprendre ce qu'elle disait. Était-ce une prière ? Un appel à l'aide ? Elle sentit son cœur se serrer. *Pauvre petite Lambeth terrifiée.*

— Approchez, mesdames et messieurs, approchez, hurla le commissaire-priseur.

Il avait une voix enjouée de grand-père. Mais il portait un masque de loup tout à fait approprié.

La voix de Lambeth se fit plus forte et plus paniquée à mesure qu'elle répétait sa phrase incompréhensible. Morrigane réussit à distinguer les mots.

— Invoquer. Mourir. Geler. Brûler. Voler, disait-elle encore et encore en secouant son trône. Invoquer. Mourir. Geler. Brûler. Voler.

— Qu'est-ce que ça veut dire ? s'interrogea Hawthorne, perplexe.

— Avant d'ouvrir les enchères pour notre dernier article, je dois, encore une fois, vous remercier d'être venus si nombreux à notre humble vente, poursuivit le commissaire-priseur. Vous êtes les plus ignobles et les plus riches individus que nous pouvions songer à inviter, et pour ces deux raisons, nous sommes ravis de vous accueillir.

À cette mauvaise blague, des éclats de rire fusèrent dans la foule, suivis par des applaudissements. Morrigane sentit Hawthorne lui agripper le bras, et elle se demanda s'il lui intimait de ne pas réagir, ou s'il s'efforçait de ne pas réagir lui-même.

— Le dernier article, lui chuchota-t-elle, la poitrine comprimée. Alors, ils ont déjà vendu les autres.

Et en effet, les agents de sécurité qui surveillaient la plateforme de Cadence commencèrent à la faire descendre en tirant sur l'énorme chaîne en métal.

La panique s'empara de Morrigane, telle une immense main glacée. Que devaient-ils faire ? Que pouvaient-ils faire ? S'ils couraient à la rescousse de Cadence, ils se trahiraient et c'en était fini pour Lambeth. S'ils aidaient Lambeth, Cadence aurait disparu depuis longtemps avant qu'ils ne puissent l'atteindre. Et qu'adviendrait-il d'Onstald ? Et d'Israfel ?

Elle ne s'était jamais sentie aussi impuissante. Squall avait tout manigancé, c'est lui qui l'avait mise dans cette horrible situation dans l'espoir qu'elle utiliserait ses connaissances des Arts diaboliques. Mais à quoi

Les enchères

serviraient ses faibles talents en l'occurrence ? Elle pouvait invoquer le Wunder, allumer quelques cierges... Mais c'était Squall qui avait combattu les Cinq Charlton ; Squall encore qui avait métamorphosé le Magnifichaton. Que pouvait faire Morrigane ?

Tu peux invoquer le Wunder, se dit-elle. *Commence par là.*

— *Enfant du Matillon, plein de raison*, chantonna-t-elle doucement.

Sa voix tremblait. Hawthorne se tourna vers elle, alarmé.

— *Enfant du Merveillon, petit sauvageon...*

— Morrigane... ?

— Chhhhh !!!! fit Morrigane en fermant les yeux.

Le Wunder ne répondait pas. Elle le sentait. Pourquoi ça ne marchait pas ?

— *Enfant du Matillon, à l'aube il arrive.*

L'homme au masque de loup chauffait la foule.

— Vous avez patiemment attendu pour ce lot, je le sais, et vos fortunes considérables et écœurantes vous brûlent sûrement les poches...

— *Enfant du Merveillon apporte givre et grêlons...*

— ... commençons. Je vous présente l'article le plus attendu de toute l'histoire du Marché Fantôme : Son Altesse, la princesse Lamya Bethari Amati Ra.

Morrigane cessa de chanter. Hawthorne se pétrifia.

La princesse quoi ?

— Membre de la famille royale des Ra du Far Est Chantant, la princesse Lamya, quatrième dans l'ordre de succession au trône par sa grand-mère, la reine.

Lorsque les membres de la famille royale des Ra ont appris que leur roue de secours était un oracle à courte portée, ils l'ont envoyée parfaire son éducation auprès de nos amis de la Société Wundrous.

La foule hua.

— En agissant ainsi, ils ont violé les lois du Parti de la Mer d'Hiver qui, selon mes sources au sein de la République, semble croire que la petite princesse Lamya est alitée à cause de sa santé fragile. La reine Ama a eu l'ingéniosité de payer une frêle enfant du village pour passer ses journées à paresser au palais pendant quelques années en prétendant être sa petite-fille !

Morrigane n'en croyait pas ses oreilles. Lambeth n'était pas originaire de l'État Libre. Elle venait d'un des quatre États de la République de la Mer d'Hiver, tout comme elle. Elle n'était pas censée être ici ! Et c'était une princesse !

— Je la trouvais un peu snob, chuchota Hawthorne.

— Chhhh.

Le père de Morrigane travaillait pour le Parti de la Mer d'Hiver, alors elle les connaissait un peu. Si c'était vrai, si Lambeth était réellement un membre de la famille royale du Far Est Chantant, et si elle était vraiment entrée clandestinement à Nevermoor, en violation de la loi du Parti de la Mer d'Hiver, elle courait un danger encore plus grand qu'ils ne l'avaient cru. Le peuple de la République n'avait même pas le droit de savoir que l'État Libre existait.

— *Où vas-tu donc, ô enfant du matin ?* chanta Morrigane.

Les enchères

Elle arrivait à peine à prononcer les mots tant elle tremblait.

L'homme au masque de loup confirma ses soupçons.

— La famille Ra passera un mauvais quart d'heure si le Parti de la Mer d'Hiver découvre le pot aux roses.

Il mima le geste de se trancher la tête, et le public éclata de rire.

— Le châtiment pour trahison, au sein de la République de la Mer d'Hiver, c'est la peine de mort. Ce lot n'a donc que plus de valeur... les possibilités sont infinies, mes amis.

— Il faut qu'on fasse quelque chose, siffla Hawthorne. Il faut qu'on provoque une diversion... ou... n'importe quoi. Morrigane ! Aide-moi !

Mais Morrigane ne l'écoutait pas.

— *Vers le soleil, là où les vents sont chauds.*

Elle serrait les paupières, essayant de faire abstraction de l'homme au masque de loup, de Hawthorne, de la foule ignoble, afin de se concentrer sur les courants de l'atmosphère autour d'elle.

— *Où vas-tu donc, ô fille de...*

Elle s'arrêta. Ça marchait. Le Wunder était là.

D'abord subtil, juste une vaguelette dans l'atmosphère. Un chatouillement au bout des doigts.

Puis elle ouvrit les yeux, et le monde était devenu d'un doré si brillant, qu'elle eut la sensation de se tenir sur le soleil.

— Une fois que vous aurez acquis le talent très rare et très utile de la princesse Lamya, continua le commissaire-priseur avec un sourire diabolique, vous pourrez la restituer contre une rançon à sa famille, ou bien la garder pour faire du chantage, ou la vendre au Parti de la Mer d'Hiver, et voir la famille Ra ruinée ! Faites comme ça vous chante, mesdames et messieurs, mais nous démarrons les enchères à un prix élevé : quinze mille kred. Qui dit quinze mille kred ?

Lorsque Morrigane avait invoqué le Wunder pour la première fois dans cette salle, la sensation de tenir du pouvoir brut entre ses doigts avait vite cédé la place à un manque total de contrôle. Elle n'avait pas su quoi faire avec le Wunder après qu'elle l'avait eu invoqué et il en avait profité.

Mais là, ce n'était pas le cas.

Le Wunder qui s'accumulait autour d'elle était en accord avec ses intentions. Sa colère justifiée devant tout ce qui s'était passé ce soir, de tout ce qui s'était passé cette année, lui avait enfin donné la raison d'être qu'il cherchait. Morrigane pensa à la cupidité de Moutet et à sa trahison. Elle pensa à la cruauté de Mathilde Lachance, qui avait emprisonné tous ces gens au seuil de la mort. Elle pensa à Ezra Squall, qui tirait les ficelles depuis le début comme si elle était une marionnette, qui avait organisé ce cauchemar, uniquement pour que Morrigane puisse être celle qui y mette fin. Et elle pensa à la méchanceté – au mal – qu'il y avait à s'arroger le droit d'acheter et de vendre un talent, d'acheter et de vendre une vie.

La boule à neige la plus proche éclata et son contenu se répandit dans la salle.

Les enchères

C'étaient les jeunes hommes dans la voiture qui échappait à tout contrôle alors qu'ils hurlaient de terreur et allaient s'écraser contre une autre boule.

L'homme au masque de loup et les enchérisseurs eurent à peine le temps de comprendre ce qui arrivait avant que la seconde boule déverse sa tragédie dans la pièce : un bateau en pleine tempête, dont l'équipage avait perdu le contrôle. L'embarcation vola en éclats, entraînant une autre boule : une femme environnée d'un essaim d'abeilles. Et une autre encore : une avalanche de rochers dégringolant sur le toit d'une cabane. Puis une autre, et une autre encore.

Morrigane avait provoqué un effet domino. Elle ne tarda pas à comprendre que ces scènes de destruction étaient bien plus grandes que les boules qui les contenaient. Les gens et les choses reprenaient leur taille une fois libérés, se mêlant les uns aux autres et provoquant un chaos général. Le troupeau d'éléphants scinda la cohue en deux. Un grand requin blanc surgit de sa prison de verre dans une cacophonie de hurlements.

Les clients tâchaient tant bien que mal de se mettre à l'abri, mais le tumulte était incessant. Les boules éclataient les unes après les autres : une foule furieuse, un duel à mort, un champ de bataille sanglant.

Morrigane observa toutes ces horreurs se déployer à une vitesse sidérante.

Qu'avait-elle fait ?

Elle avait voulu faire diversion, rien de plus. Elle s'était crue à même de sauver ses amis et, afin qu'ils puissent enfin reposer en paix, de libérer ceux qui étaient prisonniers des boules. Mais ça, ce n'était pas qu'une diversion, c'était de la folie. Comment allait-elle aider Lambeth et Cadence maintenant ? Elle ne pouvait pas s'approcher d'elles. Elle n'était même pas capable de se sauver elle-même.

— MORRIGANE !

Hawthorne se jeta sur elle, l'éloignant de justesse d'une boule qui se brisait sur une vague plus gigantesque et plus terrifiante que tout ce que Morrigane avait jamais vu dans sa vie. Les deux amis s'agrippèrent l'un à l'autre, incapables de faire quoi que ce soit d'autre que de fixer le mur d'eau qui se dressait devant eux, attendant qu'il retombe. Ils n'y survivraient pas.

Et puis, tout s'arrêta.

Les hurlements assourdissants, les gémissements d'unnimaux, le fracas de l'eau, tout cela se tut d'un coup. Morrigane n'entendait plus que les battements de son cœur dans sa poitrine et la respiration rapide de Hawthorne.

Le silence fut brisé par une voix faible et sifflante provenant de l'autre bout de la salle.

— Dépêchez-vous ! Je... ne... vais... pas... tenir... très... longtemps.

27

PERSONNE NE CHANTE SI BIEN

Le Pr Onstald, le regard rivé à Morrigane de l'horloge à laquelle il était attaché, lui adressa un clin d'œil.

Il venait une fois encore de ralentir la marche du monde. On aurait dit qu'un titan cosmique avait posé le doigt sur la planète pour l'empêcher de tourner sur son orbite à sa vitesse normale.

Cela faisait deux fois en deux jours que Morrigane était témoin du talent extraordinaire d'Onstald. Mais cette fois… c'était beaucoup plus étrange.

La première fois, les livres, les papiers et l'horloge au mur avaient été mis sur pause, tandis que Moutet et Morrigane avaient été comme figés dans le temps.

Cette fois, Morrigane restait bizarrement épargnée par le phénomène, tout comme Hawthorne, toujours accroché à elle, alors que la pagaille autour d'eux s'était pétrifiée. La vague était recourbée au-dessus de leurs têtes. Un éclair, d'un blanc aveuglant, frappait un immense sapin. Et partout autour d'elle, des gens masqués en tenues de soirée étaient statufiés dans des scènes de destruction auxquelles ils ne pouvaient échapper. Il y avait même un iceberg, presque aussi haut que le plafond, qui menaçait de tout écraser sur son passage. Tous ces moments volés s'étaient mués en un vaste tableau en trois dimensions, une boule à neige géante et chaotique.

— QU'EST-CE QUI SE PASSE ? hurla soudain Hawthorne.

Sa voix résonna dans la vaste salle silencieuse. Il respirait si vite que Morrigane eut peur qu'il se mette à hyperventiler.

— C'est toi qui as fait ça ? Qui as tout arrêté ?
— Non.

Soudain, elle se rendit compte qu'avec toutes ces histoires d'Hallowmas elle avait oublié de lui narrer en détail son épisode de la veille avec la tortuewun.

— C'est le Pr Onstald. C'est son talent.

Hawthorne eut l'air d'accepter cette révélation sans sourciller.

— Comment on va faire pour les libérer ? demanda-t-il.

Il tira Morrigane loin de la vague et leur fraya un chemin parmi un groupe d'invités masqués immobilisés dans leur fuite.

Personne ne chante si bien

— Je peux essayer de grimper à cette chaîne jusqu'à Lambeth, et toi tu peux aller aider Cadence, et puis…

— Non, l'arrêta Morrigane. Non. Attends une seconde.

Les paroles de Lambeth résonnèrent dans sa tête.

« Invoquer. Mourir. Geler. Brûler. Voler. »

Ce n'était pas une suite de mots dénués de sens qu'elle dévidait sous le coup de la peur. Morrigane aurait dû s'en douter. Le radar dans l'esprit de Lambeth s'était connecté à quelque chose. Elle avait décrit les bizarreries qu'elle avait vues à l'horizon, de la seule manière qu'elle pouvait les appréhender.

Invoquer. Morrigane avait invoqué le Wunder.

Mourir. Tout le monde mourait, des milliers de fois, encore et encore, de centaines de façons.

Geler. Onstald avait gelé le temps.

Il restait donc…

— Brûler, chuchota-t-elle. Voler.

Et en prononçant ces deux mots à voix haute, tout fut soudain clair dans son esprit. Elle savait exactement ce qui lui restait à faire, car ces prochaines étapes avaient été clairement déterminées par Lambeth, l'oracle.

— Hawthorne, dit-elle. Va aider Cadence. Sa plate-forme est presque au niveau du sol. Détache-la, et après, il faudra que tu la portes dehors. Après être sorti du musée, éloigne-toi autant que possible.

Hawthorne secoua la tête.

— Tu ne viens pas avec nous ?

— Il faut que j'aide Israfel d'abord. Je n'ai pas le temps de t'expliquer.

Elle vit le regard obstiné de son ami et lui cria avec autorité :

— Hawthorne, vas-y ! Va aider Cadence. Onstald ne pourra pas tenir très longtemps.

— Mais… et Lambeth ? et Onstald ?

— Je m'occupe d'eux. *Vas-y*.

Malgré ses doutes, Hawthorne se retourna et fonça aussi vite qu'il put entre les myriades de catastrophes, droit vers Cadence.

Morrigane leva la tête vers Israfel maintenu en l'air par la corde attachée à la jointure de ses ailes, pile entre ses omoplates.

Étape numéro quatre. *Brûler.*

Elle pouvait le faire. Avant la visite de Squall sur le toit, Morrigane ne s'en serait pas crue capable. Mais maintenant, elle savait, le Wunder était avec elle. Il voulait l'aider.

Elle ferma les yeux, imaginant l'étincelle d'énergie en elle, les flammes enfermées dans sa poitrine. Elle n'avait pas le temps de tergiverser ni de s'inquiéter de savoir si ça marcherait. Elle n'avait pas ce luxe. La flamme s'intensifia avec la résolution de Morrigane. Alors, ouvrant les yeux, elle cracha du feu.

Ce sentiment de fusion parfaite avec la source de son pouvoir était exaltant. La corde qui retenait les ailes d'Israfel brûla à l'endroit précis qu'elle avait visé, mais l'ange ne tomba pas. Il resta suspendu grâce au talent du Pr Onstald. Son premier succès chantant dans ses veines, ivre d'assurance, Morrigane recommença avec la corde qui lui liait les poignets et, miracle, cela fonctionna. Elle ne lui roussit même pas sa peau.

Ils n'avaient pas beaucoup de temps. Morrigane sentait un tremblement dans l'air, comme si le temps lui-même était secoué de spasmes. Onstald ne pourrait plus le maîtriser pendant encore longtemps.

— Israfel, dit-elle à l'ange d'une voix forte.

Elle savait qu'il entendait et voyait ce qui se passait autour de lui, car elle avait elle-même vécu l'expérience dans la salle de classe d'Onstald. Le monde s'était arrêté, elle ne pouvait plus bouger, mais son esprit n'avait pas été affecté.

— Écoute-moi. Tu vas être libéré dans quelques instants. Je veux que tu voles vers Lambeth, la princesse Lamya. Emmène-la et sortez d'ici.

Elle désigna Lambeth sur sa plateforme. Israfel ne répondit pas, mais Morrigane était sûre qu'il avait compris. Ses grands yeux bruns étaient fixés sur les siens.

Elle entendit soudain derrière elle un souffle et des grognements. Hawthorne était de retour, mi-traînant, mi-portant une Cadence statufiée.

— Je croyais que je t'avais dit d'aller directement vers…

La fin de sa phrase fut couverte par un terrifiant craquement de l'iceberg qui bougeait, un bruit qui annonçait la fin du monde. Le temps reprenait de la vitesse. Très lentement d'abord, mais il accélérait peu à peu.

— VA-T'EN ! hurla Morrigane à Hawthorne.

— Non ! insista-t-il. Je ne partirai pas sans toi, espèce d'idiote !

Cadence reprenait lentement ses esprits. Elle oscillait sur place et manqua de renverser Hawthorne. Il la rattrapa de justesse et la remit sur ses pieds.

Un froissement d'ailes au-dessus d'eux : Israfel, lui aussi, pouvait à nouveau bouger. Il s'élança dans les airs avec grâce, volant droit vers la plateforme de Lambeth, comme Morrigane le lui avait ordonné.

— Hawthorne, *va-t'en*, insista celle-ci. Cadence, emmène-le hors d'ici. Je sais ce que je fais. Je vous suis de près, promis.

Il la fixa un moment, les lèvres serrées, le teint crayeux, puis hocha la tête et, à contrecœur, courut avec Cadence dans l'antichambre.

Bien sûr, c'était un mensonge. Morrigane n'avait aucune idée de ce qu'elle faisait.

Mais il lui fallait essayer. Le vieux Pr Onstald avait beau détester Morrigane, il n'avait pas hésité à puiser dans ses dernières forces pour arrêter le temps afin de la sauver, elle et ses amis. Comment pourrait-elle le laisser là tout seul ?

— Je viens vous aider, lui hurla-t-elle en se frayant péniblement un chemin parmi le chaos qui reprenait de la vitesse.

Si seulement elle pouvait atteindre la chaîne qui contrôlait la plateforme d'Onstald... alors... quoi ? Elle n'en avait aucune idée.

Elle poussa un cri au moment où l'arbre qui venait d'être frappé par la foudre s'effondra juste devant elle, lui barrant l'accès au côté de la salle où se trouvait Onstald.

La tortuewun pouvait à peine lever la tête. Il la fixa un instant et sa bouche de cuir ridée forma un mot :

— FUYEZ !

Morrigane secoua la tête, son esprit lancé à toute allure... Il devait y avoir un moyen de le sauver, c'était sûr !

Onstald hocha faiblement le menton. Il se vidait de toute son énergie.

— Partez ! lui ordonna-t-il. Fuyez !

Le cœur de Morrigane se serra et des larmes de frustration lui brûlèrent les yeux. Impossible de l'atteindre. C'en était fini d'Onstald, et il le savait, mais il ne voulait pas l'entraîner avec lui. Il était en train de lui sauver la vie.

Ils échangèrent un regard entendu et Morrigane rebroussa chemin en courant. Elle slaloma à travers la tempête incroyable qui régnait dans la salle, rentrant la tête et zigzaguant comme une petite souris au milieu d'une foule de monstres. Elle traversa l'antichambre, se retrouva dans le hall d'entrée, puis sortit dans la fraîcheur de la nuit. Elle ne s'arrêta de courir que lorsqu'elle eut rejoint Hawthorne et Cadence, qui, courbés en deux un pâté de maisons plus loin, reprenaient leur souffle. Une poignée de personnes présentes aux enchères avaient réussi à s'enfuir et se fondaient dans les ténèbres des rues environnantes.

Morrigane se retourna pour regarder le musée. Malgré les dangers et les désastres qu'abritait le bâtiment, étrangement, aucun d'eux n'en échappait. Elle se demanda combien de temps il faudrait pour que le chaos se consume, afin que les gens qu'elle avait libérés puissent enfin reposer en paix.

Le silence fut brisé par le battement d'ailes d'Israfel qui descendait vers eux. Il atterrit avec légèreté à côté d'elle, Lambeth dans ses bras, secouée mais saine et sauve.

— Merci, dit Morrigane, à bout de souffle. Il faut qu'on... prévienne les Furtifs. Tu peux nous aider ?

— Il faut que vous filiez d'ici, dit Israfel.

Hawthorne et Cadence sursautèrent de surprise. Sa voix était comme dans le souvenir de Morrigane : elle évoquait la nostalgie de quelque chose qu'on a perdu. Les veinures dorées de ses ailes reflétaient la lumière émanant du musée, on aurait dit qu'il rayonnait. Il avait l'air épuisé. Morrigane se souvint de ce que Jupiter lui avait expliqué à propos d'Israfel, cette nuit-là au Old Delphian : « Les gens comme Israfel absorbent les émotions des autres. »

— Restez ensemble. Retournez à l'hôtel Deucalion. Et... écoutez-moi, c'est très important : couvrez-vous les oreilles de vos mains aussi fort que possible et ne les enlevez pas jusqu'à ce que vous soyez au moins à trois rues d'ici. Compris ?

Bien que perplexe, tous hochèrent la tête.

Alors que Morrigane suivait les trois autres, elle s'arrêta soudain.

Pouvaient-ils vraiment partir ? Le Musée des moments volés était en train d'imploser, des centaines de scènes de morts s'effondraient comme des dominos, le tout contenu par la magie de ses murs. Et les enchérisseurs à l'intérieur... c'étaient des gens de la pire espèce, et pourtant... méritaient-ils une fin aussi horrible ? Ne devait-elle pas faire quelque chose ?

Et le Pr Onstald ? La tortuewun avait passé les derniers mois à la réprimander, à lui répéter à quel point les Wundereurs étaient mauvais... cependant, il s'était sacrifié pour elle et ses amis. Il avait choisi de sauver la vie d'un Wundereur plutôt que la sienne.

— Morrigane Crow.

Elle se retourna et vit Israfel qui voletait derrière elle au-dessus du sol au rythme lent de ses grandes ailes. Son regard était sévère, mais il baissa sur elle des yeux pleins de bonté... Elle y lut aussi une sorte d'étonnement qu'elle connaissait bien pour l'éprouver chaque jour devant les événements du monde.

— Tu m'as sauvé la vie ce soir. J'ai une dette envers toi.

Il la considéra un moment, les lèvres serrées. Apparemment, il voulait lui dire quelque chose, mais hésitait à le faire... ou peut-être ne trouvait-il pas les mots qui convenaient. Il laissa échapper un long soupir.

— Tu ferais mieux de ne pas en parler aux membres de la Société. Je ne devrais pas te devoir quoi que ce soit.

Morrigane ne sut quoi répondre à cela.

— Cela complique les choses, insista-t-il en lui lançant un regard lourd de sens. Pour tous les deux. Tu vois ?

Le Wundereur

Non, elle ne voyait pas, mais Israfel s'élevait déjà dans les airs pour retourner vers le musée, où des éclairs illuminaient les fenêtres. Il y eut un bruit de verre brisé – une nouvelle boule avait éclaté – puis une grosse boule de feu orange fusa, vite éteinte par une grande vague. Des volutes de fumée s'échappaient par les fenêtres tels des démons. Un cri étouffé au loin donna la chair de poule à Morrigane.

— Qu'est-ce que tu fais ? lui cria-t-elle.

Des larmes lui piquaient les yeux et sa voix lui parut épaisse dans sa gorge. Allait-il essayer de retourner à l'intérieur du bâtiment ? Se retrouverait-il lui aussi prisonnier de ce maelström ?

— Tu vas tenter de les sauver ?

— Non, dit-il. On ne peut plus rien faire pour eux.

Sa voix triste portée par le vent transperça un petit bout de son cœur dont elle ignorait l'existence.

— Alors qu'est-ce que...

— Rentre chez toi, lui ordonna-t-il.

Morrigane entendit Hawthorne, Cadence et Lambeth crier son nom. Elle pressa les mains sur les oreilles, prête à les rejoindre, mais une fois encore, quelque chose l'arrêta.

Elle se retourna et vit l'ange Israfel se poser sur les marches du musée. Sa silhouette sombre se dessinait à contre-jour sur la porte qu'illuminaient les éclairs. Il resta là sans bouger, pendant un long moment. Morrigane se demanda ce qu'il était en train de faire, et puis... elle se souvint.

« Personne ne chante aussi bien. »

Elle se souvint de ce que Jupiter avait dit, cette nuit-là, au Old Delphian.

« La paix absolue, avait-il dit. La solitude et la tristesse ne seraient plus qu'un lointain souvenir. Ton cœur serait comblé, le monde ne pourrait plus jamais te décevoir. »

Israfel ne pouvait pas les sauver.

Il ne pouvait que chanter pour eux.

Jupiter l'avait prévenue qu'il ne fallait pas écouter Israfel. Elle savait qu'elle ne le devrait pas.

Mais quand en aurait-elle de nouveau l'occasion ?

Elle ôta les mains de ses oreilles. Par-dessus les cris de ses amis qui l'appelaient, par-dessus le mugissement des vagues et les coups de canon, et même par-dessus le bruit de sirènes qui annonçaient les secours, elle entendit pour la première fois la voix suave et céleste d'Israfel.

Juste une seconde. Rien qu'une note.

Lorsque Morrigane tenta de se rappeler – des jours, des semaines, des années plus tard – le son de cette unique note, la sensation qui l'accompagnait, elle eut le souvenir d'avoir été réchauffée par le soleil d'été en plein hiver, tenue dans les bras d'une mère qu'elle n'avait jamais connue. D'avoir eu la certitude absolue de n'avoir jamais fait de mal à personne dans sa vie. Que personne ne lui en avait jamais fait, et que personne ne pourrait jamais lui en faire. Elle se rappela l'odeur de la terre après la pluie.

Elle se rappela aussi ce qui était arrivé ensuite. Le bruit de pas sur les pavés, et les mains solides qui se plaquaient sur ses oreilles, bloquant le son. Sa tête levée vers une paire d'yeux bleus noyés dans une crinière rousse. Le sentiment doux-amer accompagnant le retour sur terre et la certitude qu'elle avait atterri en lieu sûr.

28

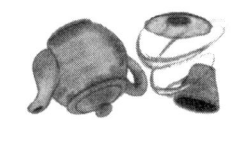

LA FENÊTRE SE FERME

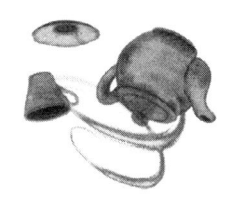

— CINQ ARRESTATIONS. Une poignée de riches oisifs et un politicien pas net, dit Jupiter en soupirant. Davantage encore se sont échappés à la faveur du chaos. Comme les gros cafards qu'ils sont. Ceux qui ont été interrogés prétendent tous n'avoir été là que pour le frisson de la chose, bien sûr. Aucun d'entre eux n'avouera avoir fait une enchère sur quoi que ce soit.

Jupiter se jeta sur une des banquettes du Fumoir. Les murs diffusaient une suave odeur de citron au beurre (« Pour affûter l'esprit et stimuler l'appétit de vivre », selon la liste affichée sur la porte), ce qui aidait peu à peu Morrigane à guérir de sa confusion mentale. Après les événements dévastateurs de la veille, son appétit de vivre avait bien besoin d'être stimulé. Parce que, dans l'immédiat, tout ce dont elle avait envie, c'était

Le Wundereur

de contempler les murs et de manger des bols de soupe au poulet.

Jupiter inspira profondément la fumée citronnée et se frotta les yeux. Après avoir raccompagné Lambeth, Cadence et Hawthorne chez eux, puis ramené Morrigane au Deucalion, il était tout de suite reparti aider les Furtifs dans leur enquête. Il était midi passé, et il n'avait pas encore dormi.

Lorsqu'il était sorti de sa transe sur le toit du Deucalion, hébété et confus, et qu'il s'était aperçu que Morrigane et Hawthorne avaient disparu, il en avait aussitôt conclu que c'était sans doute lié au Marché Fantôme. Il avait rameuté tous ceux qui lui étaient venus à l'esprit – ses collèges de la Ligue des explorateurs, les membres de son unité, plus Fenestra, Frank, Kedgeree, Dame Chanda, Martha, Charlie et Jack – pour aider les Puants et les Furtifs à fouiller tous les endroits les plus sombres, les plus secrets et les plus dangereux auxquels ils pouvaient penser. En pure perte... jusqu'à ce que les Furtifs reçoivent un mystérieux message anonyme leur indiquant l'adresse du Musée des moments volés, qu'ils trouvèrent caché au-delà d'un dédale de petites rues, dans une partie déserte et abandonnée de la ville.

Personne ne savait à qui ils devaient cet indice, et Morrigane s'était bien retenue de leur dire que c'était probablement à Squall.

Elle se leva et versa du thé à Jupiter.

— Mais ceux qui ont été arrêtés iront en prison ? demanda-t-elle.

La fenêtre se ferme

Jupiter prit la tasse avec gratitude. Elle se lova sur le fauteuil en face de lui, serrant un coussin contre sa poitrine.

— On n'a aucune charge contre eux, Mog, aucune preuve qu'ils aient fait quoi que ce soit de répréhensible. Aucune trace de versements d'argent. Le marché noir est illégal, mais il n'y a aucune preuve d'aucune transaction, pas après la destruction du musée. Tous déclarent qu'ils pensaient que c'était juste une soirée.

Jupiter émit un grognement qui roula au fond de la gorge.

— Ces ordures.

— Et Moutet ?

— En parlant d'ordure ! s'exclama-t-il avec une grimace. Celui-là ! Il a disparu. Évaporé dans la nature, semble-t-il.

— La Cavalerie d'ombre et de fumée, dit simplement Morrigane.

Elle lui avait déjà donné sa version des événements de la veille tout en ignorant si Jupiter avait choisi de partager la totalité de ces informations avec les Furtifs.

— Tu crois qu'ils...

Elle ne put se résoudre à terminer sa phrase. Elle ne savait même pas comment elle comptait la terminer. L'ont achevé ? L'ont chassé de Nevermoor ?

— Peut-être, dit Jupiter comme si sa phrase était sans ambiguïté. Mais nous n'avons trouvé aucune trace de...

Il ne termina pas non plus sa phrase et masqua son incertitude en prenant une gorgée de thé.

— Alors, qui sait ? Il s'est peut-être enfui. S'il est malin – et il faut bien admettre qu'il doit être assez futé pour avoir réussi à tromper tant de monde –, il est loin maintenant, et il n'est pas près de s'arrêter de courir. Mais ne t'en fais pas, Mog. Les Furtifs n'ont pas renoncé. Ils finiront par le coincer et il devra répondre de ses actes.

Morrigane resta silencieuse un moment.

— Je l'aimais bien. Avant… tu sais.

— Je sais.

— C'était mon prof préféré.

— Sur deux profs, fit remarquer Jupiter. Mais oui. Je sais.

Il but son thé pendant que Morrigane tentait de mettre de l'ordre dans ses pensées.

— Il était gentil avec moi, finit-elle par dire. Moutet. Il était marrant, et ses cours étaient cool, il me donnait l'impression que j'étais douée en quelque chose. Alors que le Pr Onstald… il me détestait. Il a été horrible toute l'année, j'avais le sentiment d'être une abomination.

Soudain, sa gorge se serra.

— Mais Moutet a organisé le Marché Fantôme. Il nous a tous trahis. Et Onstald m'a sauvé la vie.

Jupiter continuait de se taire.

— Je… je n'arrive pas à ordonner toutes ces contradictions, souffla-t-elle.

Morrigane leva les yeux vers lui en fronçant les sourcils. Elle ne savait pas vraiment comment exprimer ses sentiments. Il lui fit un signe de tête encourageant.

La fenêtre se ferme

— La deuxième chose ne change pas la première. Ni pour Moutet, ni pour Onstald.

— Je ne sais pas quoi te dire, Mog, dit Jupiter avec un soupir. Certains sont des brutes courageuses. D'autres sont des lâches sympathiques.

— Pas si sympathiques que ça à la fin, hein ? dit Morrigane.

Elle repensa à la manière dont Moutet avait haussé les épaules quand il avait été démasqué. Et à son sourire qui semblait presque s'excuser. « Vous avez toujours été mon élève la plus attentive. »

— Ordure.

Jupiter se leva et se mit à faire les cent pas. Il se pinça l'arête du nez.

— Ce que je ne comprends pas, c'est comment Squall a été capable de tout orchestrer alors qu'il ne peut même pas entrer à Nevermoor. Tu es sûre qu'il voyageait sur le Gossamer ?

— Certaine. Je te l'ai dit, c'est Moutet qui l'aidait.

— Avec le Marché Fantôme, oui, mais… Moutet était incapable de faire les choses que tu as décrites. Son numéro de marionnettiste sur le toit. Tu as dit qu'il n'était même pas là.

Morrigane sentit sa poitrine se contracter quand elle se rappela les paroles de Squall.

— Jupiter, c'était moi. Squall a dit que… que j'avais laissé une fenêtre ouverte.

Jupiter s'arrêta net.

— Une fenêtre ?

— Une ouverture sur Nevermoor, précisa-t-elle. Il a dit que, puisque je ne savais pas pratiquer les Arts diaboliques, tout le Wunder qui s'accumulait autour de moi n'avait nulle part où aller. Il brûlait si fort qu'il lui avait suffi d'une pichenette dans le Gossamer... C'est comme ça qu'il pouvait utiliser le Wunder à travers moi. Ça explique l'histoire du Magnifichat au premier Marché Fantôme. C'était moi. Enfin... c'était lui, à travers moi. Et le numéro de marionnettiste sur le toit, et...

Morrigane marqua une pause. Elle n'avait jamais raconté à Jupiter l'épisode d'Héloïse et de son lancer d'étoiles. Mais avant qu'elle puisse terminer, il laissa échapper un grognement atterré.

— Idiot, dit Jupiter en se laissant retomber sur sa banquette.

La voix étouffée par ses mains alors qu'il se frottait le visage, il ajouta :

— Imbécile. Crétin.

— Qui ça ? Squall ?

— Non. *Moi*. Je le voyais.

Le visage rouge, presque violet, il fit un geste vague vers Morrigane.

— Toi. Le Wunder. Une masse critique. Je l'ai vu grandir autour de toi. Parfois, il brillait si fort qu'il me fallait le filtrer, ou alors j'aurais été aveuglé rien qu'à te regarder.

Morrigane écarquilla les yeux.

— Tu peux faire ça ?

La fenêtre se ferme

L'étendue du talent de Témoin de Jupiter restait encore un mystère pour elle.

— Oui. Et je l'ai ignoré au lieu d'agir.

Il soupira et la fixa droit dans les yeux, le front plissé.

— Je croyais que c'était normal pour un jeune Wundereur ! Mog, je t'en prie, crois-moi. Je n'avais aucune idée que cela pouvait arriver. Je ne savais pas que Squall pouvait...

— Je sais que tu ne savais pas ! le coupa Morrigane. Ne sois pas ridicule. Ce n'est pas ta faute.

— En partie, si. J'aurais dû me rendre compte que tu étais en danger. J'aurais dû savoir que Squall profiterait de la situation à la première occasion. J'ai passé ces derniers mois préoccupé par Cassiel, Paximus Chance et Alfie Swann, alors que j'aurais dû me concentrer sur ce qui se passait sous mes yeux.

— Cassiel ! s'exclama Morrigane en se redressant. Je l'avais oublié ! Alors, que lui est-il arrivé ? Et Paximus Chance ?

— Les Furtifs ont une piste pour Paximus, qu'ils vont suivre au-delà de la frontière, dans la République. Mais c'est confidentiel. Quant à Cassiel, dit Jupiter en haussant les épaules, franchement je n'en ai aucune idée. J'ai mis à profit plus de ressources de la Ligue des explorateurs que je ne peux en justifier, à le chercher dans le royaume et au-delà. Pour l'instant, l'enquête est entre les mains du Groupe d'observation céleste. Ils n'ont pas autant de moyens, mais ils peuvent observer le ciel. Ils me tiennent informé.

— Alors tu crois que ça n'avait rien à voir avec Squall ou le Marché Fantôme ?

Il ne répondit pas tout de suite. Les yeux rivés au sol, il s'assit et inspira la fumée citronnée.

— Non, finit-il par dire. Non, je crois que cette disparition-là n'a rien à voir avec tout ça.

— Est-ce qu'Israfel est triste ? demanda Morrigane. Ils sont bons amis ?

— Cassiel n'a pas d'amis.

Jupiter prit une grande inspiration. Soudain plus calme, il se redressa pour reprendre le fil de leur conversation précédente.

— Je ne comprends pas. Pourquoi Squall aurait-il montré tant de retenue ? Si tu lui as vraiment ouvert une fenêtre sur Nevermoor, et qu'il pouvait utiliser ses propres pouvoirs à travers toi, il aurait pu te faire faire n'importe quoi ! Te faire commettre des crimes affreux ou… *quitter Nevermoor* !

Il ouvrit de grands yeux à cette idée.

— Et où est-il à présent ? Pourquoi t'a-t-il laissée partir ?

Morrigane n'avait pensé qu'à ça toute la matinée.

— Il a dit une drôle de chose.

— Drôle dans le sens hilarant ?

— Drôle dans le sens étrange. Il a dit que lui et moi, on avait un ennemi commun.

Elle fronça les sourcils en essayant de se rappeler les paroles exactes de Squall.

— Il a dit qu'il fallait que j'aie la liberté de devenir le Wundereur qu'il a besoin que je sois. Parce que… de

La fenêtre se ferme

terribles choses se dessinent à l'horizon. Et que même si, en m'apprenant à me servir de mes pouvoirs, il refermait la fenêtre, ses plans à long terme étaient plus importants. Il a dit qu'il avait besoin que je reste en vie.

— Mog, dit Jupiter d'une voix tendue, il te manipule. Il veut te faire croire qu'il y a un terrible ennemi tapi dans l'ombre et qu'il peut t'aider à le combattre. Il veut t'effrayer, pour pouvoir utiliser ta peur afin de te contrôler.

— Je sais, affirma Morrigane avec plus de certitude qu'elle n'en ressentait.

Elle changea de position et laissa pendre ses jambes par-dessus l'accoudoir.

— Mais est-ce qu'il a raison à propos de la fenêtre ouverte ? Je devrais peut-être apprendre à pratiquer les Arts diaboliques pour qu'il ne puisse plus s'en servir par mon intermédiaire.

Jupiter ne dit rien, mais Morrigane vit qu'il avait soudain recouvré son énergie.

Il sauta sur ses pieds.

— Attrape ton parapluie.

Sur le chemin de la Maison des Initiés, Jupiter lui fit part de ce qu'il avait en tête, et Morrigane éprouva la même peur nauséeuse qui l'avait saisie lors de l'épreuve

Spectaculaire, ou lorsqu'elle avait attendu le Merveillon, ou celle que l'on doit avoir avant de plonger la main dans un seau rempli de serpents.

Jupiter frappa à la porte du bureau des Maîtresses Initiatrices. Sans attendre qu'on lui réponde, il entra et se trouva face à Maîtresse Biennée debout derrière l'unique table de la pièce. Morrigane le suivit prudemment en faisant tout son possible pour éviter de croiser le regard de la Maîtresse Initiatrice.

— Je voudrais parler à Mme Meurgatre, s'il vous plaît.

Biennée le dévisagea en clignant des yeux.

— Pardon ?

— Meurgatre. Il faut que je lui parle. Tout de suite.

Morrigane vit les muscles de sa mâchoire se contracter, son vernis de politesse se craqueler.

— C'est urgentissime, ajouta-t-il.

— D'accord. Mais comme vous pouvez voir, dit froidement Biennée, elle n'est pas ici.

— MEURGATRE, répéta Jupiter en la regardant droit dans les yeux.

Il tapa dans ses mains.

— Hé ! Meurgatre. Je sais que vous êtes ici quelque part. Montrez-vous. Il faut que je vous parle.

Morrigane fit la grimace. Mais qu'est-ce qui lui prenait ? Cherchait-il à se faire trucider ?

— Capitaine Nord, comment osez-vous ? gronda Biennée en reculant. Si vous croyez qu'elle ou moi répondrons à une telle...

La fenêtre se ferme

— Je vais vous dire le fond de ma pensée, déclara Jupiter en élevant la voix, si bien que quelques membres curieux de la Société qui passaient par là jetèrent un coup d'œil dans le bureau par l'entrebâillement de la porte. Vous abusez de vos pouvoirs avec l'éducation de mon étudiante. Vos peurs sans fondement ont causé plus de mal à Morrigane – et ont mis la Société Wundrous en danger – que vous le comprendrez jamais et vous avez brisé la confiance qui est indispensable entre un mécène et la Maîtresse Initiatrice. Désormais, je veillerai de bien plus près à l'éducation de Morrigane. Meurgartre. SORTEZ DE LÀ.

— Arrêtez. Marie, non…

Le visage de Biennée se contorsionna affreusement. Elle fit craquer son cou, ses doigts se recourbèrent et ses muscles se mirent à trépider. Morrigane entendit cet étrange son maintenant familier de craquements d'os qui se remettaient en place, et la redoutable Meurgatre apparut soudain devant eux. Sa bouche violette aux lèvres craquelées s'ouvrit en ce qui aurait tout aussi bien pu être un sourire qu'une moue menaçante. Elle plissa ses petits yeux gris.

— Vraiment pas poli, dit la Maîtresse Initiatrice des Arcanes dans un grognement guttural. Qu'est-ce que vous voulez ?

Jupiter n'hésita pas une seconde.

— Vous avez dit que Morrigane devrait être dans votre école. Dans la salle des Anciens, l'autre jour, vous avez dit que nous avions tous échoué dans son éducation.

Meurgatre avança sa lèvre inférieure, l'air dubitatif.

— Vraiment ?

— Oui, dit Jupiter. Vous avez dit que quelqu'un devrait lui apprendre les Arts diaboliques. Et vous aviez raison. Quelqu'un ici, au sein de la Société Wundrous, doit les lui enseigner avant qu'elle ne les apprenne d'une source bien plus dangereuse.

Jupiter lui jeta un regard lourd de sens.

— Vous comprenez ce que je veux…

— Il est de retour, alors, l'interrompit Meurgatre.

Elle s'adressa à Morrigane.

— Squall. Il est venu vous rendre visite, n'est-ce pas ?

Morrigane cligna des paupières, détournant instinctivement les yeux de ceux de Meurgatre. Elle se tourna vers Jupiter, qui hocha la tête.

— Heu… oui.

— Il vous a appris quelques tours, n'est-ce pas ?

— Ouuui.

Meurgatre ne semblait ni surprise ni effrayée par cette nouvelle. Elle prit une inspiration sifflante entre ses dents marron et pointues.

— C'est bien ce que je pensais. Il paraît que vous avez mis fin au Marché Fantôme. Je me suis dit que vous aviez dû apprendre un mauvais tour.

Morrigane frissonna devant ce qui lui semblait être une accusation, mais la Maîtresse Initiatrice esquissa un petit geste approbateur.

— Tant mieux pour vous

— Ah. Heu… merci.

Meurgatre poussa un soupir et se mit à ricaner en tournant la tête vers la porte de la Maison des Initiés.

— Je les avais prévenus, n'est-ce pas ? Ces trois vieux idiots. Je l'ai dit depuis le début : tenter de réprimer une chose pareille ne peut mener qu'à la catastrophe. C'est aussi dangereux que de poser un couvercle sur une marmite remplie de feux d'artifice.

— Alors vous la prendrez ? insista Jupiter. Vous savez qu'elle n'a pas sa place dans l'école de Biennée. Elle devrait être avec nous, dans l'École des Arcanes.

Morrigane sentit la peur lui étreindre la poitrine. Elle savait que Jupiter voulait ce qu'il y a de mieux pour elle, mais était-ce vraiment une bonne idée ? C'était déjà affreux d'avoir Biennée comme Maîtresse Initiatrice ; tout le monde savait pertinemment que Meurgatre était bien pire.

Cependant, sa peur tenait compagnie à des sentiments bien plus nuancés. Tout au fond d'elle, elle sentait murmurer la défense. Qu'y avait-il de si *mineur*, après tout, à être un Wundereur ?

La Maîtresse Initiatrice parut réfléchir.

— Eh bien... ce n'est pas vraiment une Arcane, n'est-ce pas ?

— Son talent n'est pas non plus un Art mineur, répondit platement Jupiter.

— Non, dit Meurgatre en reniflant.

Elle dévisagea Morrigane en se penchant vers elle – elle était beaucoup plus près que Morrigane ne l'aurait voulu – et s'exprima d'une voix rauque tout à fait inquiétante.

Le Wundereur

— Gregoria Quinn croyait pouvoir vous cacher dans nos couloirs sacrés, où vous ne seriez jamais un problème pour le reste de l'État Libre. Où vous ne deviendriez jamais une catastrophe supplémentaire derrière qui la Société Wundrous devrait faire le ménage. Je l'avais prévenue, cette imbécile. L'endroit le plus sûr pour un feu d'artifice, c'est à l'extérieur.

Morrigane, vexée, ne souffla mot, mais fixa la Maîtresse Initiatrice droit dans les yeux, sans cligner des paupières.

— Ah, dit Meurgatre avec un petit signe de tête affirmatif. D'accord. Je prends la vilaine fille.

Morrigane n'était pas certaine que ce soit une bonne chose, mais Jupiter poussa un gros soupir de soulagement.

— Merci, Maîtresse Initiatrice, dit-il.

Elle leur fit signe de quitter la pièce d'un léger mouvement de sa main toute ratatinée, et alors qu'ils longeaient le couloir, Morrigane entendit Meurgatre ricaner comme une sorcière.

— Ha ha, Dulcée va être *furieuse*.

29

LA DERNIÈRE EXIGENCE

Le lendemain matin, tout le monde était convoqué dans le jardin parfaitement entretenu du Sowun derrière la Maison des Initiés. Quinn l'Ancienne, Wong l'Ancien et Saga l'Ancien étaient tous les trois sur le balcon, la mine solennelle.

— Vous devez tous avoir appris la fin tragique du Pr Hemingway Q. Onstald, le plus âgé de nos professeurs, membre honorable de la Société.

Quinn l'Ancienne parlait dans un micro, sa voix résonna clairement jusque dans tous les recoins du jardin.

— Nous devons tous une profonde reconnaissance au Pr Onstald, qui a sacrifié sa vie en faisant preuve d'un courage incroyable. Je suis certaine que toutes les personnes ici présentes sont maintenant au courant de l'existence du Marché Fantôme, de l'histoire de sa destruction et du fait abominable que l'enlèvement de membres de la Société en vue de leur vente au Marché a été perpétré par l'un des nôtres.

Un bourdonnement de murmures furieux fit vibrer l'air.

Il était clair que personne ici ne pardonnerait jamais ses crimes à Moutet. Encore moins Morrigane et ses amis. Il était probablement plus en sécurité auprès de la Cavalerie d'ombre et de fumée.

Les élèves de l'unité 919 étaient venus ici directement du train-maison et formaient un nœud compact. Maintes fois, déjà, on avait demandé à Morrigane et à Hawthorne de raconter leur nuit d'Hallowmas, et on leur demandait encore parfois de revenir sur un détail particulier. Bien sûr, Morrigane avait omis de mentionner Ezra Squall, laissant tout le monde croire que Moutet avait tout organisé seul.

Mlle Ravy ne les quittait plus. Ces deux derniers jours, elle n'avait cessé de s'occuper de Cadence et de Lambeth, de Morrigane et de Hawthorne. Cadence feignait d'en être agacée, mais Morrigane voyait bien qu'elle était ravie. La conductrice se tenait à présent derrière eux, les bras croisés : elle veillait sur eux aussi jalousement qu'une mère ours.

Lambeth, elle, n'avait pas adressé un mot à quiconque, et semblait encore plus distante qu'à son habitude. Morrigane se demandait ce qui pouvait bien se passer dans sa tête. Elle espérait que la « princesse Lamya » savait que son secret était bien gardé avec

La dernière exigence

Hawthorne, Cadence et elle, et elle prévoyait de le lui faire savoir dès qu'ils seraient seuls.

Quinn l'Ancienne continua :

— Ce que je peux vous dire, c'est ceci : cela fait bien des années qu'un de nos membres a jeté l'opprobre sur la Société Wundrous. Je vous promets que le traître, dont le nom infâme ne passera plus jamais mes lèvres, sera retrouvé et traduit en justice. Vous avez ma parole.

« Demain après-midi, nous ferons nos derniers adieux à notre courageux ami et collègue, le Pr Onstald, lors d'une commémoration dans la salle des Anciens. Tous ceux qui souhaitent lui rendre hommage sont encouragés à y assister. En attendant, nous devons aussi mentionner que deux de nos élèves…

Morrigane perdit le fil du discours lorsqu'on lui glissa une feuille de papier dans la main. Elle se retourna pour voir qui c'était, mais il y avait énormément de monde. Tout ce qu'elle vit, c'est un mouvement dans la foule derrière elle.

La feuille était pliée en deux, avec son nom écrit sur le côté.

— … ont démontré le courage et l'ingéniosité qui leur ont valu leur place parmi nous et…

— Elle parle de nous, chuchota Hawthorne à son oreille. Courageux et ingénieux. Elle a oublié hilarants et trop beaux.

Mais Morrigane ne prêtait plus attention à Quinn l'Ancienne. Elle déplia le message, les mains tremblante, et fut obligée de le lire deux fois.

Le Wundereur

Morrigane Odelle Crow,

Nous avons gardé le secret de l'unité 919.
Mais tu détiens toi-même un dangereux secret.

Révèle ta nature de Wundereur publiquement,
avant que l'horloge ne sonne l'heure.
Sinon, nous révélerons la vérité sur celle qui a fui la République,
la princesse Lamya Bethari Amati Ra,
à la Société Wundrous,
et au monde entier.

Son cœur fit un bond dans sa poitrine. Il lui fallut quelques instants pour comprendre.

Le chantage ne la concernait pas le moins du monde ! Le secret qu'ils menaçaient de révéler n'était pas le sien. C'était celui de Lambeth.

Morrigane était très émue. L'unité 919 l'avait protégée contre les maîtres chanteurs, chacun de ses membres effectuant loyalement leurs propres tâches, même quand ils n'en avaient vraiment pas envie.

Et voilà que c'était maintenant son tour. Elle ferma les yeux, et ravala sa colère et sa peur, plus déterminée que jamais à découvrir qui était derrière toute cette affaire. Ils ne s'en sortiraient pas comme ça !

— Vas-y, Morrigane.

Elle sentit Mlle Ravy lui presser gentiment l'épaule et la pousser en avant.

— Q... quoi ?

La dernière exigence

— Quinn l'Ancienne vient de vous appeler. Hawthorne et toi.

Morrigane leva les yeux vers l'immense sourire chaleureux de sa conductrice. Hélas, elle ne pouvait pas le lui rendre.

— Allez, ma petite rêveuse, vas-y.

Elle suivit Hawthorne à travers la foule jusqu'aux marches de marbre sur lesquelles se tenaient les Anciens. Elle avait l'impression d'avancer vers l'échafaud. Le sang lui monta au visage et lui assourdit les oreilles.

Alors qu'ils arrivaient à destination, l'horloge du clocher de la Maison des Initiés se mit à sonner. Il était neuf heures. Elle sonnerait neuf fois. Morrigane réfléchit à toute vitesse.

Un.

La foule en cape noire au-dessous d'eux applaudit, longtemps et fort, en levant les mains. Hawthorne sourit à Morrigane en les saluant. Il avait les joues roses. Il lui donna un petit coup d'épaule, prenant son hésitation pour de la timidité.

— Vas-y, dit-il. Tu l'as mérité.

Deux.

La foule, si triste un instant plus tôt, débordait maintenant de joie. Et c'était *elle* qu'on acclamait, elle et Hawthorne. Elle repéra Jupiter, si fier qu'il en avait presque les larmes aux yeux. Dire qu'elle allait les décevoir !

Pire que ça, pensa-t-elle, elle allait *tout* gâcher. Sa chance de mener une vie heureuse au sein du Sowun. Le bonheur de l'ensemble de son unité...

Trois.

Les mots que Quinn l'Ancienne avait prononcés au début de l'année étaient comme gravés dans sa mémoire :

« S'il apparaît que l'un d'entre vous a trahi notre confiance, vous serez tous les neuf expulsés de la Société. Pour toujours. »

Elle était sur le point de gâcher sa vie et celle de huit autres personnes.

Quatre.

Son unité ne lui pardonnerait jamais, et quand les membres de la Société apprendraient ce qu'elle était vraiment, tous la détesteraient. Elle aurait de la veine s'ils ne la chassaient pas hors du campus avec des torches et des fourches.

Cinq.

Mais... Lambeth. Le souvenir de la pauvre petite princesse Lamya terrifiée, juchée sur son trône pendant les enchères, lui revint à la mémoire. Morrigane revit la terreur sur son visage lorsque l'homme au masque de loup avait annoncé la trahison de sa famille et le sort que lui réserverait le Parti de la Mer d'Hiver s'il découvrirait la vérité.

Six.

Elle revoyait ce masque de loup, entendait encore la voix grand-paternelle joviale de l'homme. « Le châtiment pour trahison, au sein de la République de la Mer d'Hiver, c'est la peine de mort. » Elle eut un haut-le-cœur.

Sept.

La dernière exigence

Tout le monde ici était censé être sa famille. Loyaux pour la vie ; c'était la promesse de la Société Wundrous. Mais Moutet l'avait brisée. L'illusion confortable du Sowun – l'idée que c'était un havre de paix sécurisé où tous se protégeaient les uns les autres et où rien de mauvais n'arrivait jamais – avait depuis longtemps volé en éclats pour Morrigane. Lambeth n'était pas en sécurité ici. Pas si son secret était révélé. Elle repensa au Pr Onstald, qui avait utilisé ses dernières forces pour les sauver.

Comment Morrigane pourrait-elle se pardonner de préserver son propre secret au lieu de protéger son amie ?

Elle serra le mot dans sa main tremblante.

Huit.

Quinn l'Ancienne s'avança à nouveau vers le micro et les applaudissements cessèrent.

— Ces deux-là ont fait quelque chose d'extraordinaire, quelque chose qui illustre parfaitement les valeurs que nous…

— Je suis un Wundereur, cria Morrigane par-dessus sa voix.

Neuf.

L'horloge sonna le dernier coup.

Elle entendit un petit son étranglé de surprise de la part de Hawthorne. Puis, afin que toutes les personnes présentes puissent l'entendre, afin que les maîtres chanteurs n'aient aucun doute, elle cria :

— Je suis un Wundereur !

La matinée sembla suspendre son souffle.

Un petit rire indécis fusa dans la foule, puis un autre. Puis, comme s'ils avaient tous reçu la permission de trouver sa déclaration hilarante sans trop savoir pourquoi, une petite vague de rire traversa le jardin. Quelques chuchotements râleurs s'élevèrent çà et là, pour mourir aussitôt.

Puis le silence se fit à nouveau, quand ils comprirent que ce n'était pas une blague.

Morrigane ne leur lança aucun « Je vous ai bien eus ! ». Les Anciens se taisaient.

— C'est impossible ! hurla quelqu'un dans le fond.

D'autres cris suivirent, alors qu'ils comprenaient tous peu à peu qu'elle avait dit la vérité, que les Anciens avaient admis une dangereuse entité parmi eux. Personne n'avait envie d'y croire.

— Elle ment !

Morrigane se tourna vers son unité. Certains étaient livides, d'autres rouges de colère. Dans la foule presque immobile, elle reconnut la silhouette qui se frayait un chemin vers le balcon, bousculant les gens au passage : Jupiter avait l'air effrayé, mais prêt à tout, comme s'il avait une longueur d'avance et qu'il savait qu'un événement funeste était sur le point de se produire, ce qui terrifia encore plus Morrigane.

Lorsque Quinn l'Ancienne leva la main pour l'arrêter, Jupiter s'arrêta au bas des marches. Il regarda les Anciens avec inquiétude, puis il eut soudain l'air de comprendre quelque chose. La peur dans ses yeux s'estompa, pour être remplacée par quelque chose que Morrigane ne parvint pas à identifier.

La dernière exigence

— Bien.

La voix de Quinn l'Ancienne craqua dans le système sonore.

— Mesdames et messieurs. On dirait que nous avons quelque chose d'autre à fêter ce matin.

Morrigane sentit son cerveau trébucher sur ces mots. Elle ouvrit la bouche, puis la referma, battant des paupières en regardant ce frêle bout de femme. *Quelque chose d'autre à fêter ?* Quinn l'Ancienne n'avait-elle pas entendu ce qu'elle venait de dire ?

— L'unité 919 vient de réussir sa cinquième et dernière épreuve, annonça-t-elle avec un petit sourire satisfait. Vous vous souvenez tous, j'en suis sûre, de l'épreuve de la Loyauté, que vous avez passée en première année. La nature de cette épreuve est différente pour chaque unité, bien sûr, mais le but reste le même : il s'agit de tester votre engagement à l'égard de la promesse que vous avez faite.

Plusieurs visages s'éclairèrent. Morrigane vit que les membres de l'unité 919 assimilaient les paroles de Quinn l'Ancienne. Elle se tourna vers Hawthorne, à côté d'elle : il était bouche bée.

— Ceci marque la fin du test final de l'unité 919, et ainsi, nous leur souhaitons la bienvenue, pour la seconde fois et avec encore plus de fierté, au sein de la Société Wundrous, cette fois pour de bon. Chère unité 919, la loyauté que vous avez témoignée les uns envers les autres cette année pour faire face à divers dangers et surmonter les difficultés vous servira pour le reste de vos jours. Vous êtes frères et sœurs pour la vie.

Le Wundereur

Pas parce que vous avez prêté serment, mais parce que vous l'avez prouvé.

Les gens paraissaient déconcertés, ne comprenant toujours pas si la déclaration de Morrigane avait été une blague, une partie de l'épreuve, ou s'ils regardaient bel et bien le premier Wundereur à se joindre à la Société depuis plus de cent ans. Le premier depuis Ezra Squall. Morrigane lut sur leurs visages tour à tour de la peur, du scepticisme, de l'amusement, de la colère. À l'évidence, nul ne savait vraiment quoi penser.

— Saga l'Ancien, Wong l'Ancien et moi aimerions vous rappeler que bien que la Société ait souvent par le passé accueilli des talents divers et parfois dangereux, nous n'accepterions jamais parmi nous un élément nuisible. Et, de fait, en détruisant le Marché Fantôme et en sauvant la vie à deux membres de la Société Wundrous, Mlle Crow a prouvé qu'elle était une force positive, une personne utile, intéressante et bonne, que nous sommes ravis de compter parmi nous. Elle est peut-être un Wundereur, cependant à partir d'aujourd'hui, elle est *notre* Wundereur.

Les paroles rassurantes de Quinn l'Ancienne furent accueillies par un silence de plomb.

— Je vous rappelle à tous, continua-t-elle d'une voix légèrement hésitante, que vos serments ne concernent pas seulement les membres de votre unité, mais tous ceux qui constituent la Société Wundrous, du plus âgé au plus jeune. La vérité sur Morrigane Crow restera au sein de la Société, et je compte sur chacun d'entre vous pour honorer votre parole et protéger ce secret des oreilles extérieures. N'oubliez pas : *frères et sœurs, loyaux pour la vie.*

Et la foule répondit d'une voix :

— *Par feu et par eau pour toujours se protégeant.*

Quinn l'Ancienne hocha la tête d'un air satisfait.

— Très bien, ajouta-t-elle en invitant le reste de l'unité 919 à les rejoindre sur le balcon. Si nos plus jeunes élèves veulent bien s'avancer, j'invite le reste d'entre vous à se joindre à moi pour féliciter l'unité 919 d'avoir franchi cette étape importante.

L'humeur qui régnait dans le jardin n'était pas très festive, mais sous le regard sévère de Quinn l'Ancienne, obéissant à son ordre, l'assistance applaudit aussi mollement que sporadiquement jusqu'à ce qu'on la congédie.

Alors que la foule se dispersait, tous les yeux étaient rivés sur Morrigane.

Morrigane se sentait comme anesthésiée après ce qui venait de se passer. Hawthorne ne semblait pas non plus avoir digéré les événements, et il n'arrêtait pas de laisser échapper des petits bruits de bouche, entre colère et amusement.

Tout le monde était parti, à l'exception des élèves de l'unité 919. À la fin de la cérémonie, Mlle Ravy avait couru en haut des marches pour les serrer dans ses bras chacun à tour de rôle avant de retourner vite au train-maison. Ceux dont les mécènes étaient présents reçurent des félicitations et de chaleureuses poignées de main. Jupiter avait essayé d'afficher une mine ravie, mais Morrigane avait remarqué le regard noir qu'il avait lancé aux Anciens en partant.

Maintenant, les élèves étaient rassemblés, gênés, sur le balcon. Personne n'était tout à fait prêt à retourner en cours, et personne ne savait quoi dire.

— Je ne comprends pas, finit par dire Thaddea. Pourquoi ils nous ont fait du chantage pour garder le secret de Morrigane, alors qu'ils allaient l'annoncer à tout le monde, de toute façon ? C'est vraiment pas cool.

— C'était ça, le *test*, Thaddea, dit Mahir.

— Je sais que c'était ça, le *test*, Mahir, répliqua Thaddea en imitant le ton de sa voix. Mais c'est… c'est tellement…

— Méchant ? dit Cadence.

— Oui ! s'écria Thaddea. C'est tellement *méchant*. Envers nous tous, mais surtout envers Morrigane.

À ces mots, tout le monde releva la tête de surprise, et Morrigane éprouva un tel choc qu'elle manqua d'avaler sa langue. Hawthorne, lui, s'étouffa pour de bon, mais réussit à le dissimuler en toussant.

— Ça disait quoi, Morrigane ? demanda Arch, les sourcils froncés, en montrant du menton le mot que Morrigane tenait toujours dans sa main. Pour que tu dévoiles ton secret comme ça ?

Elle referma une main protectrice sur le morceau de papier.

— Je… je peux pas vous dire.

La dernière exigence

Mahir éclata de rire.
— Quoi ? Comment ça, tu peux pas…
— Je peux pas, c'est tout.
— Ne sois pas ridic…
— Ça me concerne, n'est-ce pas ?

La petite voix de Lambeth s'était élevée de derrière le groupe. Elle s'avança, d'un air triste mais déterminé. Tout le monde se tut.

— Quinn l'Ancienne a dit que notre unité a réussi l'épreuve de la Loyauté. Mais elle se trompe. J'ai échoué.

« Vous avez tous fait le choix de faire passer la sécurité de vos frères et sœurs avant la vôtre. Mais moi, j'ai choisi de ne pas être honnête. Je vous ai laissé penser que c'était le secret de Morrigane qu'il nous fallait protéger. Je me suis convaincue que c'était vrai… mais au fond… je me demandais… si ça n'était pas plutôt *mon* secret.

— Quel secret, Lambeth ? demanda gentiment Arch.

Elle prit une grande inspiration avant de répondre :

— Mon nom n'est pas Lambeth Amara. C'est… princesse Lamya Bethari Amati Ra. Je suis un membre de la famille royale des Ra, de la Terre de Soie dans le Far Est Chantant.

Elle se tut et observa leurs expressions effarées.

— Lam. Vous pouvez m'appeler Lam.

C'était étrange, pensa Morrigane, en écoutant cette confession gracieuse et digne. Lam était la plus petite d'entre eux, mais en cet instant, elle paraissait faire trois mètres de haut. Elle était réellement *royale*.

— Le Far Est Chantant, dit Thaddea dont le visage s'était couvert de taches rouges. Tu viens de la République ?
— Oui.
— T'es une espionne ? l'accusa Francis.
Hawthorne éclata de rire et leva les yeux au ciel.
— Francis, c'est pas une espionne. C'est une *princesse*.
— C'est peut-être les deux ! Ma tante dit qu'il y a plein d'espions de la République de la Mer d'Hiver à Nevermoor. Pourquoi elle serait là, sinon ?
— Oh, du calme !
— Je ne suis pas une espionne, dit Lam très posément. Mes parents m'ont envoyée ici pour que j'apprenne à utiliser mon talent. Avant, il me donnait des migraines affreuses et me rendait malade. Depuis que je suis au Sowun, j'ai appris comment mieux gérer mes visions.
« Mais… ils n'auraient jamais dû m'envoyer ici, ajouta Lam, les yeux rouges, la voix un peu tremblante. C'est illégal pour les habitants de la République de passer la frontière de l'État Libre. On n'est même pas censés savoir que l'État Libre existe. Si les membres du Parti de la Mer d'Hiver le découvrent, ils jetteront toute ma famille en prison, ou pire. Bien pire.
Elle tremblait maintenant.
— Ma grand-mère m'a dit qu'il fallait que je garde le secret ou bien je nous exposerais tous à de terribles dangers. Mais je ne sais pas mentir, alors j'ai décidé qu'il valait mieux que je ne parle à aucun de vous. Je suis désolée.

La dernière exigence

— On ne le dira à personne, déclara Morrigane en interrogeant des yeux les membres de son unité les uns après les autres. Cela reste entre nous. D'accord ? *Frères et sœurs*, oui ?

— *Loyaux pour la vie*, entonnèrent-ils d'une seule voix.

Lam renifla, à la fois soulagée et bouleversée. Elle ouvrit la bouche pour dire quelque chose, mais...

— EXCUSEZ-MOI, tonna une voix glaciale dans le jardin en dessous d'eux.

Biennée leur lança un regard noir.

— Petits vauriens, il me semble que vous avez des cours auxquels vous devez assister ?

Les neuf élèves se dépêchèrent de rentrer à l'intérieur de la Maison des Initiés. Ils longèrent le couloir jusqu'aux capsules de cuivre sphériques qui attendaient de les emporter vers leur prochaine leçon.

Morrigane s'attarda un moment pour rajuster inutilement son uniforme.

Hawthorne haussa les sourcils.

— OK. Bonne chance, alors.

— Merci.

Elle remonta nerveusement les manches de sa nouvelle chemise blanche, partagée entre l'excitation et l'anxiété.

— On se voit au déjeuner ?

— Ouais, répondit-il en embarquant dans une capsule à destination du Département des extrémités. Rappelle-toi. Prends plein de notes. Je veux savoir à quel point c'est bizarre. Et vois si tu peux convaincre Meurgatre de refaire le truc de la glace ! C'était cool.

Il lui sourit alors que les portes se refermaient, levant la tête pour crier dans l'interstice :

— Cool ! T'as pigé ?

Morrigane émit un petit rire et se tourna vers Lam et Cadence qui l'attendaient en empêchant la porte de leur capsule de se refermer.

— Tu viens ou quoi ? s'impatienta Cadence.

Morrigane sauta à bord alors qu'elle tirait le levier indiquant : « Niveau −6 : École des Arcanes ».

REMERCIEMENTS

Merci, merci, et encore merci aux meilleurs éditeurs qui soient : à Hachette Children's Group, Hachette Australia et New Zealand, et à Little, Brown Books pour jeunes lecteurs, pour leur créativité, leur travail acharné, toutes les pensées et les joies qu'ils ont apportées à ce grand voyage. Je n'aurais pu espérer avoir une meilleure famille d'éditeurs.

Je suis reconnaissante en particulier, pour leur talent et leurs conseils, à mes éditrices Helen Thomas, Alvina Ling, Suzanne O'Sullivan, Samantha Swinnerton et Kheryn Callender.

Merci à l'équipe de relations publiques internationale de rêve avec qui j'ai la chance de travailler : Ashleigh Barton, Dom Kingston, Tania Mackenzie-Cooke, Katharine McAnarney et Amy Dobson. Grâce à vous,

Le Wundereur

toutes ces manifestations publiques effrayantes ont été un véritable plaisir.

Un grand merci à Louise Sherwin-Stark, Hilary Murray Hill, Megan Tingley, Mel Winder, Ruth Alltimes, Fiona Hazard, Katy Cattell, Lucy Upton, Nicola Goode, Fiona Evans, Alison Padley, Helen Hughes, Katherine Fox, Rachel Graves, Andrew Sinclair, Andrew Cattanach, Andrew Cohen, Caitlin Murphy, Chris Sims, Daniel Pilkington, Hayley New, Isabel Staas, Jeanmarie Morosin, Justin Ractliffe, Kate Flood, Keira Lykourentzos, Penny Evershed, Sarah Holmes, Sean Cotcher, Sophie Mayfield, Emilie Polster, Jennifer McClelland-Smith, Valerie Wong, Victoria Stapleton, Michelle Campbell, Jen Graham, Virginia Lawther, Sasha Illingworth, Ruqayyah Daud, Alison Shucksmith, Ashleigh Richards, Sacha Beguely et Suzy Maddox-Kane.

Merci à Beatriz Castro et James Madsen pour la superbe illustration de couverture.

Grand merci à Molly Ker Hawn, Jenny Brent, Victoria Cappello, Amelia Hodgson et à tout le monde à la Bent Agency. Merci également aux membres admirables de la Team Cooper – le soutien mutuel, les encouragements et l'admiration qui règnent entre les membres de cette équipe me comblent de bonheur.

Un million de mercis à tous les lecteurs, libraires, bibliothécaires, enseignants et blogueurs qui ont aimé et soutenu *Nevermoor*. Si vous avez accueilli Morrigane dans votre cœur et l'avez fait découvrir à quelqu'un d'autre, merci infiniment. Votre gentillesse et votre enthousiasme ont été incroyables et je suis reconnaissante de chaque recommandation, critique, lettre, tag et tweet.

Merci à ma filleule Ella pour m'avoir laissé utiliser le nom de Paximus Chance. (Le nom lui est venu spontanément lorsqu'elle n'avait que trois ans, alors je suppose qu'elle nous éclipse tous par son génie.) Merci également à Aurianna, une fillette très marrante que j'ai rencontrée à Naperville et dont j'ai emprunté le nom pour ce livre. Elle m'a fait rire, alors je lui ai donné un hôtel.

Écrivains en herbe ! Trouvez-vous un agent avec autant de cœur, de volonté, d'humour et d'audace que Gemma Cooper. Une véritable Pollyanna toujours de votre côté, extrêmement fiable et prête à vous repêcher dans l'eau qui vous arrive aux chevilles mais dans laquelle vous croyez vous noyer, sans hésitation et sans crainte. Votre agent sera d'autant plus efficace si elle vous envoie des photos de pompom girls japonaises âgées pour vous encourager à deux heures du matin. Merci GC.

Et enfin, merci infiniment à ma famille et à mes amis, surtout à Dean et Julie, la meilleure équipe de fans qui soit. Je vous aime. Sal, merci comme toujours d'être ma première lectrice et critique, et pour toutes les citations hilarantes d'encouragement et toutes tes suggestions étrangement spécifiques concernant les huiles essentielles.

Et, maman, merci pour tout le reste. Tu es la plus Wundrous des mères, onze sur dix.

Ouvrage composé par
PCA – 44400 Rezé

Imprimé en France
par Normandie Roto Impression s.a.s.
61250 Lonrai
N° d'impression : 2005001
S28078/03

MIXTE
Papier issu de
sources responsables
FSC
www.fsc.org
FSC® C003309

L'éditeur de cet ouvrage s'engage dans une démarche de certification FSC® qui contribue à la préservation des forêts pour les générations futures.

Pour en savoir plus :
www.editis.com/engagement-rse/

PKJ • POCKET JEUNESSE
www.pocketjeunesse.fr

92, avenue de France – 75013 Paris